重庆工商大学学术专著出版基金资助

多元

婚恋形式

中的

民国作家

中国现代作家的蜕变一代

王鸣剑 著

夜沉月碧落

团结出版社
UNITY PRESS

图书在版编目（CIP）数据

夜沉月碧落：多元婚恋形式中的民国作家：中国现代作家的蜕变一代 / 王鸣剑著 . —北京： 团结出版社，2022.10

ISBN 978-7-5126-1140-5

Ⅰ . ①夜… Ⅱ . ①王… Ⅲ . 作家－婚姻－影响－文学创作－研究－中国－现代②作家－恋爱－影响－文学创作－研究－中国－现代 Ⅳ . ① I206.6

中国版本图书馆 CIP 数据核字 (2022) 第 081761 号

出　版：团结出版社

　　　　（北京市东城区东皇城根南街 84 号　邮编：100006）

电　话：（010）65228880　65244790（出版社）

　　　　（010）65238766　85113874　65133603（发行部）

　　　　（010）65133603（邮购）

网　址：http : //www.tjpress.com

E-mail：zb65244790@vip.163.com

　　　　tjcbsfxb@163.com（发行部邮购）

经　销：全国新华书店

印　装：三河市东方印刷有限公司

开　本：170mm×240mm　16 开

印　张：19.75

字　数：278 千字

版　次：2022 年 10 月　第 1 版

印　次：2022 年 10 月　第 1 次印刷

书　号：978-7-5126-1140-5

定　价：58.00 元

前言

20 世纪初期，受时代转型的影响，中国人的婚恋观发生巨变：几千年来的包办婚姻观念逐渐被打破，而恋爱自由、婚姻自主的主张，得到广泛的认同与接受。或许因袭过重，晚清以来流行的仪式化婚姻观念，注重家族血脉和子嗣延续，强调家庭责任的婚姻形式，仍大行其道。这种规范外在行为的婚恋观，推崇夫妻间的责任和彼此间的敬重，引领时代风尚的作家、诗人和学者对此也难以幸免。然而，这些身处时代潮流中的先进知识分子，毕竟沐浴在个性解放、自由恋爱的时代风气下，自然不会甘心谨遵父母之命、在压抑的包办婚姻中屈服，他们会采取不同的方式加以抗争。

有的作家基于人性的良善和做人的责任，在保持既有婚姻形式的同时，将爱示于新人，又担当起照顾前任的使命，如张恨水之于徐文淑、胡秋霞和周南；有的作家则在相濡以沫中，压抑自己内心的真实情感，垂暮之年，才蓦然发现，难以忘怀的仍然是"人生若只如初见"的恋情，如林语堂；有的虽感恩于发妻彼时相伴的恩情，待到"头白鸳鸯失伴飞"后，偶遇新人，则爆发出常人难以理解的激情，如朱自清之于陈竹隐，梁实秋之于韩菁清；有的诗人，在空幻的诗文里寄予爱情的想象，加以婚姻的改造，希望在患难中彼此恩爱、相依为命，然而往往事与愿违，以悲剧结局，如朱湘与霓君；钱钟书是个例外，他与杨绛的结合，既是自由恋爱的典范，又是比翼双飞的楷模，堪称 20 世纪中国作家中"绝无仅有的结合"。

20 世纪 30 年代以来，随着民族危机的加深，张扬个性解放、婚姻自主的婚恋观隐没在民族独立与解放的时代潮流中。追求个性解放、婚姻幸福为人生第一要义的婚恋观受到质疑。在民族危亡之中，儿女情长显得微不足道，集体化、社会化的婚恋观成为时代风尚。随着为民族生育的"优生学"生育观勃兴，沉溺于个人爱情幸福的主张日渐式微。左翼文人提倡文学武器论，使推崇个人情爱的"鸳鸯蝴蝶派"受到了严厉批判。革命的洪流使个人情爱的意义，在集体化的婚恋观面前逐步消解。当一切都从社会整体出发，个人从属于社会，家庭只是社会的附属物时，个人情爱的必要性和合理性，就缺乏了生存的土壤。改革开放后，五四时期的个人婚恋观推陈出新，以"爱情"为基础的婚姻又重新回归到社会生活。然而，因社会的急速市场化，中国人的婚恋观念也呈现出一种市场化倾向，婚姻业已成为个人利益的最大工具。此外，女性主义思想的再次苏醒，使更多的人去思考婚姻的本质。中国人的婚恋观念，就因而呈现出极其复杂多变的状态。

正因为张恨水、林语堂、朱自清、梁实秋、朱湘、钱钟书等作家，他们的婚恋生活经历了 20 世纪婚恋观的急速变化，乃至于人们对他们婚恋生活与创作生涯的关联兴趣不大。连朱湘的《海外寄霓君》的影响，也无法与鲁迅的《两地书》、徐志摩的《爱眉小札》和沈从文的《湘行书简》相提并论。然而，张恨水可以多妻和平共处，胜似亲人；林语堂耄耋之年仍难以忘怀的初恋；朱自清忘不了发妻的贤惠又珍视新人的温情；梁实秋在发妻死于非命后又投入热情似火的黄昏恋；朱湘在穷困和世俗中，绝望于婚姻的平庸；钱钟书与杨绛一辈子的举案齐眉……书写著名作家、诗人和学者的经历，远比解说那些张扬个性解放、婚姻自主，抑或主张个人情感让位于民族解放的芸芸众生的故事，更能形象地说明 20 世纪中国作家是如何从包办婚姻过渡到自由恋爱的。透过这些作家的婚恋历史和创作之路，或许我们更能洞悉 20 世纪著名作家的婚恋生活与创作之间的关系，感悟他们在婚恋生活中经历的阵痛和蜕变，从而更加深刻地理解 20 世纪婚姻观念的变迁对于中国历史进程的影响。

目录

第一章　张恨水："不道多情，正是多情侣"　　　　**001**

一、"相见无多，悔不初相遇"：徐文淑　　　　002

二、"客里年华，多谢伊关照"：胡秋霞　　　　013

三、"喜得素心人，相与共朝夕"：周南　　　　026

第二章　林语堂："在婚姻里寻觅浪漫情趣的人会永远失望"　　　　**055**

一、"我初恋的女友"：赖柏英　　　　056

二、"我非常爱这个朋友的妹妹"：陈锦端　　　　063

三、"爱情由结婚才开始"：廖翠凤　　　　072

第三章　朱自清："老实说，我是个欢喜女人的人"　　　　**111**

一、"除了孩子，你心里只有我"：武钟谦　　　　112

二、"你知不知道，你影响我是这般大呢"：陈竹隐　　　　138

第四章　梁实秋："男女之事若没有真的情感在内，是丑恶的"　　　　**160**

一、"以其全部精力、情感奉献给我"：程季淑　　　　161

二、"爱就是这样神奇的东西，它使人忘记自己"：韩菁清　　　　198

第五章　朱湘与霓君："这一段私情，就是你我两人知道"　　224

一、"我们的姻缘是天注定的父母指腹为婚"　　225

二、"夫妻之间，应该有什么话就说什么话"　　235

三、"何必将寿命俄延，倘若无幸福贮在来年"　　244

第六章　钱钟书与杨绛："绝无仅有的结合"　　252

一、"私传指授""异于常人""头角渐露"　　253

二、"不通不通""不好过""一星期都白活了"　　257

三、"吾两人之快乐乃彻始彻终不受障碍"　　260

四、"别后经时无只字，居然惜墨抵兼金"　　269

五、"从今以后，咱们只有死别，不再生离"　　273

六、"知有伤心写不成，小诗凄切作秋声"　　283

七、"旧邦更始得新命，如龙虎起风去随"　　288

八、"我已经走到人生的边缘上"　　295

附录：丁玲心中的瞿秋白　　299

参考文献　　308

后记　　309

第一章 张恨水：『不道多情，正是多情侣』

一、『相见无多，悔不初相遇』…徐文淑

二、『客里年华，多谢伊关照』…胡秋霞

三、『喜得素心人，相与共朝夕』…周南

20 世纪，"国内唯一的妇孺皆知的老作家"（老舍：《一点点认识》，重庆《新民报》，1944 年 5 月 16 日）张恨水，其人其文，堪称千古传奇。作为职业报人，他供职于新闻报刊三十余年；同时创作七八部小说在报刊上连载。创作数量之多，在报刊上连载时间之长，各种艺术改编之勤，迄今为止，无人能望其项背。然而，他长期不懈地对章回体小说进行时代改良，不但没有得到左翼文坛的认可，反而还被一些人冠以"鸳鸯蝴蝶派"之名，长期处于边缘地位。在个人感情生活上，他既饱受包办婚姻之苦，又公开纳妾同居。他与三位妻子不离不弃，情深意重一辈子，在 20 世纪的中国，无人能出其右。21 世纪以来，张恨水的言情小说，又受到影视编导和观众的追捧，一时洛阳纸贵，成为传媒和观众争相热议的话题。秉承"罗曼斯更无须提及"（张恨水：《写作生涯回忆》，《张恨水精选集》276 页，北京燕山出版社，2009 年 6 月）的张恨水，其风花雪月的浪漫情怀，并非羚羊挂角，无迹可寻。沿袭他生活的轨迹和创作中的表现，不仅可以窥见雪泥鸿爪，而且还会发现，他的一百多部长篇小说和数千万字的散文随笔，无不是在女性的温情和支持下完成的。

一、"相见无多，悔不初相遇"：徐文淑

张恨水（1895—1967），原籍安徽潜山，1895 年生于江西广信府，族名"芳松"，学名"心远"。其祖父张兆甲（1838—1901），身材魁梧，力大无穷，精通武术。曾在湘军中出生入死，战功显赫，花甲之年，升任为广信协镇（旅

长）。父亲张钰（1872—1912），为人开明，"学剑不成，一行作吏"，当过幕僚、税务官。母亲戴信兰（1877—1949），心灵手巧，为人忠厚。张恨水幼年时，成天迷迷瞪瞪、喜欢睡觉，母亲亲昵称他为"呆子"。他自然不呆，对祖父的武功很是崇拜，特别惊叹于祖父手拿一双筷子，随手一伸，就能夹断苍蝇翅膀的绝技。多年后，他还将其移植在《啼笑因缘》中关寿峰请樊家树吃饭时用筷子夹苍蝇的情节上。父亲因学文不成，屈居下吏，而寄希望于他。在他6岁时，即送他入私塾蒙学。自此，张恨水耽读于"十三经"和古典文学名著，特别是《红楼梦》等小说，使他领会了"作文之法"。张恨水在8岁时，随父到景德镇读私塾，与同庚女同学秋凤感情甚好。两人一起读书，一起游戏。秋凤之母对张父说："两小无猜，将来应成眷属也。"甚至在人多时还戏谑他们"作新人交拜式"（张恨水：《旧年怀旧》，1929年3月3日《上海画报》）。儿时的少小慕艾，张恨水刻骨铭心，他常常撰文追怀。

1908年，张恨水又随父来到江西新淦县（今新干县）三湖镇的经馆，跟随萧先生学做八股文和"试律诗"。三湖镇的求学生涯，不仅给张恨水留下美好的回忆，而且对他日后的写作生涯影响甚大。1935年，他就以自己在江西三湖镇私塾读书的经历，创作了一部带有自传色彩的"用心"之作：《北雁南飞》。小说中李小秋与姚春华的爱情悲剧，不仅承载了张恨水"水样的春愁"般的童年足迹，而且李小秋的父母身上也明显地有张钰和戴信兰的身影。抗战时期，张恨水在小说《八十一梦·退回去二十年》中，又一次以梦幻的形式，将自己的父母和萧先生写进了梦中。1909年，张恨水插班新式学堂南昌大同小学三年级学习新知识。两年后，转入南昌甲种农业学校农桑科就读。1912年秋，父亲为朋友吊孝而染上"走黄"，暴病身亡，留下36岁的妻子和6个儿女。张恨水也因此辍学回到原籍——安徽潜山岭头村。次年，在堂兄张东野的支持下，张恨水考入孙中山在苏州开办的蒙藏垦殖学校。恰逢《小说月报》征稿，遂一气呵成描写青年男女婚姻笑话的文言小说《旧新娘》和内容为一个孀妇自杀的白话文小说《桃花劫》应征。出乎他的意料，编者恽铁樵亲笔回信，告之"稿子很好，意思尤可钦佩，容缓选载"。虽然这两篇习作后来都流产了，却增强了张恨水对自己的创作才华的信心。"二次革命"失败后，学校解散，18岁的张恨水再次失学，返乡潜居"老书房"刻苦自修，遭到乡邻的白眼。

　　36岁即守寡的戴信兰看到大儿子张恨水成天关在书房读书作画，闷闷不乐，很是焦虑。为了使儿子能安心在家过日子，就向妯娌吐露了为他娶一位妻子的想法。堂弟张以良的妻子就把自己娘家源潭乡徐家牌楼徐家的一位姑娘介绍给张恨水。徐家祖上做过官，如今家道中落，徐父是私塾里的教书先生，写得一手好对子。其女儿名大毛，时年16岁，会女红，知礼贤淑。戴信兰认为两家门当户对，尚可。于是，便向儿子说明此事。张恨水的志向不在潜山，母亲要他与一个村姑成亲，他不甘心。更何况，他少小慕艾的秋凤还坚守在他心中。可面对母亲养育兄妹六人的艰难和对自己的苦苦奉劝，他纵有千般不愿，也无法违拗母亲的决定。戴信兰看到儿子很勉强，决定带他先去看看人。

　　潜山有这样的习俗：凡遇丰年，每当农闲，村村寨寨都要搭台唱戏以示庆贺。1913年秋，戴信兰听说徐家牌楼要演大戏《二龙山》，带着不甚情愿的儿子前去相亲。然而，母子俩中了媒人亲戚的障眼法，媒人有意将他们的视线转移到与徐大毛在一起的表妹身上。徐大毛的表妹模样俊俏，张、徐两家的这门亲事自然顺利定下。

　　1913年农历腊月初八，戴信兰为儿子操办的婚礼如期举行。可等张恨水满怀憧憬地掀开新娘子的盖头时，却使他倒吸了一口冷气，惊诧不已。那位寄予了他无限幻想的美丽姑娘，仿佛如同魔术一般，瞬间成了"翘嘴唇、塌鼻梁、身材矮胖"（宋海东：《张恨水情归何处》2页，新华出版社，2008年12月）的形象，这使正沉浸在礼拜六派小说的故事里、做着才子佳人梦的张恨水，不知所措。疑惑、痛苦乃至绝望的情绪，使他在新婚之夜，竟然逃离新房，一路狂奔到后山坡，独自啜泣。丈夫在洞房花烛之夜弃己而去，徐大毛委屈的哭声惊醒了住在隔壁的大妹张其范。戴信兰知道后前来问个究竟，一看媳妇并不是在徐家牌楼戏台下的那位姑娘，也颇感诧异，并对儿子心生愧疚。然而，木已成舟，她也只好一边安慰媳妇，一边派人去把儿子找回来。

于是，在张以良的带领下，一家老小打着火把，从房前屋后开始满山遍野地寻新郎官。众人历尽艰辛，总算在后山坡找到泪流满面的张恨水。在一番训斥后，张恨水得知母亲为此呕血，才踉踉跄跄回到了家。母子相见，无语泪先流。戴信兰并不责备儿子，只是劝他认命，并承诺将来再为他娶一位中意的姑娘。张恨水望着憔悴不堪的母亲，只好回到了新房。此时，凄清的月光从窗外银桂的缝隙中照射在纸窗上，张恨水辗转反侧，徐大毛梦呓之语又此起彼伏，他更是难以入睡。待家人睡后，他披衣独坐窗下，南唐李后主李煜的《乌夜啼》浮现在脑海，挥之不去：

> 林花谢了春红，太匆匆，无奈朝来寒雨晚来风。
>
> 胭脂泪，相留醉，几时重，自是人生长恨水长东。

日后，张恨水将自己新婚之夜的情形，记载在散文《桂窗之夜》中。秉承孝道，张恨水接受了母亲的包办婚姻。其中的矛盾与痛苦，他在小说《换巢鸾凤》中感同身受地写道："自幼曾读中国书者，明知旧礼教之杀人，而又不忍牺牲一切以突破之，此其所以痛也。"徐大毛目不识丁，又是小脚，使张恨水很是不爽，郁郁寡欢，终日把自己关在"老书房"里翻阅线装书。乡下人看到他成天潜居读书，就给他取了个"大书箱"的绰号。在遭逢失学和饱受封建包办婚姻之苦时，张恨水便模仿《花月痕》的路数，写就章回体白话文小说《青衫泪》（17卷，未完稿），借此抒发自己心中的愁绪和对前途的迷茫。

婚后，徐大毛并没有因为丈夫的冷淡而心生不满，反而任劳任怨地伺候婆婆、照顾弟妹，大妹张其范还为之取名徐文淑（1898-1958）。可是，基于对母亲的孝道才应承了这门婚事的张恨水，在相当长的一段时间里，不愿与之圆房。徐文淑则以自己的贤德，赢得了张家上上下下的称赞。张恨水也因之对她产生了同情，在家人的劝说下，他勉强接受了徐文淑。可在与妻子同居近半年后，他仍然不甘心就此终老乡间，便在婚后的第二年开春，只身前往南昌补习学堂学习。生活上全靠祖上留下的两间披屋的租金，日子过得非常拮据。暑期，他到景德镇探望童年女友秋凤。可时过境迁，秋凤已嫁他人，张恨水只好怀着无尽的惆怅而返。同年秋天，因母亲把故居的房屋委托在此经营铜匠铺子的舅舅代为出售，张恨水失去了生活来源，被迫辍学。但他仍然不愿如母所愿回家，便只身前往武汉，投奔在汉口作小报编辑的本家叔祖张犀草，开始为小报写补白。闲暇之余，写诗投稿，因李煜《乌夜啼》中的"自是人生长恨水长东"触动了自己的愁绪，遂取"恨水"为笔名。自此，小说大家张恨水诞生了。

不久，张恨水与堂兄张东野在汉口重逢。张东野失意于警界后，回湖南跻身文明进化团，成了一名颇有名声、艺名为"张颠颠"的话剧演员。此时，正随团来武汉演出，得知张恨水在汉口，便邀请他加入剧团，谋求发展。于是，张恨水入盟随团，写解说词与说明书。人手不够时，也偶尔凑数上台饰演一个小角色。

1915 年 6 月，张恨水随团到沪演出时，在张东野的引荐下，结识了曾任安徽芜湖《皖江日报》的总编郝耕仁。郝耕仁对张恨水的才华很是赏识，叫他潜心自学，开创自己的写作事业。同年底，因剧团收入锐减，张恨水被迫回乡，再次遭到乡人的奚落和嘲笑。张恨水不以为忤，满怀信心地矢志读书与写作。徐文淑看到丈夫回家，很是高兴，竭尽全力地照顾他的饮食起居。妻子的贤惠与温柔，使张恨水对她多了一份怜惜，夫妻感情有所好转。在妻子的照顾下，张恨水写成中篇小说《未婚妻》《紫玉成烟》和散文《楼窗零草》。

1917年春，族叔张楚萍因莫须有的罪名被上海巡捕房逮捕，判刑七年。在家的包办妻子获悉后，卖掉全部田产，委托熟悉上海的张恨水赴沪斡旋营救。张楚萍诗文俱佳，才华横溢，洒脱不羁，因性情孤僻，怀才不遇。痴迷桃花，自称"疯子"。为反对包办婚姻，长期浪迹天涯。他比张恨水年长四岁，两人相契投缘，感情甚笃。张恨水到上海后，历尽艰辛，为之争取减刑两年。遗憾的是，张楚萍在出狱的前一年，病死狱中。此事给张恨水留下难以磨灭的隐痛。多年后，他不仅写下《怪诗人张楚萍传》（1933年9月1日上海《金刚钻》），还在名作《八十一梦·天堂之游》中，将之幻化为一身正气的言官。

张恨水在办妥族叔之事后，故地重游苏州，邂逅了文明进化团的李君盘，受邀加入文明戏班"民兴社"，负责编剧和写广告。在此还结识了刘半农、徐半梅（即后来的滑稽小说家徐卓呆）等好友。之后，又随团到南昌，仍然穷困潦倒。同年冬，返回故乡潜山老家自修。第二年春，张恨水受郝耕仁之约，前往安庆相会，一同外出旅游，了解世风民情。郝耕仁带了两提箱药品沿路出售，以作盘缠。他们先后到镇江、扬州，遍寻名山古刹，最后到了邵伯镇，遭遇军阀混战，不得不折回上海，两人的"老残梦"就此破灭。这次旅行，郝耕仁的达观和军阀混战都给张恨水留下了深刻印象。不仅使他淡然于家乡人的奚落，而且也为他日后创作揭露军阀混战的小说打下了坚实的生活基础。

是年秋，张恨水离沪返乡，居家苦读。或许是人生失意，外面的世界很无奈。张恨水回乡后，夫妻俩度过一段相濡以沫的生活。徐文淑怀上了孩子，一家人都为之高兴。遗憾的是，张恨水的长女胎玫（"胎中的玫瑰"之意），在出生后三个月即夭折，这对徐文淑的打击无疑是沉重的，也影响了他们夫妻之间的感情。不久，张恨水又接到郝耕仁的来信，告之他滞留在上海时创作的中篇小说《未婚妻》，被朋友推荐到《锡报》，《锡报》编辑颇为欣赏，决定刊

载，并约请他再写几篇。受此鼓励，张恨水一气呵成小说《未婚夫》。郝耕仁
还告诉他，因自己要到广州参加革命政府，便将芜湖《皖江日报》总编辑的职
位保荐给他。

1919新年刚过，张恨水就来到芜湖，就任《皖江日报》总编辑，从而开
始了长达30余年的编辑记者生涯。接手《皖江日报》的总编职务后，张恨水
一改"剪刀加糨糊"的编报方式，将自己的文言中篇《紫玉成烟》放在报上发
表，获得好评。随即，他又创作了言情长篇小说《南国相思谱》在副刊上连
载，受到喜欢风花雪月、男欢女爱的小市民的热烈追捧。报纸的发行量猛增，
报社经理谭居亭为之加薪。郝耕仁行前，去向张恨水道别，看到他满脸倦意，
又忙得不可开交，便顺手在案上填了半阕《丑奴儿》嘲谑："三更三点奈何
天，手也挥酸，眼也睁圆，谁写糊涂账一篇？"张恨水看到后，信手补齐下阕：
"一刀一笔一糨糊，写也粗疏，贴也糊涂，自己文章认得无？"两人相视大笑。

张恨水在编报之余，又在上海《民国日报》副刊上发表了短篇《真假宝
玉》和中篇《小说迷魂游地府记》。前者借贾宝玉之口讽刺了《红楼梦》一剧
中饰演宝黛的一些著名京剧演员；后者较为真实地描绘了辛亥革命到五四运动
前夕，北平、上海出版界和市民的精神生活。这两篇白话文小说在上海文坛的
反响，既满足了张恨水的发表欲，又增加了他走写作之路的信心。

五四运动爆发的消息传到芜湖后，张恨水的爱国情怀被激发，他鼓动编辑
部同人上街游行。这次爱国义举，增强了芜湖人民的反日士气。不久，北京的
同乡王夫三来信邀请他去北京，并告之他可以在北京大学做旁听生。到北京读
书，是张恨水挥之不去的梦。因此，同年秋天，张恨水谢绝了报社主人的再三
挽留，辞去《皖江日报》总编职务，借钱只身赴京求学。到北京后，他住进了
为单身住宿者提供廉价伙食的安徽会馆。第二天，在王夫三的引荐下，结识上
海《时事新报》驻京记者秦墨哂，为他每天发四篇新闻稿子，月薪10元。闲
暇之余，张恨水在会馆里闷头读书，攻读《词学大全》。兴之所至，照谱填上

一阕《念奴娇》，以抒发自己求学无着、身处异乡的苦闷与孤独。词曰：

> 十年湖海。问归囊，除是一肩风月。憔悴旧时歌舞地，此恨老僧能说。旭日莺花，连天鼓吹，霎都休歇。凭栏无语，孤城残照明灭。
>
> 披发独上西山。昂头大笑，谁是封侯骨？斜倚长松支足坐，闲数中原豪杰。芥子乾坤，蜉蝣身世，坠落三千劫。怆然垂涕，山河如梦环列。

同乡方竞舟颇为欣赏，顺手拿走。北平《益世报》的总编辑成舍我读后，为张恨水的才华倾倒。成舍我也喜爱诗词，雕章琢句之时，喜欢摇头晃脑，被同学誉之为"摇头先生"。在方竞舟的介绍下，成舍我推荐张恨水兼任《益世报》的助理编辑，月薪30元。衣食之忧虽已解决，但白天晚上的劳作，却很辛苦。身居异乡，对母亲和妻子的牵挂，使张恨水将满腔的愁绪都放在填词作诗上。他常常与同好成舍我通宵达旦地唱和联句。每天清晨，他又大声诵读英文，使同院居住的经理太太非常反感，要求丈夫将其轰走。惜才的杜竹萱折中地派他去做天津《益世报》的驻京记者。因祸得福，张恨水从此不用再上晚班，每两天只需写一篇通讯即可。有了更多的自由和时间，他索性报读了商务印书馆的英文函授学校。

为了兑现自己在病榻前向父亲的承诺，挣钱养活母亲和弟妹们，张恨水不仅放弃了上北大的求学梦，而且还自己给自己加码，兼任了芜湖《工商日报》驻京记者，挤时间创作了以"安徽自治运动"为题材的长篇小说《皖江潮》，交由《皖江日报》连载。甘当"新闻工作的苦力"的张恨水，将挣来的薪水，除小部分自用外，全部用于家人的开销。为了方便弟妹的学习，1922年，他拜托好友郝耕仁，将家从潜山的乡下搬到了芜湖，并为这十口之家请了一个女佣，协助妻子徐文淑操持家务。

　　1923 年春节，张恨水回芜湖探亲，又感受到了妻子的温柔和家的温暖。他立志要将家人接到北京来，和自己一起生活。返京后，他为了挣钱养家，更加勤奋，先后兼任了世界通讯社的总编辑，协助成舍我创办"联合通讯社"、编辑北平《今报》等。与此同时，他还给上海的《申报》《新闻报》写通讯。

　　1924 年 4 月 1 日，成舍我创办的《世界晚报》在北京西单手帕胡同 35 号正式出刊。张恨水受邀负责主编副刊《世界晚报·夜光》。为了扩大报纸的销路，成舍我请他为副刊写一部长篇小说连载，张恨水愉快接受。这就是他的成名作《春明外史》（"春明"本是唐朝都城长安城东面三门中的一门，后来成为都城的别称。《春明外史》亦为"京城野史"）。小说于 1924 年 4 月 12 日开始在副刊《世界晚报·夜光》上连载，直至 1929 年 1 月 24 日全部载完，长达五年之久。张恨水将自己流寓京门的感伤体验和作为报人搜集到的社会新闻，作为贯穿小说的结构线索，在抒写旧式才子哀感缠绵的同时，也将当时北京名人的奇闻逸事融入其中，以此揭露北洋军阀时期北京政局的内幕。小说从见报的第一天起，就受到了北京各阶层读者的关注。随着连载的时间延长，反响愈来愈大。《春明外史》也因此成了《世界晚报》的一张"王牌"。当小说连载到第 13 回时，由北京《世界日报》出版了单行本，发行不久，即告馨尽，屡次再版，仍供不应求。1927 年 11 月，一、二集又合并出版，很快又销售一空。1930 年，上海世界书局将全书出版，上下共 2 函 12 册。发行前，出版者在上海《申报》《新闻报》两大报上刊出巨幅广告，并将全书的 86 回目全文，用大字刊载，先声夺人，在上海滩引起轰动。书发行后，一版再版，很快售馨。张恨水随之被南北文坛认可。

　　1925 年 2 月，成舍我又在北平创办了《世界日报》，仍请张恨水执编副刊《明珠》，希望他能为副刊再写一部长篇小说连载。张恨水便模仿明末清初

烟霞散人《斩鬼传》的笔调，创作了 14 回的《新斩鬼传》，于 1926 年 2 月 19
日开始在《世界日报·明珠》上连载。小说借大家熟知的斩鬼能手钟馗，面对
现代社会层出不穷的鬼域世界，怒而兴兵，再度斩妖除魔。然而，面对"没
脸鬼"的苟延残喘，他却无能为力，只好铩羽而归。小说极尽讽刺挖苦的笔
触，以幽默轻松的语气，写出了民国初年的世态人心和黑暗现实。随后，张恨
水又相继创作了讽刺北京官场的《荆棘山河》和表现爱情的《交际明星》连载
于《明珠》副刊。张恨水拼命写作，目的就是承担弟妹的教育，将家搬到北
京，担负起他作为长子的责任。如今，他闻名全国，有条件履行对父亲的承
诺。1926 年，张恨水托人在北平未英胡同 36 号买了一个大小五个院子的房子，
将妻子徐文淑、母亲及弟妹从芜湖接到北京团聚。

此时，张恨水在北平已和胡秋霞结婚，并生有闺女大宝。拙于言辞的徐文
淑对丈夫纳妾没有丝毫抱怨，反而与胡秋霞亲如姐妹一般。母亲戴信兰有感
于媳妇的贤惠，希望她老来有靠，就常常劝长子张恨水到徐文淑屋里去。1927
年，来京不久的徐文淑又生下一个男孩，不料却是个死婴。徐文淑悲痛欲绝，
张恨水去向母亲谢罪。两个孩子的夭亡，使张恨水与徐文淑之间的夫妻之情更
加淡漠。此后，他很少与徐文淑同房。

作为女人，徐文淑渴望有自己的孩子，也奢求有张恨水的孩子后，能得丈
夫的怜惜与疼爱。或许是造化弄人，自己命该无后，徐文淑认命了。然而，徐
文淑虽然迷信，也没文化，知道丈夫并不爱自己，但她心地善良，视张恨水与
胡秋霞、周南的子女为己出。特别是对张恨水的长子张晓水（胡秋霞在 1928
年冬季所生），更是疼爱有加。张晓水早产，来不及找接生婆，胎儿下地没有
哭声，徐文淑将其抱入怀里，用体温将其暖醒。几个小时后，他才哭出声来。
直到晚年，张晓水还时常念叨："我的命是大妈救的。"徐文淑与胡秋霞毗邻
而居，有一天张晓水半夜醒来，又哭又闹，胡秋霞因白天劳累过度，睡得过
沉，未曾听见，而张恨水此时还在书房写稿，并不知情。结果，张晓水连人带

被掉下了床。隔壁的徐文淑听见后，急忙赶来，将其抱起。胡秋霞惊醒后，惊骇不已。徐文淑就说，自己闲来无事，干脆把大安子（张晓水小名）交给自己带养。自此以后，她常常帮助胡秋霞照料张晓水。在北平生活的十年时间里，徐文淑总是任劳任怨地陪伴婆婆，照顾胡秋霞和周南的孩子，也与张恨水的弟妹相处和睦。1936 年，因张恨水在南京创办《南京人报》，徐文淑随同家人迁至南京。抗战前夕，为避战乱，她又陪着婆婆返回老家潜山。抗战胜利后，又随家迁往安庆定居。徐文淑在潜山期间，张恨水按月给她和家人寄去生活费。每当收到款项时，她都感到自豪，逢人便说："我嫁了棵'摇钱树'呢！"

　　徐文淑勤俭持家，厉行节约。1949 年前夕，回到潜山老家后，她把张恨水给她的生活费积攒起来，买了一担种子的土地，租给别人耕种，用作防老。不料，却因此被划为地主，成了被管制和监督的劳动对象。不久，她就以照顾病重的婆婆为名，离开潜山赴安庆。1949 年婆婆戴信兰病逝后，她就长住在安庆元宁巷 3 号。因无子嗣，徐文淑不免孤单寂寞。她便把妹妹的女儿接到身边，一起生活。老年的徐文淑业已看破人世恩怨，成天吃斋念佛。1955 年夏，张恨水只身南游，经合肥抵安庆来看望她。夫妻别后五年相见，一个星期的相聚，转瞬即逝。张恨水本想回乡祭扫先人庐墓，因徐文淑害怕丈夫回乡，暴露自己的藏身之地，张恨水只好放弃。

　　在徐文淑的心目中，视张晓水为亲生，常常信函关怀。1958 年，年逾花甲的她外出给张晓水寄信，不幸跌倒在街头而中风。路人急忙将她送往安庆市人民医院抢救。然而已无力回天，无爱一生的徐文淑就这样撒手人寰。人们还是根据信封上落下寄信人地址找到了她的家，才知道这位其貌不扬的老太太，竟是大名鼎鼎的通俗小说大家张恨水的原配妻子。张恨水得知噩耗时，因周南正要做手术，无法分身，便交给长子张晓水 700 元钱，委派他代表自己前往料理后事。张晓水临行前，张恨水嘱咐他要将徐文淑安葬在张家的祖坟山上。在张恨水心目中，徐文淑毕竟是自己的原配妻子，虽是母亲包办，对自己却忠心耿耿一辈子。1989 年，张晓水在张家祖坟旁为徐文淑立了一块新墓碑，碑上刻有"张母徐老孺人文淑之墓"。（参见宋海东：《张恨水情归何处》4 页，新华出版社，2008 年 12 月）

二、"客里年华，多谢伊关照"：胡秋霞

1919 年秋，张恨水怀抱着到北大求学的凤愿，只身来到北京。开始时，为了生存和养家糊口，他投身报业，拼命工作，以此来抑制住自己对爱情的憧憬和性的欲望。可每天忙完工作独自一人时，不免寂寞，只好靠填词作诗，聊解郁闷。多愁善感的情绪如影随形，特别是万家团圆的节假日，更是孤苦。1923 年除夕，张恨水茕然孑立地蜗居潜山会馆，怅惘之际，慢步到宣武门外的粉房边，心中陡然升起一缕缕乡愁。于是，他点上一支烟，口占一绝：

宣南车马逐京尘，除夕无家着此身；
行近通衢时小立，独含烟草看忙人。

随后，他来到一小食店自斟自酌，不知不觉中已醉眼蒙眬。在回会馆的路上，竟稀里糊涂地被站在挂粉红色灯笼门前的少女拉进了红漆大门，在恍惚之间孟浪了一夜。（参见石楠：《张恨水传》116 页，江苏文艺出版社，2000 年 1 月）

张恨水是一个典型的传统文人，旧式文人的习气颇浓，忌讳向人述说自己的情爱生活。他在回忆录中曾隐约提及，他和胡秋霞结婚前，在北京曾有过两次不成功的感情经历，但都是点到即止，语焉不详。我们现在能看到的，是他将自己的情感生活幻化在《春明外史》的主人公杨杏园身上。《春明外史》的

中心线索是报馆记者杨杏园与雏妓梨云、零落才女诗人李冬青荡气回肠的爱情故事，以此旁及北平的三教九流，上至总统、总理，下到妓女、戏子，无所不包，堪称一幅 20 世纪 20 年代的北京风俗图。

张恨水在《写作生涯回忆》中说："《春明外史》的人物，不可讳言，是当时社会上一群人影。"此说不假，当小说在报刊上连载时，读者就开始对小说中的人物进行索隐，说《春明外史》是作者的夫子自道，书中的杨杏园写的就是他自己。虽然张恨水一再坚持说"小说这个东西，究竟不是历史，它不必以斧敲钉，以钉入木，那样实实在在""书中的杨杏园死了，到现在我还健在。宇宙里没有死人能写自传的"。（《张恨水精选集》292 页，北京燕山出版社，2009 年 6 月）但不可否认，杨杏园这个主人公身上，明显地承载了作者本人诸多爱好、性格和经历。比如恨水原名"心远"，与"杏园"谐音；杨杏园是安徽潜山人、新闻记者；不打牌、不喝酒；喜喝浓茶、听京戏；爱花、喜欢写诗填词，等等。尤其是杨杏园与梨云和李冬青的两次恋爱，更是寄予了张恨水本人两次撕心裂肺的失恋痛苦。

我们知道，痴迷于才子佳人幻梦的张恨水，虽然业已成婚，可母亲包办的婚姻并没有使他感受到浪漫的温馨。作为一个正常的年轻人，单身在外，衣食无忧时，不免有思春之念。求而不得之时，在朋友的怂恿下，他也曾效仿古代名士，到妓院去寻找似李香君和董小宛的知音。然而，张恨水毕竟没有侯方域和冒辟疆幸运，他既没有闲钱也没有闲暇，在妓院自然不可能找到心目中的红颜知己。（参见袁进：《小说奇才——张恨水》62 页，上海书店出版社，1999 年 2 月）

《春明外史》中的主人公杨杏园到八大胡同松竹班走动时，偶识雏妓梨云的经历，就隐约地记载了张恨水名士风流梦的败北。旅居北京的皖中世家子弟杨杏园，既是清白正派的"报人"，又是风流自赏的才子。他情系梨云的小鸟依人，楚楚可怜，无奈鸨母欺穷，不准梨云善待他，他自此心灰意冷。不久，他又撞见梨云与一男子在汽车中谈笑风生，更是伤怀不已。可当他得知梨云因生重病被鸨母弃之小屋时，又于心不忍，前去探望，四目相对，泪流满面。接连几天，杨杏园都去照顾梨云。梨云清醒后向他倾诉衷肠，两人冰释前嫌。接着，梨云郑重地向他拜托后事，杨杏园闻之肝胆欲裂，极力劝慰，并表示如若梨云遭遇不测，他将以未婚妻之名殡葬。第二天，杨杏园接到堂叔病危急电，匆忙赴津。三天后返回，梨云已香消玉殒。杨杏园闻之口吐鲜血，昏倒在地。当他从医院醒来，心力交瘁，只好委托友人代为料理梨云后事，并将自己一张六寸近照置于梨云棺木中。梨云下葬时，他亲拟挽联，前往梨云灵前祭奠。杨杏园与梨云的爱情悲剧，折射出张恨水奢望在妓院寻"一风尘知己"梦的破灭。

小说中，杨杏园因读了李冬青为《花间词》写的小跋和书中夹的两首词，觉得词章俱佳、字迹娟秀而生倾慕；李冬青因读过杨杏园在报端《步〈花月痕〉中书痴珠本事诗原韵》的篇什而印象深刻。如今相见，情愫顿生，难以割舍。他们诗文唱和，情意炽烈，可每当杨杏园谈及人间爱情时，李冬青因患有先天暗疾，不能结婚，只好沉默相对。有缘无分，佳期难成，李冬青黯然奉母南下，想以此促成贫女史科莲李代桃僵。史科莲又误以为自己妨碍了他们喜结连理，便孤身飘荡江湖去了。小说的最后，杨杏园在"偏是这梨云女士，黄土陇中，女儿命薄；而冬青女士，又是西纱窗下，学士无缘"的凄凉惨境中，咯血身亡。作品中，巨室庶出的零落女子李冬青拒绝了杨杏园的爱情，并由此引发的爱情悲剧，似乎也反映出现实生活中，张恨水在第二次失恋的沉重打击下，产生了强烈的自卑感，"促使这位已有一定社会地位，且有一定知名度的小说家转向贫民习艺所选择对象。"（袁进：《小说奇才——张恨水》61页，上海书店出版社，1999年2月）

好友王夫三和方竟舟知道张恨水的才子佳人梦破灭后，便劝他才子配佳人固然令人羡慕，然而太理想化了，还是现实和明智点，找一个小鸟依人的姑娘来照顾自己的生活。纵然失去了琴瑟和谐的浪漫，也有红袖添香的温馨。当时，北京的贫民习艺所收养了不少孤儿，女的到了婚嫁年龄就将照片挂在门外的墙上，供人挑选。

朋友们知道张恨水有此念头后，就在贫民习艺所给他介绍了一位姓马的姑娘。张恨水与马姑娘一见如故，彼此都有好感。马姑娘人很灵秀，又识文断字，张恨水有心娶她。不料，马姑娘早被别人看中，虽非本意，却无法更改，张恨水又遭遇了一场落花有意、流水无情的失意惆怅。有情有义的马姑娘为此也心疼不已，便向他推荐一位名叫招弟的姑娘。（参见徐迅：《张恨水家事》78 页，中国华侨出版社，2009 年 1 月）

招弟出生于重庆，是挑水工人的女儿。幼年时，被拐卖到上海杨家当丫鬟，后随之来到北京。因其性格倔强，常常挨打受骂饿饭。豆蔻年华时，因失手打碎一只花瓶，被主人罚跪在雪地里。一个好心的巡警告诉她，石碑胡同有个妇女救济院专门收养无依无靠的女孩，她便来到这里做了一名糊纸盒的女工。

张恨水听了马姑娘的介绍，对招弟心生同情。一见面，即为其清秀的面容、苗条的身材、宛若秋水的明目所吸引。在征求母亲和朋友郝耕仁的意见后，他向救济院交了一笔抚养费，便把招弟接了出来。因当时招弟年仅 16 岁，身体又十分瘦弱，张恨水没有与她马上结婚，而是把她安排在潜山会馆，拜托一对相熟的老年夫妇照管。经过一年的接触与交往，两人增强了了解，也加深感情。1923 年秋，他们才举行了婚礼。

招弟的到来，不仅缓解了张恨水的寂寞与冷清，也给而立之年的他平添了无穷的快乐。张恨水以王勃《秋日登洪府滕王阁饯别序》中的名句"落霞与孤鹜齐飞，秋水共长天一色"为她取名为胡秋霞（1903-1983），小名梨花（另有一名，为胡瑞英），并将这句话悬挂在新房里。胡秋霞长期做有钱人家的丫鬟，是操持家务的好手。张恨水也有心培养她，为她制订好学习计划，教她识

字、读书。不久，聪明好学的胡秋霞，就已粗通文墨，当《春明外史》在报纸
连载时，她便先睹为快，时不时地还能提出一点点意见。特别是全家从芜湖搬
到北京后，胡秋霞的大度和勤劳，使张恨水颇为欣慰。他将妻子的小名"梨
花"嵌入《夜坐偶忆》一诗中，并变换角度用在《春明外史》里：

> 拈得金针夜又阑，牵衣微触指尖寒。
>
> 翻怜小病添憔悴，灯后贪将背影看。
>
> 却喜盆梅开几朵，阿侬生日与春回（冬至）。
>
> 夜阑织履围炉坐，料得知音踏雪来。
>
> 藕色宫袍玉雪青，锦绒薄薄一身轻。
>
> 明灯照出亭亭样，怪底梨花是小名。

（原载于 1926 年 12 月 6 日《世界日报》副刊《明珠》）

在胡秋霞的支持下，张恨水开始在《世界日报》副刊《明珠》上连载其社
会言情小说的典范——《金粉世家》。小说的主线是民国总理之子金燕西与冷
清秋、白秀珠二女子之间的三角恋情，副线为金府丫鬟小怜与柳少爷之间带有
传奇色彩的爱情故事。据张恨水小女张正说，这位小怜身上，明显地承载了胡
秋霞的身影。小怜的身世、经历，与胡秋霞几乎如出一辙：自幼到大户人家做
丫鬟，不辞而别，都经历过"灰姑娘"幸运的婚恋史。此外，胡秋霞曾经向张
正说过："我小时候给人做丫头，看少奶奶用香水，也羡慕极了。一回趁她不
在偷偷打开瓶子闻，不想把香水洒了半瓶，满屋子散发着奇香。少奶奶知道
后，对我边打边骂：'我这一瓶巴黎香水，你的小命也不够抵的……'"（转引
自（宋海东：《张恨水情归何处》5 页，新华出版社，2008 年 12 月）

张恨水与周南结婚前的七年间（1924-1931），与胡秋霞的感情甚好。胡
秋霞为人率直，对丈夫救自己出苦海，心存感念。因自小受苦，缺乏关爱。如

今张恨水给了她一个温暖的家，她非常珍惜。结婚后，她以照顾丈夫的饮食起居为己任，张恨水也从此感受到了红袖添香的温馨。1926 年冬，张恨水把全家从芜湖迁往北京后，胡秋霞在这个三十来口人的大家庭里，以其率直和热心赢得了上上下下的称颂。侄儿们亲切地称她为"好妈"，外甥们叫她"好舅妈"。特别是她孝敬公婆，与徐文淑又亲如姐妹，更是使张恨水欣慰不已。从1924 年到 1928 年，胡秋霞先后为张恨水生下了闺女大宝、康儿和长子张晓水（原名张小水）。1927 年 5 月 25 日，张恨水在《世界日报》发表的《蝶恋花》，就清晰地反映了他们夫妻琴瑟和鸣：

　　　　帘钩响动伊来到。屈指沉思，灯下低声道：明日如何消遣好？良辰千万休烦恼。

　　　　原来生日浑忘了，客里年华，多谢伊关照。我自伤心还一笑，伤心不要伊分晓。

此外，《南歌子》也再现了他们夫妇在深夜久立阶前同看银河的情景：

　　　　淡月寒庭树，微风响女萝。碧栏杆外晚凉多，偏是夜深贪着看银河。

　　　　诗思侵入骨，闲愁搅睡魔。已阶久立觉凉么？应是苍苔冰透小蛮靴。

《临江仙》，则记载了胡秋霞病了，张恨水守护床前，焚香熏病榻的深情：

　　　　眉样初斜墙外月，凄凉旧院黄昏。疏帘垂地寂无人，落花初满径，野竹自迎门。

窗里静眠人一个，枕边乱发如云。叫伊底事不消魂，焚香熏病榻，拾镜却愁颦。

（1927 年 6 月 18 日《世界日报》副刊《明珠》）

正是有胡秋霞的精心照顾和无微不至的关怀，解除了张恨水的后顾之忧，他才在编报之余，有足够的精力同时创作七部小说在报刊上连载。一些至今仍广为流传的传世之作，诸如《春明外史》《金粉世家》和《啼笑因缘》等作品得以问世。张恨水也因此由一名文坛的"小卒"跻身于一流小说家行列。

然而，由于胡秋霞自小给人当丫鬟，备受歧视，养成了倔强和激愤的性格。和张恨水结婚后，虽然加强了文化学习，但毕竟基础薄弱，收效不大，无法在精神上与张恨水产生共鸣。天长日久，张恨水不免感到心灵上的寂寞。

1928 年，一位出身富贵的才女出现在张恨水的生活中，他潜藏的才子佳人梦又一次被唤醒，他们互生爱慕之心。张恨水想娶她，这位接受了资产阶级个性解放思想熏陶的才女，不能容忍张恨水的旧式婚恋观。她向张恨水提出要求：要与之结合，必须与两位妻子离婚。心地善良又有责任心的张恨水，不忍心把相濡以沫的徐文淑和胡秋霞赶出家门，只好在痛苦中斩断了这段情缘。这位失望的才女后来结婚时，还向张恨水和胡秋霞夫妇发了请柬，邀请他们出席自己的婚礼。张恨水携胡秋霞按时出席。这位才女或许是不服气，有意出胡秋霞的洋相，以西餐招待宾客。从未吃过西餐的胡秋霞，左手执叉，右手持刀，娴熟至极，为张恨水挣足了面子。（参见（宋海东：《张恨水情归何处》7 页，新华出版社，2008 年 12 月）

1929 年 5 月，上海新闻记者东北视察团应阎锡山的邀请前往北平参观。上海第二大报《新闻报》副刊《快活林》主编严独鹤，通过钱芥尘的介绍，与张恨水一见如故。严独鹤邀请他为《快活林》撰写长篇小说连载。为了在南方文坛一炮打响，张恨水冥思苦想后，以几年前发生的轰动一时的社会新闻为素材而创作了《啼笑因缘》。

　　小说以富家子弟出身的青年学生樊家树与唱大鼓书的姑娘沈凤喜的爱情故事为主线，中间穿插了樊家树与何丽娜、关秀姑的感情纠葛和军阀刘国柱仗势霸占沈凤喜的情节，以及关寿峰父女扶弱锄强的武侠传奇。因有胡秋霞的精心照顾，家人团聚的其乐融融，长达30万字的《啼笑因缘》写得很顺手。从1930年3月17日开始在《新闻报·快活林》上连载，11月30日即载完，同年12月由上海三友书社出版单行本。无可否认，这部小说的成功，也融入了张恨水自己的生活。他曾对文友说过："我的长篇小说《啼笑因缘》中，众多的是我、文淑、周南的影子，其实秋霞也是非主角的主角啊。"（阿林：《张恨水的"啼笑姻缘三部曲"》，《档案时空》，2004年7期）正因为小说里的感情来源于作家对现实生活的情爱感受，具有普世价值，小说从连载开始，就受到了南方读者的热烈追捧，在社会上产生了极大反响，后被多次改编为电影、戏剧等，甚至发生过两公司为取得电影摄制权而大打官司的趣事。张恨水由此为南北文坛所认可，成为全国最著名的通俗小说家。

　　与胡秋霞相濡以沫七年，张恨水对妻子为自己生儿育女，照顾有加心存感念，便以自己与胡秋霞交往的经历，写成了一部集言情、谴责及武侠成分为一体的长篇小说《落霞孤鹜》，来纪念他们从相识到结合的这段生活。

　　小说描写的是民国初年，军阀横行，中学教员江秋鹜秘密参加革命党。某日，他路遇京城闻人赵重甫的婢女落霞，落霞因遗失买菜钱不敢回家，秋鹜出于同情，赠款为其解难。一日，赵重甫的侄子朱柳风来访，谈及军警将搜捕革命党要人江秋鹜。落霞闻知，急往报信，江秋鹜幸免于难。又一日，朱柳风调戏落霞被拒，反诬其图谋逃跑。落霞被强行送往妇女留养院收容，由此与同班孤女冯玉如甚为投缘，结为好友。相知渐深后，落霞遂将爱慕江秋鹜的内心秘密告知冯玉如。秋鹜潜居南方数月后重返京城，正值妇女留养院按照会章为所收容妇女公开择配。经友人相助，江秋鹜与冯玉如相识，并一见钟情。不久，留养院堂监牛太太受裁缝店业主王成衣重贿，欲以冯玉如嫁其子王福才，冯玉如不从，被囚禁于暗室。次夜，留养院厨房突遭大火，落霞冒险救出冯玉如。冯玉如为报救命之恩，自愿退出情场，下嫁王福才，并设计成全了落霞与江秋鹜。王家为巴结督军之子陆伯清，强逼冯玉如奉承他，冯玉如佯装与陆伯清周旋，伺机逃脱。江秋鹜与落霞婚后，仍不能忘情冯玉如，时常与之私会。落霞大病一场后终于发觉二人的纠葛，坚决反对三人同行。陆伯清获悉后，以冯玉如与江秋鹜的私情胁迫冯玉如就范。冯玉如身心俱焚，住进了疗养院。江秋鹜带落霞去乡下教书，夜宿疗养院。次晨，隔室掷来一信，江秋鹜拆阅，知是冯玉如绝笔，急出相见。只见冯玉如于风雨中驾汽车疾驶，撞大树而车毁人亡。为纪念冯玉如，江秋鹜从此更名孤鹜。

小说中的江秋鹜和落霞、冯玉如的情感纠葛，是昔日现实生活中张恨水、胡秋霞和马姑娘交往的隐约再现。其中的场景和人物的感情，几近写实。然而，毕竟是小说，也是为了市场和读者的需要，在情节上更为曲折、更具吸引力。

1931年后，张恨水的事业如日中天，稿约不断，稿费收入可观。功成名就之时，他因喜欢美术，在四弟张牧野和一些朋友的鼓动下，便以自己的稿费收入创办了"北平华北美术专门学校"，自任校长，兼教中国古典文学和小说创作等课程，学校的具体校务由其四弟主持。张恨水邀请齐白石、于非闇、王梦白、李苦禅等美术大师来校任教。其中齐白石、王梦白素不来往，只是碍于张恨水的友谊和情面，才在一校共事的，这已成为美术界的一段佳话。此外，他还聘请刘半农担任校董。由于张恨水名声大，报名的学生很踊跃，全校鼎盛时，有两百多个学生。学校虽然只办了4年的时间，却培养出了张仃、蓝马、凌子风和张启仁等才俊。张恨水自己趁机学起了山水画，还颇为自得地对朋友们说，他的画比散文、小说、诗都要好。

然而，张恨水与胡秋霞和谐的婚姻，也遭遇了七年之痒。

张恨水大妹张其范来北平后，在春明女中任教。她的学生中有一位名叫周淑云（后易名为周南）的女生，对张恨水连载的《啼笑因缘》痴迷不已，由小说及人，因缘际会，走入了张恨水的生活。或许张恨水功成名就后，红袖添香的名士气被周淑云激活，抑或是因为胡秋霞得知丈夫婚外情后的不理性，总之，张恨水这次动了真情，不仅接纳了周淑云的爱，而且还把她娶回家，做了自己的第三房太太。

自小缺乏温暖与爱的胡秋霞，自从与张恨水结婚以来，她把全部的感情都放在了他身上。张恨水"即是她的全部——她的天爷，她的地母，她的启蒙者，她的抚养人，她的兄长和丈夫，她终生唯一爱过的男人。"（张正：《魂梦潜山：张恨水纪传》295页，山西人民出版社，2000年1月）正因为寄予的厚望很重，自己的婚姻一旦受到威胁时，她便誓死捍卫，乃至于撕破脸皮，大吵大闹。气急之时，她把从前拍摄的所有照片，连同丈夫的合影，一并撕毁，甚至还向张恨水提出了离婚。

胡秋霞骨子里有"侠女"风范。摆脱雇主的虐待，靠糊纸盒为生，被张恨水拯救后，视他为救星、恩人。张恨水把家人和原配徐文淑接来北京，她没有丝毫怨尤。张恨水对她颇为喜欢。胡秋霞身材高挑（约有1米61），面容清秀，明眸皓齿，顾盼生情。年轻时与张恨水颇为般配。夫妻一同共过患难。如今，胡秋霞在甘为绿叶、陪伴张恨水走向他人生辉煌之时，遭逢情感的变故，作为一个自尊、自爱与自强的女性，为了挽救自己婚姻，激愤抗争，无可厚非。然而，身无长物又孤苦无依的胡秋霞，为了孩子，在抗争之后最终屈服。当然，张恨水也没有完全忘情于她，她对丈夫的爱也依然存在。

胡秋霞对丈夫与周南的恋情耿耿于怀，心绪十分恶劣，昔日当丫鬟因饥饿而患重病，偷吃主人的松花蛋佐饮米酒染上的酗酒嗜好，又变本加厉地复活了。她常常喝得酩酊大醉。由于心情不好，对孩子照顾自然不周。家里的佣人带着孩子们去逛街，不幸染上了猩红热，不到两个月，大宝和康儿两个女儿相继亡故。两个活泼可爱的女儿的夭亡，对胡秋霞和张恨水的打击几乎是毁灭性的。胡秋霞为此自责不已，欲哭无泪。张恨水一度产生过出家的念头。他在《金粉世家》的原序中凄然地感叹道："人生宇宙间，岂非一玄妙不可捉摸之悲剧乎？"

经此变故，在婆母和兄妹们的安抚劝说下，胡秋霞和张恨水握手言和。张恨水也常常抽时间陪她。第二年（1933年），胡秋霞生了三子庆儿（长子乳名大安子，两子的名字合起来即谓"安庆"）。自此以后，胡秋霞把整个身心全都放在抚育两个儿子身上。

张恨水成名后，胡秋霞先前的杨姓主人，又前来攀龙附凤，主动"认亲"。单纯、憨直、不懂世态炎凉的胡秋霞，在他们上门来玩耍时，总是以诚相待，回赠礼物。这种丫鬟被认亲的情景，或许对张恨水触动太深，成了《金粉世家》的第九十八回"院宇见榛芜大家中落　主翁成骨肉小婢高攀"中的生动情节。

1935年9月，张恨水应成舍我之邀到上海创办《立报》，后出任该报副刊《花果山》主编，并在其上连载描写贫穷姑娘悲惨遭遇和堕落文人无耻丑行的长篇小说《艺术之宫》。

小说取材于张恨水创办北平华北美术专门学校的经历和感悟，具有强烈的现实主义色彩。在北京某艺术学校的一群画家，成立了一个名为"艺术之宫"的俱乐部，拟招聘一位裸体女模特，为学生作画之用。贫穷姑娘秀儿为生活所迫，瞒着父亲，顶着社会上的流言蜚语，应聘了这份工作。其父知道后，重操艺人旧业，最后累死街头。秀儿在无助之时，接受学生段天德的百般追求，与之同居。段天德把她玩够后就将她抛弃。秀儿为了生存，只好重新回到"艺术之宫"当裸体模特。但那些画家表面上道貌岸然，内心却极其肮脏，对她百般侮辱，秀儿遭受接连的打击，终于气极而疯。

第二年春，张恨水举家迁至南京。不久，与张友鸾共同筹办《南京人报》。胡秋霞知道丈夫经费紧张后，义无反顾地拿出自己省吃俭用的私房钱2000元和首饰，帮助他购买印刷设备。1937 年七七事变后，张恨水把全家安置到安徽潜山，只身前往汉口参加抗日救亡运动。

1938 年 1 月，张恨水随同"文协"来到重庆。胡秋霞本打算赶赴重庆与丈夫共赴国难，因要安排一家老小的西迁，她便叫周南带着子女先行，自己随后前往。不料日寇进攻凌厉，潜山成了前线，交通受阻，去重庆也无可能。胡秋霞只好带着张晓水、张庆和婆母等人留守老家。不久，儿子张庆因伤寒复发，医治乏力而夭折，胡秋霞痛不欲生。张恨水为了缓解她的痛苦，历尽艰辛，为她找到了哥哥。此时，胡秋霞的父母已经亡故。张恨水告知她这个消息时，她并不为喜，甚至对这个叫不出自己乳名的哥哥，不予认可。后来，或许是年岁大了，她才与其兄一家人有了往来。

生活在重庆的张恨水，常常惦念在安徽老家的胡秋霞及家人，总是将自己的一部分稿费寄回老家。因为战争，钱只能寄到两百多里外的立煌（现金寨县）。每次前往立煌取一家老小活命钱的总是胡秋霞。此时的胡秋霞已成了一家老小的主心骨，晚辈们亲切地叫她"好妈"。

1946 年春节，张恨水曾带着周南及子女，历经艰辛回安庆老家探望母亲、徐文淑和胡秋霞母子。分别八年后，全家人团聚故乡，百感交集，其乐融融。不久，张恨水只身前往北平。待安顿好后，胡秋霞和子女们在 1946 年底才被接到北平居住。刚来北平时，胡秋霞住在《新民报》的员工宿舍，时常照顾张恨水的饮食起居。1947 年暮春时节，年届不惑又有肺病的胡秋霞怀上女儿张正，有人劝她打掉胎儿，年近 20 岁的长子张晓水不忍，张正得以在第二年正月出生。张恨水老来得女，很是高兴。他不仅请来一位乡下保姆负责照料胡秋霞母女，而且还将她们母子三人接到北沟沿甲 36 号宅一起居住。

1949 年 5 月下旬，张恨水在家辅导儿子英语时，突发脑溢血导致半身不遂。正在哺乳期中的胡秋霞，一边照顾女儿张正，一边轮流到医院护理丈夫。心系两头，加上操劳过度，一头青丝渐成白发。张恨水病情好转后，胡秋霞便带着一双儿女（张晓水和张正）搬到大杂院——大茶叶胡同 19 号居住。张恨水每月都会来看望他们，颤颤巍巍地带他们下馆子。在饭桌上，他常哆哆嗦嗦地给妻子和儿女们夹菜。

三年自然灾害时期，胡秋霞住在西郊人民大学的家属宿舍。她自己种菜，从口中拔食，省下一口口粮食，尽可能让儿孙们（此时，张晓水已成亲并且有了孩子）吃饱，自己却因饥饿而浮肿。即便如此，她也牵挂住在西四砖塔胡同 43 号的丈夫和周南一家人的温饱，时不时地带着一包蒸得又香又甜的糖包、芝麻酱包去看望他们。当她看到年逾古稀的丈夫还要自己搪炉子，很是心痛。有一次，她专门借上大铁锨，前去帮丈夫做煤球。1959 年 10 月 14 日，周南因病去世。因种种原因，张恨水与胡秋霞仍未生活在一起。此时张恨水的身体日益衰弱，胡秋霞的牵挂日益加重，常常前去探望。1966 年，张恨水与胡秋霞在西四砖塔胡同的小院照了一张全家福。照片上，他们二老紧挨着端坐二排中央，13 个儿孙侍立于周围。

1967 年旧历除夕夜，刚和儿女们吃了团圆饭的胡秋霞，突然想到丈夫身体不便，无法蹲坑，马桶的下水道坏了，便执意拿着修理下水道的工具，步履蹒跚地坐上从西郊到砖塔胡同的 32 路公共汽车，专门前去为丈夫修抽水马桶。大年初一，胡秋霞就带着女儿张正、儿子张晓水一家四口（媳妇周维兰、孙女毛毛和孙子纪子），前往西四砖塔胡同给张恨水拜年。行动不便的张恨水给了晚辈们压岁钱，一家人其乐融融。吃了午饭，胡秋霞与张恨水依依惜别。或许有预兆，她离开丈夫时，反复嘱咐住在丈夫身边的张伍夫妇，要好好照顾父亲。不料，几天后，张恨水因再次突发脑溢血，与胡秋霞从此永诀。

张恨水去世后，胡秋霞对丈夫始终难以忘怀，虽有儿孙陪伴，仍然倍感孤单。于是，她经常戴上老花镜，拿起放大镜，孜孜不倦地阅读丈夫的著作，从文字中追忆和丈夫走过的甜蜜时光。对丈夫暮年创作的中篇小说《梁山伯与祝英台》，尤其喜欢，看了又看。儿孙绕膝时，她又把它当作故事讲给他们听。

虽然如此，寂寞孤单的阴影挥之不去。夜深人静，她常常独自吞下一杯红星二锅头，爬到高楼的阳台上，遥望漫天的星星。偶尔也会躺在床榻上，摆动两只无助的双手，清唱一曲《女起解》，以寄托对丈夫无尽的思念与感激。（参见张纪：《我所知道的张恨水》53 页，金城出版社，2007 年 1 月）

　　粉碎"四人帮"后，儿子张晓水给她买了一台 12 英寸的黑白电视机。于是，看电视成了胡秋霞晚年最大的消遣。当她看到"文革"前拍摄的国产片重现荧屏时，她断言，丈夫的书又要与读者见面了。胡秋霞所言不假，1980 年 5 月，浙江人民出版社率先出版了《啼笑因缘》一书（宋海东：《张恨水情归何处》9 页，新华出版社，2008 年 12 月）。1983 年，胡秋霞撒手人寰，追随 16 年前离开人世的张恨水去了。

三、"喜得素心人，相与共朝夕"：周南

　　张恨水身处新旧时代的转换期，他的生活、婚姻和创作，无不烙下特定时代的印记。从内心深处的理想来说，他是反对多妻制的。然而，现实和时代又造就了他事实上的一夫多妻制。张恨水的可贵在于，他接受了新的，并没有忘记旧的，担当起了一个丈夫的责任。哪怕是在最困难的时候，他也会平等地对待三位妻子和大家庭的每一位成员，尽其所能地使他们生活幸福，和睦相处。

　　1929 年 5 月，时年 34 岁的张恨水，在《世界晚报·夜光》"小月旦"一栏中先后发表了《平等的爱》《妻的人选》《夫的人选》等文章，向读者公开阐明他的婚恋观。他追求平等的爱："我爱你，你必须爱我。你爱我，我总报之以爱你。"理想的妻子应该是一个了解他的女人。他在《妻的人选》中说：

　　　　绿荫树下，几个好友，谈至择妻的问题。有人说，要美丽的，

我以为不如赏花。有人说，要道德好的，我以为不如看书。有人说，
要能帮助我的，我以为不如买架机器。有人说，要能让我快活的，
我以为不如找各种娱乐。说到这里，朋友不能再找出好的标准了，
就问我要怎样的人？我说总而言之，统而言之，要一个能了解我的。

　　　　　（张恨水：《妻的人选》，1929 年 5 月 22 日北平《世界晚报》）

　　或许是功成名就，抑或是人到中年，有过两房妻子的张恨水，总感到生活
中有所欠缺：原配徐文淑是母亲包办的，对他来说，只有责任和同情；第二个
妻子胡秋霞，虽然贤惠却缺乏文化，难以与自己在灵魂上产生共鸣；1928 年邂
逅的那位才女，个性又太强，无法容忍他多妻共处的家庭模式。正因为如此，
在张恨水的心灵深处，潜藏着一种憧憬，奢望生活中能遇到一位富有才华又能
了解自己、尊重自己既定婚姻模式的姑娘，以实现自己在幻想中重复过无数次
的才子佳人梦。

　　1931 年，张恨水遇到了他生命中的第三个妻子，一个能了解他的"乖乖
妹"周淑云（1916-1959）。祖籍云南的周淑云，1916 年的花朝节（农历二月
十三）生于北京。上有一姐，下有一智障的弟弟。父亲曾是北洋军阀里的一个
下级军官，英年早逝。父亲去世后，家中的境况江河日下，只好寄居在珠朝街
的云南会馆。一家人全靠母亲给人浆洗缝补衣服生活。周淑云从小聪明伶俐，
活泼可爱，加上她特别喜欢猫，会馆里的邻居，戏称她为"猫儿小姐"。周淑
云有着一副天生的好嗓子，非常喜欢戏曲，曾向中国第一位京剧女演员雪艳琴
学过唱戏。在春明女中就读时，周淑云的金嗓子，名声远播。作家林海音回忆
她在北平春明女中学习生活时，曾提到过比她低两个年级、被大家称为"乖乖
妹"的同学周淑云，说她是个非常活跃、招人喜爱的女孩子。

　　在春明女中，周淑云酷爱新文学。闲暇时光，几乎每天都要阅读张恨水在
《新闻报》副刊《快活林》上连载的《啼笑因缘》。或许小说中沈凤喜这个人

物的处境触动了她的身世，她也期待在自己的生命中出现一个樊家树。正因为如此，在面对母亲一次又一次的相亲安排时，她总是予以拒绝。男女相识皆因缘分，憧憬佳人相伴的张恨水，在冥冥之中与之相识、相爱了。

至于他们是如何从相识到熟识，乃至交往与相爱的，评论者的说法各异，而张家后人缄口不言。较为流行的说法是：

1931 年 10 月，北平新闻界和教育界在春明女中联合举办了一场赈灾游园会。会中有一场京剧演出，剧目是传统名剧《玉堂春》中的《女起解》一折。游园会邀请名声在外、又酷爱戏曲的张恨水饰演押差崇公道。苏三由春明女中的金嗓子周淑云饰演。当时，周淑云 16 岁，清纯可人，能歌善舞，特别是其窈窕婀娜的身影和顾盼生情的举止，不仅使与之配戏的张恨水惊为天人，而且也赢得全场观众的热烈喝彩。天生"左嗓子"的张恨水，因心醉神迷又紧张不安，在台上的表演乏善可陈，甚至有点狼狈不堪，这更衬托了周淑云的光彩照人。戏唱完后，在后台，周淑云跟张恨水说，张老师，我很喜欢你的小说，很想得到你的书，张恨水满口答应。回到家中，周淑云可爱的身影仍然萦绕在他脑海里。为此，他心神不定，坐卧不安。经过强烈的思想斗争后，张恨水决定送给周淑云一本《春明外史》。他在书上题了赠送的字后，还给她写了一封信，希望能听到她的高见，并叫她周末到北海公园的茶肆里来面谈。随后，张恨水将小说和信一并邮寄到春明女中。36 岁的张恨水从此找到了他生命中的红颜知己。袁进的看法则不甚相同。他认为，周淑云的母亲，知道女儿由书及人喜欢上张恨水后，"到处托人，终于为她和张恨水搭起了鹊桥"。(袁进:《小说奇才——张恨水》63 页，上海书店出版社，1999 年 2 月)

据常情推断，张友鸾的女儿张钰的看法倒是较为可信。她在《恨水伯的啼笑姻缘》中说："由于他的大妹张其范是春明女中的教师，在师生来往中，他与周淑云相识了。周淑云爱读张恨水的小说，爱唱京戏，偏巧恨水伯也是个京戏迷。虽然两人相差 21 岁，但在一起谈小说，谈京戏，却有谈不完的话。以

至于恨水伯竟将她引为红粉知己，而周淑云对他则由仰慕进而产生了爱恋之情。"（《人物》1995 年第 2 期）

周淑云给张恨水的感觉是全新的。人到中年的张恨水，遇到了活泼可爱、清纯可人的少女，自己也仿佛年轻了许多。他们常常在北海堤岸畔、颐和园长廊下、中山公园水榭内等地见面、谈心。张恨水的学养和见识使周淑云甘之如饴；而周淑云的慧心和对他的崇拜，又使张恨水如沐春风。自然，对张恨水而言，周淑云契合了他内心深处的才子佳人梦；而周淑云则在张恨水的身上又找到了业已消失的父爱情怀。

相交日久，正处钟情岁月的周淑云，对张恨水的感情急剧升温，大有一日不见如隔三秋之感。有一次，他们约会时，她羞涩地问张恨水："我们能够永远在一起吗？"张恨水闻言欣喜万分，然而想到自己已有两房妻室，又不知如何是好。曾经那段心有余悸的伤心情事又浮现在眼前，张恨水便如实地坦诚了自己的婚姻状况，请她务必慎重考虑。作为张恨水言情小说的"粉丝"，周淑云对张恨水的崇拜无以复加。她没有忧虑，像孩子那样（实际上她本身就是一个大孩子），爱得天真也爱得执着。为了张恨水，她不仅放弃了学业，而且还接受张恨水已有两房妻室的事实。

1931 年阴历八月初六，张恨水与周淑云举办了婚礼。结婚时，他们俩照了一张合影。照片上的张恨水，西装革履，打着领带，梳大背头；周淑云身着中式长袍，戴项链吊坠金锁，小鸟依人般斜偎在丈夫肩头，两人浓情蜜意。张恨水对这张合影，视若珍宝。1946 年，他和周南结婚 15 周年时，还专门翻拍了一张作为纪念，并用毛笔楷书在照片后面写道："民国三十五年古历八月初六吾人十五年结婚纪念。恨水周南复印于北平"。自此以后，张恨水长期将其压在书桌的玻璃板下，每天写作之余都要端详片刻。"文革"期间，周南已经去世，儿子张伍害怕这张照片被列为"四旧"而遭到抄家，便把它从父亲的书桌上拿走藏了起来，结果使得张恨水心急如焚，在北屋里面翻箱倒柜到处寻找，遍寻不着，还跟跟跄跄地跑向南屋询问儿子，你母亲那张戴项链吊坠金锁的照片放哪儿去了？看到父亲如此着急上火，张伍只好把照片拿了出来。

　　婚后，张恨水联想到《诗经·国风》一章"周南"二字，将妻子周淑云易名为周南。周南玲珑娇小，清纯可人。张恨水在诗词中形象她："红杏腮堆雪""向人纤斗小腰枝，杨枝瘦弱任风吹。"新婚燕尔，张恨水与周南，如胶似漆。每当写作之余，他总是带着娇妻外出游玩。多年之后，他还对周南念叨他们新婚后两人骑驴游北平白云观的往事："我们一路骑驴去逛白云观。你披着青呢斗篷，鬓边斜插着一支通草扎的海棠花。脚下踏着海绒小蛮靴。恰好，那驴夫给你的那一支鞭子，用彩线绕着，非常的美丽。我在后面，看到你那斗篷，披在驴背上，实在是一幅绝好的美女图。那个时候，我就想着，我实在有福气，娶得这样一个入画的太太。"（张伍：《雪泥印痕：我的父亲张恨水》291页，团结出版社，2006年9月）

　　张恨水对周南的美貌很是欣赏。新婚不久，周南去照相馆照了一张身穿裘皮大衣的照片。照片上的她，亭亭玉立，貌美如花。张恨水对妻子的这张玉照，很是喜欢，长期挂在卧室的墙上，直到她作古两年后仍未取下。1961年8月8日（农历六月二十七日），张恨水对着悬挂在墙上的妻子照片，又沉浸在前尘往事中。在她逝世两周年和四周年之际，分别写下《期近周南逝世二周年》（欲语拈巾笑未能，十年薄幸我何曾。竹楼忆语三更雨，书案多思夜半灯。私祝名花仙国去，遥呼冰骨玉阶升。披裘姿表当风立，壁画空教众口称。）和《无题》（一庭花影淡如无，若染风尘仔细除；手扶案头痴久立，墙间新挂美人图。）两诗，深情地缅怀仙逝的妻子。

　　周南不仅貌美如花，更是多才多艺。她嗓子好，一曲《四季歌》酷似周璇，听得张恨水如痴如醉。茶余饭后，张恨水时不时操胡琴为周南伴奏，兴起时还要哼上一两句。虽然他的"左嗓子"因常常跑调而遭到妻子善意的嘲笑，两人的感情却在这夫唱妇随中日益加深。

　　身拥娇妻，张恨水的心情格外舒畅。为了负担起一家人的开支，别无生财之道的他，只好埋头写作，创作更多的小说，换取更多的稿费。"九一八"事变后，日本为了转移国际视线，并压迫南京国民政府屈服，不断地寻衅挑起事端。1932 年 1 月 28 日晚，日军突然向闸北的国民党第十九路军发起攻击，随后又进攻江湾和吴淞，制造了震惊中外的"一·二八"事变。潜藏在张恨水心中的爱国情怀被彻底激活，在连载揭露外寇残害中国人民罪行的《满城风雨》（1931 年 1 月 18 日至 1932 年 10 月 8 日北平《新晨报》）的同时，还将在《新闻报》副刊《快活林》上连载的《太平花》（1931 年 9 月 1 日至 1933 年 3 月 26 日）的立意从非战改为团结御侮。小说中，主人公李守白在韩小梅与孟贞妹之间的感情游离，既体现了他在情感与理智之间的挣扎，也折射出张恨水本人在爱上周南后，陷入与胡秋霞之间情与理的矛盾心理。不仅如此，他还在"一·二八"事变后不到两个月的时间里，以"远恒书社"之名自费出版了一部团结御侮的抗战作品集《弯弓集》，寄寓"弯弓射日"之意。

　　1932 年秋，张恨水和周南的爱情结晶——次子张二水出生了，夫妻俩非常高兴。在 1932 年至 1935 年间，两次举家赴申、苏、杭等江南水乡旅游，并拍下了一张极富天伦之乐的家庭照。江南行，杭州的西湖和苏州的虎丘、拙政园和狮子林，都给张恨水留下难以磨灭的美好记忆。抗战期间，避难重庆南温泉的周南，在一个冬季的早上，推开窗户，蓦然看见茅舍外"涧溪"的木桥架已有积雪，好似回到故乡，很是兴奋，便叫丈夫前来看"断桥残雪"。张恨水不禁忆起他们游西湖的情景，写有《断桥残雪》，追忆 1935 年冬他携周南游西湖雷峰塔与断桥的快乐情景。1959 年 10 月，周南英年早逝，张恨水悲痛欲绝，写有近百首的悼念亡妻的诗词。在这些诗词中，多次忆及他们的江南行。如他在《悼忘吟》中写道：

　　　杭州一片水云晨，游履忘劳月作邻；

画舫断桥今尚在，眼前缺少倚栏人。

二次闲游细柳村，轻车肥马出娄门；

于今怕过苏州路，只剩青衫拭泪痕。

　　第二年，因平津危急，张恨水举家南迁安庆。为便于写作，他又带着周南和儿子二水来到上海。在老友王益知的帮助下，借寓在《金刚钻》报社的楼上。当时，一身细呢新装的周南，婀娜多姿，光彩照人，漫步街头时，路人往往驻足侧目。初到繁华的大上海，周南不免好奇。有一次，她和张恨水到南京路去购物，因车水马龙，往来不绝。她胆子又小，不敢穿过马路，张恨水只好为她雇了人力车拉过去。此事日后成为张恨水打趣周南的话柄。周南有早睡的习惯，她喜欢吃南方的火腿粽子。临睡前总是嘱咐丈夫为她购买几个。张恨水在深夜写作，二水醒后，他不忍吵醒妻子，又疼爱孩子，便将儿子抱在怀里写作。

　　在上海，张恨水与周瘦鹃因处境相似，以文为生，故而性情相契，往来频繁。因《啼笑因缘》在上海获得空前成功，出版商看有利可图，希望张恨水一直续下去。视艺术为生命的他，不愿续写。出版商便找人操刀，另创续集，以满足读者期待的"大团圆"结局。张恨水看到这些狗尾续貂的续集后，很是生气。为了不让自己的作品被人玷污，他便用了半个月时间，写了一部《啼笑因缘续集》，将作品中的人物都写得死光了，只剩一男一女，使别人再想续写，也无从下手。

　　1933年夏末，张恨水带着周南和儿子先行返回北平。秋季，又将家人从安庆迁回北平，租住在大方家胡同12号国子监状元公的府第。

　　为了摆脱长期居家写作的精神危机，收集写作的素材，张恨水决心深入最艰苦贫穷的地区去采风，实地了解老百姓的生活。此时，恰逢有识之士动议开发大西北，他决定自费去大西北考察。1934年5月16日，张恨水携工友小李，乘车南下，沿陇海线西行，经郑州、洛阳、西安到兰州。沿途遍访名胜古迹，察看民情民俗，还拍摄了很多照片，历时约 3 个月。返回北平后，以此考察收集的素材和感悟，写成了小说《燕归来》（1934 年 7 月 31 日至 1936 年 6 月 26 日，连载于上海《新闻报》副刊《快活林》）和《小西天》（1934 年 8 月 21 日至 1936 年 3 月 25 日，连载于上海《申报》副刊《春秋》）。前者，从杨燕秋的回忆入手，以追叙的手法，再现了 1929 年西北大旱的惨状。甘肃难民少女杨燕秋，为救活要饿死的父母，自卖自身到了南京，因得贵人相助，得以继续学业，并成为南京有名的"体育皇后"，过上了人人羡慕的生活。可惜好景不长，6 年后，义父暴病身亡，失去庇护的杨燕秋，遭到义兄嫂的歧视。无奈之下，她决定回西北故乡寻亲，在老家寻找一条发展之路。单身女子千里寻亲，得到了暗中追求她的三位同学的一路护送。途中，三位同学各显神通，展开了对她的追求。后者，以作者在西安下榻的旅馆"小西天"为背景，模仿名剧《大饭店》的表现手法，描写了形形色色的各阶层人士，展示了一幅真实的西北风情图。被《春秋》主编周瘦鹃称为"一种实实在在的西北民间小说"。（《介绍〈小西天〉》，1934 年 8 月 20 日《春秋》）此外，他还写有介绍西北社会和民情的长篇游记《西游小记》，连载于《旅行杂志》1934 年 9 月第 8 卷第 9 期至 1935 年 7 月第 9 卷第 7 期。

张恨水自掏腰包出版的《弯弓集》，虽然受到了读者的欢迎，却遭到了以钱杏邨为代表的左翼文坛的"着意批评"。张恨水并不回应，仍然埋头写他的"国难小说"。1933 年，他应周瘦鹃的恳求，在一位当过连长的学生的帮助下，创作了一部反映东北人民抵抗日寇侵略的小说《东北四连长》，在周瘦鹃主编的上海《申报》副刊《春秋》上连载。小说以北京海甸（今海淀）姑娘杨桂枝与青年军官赵自强及官宦子弟甘积之三人的爱情纠葛为主线，歌颂了下层军官和普通民众的忠贞爱国。1946 年由上海山城出版社出版单行本时，张恨水有感于战争描写的肤浅，将其部分删除，并着重描写了日寇的入侵迫使人民奋起反抗的斗争，且将书名改为《杨柳青青》。

　　1935 年上半年，华北日军加紧了侵略中国的步伐，先后制造了河北事件和张北事件，并向中国政府提出新的无理要求。张恨水预感到北平沦陷在即，就动了南迁之意。时任北平日本特务机关长的土肥原贤二，对文化界的反日文人，常常曲意逢迎，希望为他所用。张恨水参加抗日动员集会被当警察的潜山老乡侯少福掴耳光的事，传入土肥原贤二耳中后，他便变着法儿讨好张恨水。当年 6 月，他请人带了《春明外史》《金粉世家》两部小说去见张恨水，恳请"赐予题签，藉留纪念，以慰景仰大家之忱"。张恨水明知其用心，便对来人说，《春明外史》《金粉世家》二书不好，新近出版的《啼笑因缘续集》不错。说毕，便从书架上取上此书，展开扉页，在上面写道：

土肥原先生嘱赠
作者时旅燕京

　　张恨水这一招十分高明。《啼笑因缘续集》是一部宣传东北义勇军抗日的小说，用"嘱赠"二字，并非自愿，落款不署名，暗示自己不愿与之为伍。来人一见，大惊失色，便劝道："你为什么要去触怒土肥原？今天得罪了他，不担心你的妻子儿女吗？"张恨水笑道："土肥原有来恳我题签之雅量，即有任我题何签、赠何书之雅量。否则，王莽谦恭下士之状未成，而反为天下读书人笑也。"土肥原贤二拿到书后，很是生气，但听了张恨水的话后，又不得不继续装着礼贤下士，托人向张恨水致意，力赞其"描写生动如画，真神笔也"！

（参见袁进：《小说奇才——张恨水》123 页，上海书店出版社，1999 年 2 月）

　　1935 年秋天，张恨水应好友周瘦鹃之邀，到他苏州的"紫罗兰庵"去看菊花。赏菊后，周瘦鹃向张恨水讲述了自己难以忘怀的爱情悲剧。周瘦鹃（1895-1968）中学毕业后在上海民立中学任教，与学校附近务本女学的学生周吟萍暗生情愫，却遭到了她父母的嫌贫爱富，将其包办给一位富家子弟。周吟萍无力反对，就远走南京谋事。她走后，周瘦鹃被迫接受了母亲包办的妻子胡氏。尽管过了很多年，周瘦鹃仍然难以释怀。"一生低首紫罗兰"，他将周吟萍的英文名字"Violet"（紫罗兰），用于自己出版的文集（《紫罗兰集》《紫罗兰小丛书》）、办的小说期刊（《紫罗兰》《紫兰花片》），甚至自己的书斋（"紫罗兰庵"）、辟的花园（"紫兰小筑"）和写字的墨水，都只用紫色……以此寄托对她的无尽思念。1944年，周瘦鹃还专门写有《爱的供状——附〈记得词〉一百首》，向读者和盘托出了鹃萍二人的"雕肝镂心"的精神之恋。张恨水听后，产生了"共情"之感。日后，他以"鹃萍之恋"为原型，并融入自己的切身体验，创作了小说《换巢鸾凤》在《申报》副刊《春秋》（1936年3月30日至1937年8月10日）上连载，后因抗战，《春秋》停刊，未能写完。

　　1935年底，在南京的张恨水正打算返回北平时，忽得家信，冀东伪政权已将他列入黑名单。他思前想后把家从北平迁往南京。1936年4月8日，在好友张友鸾的建议下，他出资创办了《南京人报》，自任社长，并兼任副刊《南华经》主编。为了跟上时代的步伐，增加报纸的发行量和吸引力，张恨水在其副刊上连载他新创作的"带点抗敌御侮"意识的两篇章回体小说：《鼓角声中》和《中原豪侠传》。

　　《南京人报》创办之初，诸事繁杂，张恨水常常要忙到深夜才能回家。周南以"南女士"之名，发表在《南京人报》上的《夜归》，就真实地记载了她望眼欲穿，在灯下焦急等待丈夫归来的身影和情形。在南京期间，周南向张恨水习诗，因读了《随园诗话》，对袁枚"自诩随园即是《红楼梦》的大观园"，充满好奇，一心向往，便娇嗔地邀请丈夫伴她去小仓山寻访随园旧址。张恨水休假半日，陪娇妻来到随园，看见的却是"荒芜不堪、野草丛生"景象，周南不免喟然长叹。漫步在随园的废墟，稚气未脱的周南采摘一些菊花，斜插在鬓角上。菊花人面，憨态可掬，多年后，张恨水仍记忆犹新，难以忘怀。（参见

张伍：《雪泥印痕：我的父亲张恨水》118 页，团结出版社，2006 年 9 月）

　　七七事变爆发后，战火逼近南京，人心惶惶，报纸难以为继。张恨水心力交瘁，数病（恶性疟疾、胃病和关节炎）齐发，他只好将报社交给四弟张牧野管理。因五子张伍尚在襁褓中，周南离不开，便由胡秋霞陪他到芜湖弋矶山医院就医。经过一个月的医治，病情稍微好转，张恨水就离开芜湖，赶赴安庆与从南京疏散出来的家人团聚。南京失守后，他们一家又避居潜山老家。1937 年 12 月底，张恨水将家人安顿好后，孤身一人前往武汉，投身到抗日救亡的洪流中。

　　张恨水到武汉与押运《南京人报》资产的张牧野会合后，原本打算一直西行，前往重庆。可张牧野有感于家乡即将沦陷，不愿到后方去，决定回潜山老家拿起武器抗击日寇。张恨水也一度想投笔从戎，以实现他"国如用我何妨死"的夙愿，无奈国民党当局不允许民间武装的存在，加上一家老小的生活全靠他，他只好与四弟含泪作别，张牧野回潜山打游击，张恨水远赴重庆。

　　1938 年 1 月 10 日，张恨水抵达重庆，经过老友张友鸾介绍，加盟陈铭德、邓季惺伉俪创办的《新民报》，任该报主笔兼副刊主编。不久，张慧剑和赵超构也来到《新民报》，从事副刊编辑工作。他和张友鸾、张慧剑和赵超构，被人呼为"三张一赵"，成为《新民报》的台柱。

　　"文协"在武汉成立，张恨水以唯一一位章回体小说家缺席当选理事。在重庆，张恨水抗战的爱国情怀不减，他将《新民报》的副刊取名"最后关头"（1938 年 1 月 15 日—1941 年 10 月 9 日），只载与抗战有关的稿件。在编好副刊的同时，张恨水还创作了长篇小说《疯狂》，以表达他请缨无路的愤慨。在得知胞弟在家乡组建的游击队，被国民党军队"党同伐异"缴械后，张恨水很是气愤。他以笔为枪，以张牧野在天津沦陷时参加巷战，身负重伤的一段传奇经历写成《巷战之夜》，阐明只要全国人民团结起来，就能打败日本侵略者。

与此同时，张恨水还创作了以歌女为背景，而暗讽汉奸的《秦淮世家》，在上海《新闻报》（1939 年 3 月 8 日—1940 年 2 月 4 日）上连载。小说较为完整地描绘出 20 世纪 30 年代秦淮两岸市民阶层的悲欢离合，将人性的美丑置于利益冲突之下。

书贩徐亦进在下关车站拾得名歌女唐小春的钻戒，予以归还。小春母亲唐大娘设家宴酬谢。徐亦进结义兄弟王大狗一日冒雨为母买点心，邂逅少女阿金。阿金因母病，愿牺牲色相换取医药费。王大狗为其孝心所感，决心帮她解难。是夕，小春接密友陆影借贷三百元的急信，即向银行钱经理借得现款亲自交他。陆影收到钱后，就支开小春，与情人露斯幽会。露斯乘他外出购票时，将钱卷走。王大狗窥见这幕趣剧，误以为唐小春富有。当夜潜入其家，窃走钻戒，典押现款资助阿金。唐大娘因被窃，请赵麻子商议破案。赵麻子耳闻王大狗资助阿金，疑他与窃案有关，遂将阿金挟持到唐家。阿金知情后，自愿承担罪责。王大狗前来自首，详述当晚所见趣剧。唐大娘以两人都有孝心为由，便不再追究。钱经理巴结权势，将唐小春介绍给当地豪绅杨育权。杨一贯玩弄女性，调戏小春被拒后恼羞成怒，指使保镖魏老八强劫小春藏于城外杨公馆。小春姐二春不知赵麻子已投靠杨育权，央其营救，反被他骗至医院软禁。二春发觉上当后，佯允嫁给魏老八，遂使小春获释随母远去。魏老八婚宴之夜，二春设计灌醉杨、魏，行刺未成又被囚禁。杨育权命赵麻子绑架小春母女不遇，强挟阿金囚于杨公馆内。守门人赵老四对阿金有非分之念，却被她灌醉，并窃得钥匙救出二春。时徐亦进率王大狗等赶到，潜入杨公馆杀死杨、魏、赵三恶棍后，偕同阿金投奔农村，开辟新的生活道路。

张恨水刚安顿下来，周南就以惊人的毅力，跋山涉水，千里迢迢，克服重重险阻，带着四子张全和五子张伍投奔自己而来，张恨水为之感动不已。第二年，他就以周南千里抱子寻夫的经历，写成小说《蜀道难》记载此事。

张恨水的影响并没有因为他来到重庆而减弱，敌伪在沦陷区为了招徕读者，在报刊上仍然盗用他的名字发表小说。为此他怒不可遏，在 1938 年 3 月 31 日的《最后关头》上刊登了一则《张恨水启事》：

> 自上海沦为孤岛后，该处出版界情形甚为复杂，鄙人从未有片纸只字寄往。今据友人告知，上海刊物最近仍有将拙作发表者，殊深诧异。查其来源，不外二途，一则将他人著作擅署贱名，一则将旧日拙作删改翻版。鄙人现远客重庆，绵力无法干涉，只得听之。唯人爱惜羽毛谁不如我，事实在所必明是非，不可不辩，特此声明，敬请社会垂察是幸。

　　除此之外，他还多次在汉口、香港、桂林等地发表声明。与此同时，他在自己主编的《最后关头》上，将满腔爱国热血，化成了山洪向黑暗的现实倾泄而下。撰写了许多针砭时局、鼓吹抗战的诗词、杂文。"平江惨案"发生后，张恨水还特地撰写一副挽联："抗战无惭君且死，同情有泪我何言。"以此表达自己对国民党顽固派同室操戈的愤慨。

　　张恨水到重庆不久，上海《新闻报》同人给他写信，说因受到租界的庇护，《新闻报》还在正常发行，希望他把耽搁了半年的《夜深沉》续完。

　　小说借用戏曲《霸王别姬》中"虞姬舞剑"的一段曲牌名，通过一个女人与三个男人间纠缠不清的感情历程，抒写了一个极端激烈和残酷的毁灭性的悲剧爱情故事。小说既反映了在那暗无天日的社会里女艺人的苦难与辛酸及有钱有势者的无耻与狠毒，也颂扬了下层劳动者的侠义与真情。少女王月容不堪养父母的虐待，离家出走，被马车夫丁二和救回家中收养。丁二和见她聪明可爱，体貌俱佳，又帮助她拜名师学艺，使之成为红极一时的京剧名角。王月容对二和母子感激至深，二和对她也情深意笃。然而月容终究涉世不深，经不住阔少宋信生的诱惑，与他私奔到天津同居。但好梦不长，宋信生对她厌烦后，竟把她送给一个军阀做妾。月容誓死不从，跳楼装死，在别人的帮助下逃出虎口。她无颜去见二和母子，流落在北京茶楼里，以清唱为生。月容出走后，二和不得已与刘（守厚）经理的姘妇结婚。后来刘经理为月容捧角，知道了二和与月容的关系。为霸占月容，刘经理欲把二和赶出北京，并在散戏后，把月容骗到他的安乐窝里。二和气愤已极，持刀尾追而去……这部小说被誉为中国式的《罗密欧与朱丽叶》，夫人周南非常喜欢，反复看过七八遍，并告诉张恨水："开卷就像眼见了北平的社会一样。""她看见过丁太太、丁二和这种人物，给她家作针线的一位北平妞儿，几乎就是田家大姑娘。"（张恨水：《夜深沉·序言》，《夜深沉》，成都百新书局，1944 年 8 月）

1939 年 12 月 1 日，张恨水开始在自己主编的副刊上连载社会讽刺小说《八十一梦》。他站在老百姓的立场，从其生计入手，以"寓言十九托之于梦"的手法，揭露大后方投机盛行、物价飞涨、风气颓败，导致"穷人没饭吃"的社会现实，得到了周恩来的积极肯定。小说号称"八十一梦"，其实除了楔子和尾声外，只有十四梦。张恨水在 1943 年重庆《新民报》社结集出版单行本所写的"楔子·鼠齿下的剩余"中说明了"腰斩"的原因：《八十一梦》书稿完成以后，妻子没有收藏好，孩子在书稿上洒了些菜汤，结果许多"梦"都被贪吃可恶的耗子咬坏了，致使"八十一梦"竟成了"残梦"了。这自然是假托和隐语，其真实的情形是，小说批判现实的犀利锋芒，触犯了当局的忌讳，那些被影射和谴责的人，滥用权威，授意"新闻检查所"以"不利于团结抗战"的名义，勒令《新民报》停止刊登这部小说。张恨水不予理睬，他们便托他的同乡，时任蒋介石侍从室第一处主任张治中来规劝。张恨水在《写作生涯回忆》说：

　　某君为此，接我到一个很好的居处，酒肉招待，劝了我一宿。
　　最后，他问我是不是有意到贵州息烽一带，去休息两年？我笑着也就只好答应"算了"两个字。于是《八十一梦》，写了一篇《回到了南京》，就此结束。（《张恨水精选集》313页，北京燕山出版社，2009年6月版）

《八十一梦》在1941年4月被迫腰斩后，《最后关头》也在同年10月9日"奉命弃守"。张恨水面对国民党顽固派的高压，并没有屈服，而是采取迂回的方式继续战斗。同年12月1日，他在《新民报》上办了一个类似聊天的专栏《上下古今谈》。每天一篇杂文，累计发表杂文一千多篇，字数在百万字以上。这些杂文，以古喻今，巧妙地讽喻了当局的腐败和社会的黑暗。

张恨水酷爱历史，不仅常常将历史事件写进自己的一些武侠小说，而且还直接创作历史小说。前者如《剑胆琴心》《中原豪侠传》，后者如《天明寨》《水浒别传》等。这就使其小说具有厚重的历史感。1940年2月，身居大后方重庆的张恨水，在上海《新闻报》上连载的《水浒新传》，因太平洋战争爆发，上海沦陷，连载一度中断，到1942年夏天，全书六十八回方续写完毕。全书以水浒故事为小说素材，出于鼓舞民族精神、配合抗战的目的而作。他在《水浒新传自序》中说："我要描写中国男儿在反侵略战争中奋勇抗战的英雄形象。这样对于上海读者，也许略有影响，并且可以逃避敌伪的麻烦。"

基于此，小说上接七十回本《水浒传》的情节，着重描写了宋江率部接受海州知州张叔夜的招安后，梁山英雄全力抗击金兵入侵的故事。其中，董平雄州拒敌，壮烈牺牲；白胜、郁保四面对利诱，以死相拒；顾大嫂、时迁、杨雄隐身燕山，毒死金国元帅，最终宁死不屈；宋江、李逵顽强抗争，自杀殉国等章节，慷慨悲壮，令人荡气回肠。同时，小说也无情鞭挞了胆小懦弱、明哲保身，甚至寡廉鲜耻、卖国求荣的张邦昌、范琼之流，甚至一些地方还直接用了"汉奸"一词，来斥责他们的投降主义行径，可谓力透纸背。加上他在小说中有意模仿《水浒传》原著的口吻和词汇，删去了原著中一些带有封建迷信色彩的情节，强化了细节和景物描写，使作品更符合现代人的阅读口味，不仅深受读者好评，也得到了毛泽东的赞许和史学大家陈寅恪的称赞。

1944 年 5 月，重庆《新民报》记者赵超构随中外记者团访问延安。一天晚上赵超构与毛泽东坐在一起看戏时，谈到了同人张恨水写的《水浒新传》。毛泽东一听便说："这本《水浒新传》写得很好，等于在鼓舞大家抗日。"（李荣刚：《父亲一直在寻找爱情》，《环球人物》，2009 年第 2 期）20 世纪 40 年代前期，陈寅恪双目几近失眠，每天由他夫人为其诵读《水浒新传》一段作为消遣。1945 年 8 月，他听完后，特吟诗《感赋》一首称赞道："梦华一录难重读，莫遣遗民说汴京"。（陈寅恪：《寒柳堂集·诗存》，上海古籍出版社，1981 年）

具有民族正义感的张恨水，1940 年春还应在香港出版的《国民日报》约稿，在该报连载长篇抗战小说《大江东去》。小说的素材来自他的朋友陈君讲述的一位年轻军人的不幸遭遇：南京沦陷前，这位军人死里逃生，妻子却弃他而去。这位军人的悲剧触动了张恨水的爱国情怀，他在此基础上，又综合了自己收集的大量史实资料，将自己的一腔爱国热情化作一部描写抗战期间军人恋爱婚姻的言情小说。其中还穿插了守卫南京之战中日寇大屠杀的惨烈场面，"是首部把南京屠城这一震惊中外，惨绝人寰的罪行，记录下来的文艺作品！"（张伍：《雪泥印痕：我的父亲张恨水》130 页，团结出版社，2006 年 9 月）其历史价值不可小觑。

《大江东去》主要描写了军人孙志坚上前线时，将妻子薛冰如托付给好友江洪，请他将其带到武汉。江洪不负重托，一路上对薛冰如照顾得无微不至。后来，南京陷落，孙志坚生死未卜，孤寂中的薛冰如对江洪萌生情愫，想嫁给他。但江洪义重如山，婉言谢绝。孙志坚在南京大屠杀时躲进一座寺庙剃度为僧，后设法逃离虎口与妻子重逢。然而，因薛冰如心中只有江洪，与孙志坚形同陌路，只好离异。薛冰如离婚后继续追求江洪，却遭到了他的严词拒绝。作品的最后，两位好友面对大江东去的世事变迁，感叹不已，双双奔赴抗战前线，只留下负情女薛冰如对江空叹。

《大江东去》还未写完，张恨水有感于陪都重庆的社会现实，又开始在《新民报》的副刊《最后关头》上连载《牛马走》（1941 年 5 月 2 日—1945 年 11月 3 日，1947 年 2 月南京《新民报》报社初版，1956 年香港《大公报》转载时易名《魑魅世界》）。小说以心理学博士西门德弃学从商成了暴发户和小公务员区亚雄父子穷困潦倒为中心情节，暴露了重庆大后方官僚资产阶级和奸商们大发"国难财"的罪行，批判了全社会被金钱主义毒化的堕落现象。意犹未尽，张恨水基于身边的文化人在战时陪都的贫富分化，还创作了一部表现文化人彷徨行状与心态的长篇小说《第二条路》（1947 年 2 月，上海百新书店初版时易名为《傲霜花》），分别在重庆和成都的《新民报晚刊》（1943 年 6 月—1945 年 12月）上连载，借此向当局和全社会为教育界、文化界和新闻界的清贫困苦鸣不平。小说以主人公华傲霜与苏伴云、夏青山之间的爱情纠缠为线索，较为细致地描写了抗战时期知识分子清贫困苦的生活境遇及他们自尊自立的人格和不同流合污的精神，同时也揭露了一部分人贪图富贵，囤积居奇，趋赴仕途的丑恶嘴脸。

1943 年 10 月，日军大举进攻湘西重镇常德，负责保卫常德城的是国民党陆军第 74 军 57 师，代号"虎贲"。在易攻难守、无险可凭的情况下，以八千之师，对付装备精良的三万之寇，孤军奋战 16 个昼夜，仅剩师长余程万率 83人突围（包括两名美国记者，其中就有著名的爱泼斯坦），几乎全军阵亡！此役同时也给日军造成了重大伤亡，敌人在常德城郊丢下了上万具尸体，大伤元气。史称"常德会战"（又叫"常德保卫战"）。

常德失守，蒋介石对余程万擅离阵地，非常震怒，将其撤职查办，判刑两年。张恨水闻讯后，在《新民报》上发表《余程万不朽之业》为余程万部的遭遇鸣不平。他在文中热情讴歌了常德会战的勇士，称赞余部"代表了我中国民族精神"，中华民族大有希望。57 师的两位幸存参谋，在 1944 年初，秉承余程万之命，前来张恨水的"待漏斋"，恳请他创作一部反映 57 师坚守常德的小说，以告慰战死者的在天之灵。张恨水爱惜羽毛，以不懂得军事，没上过战场而婉谢，但又拗不过抗日英雄的热切恳求，答应从长计议，将来再说。其中的一位参谋在离"待漏斋"不远的土桥住下后，便常常来南温泉与张恨水聊天，时间一久，两人成了朋友。事隔数月，这位参谋又旧话重提，这样，张恨水于公于私，都不好再说拒绝的话。于是，1944 年 11 月，辞去重庆《新民报》经理职务的张恨水，开始认真研读 57 师作战的相关史料。第二年春，他即着手创作了一部描述国民党军队正面抗战的纪实性军事小说《虎贲万岁》（又名《武陵虎啸》）。小说中的人物，上自师长，下至伙夫，全部都是真人真事，时间地点也同战史完全吻合。张恨水细致地叙述每个零星战役中的人员、攻防、装备、死伤，从众多细节的铺陈里，建构出 57 师骁勇壮烈的英雄形象，许多悲壮却平实的大场面描写，使人无法不为之动容。

《虎贲万岁》在北平《新民报·北海》（1946 年 5 月 26 日—1947 年 3 月 23 日）连载后，于 1946 年 7 月由上海百新书局初版。57 师从此扬名中国，余程万被誉之为"虎贲英雄"。一位很漂亮的苏州小姐吴冰看了张恨水的小说后，对余程万陡生爱慕之心。千方百计都要嫁给他。有一次，余程万去上海游玩，与吴冰见面，两人遂结为秦晋之好，吴冰成了余程万的二太太。一篇小说成就了一段千里姻缘，堪称千古奇缘，也从一个侧面反映出本书的深远影响。

张恨水能在如此艰苦的环境下，写出五百万言的"国难文学"和抗战作品，周南在生活上无微不至的照顾，自不待言，在精神上的慰藉和事业上的帮助，更是不可忽视。

张恨水来重庆后，先在市区赁房而居。国民政府迁渝后，住房紧张，日寇飞机轰炸频繁。1940 年，张恨水把家从市区迁往 30 里外的南温泉桃子沟。先从当地农民那里租了两间干净的瓦房，后疏散到此的人多了，房东待价而沽，将他一家赶出。多亏老舍伸出援手，将"抗战文协"搬迁后空出的"国难房子"留给了他，张恨水一家才有了一个落脚之处。桃子沟景色宜人，群山环抱，溪水淙淙，是一个写作居家的好地方。可在此避难的三间茅屋，全是竹夹黄泥垒成的茅草屋，下起雨来，满屋皆漏。张恨水谓之"待漏斋"，并以幽默文字点题道：

　　　　古之君臣，天明而晤于朝。于其未朝也，群臣先期而至宫外，
　　待铜壶滴漏所报之时届，以入宫门，是曰待漏。而吾之所谓待漏，
　　　则无此雍容华贵之象，盖屋漏也。

　　同是避难，穷苦文人与达官显贵有天壤之别。财政部部长孔祥熙的"孔园"，是一幢四层立体式花园洋房。孔家人几乎没有来住过，只有几个副官在此称王，当地老百姓怨声载道。张恨水在茅屋的墙壁上，自书对联以嘲讽："闭户自停千里足　隔山人起半闲堂"（"半闲堂"是南宋误国奸相贾似道的住所）。

　　张恨水向来奉行"君子不党"、只为百姓说话的做人原则。不攀龙附凤，也鄙视入仕做官。全凭手中一支笔，养活一大家人。他除了在《新民报》编副刊外，每天晚上还要写四五部小说。由于稿酬低廉，负担又重，特别是三女张明明和四女张蓉蓉出生后，日子更为艰难。抗战时期，张恨水几乎没买一件新衣服，每当要去一些盛大场合，他就把在乡场旧货摊上花 25 元法币买的青花缎面、湖绸衬里的马褂套上。长期如此，被人谓之"马褂记者"。张恨水喜欢吸烟，又无钱购买，只好抽一种名为"神童牌"的劣质香烟。这种烟，除了辛辣，毫无香味，他骂之为狗屁不如的"狗屁牌"香烟。有一次，家里来了客人，张恨水叫儿子张全到镇上去买菜，稚气的儿子接过钱后献殷勤道："要不要带包'狗屁'来？"客人闻之愕然，待张恨水讲明原委，客人哈哈大笑。后来，他连这种"狗屁牌"香烟也抽不起了，就抽更为廉价的"黄河牌"香烟。

最后，索性戒掉了事。

因住在郊区，交通不便，公共汽车又少，张恨水进城到七星岗《新民报》报社上班，常常安步当车。下班后回家，还要把一家人的口粮背回。周南每当看见丈夫，身着蓝布长衫，喘着粗气，汗流满面地背米回来，便心痛不已。当时，粮食匮乏，掺满砂子、石子和谷子的"平价米"不够吃，只好用杂粮充饥。

周南署名"南女士"，在重庆《新民报》上发表的诗歌《早市杂诗》，就较为真实地记载了她已由一位养尊处优的少奶奶，变成一个终日为柴米油盐操心的家庭主妇的情形。"良辰小祝购荤鲜""五父衢头换菜篮""早市须乘月半西"和"短发蓬蓬上菜场"等诗句，说明她为了照顾好一家人的生活，不仅要天不亮就出门买菜，上山采松蘑和野菜，而且还要亲自开荒种植青菜，饲养鸡和猪。经过无数次操练，周南能弄一手丈夫爱吃的饭菜，尤其是包的饺子和下的打卤面，深得张恨水的喜欢。为了不影响丈夫的写作，她每天天不亮就把猪撵上山坡饲养，傍晚再赶回来，藏进宅后的小屋。专注于写作的张恨水，直到年关才发现这头膘肥体壮的猪，惊喜地问道，猪从何而来？

朝夕不饱，生活艰难，还要常常躲空袭。有一次，慌乱之中躲空袭，张恨水和周南在过江时一度走散，彼此心急如焚，两人重逢时，相拥而泣。还有一次，日机轰炸后，周南担心丈夫的安危，赶到码头准备过江去看他。当她来到江边时，渡轮已起锚，离岸达数尺。周南因心急，飞身跃上，结果一只脚悬空，幸亏同船旅客及时援手，她才没有葬身鱼腹。（参见宋海东：《张恨水情归何处》13 页，新华出版社，2008 年 12 月）即使常常担惊受怕、食不果腹，夫妻俩的感情却患难与共，相濡以沫。张恨水在菜油灯下伏案写作时，周南往往在旁织毛衣相陪。偶尔，夫妻俩也会下几盘跳棋。有位朋友送了一把胡琴给张恨水，他照着琴谱操练，时间一久，竟也悠然成调。周南偶尔也会配合夫君，唱上一曲。躲空袭后的乱世重逢与妇唱夫随的闺房之乐，铭刻在张恨水的记忆里，事隔 17 年后，仍难以忘怀。他在《悼亡吟》中深情地写道：

> 两番轰炸过江乱，乱后相逢笑语生，
> 我尚平安今似昔，呼卿万遍没回声。
>
> 深山日永绿松阴，卿发豪音我佐琴，
> 十七年前闺里事，对灯细想到如今。

　　周南虽然文化程度不高，只是中学肄业。但她自从嫁给张恨水后，长期相伴左右，帮他整理文稿，天长日久，对丈夫的文风诗骨，了然于胸。据张恨水在《劫余诗稿》中记载：一天，他在门前晒旧书报，周南信手拿起一角残报，上有一首《悠然有所思》的五言古诗，下缺署名。周南念了几遍，便笑着说："这像是你写的诗。"张恨水反问道："你怎么知道的？"周南回答："从'提壶酌苦茗'这句中猜到的。"张恨水听后，高兴地吟咏道："喜得素心人，相与共朝夕。"这一天，张恨水高兴得大笑数次，乐不可支。（参见张伍：《雪泥印痕：我的父亲张恨水》158-160 页，团结出版社，2006 年 9 月）

　　南温泉桃子沟的秋天，景色迷人。张恨水在写作之余，到门口的小溪畔采来紫花一束，放入书房的花瓶中。周南看见后，觉得过于单调，又去摘来两朵美人蕉花与之陪衬。张恨水为此诗兴大发，对花吟咏《浣溪沙》一阕，字斟句酌，反复吟咏。周南在旁，便说道："记得你去年这个时候吟菊，曾被朋友打趣嘲笑，今天怎么故态复萌？"张恨水哈哈大笑道："嫩紫娇黄媚绝伦，一生山野不知名……"周南记起丈夫刚才写的词内有"幽娴不作媚人装"一句，与这句"嫩紫娇黄媚绝伦"相矛盾，便道："今天是重阳，本不该打断你的诗兴。不过，既然你前面已说'不作媚人装'，后面为什么又讲什么'媚绝伦'？"张恨水闻言，惊诧不已，对妻子的诗词修养刮目相看。

　　张恨水对妻子在重庆艰难困苦的条件下，陪伴自己，照顾自己，心存感念。正因为如此，他才会在避难南温泉桃子沟所写的随笔《山窗小品》（1945年12月）里，即便是记录贫困的生活，充满着忧世伤生，也洋溢着诗情画意，成为小品文的典范。在这部小品文里，张恨水还风趣地记载了妻子的身影。当时重庆的母鸡价格远远高于公鸡，某鸡贩将两只公鸡剪去冠与尾，冒充母鸡降价向周南兜售。天真而单纯的周南，没有辨别出公母，依言付款买下。不料第二天早晨，这两只鸡竟然引吭高歌，她才明白上当了，懊恼不已。

　　张恨水对左翼文坛将自己归入"鸳鸯蝴蝶派"，并对他早期创作的言情小说进行批判颇为不满。他只承认，受其影响，但他的小说并非"鸳鸯蝴蝶派"。抗战后，共同的抗日需要和他的"中间偏左"立场，使之成为左翼文坛的统战对象，甚至对他揭露时弊、抨击黑暗的一些"国难小说"和抗战小说予以称赞。同样关注市民生活、热爱民间文艺的老舍，与张恨水颇为相契，成了朋友。1939年5月，重庆遭受大轰炸后，"文协"从临江门搬到南温泉办公，老舍与张恨水毗邻而居，过从甚密。

　　1944年5月16日，是张恨水五十寿辰，又是他从事新闻工作和小说创作30周年的纪念日。《中央社》专门发了消息，"文协"、新闻学会和《新民报》社等团体联合起来，分别在重庆与成都设立茶会，以示庆祝。张恨水向来不喜张扬，又害怕朋友们为自己祝寿而破费，便坚决推辞。成都的茶会因相隔较远，阻止不及，如期举行；重庆的茶会因请柬未能发出，没有举行，但《新民报》社同人在他寿辰的前一天，还是请他们一家到重庆市区吃了顿西餐；张友鸾、张慧剑、赵超构、马彦祥、方奈何和万枚子等老友也曾到他家里祝贺。

　　当时成渝等地的报刊上，发表了几十篇赞扬张恨水的文章。当天的《新华日报》在短评《张恨水先生创作三十年》中指出："我们不仅要为恨水先生个人致祝，同时还要为中国文坛向这位从遥远的过程，迂徐而踏实地，向现实主义道路的艺人，致热烈的敬意。"他的作品"在主题上尽管迂回而曲折，而题材却是最接近于现实的；由于恨水先生的正义感与丰富的热情，他的作品也无不以同情弱小，反抗强暴为主要的'题目'。"老舍在当天的《新民报》晚刊撰文《一点点认识》，称赞他"是个可爱的朋友""是国内唯一的妇孺皆知的老作家""是个真正的文人""心直口快""敢直言无隐，因为他自己心里没有毛病""因为他的'狂'，所以他才肯受苦，才会爱惜羽毛。我知道，恨水兄就是重气节，最富正义感，最爱惜羽毛的人"。同时，老舍还将张恨水的作品串起来，作诗相贺：

> 上下古今牛马走，
> 文章啼笑结姻缘；
> 世家金粉春明史，
> 热血之花三十年。

　　张恨水面对亲朋好友的如此盛情和读者的爱戴，写了一篇《总答谢》，发表在 5 月 20-22 日的重庆《新民报》上，用"桃花潭水深千尺"来形容朋友和读者对他的情意和给予的厚爱，并用幽默的语言说明他为什么坚持反对庆贺的仪式。他说："我的朋友，不是忙人，就是穷人。对忙朋友，不应该分散他的时间；对穷朋友，不应当分散他的法币，于是我变为恳切的婉谢。"文如其人，张恨水一生都奉行"流自己的汗，吃自己的饭！"的原则。诚如他在《五十述怀》一诗写道："卖文卖得头将白，未用人间造孽钱！"

　　抗战胜利后，毛泽东来重庆谈判，曾单独接见过他，并与之就爱情小说等问题长谈过两个多小时，还赠送给他延安产的红枣、小米和自制的呢料。张恨水是一个典型的书生，不懂政治。他反对内战，只希望人民能过上安居乐业的生活。然而，这种朴实的想法也落空了。

　　1945 年 12 月 4 日，张恨水告别了生活近八年的重庆，带着周南和儿女们乘上《新民报》包租的带篷卡车，从海棠溪出发，向安庆老家奔去。张恨水一家八口，途经贵阳、衡阳、长沙、抵达武昌后，乘"江亚号"经南京，于第二年1月下旬到达安庆，受到安庆专员组织的隆重欢迎。此次归家途中的见闻，日后，张恨水写成小说《一路福星》发表在《旅游杂志》上。

张恨水与周南自结婚来，几乎没有长时间分离。然而，过了1945年农历春节后，他因要到北平筹办《新民报》，只好与老母作别，将周南及儿女留在安庆，只身从南京乘飞机到北平。经过紧张筹备，《新民报》在1946年4月4日正式与读者见面。张恨水在任经理的同时，还主编了副刊《北海》。白天忙于工作，晚上在写作之余，张恨水非常思念周南，每星期都要给她写信，在信中亲昵地称她为"南妹"或"南弟"。1946年底，张恨水在北沟沿买下了一栋四进院落的大宅子，取名"南庐"，周南即带着两个女儿乘飞机先前往北平。好友左笑鸿得知后，为他高兴，还在《新民报·北海》发文《春从天上来》志庆。待周南将家安顿好后，张恨水便将家人全部从安庆接到北平。

有周南的照顾，一大家人又团聚在一起，张恨水的心情格外愉快。他在忙于报务的同时，又创作了大量的各式各样的作品。如有感于国民政府的接受大员与汉奸勾结，创作了讽刺国民党贪官污吏以及上层人物奢侈生活的长篇小说《五子登科》（1947年8月17日连载于北平《新民报》的《画刊》，作者因病未写完，1956年将书续完）。小说以日本投降后国统区的黑暗现实为背景，深刻揭露了国民党接收大员们与汉奸沆瀣一气、贪婪无耻、荒淫腐败，醉心于"金子、房子、女子、车子、票子"（此即所谓"五子"），过着花天酒地、荒淫糜烂的生活，成为"劫收专员"的社会现实。本书深刻揭露了"五子登科"的"劫收"秘闻，反映了当时的社会本质，契合了市民对贪官污吏的愤慨，因而深受读者喜欢。再比如，笔锋直指1945年国民政府陪都重庆"黄金骗局"而创作的《纸醉金迷》，通过小公务员魏端本与抗战夫人田佩芝由同居而分手的故事，描绘了重庆小市民和小投机商在"黄金风潮"下的人格"异化"，展示了抗战结束前的各式人群疯抢黄金储蓄券发国难财的世态百相。

　　返回北平后，张恨水仍然沉浸在"嘉陵江的绿水，南温泉的草屋，甚至大田湾的烂泥坑"（张恨水：《告别重庆》，1945 年 12 月 3 日，重庆《新民报》）的重庆记忆里。他一改在虚构的故事里穿插自己经历和感受的写法，以自己与周南在重庆南温泉桃子沟的真实生活为蓝本，在 1946 年春季，开始创作他一生的巅峰压阵之作《巴山夜雨》。（1946 年 4 月 4 日至 1948 年 12 月 6 日载于创刊的北平《新民报》副刊《北海》）作者以冷峻理性的笔触，在控诉日寇战争暴行的同时，率先对民族心理进行探索，解剖国人在抗战中表现出的"劣根性"。

　　小说以抗战时期重庆一疏建新村为背景，通过李南泉的生活见闻，向读者展现了一幅"蜀中山村众生图"。小说的中心人物李南泉，"集名士派、头巾气，又有几分革命性"为一身，是一个战时性格复杂的知识分子形象。他与妻子相依为命，在麻将中写稿挣钱，常常为妻子沉溺于牌桌而烦恼。在这对夫妇身上，明显地承载了张恨水和周南生活轨迹的投影。小说还描写李南泉三位邻居夫妇的婚变，形象地揭示了抗战时期大后方普遍堕落腐朽的生活方式。奚敬平夫妇是"女主男仆"的典范。表面上，他对妻子言听计从，奚太太也以此为耀。结果，奚敬平率先背叛了妻子，在重庆与一女子同居；袁四维夫妇志趣相投，悭吝无比。他发了国难财后，便眠花宿柳，挥霍无度。袁太太为了重新博得丈夫的欢心，竟堕胎丧命；石正山夫妇，妻子是女权主义者，整日忙于调解纠纷。她没想到，身为大学教授的丈夫竟与仆人兼义女私通并弃家出走。此外，小说还描写了女伶杨艳华的悲惨命运，方二小姐的骄奢淫逸，两个为虎作伥的副官的丑恶嘴脸，以及侵华日寇惨绝人寰的暴行和战争对人性的摧残。

　　1948 年 12 月，张恨水辞去《新民报》的所有职务，结束了他长达 30 多年的报人生涯。1949 年初，他在《新民报》上发表了《写作生涯回忆》。不久，就遭到《新民报》总编王达仁的无理指责和上纲上线的批判，他心绪异常沉重。接着，平生积蓄，用版税购买的十余两黄金，又被大中银行的经理王锡恒悉数卷逃台湾。稿费锐减，周南体弱多病，自己又失业，经济问题压得张恨水喘不过气来。长期的超负荷工作，积劳成疾，在写完《巴山夜雨》后不久，他就患脑溢血病倒了。此时，周南又怀上小儿子张全，身体极度虚弱。为了给丈夫治病和维持家用，周南和胡秋霞都义无反顾地卖掉了各自的首饰，带着自己的孩子，竭尽全力为丈夫治病。后来，为了维持一家人的生活，周南将自己用私蓄购买的北沟沿住宅卖给一家电影制片厂，搬入西四砖塔胡同 43 号的一座小四合院居住。张恨水病倒后，家里没有收入来源，日子过得非常拮据。周南总是想方设法，给养病的丈夫做些好菜，自己和孩子们一起喝小米粥、啃窝头和吃咸菜。

第一次"文代会"召开时，张恨水因病未能出席。会后，"文协"派人来看他，知道他的实际困难后，被文化部聘为顾问，有了份固定的工资，帮助他一家渡过难关。

在周南和家人的精心照顾下，张恨水病情恢复得较好。三个月后，他就能扶着手杖，颤颤巍巍地练习走路和写字了。1949 年底，周南生下小儿子张全，张恨水异常欣慰，心情更加高昂。常常策杖独行，到城外踏青，积极参加社会活动，与旧雨新交往来，尝试写作。从 1952 年起，数年间，他用楷书在两本红格宣纸上写了几百首律诗、绝句和词，题名《病中吟》。其中，《游北京西山八大处》中的"徘徊人静三更妙，一寺花香月满帘"在 1956 年的《工人日报》副刊上发表后，广州的一位女读者因之与他结缘，经常书信往来，成为张恨水一生中的最后一位文字知己。

写作，既是张恨水的生命，又是他和家人赖以生存的唯一经济来源。当他身体逐渐康复后，他就凭借顽强的意志和非凡的勤劳，开始了改编民间故事的创作。1954 年 1 月 1 日，在香港《大公报》上连载《梁山伯与祝英台》，受到海内外读者的热烈欢迎。张恨水由此信心大增，先后创作了《牛郎织女》《白蛇传》和《孟姜女》等民间故事的小说。与此同时，他还以自己早年的亲身经历为依据，通过一个记者杨止波从安徽到北京就职的经历，创作了一部反映民国初年北京世态百相的《记者外传》。

1955 年开始，随着一些旧作如《八十一梦》《啼笑因缘》等小说的陆续出版，张恨水有了较为稳定的稿费收入，认为"只拿钱，不做事"有违他做人的原则，便向茅盾辞去了文化部顾问一职。

或许人老思乡，1955 年初夏，年逾花甲的张恨水，在身体刚刚康复时就独自南下以解乡愁。在合肥与堂兄张东野相聚，恰逢他阴历六十大寿，侄子们为其祝寿，他非常高兴。随后，游历了安庆、南京和上海，拜朋访友。他本想到杭州游玩，周南担心他的身体，来信催促他尽早返京，他便从上海，经南京返回北京。从江南返回北京后，张恨水写了一组《京沪旅行杂志》，刊载香港的《大公报》上。

1956 年 1 月，张恨水应邀列席全国政协二届二次会议。在这次会议上，他与毛泽东重逢。春末夏初，他又随中国文联举办的作家、艺术家西北访问团，前往西北参观访问，经西安、过兰州，最后到达敦煌。沿途遍览文化胜境，了却了他 20 多年的夙愿。第二年 2 月，他又应邀列席参加最高国务会议第十一次扩大会。在"大鸣大放"时，张恨水缄默不语，保全了自己，可随之却无稿可写，赋闲家中，只能含饴弄孙，饲养花草，照顾体弱多病的周南。闲居之时，他吟咏出数百首《闲居吟》。其中，在《七律·茉莉》中写道："素衣却说内人行，翡翠枝衔粉态妆；夜到月明微有影，绝无人处但闻香。"以花喻人，情深意重。周南被查出癌症后，曾先后做过两次手术，癌细胞仍在扩散，她因害怕丈夫担心，忍着病痛的折磨，照常料理家务，笑迎宾朋。到 1959 年 9 月，周南已卧床不起，形销骨立。张恨水非常着急，一改不求人的秉性，为救妻子，四处求人。文史馆馆长章士钊知道后请来名医诊治，但回天乏术。从此，张恨水就不挪步，整天地坐在妻子的床边，不看书，甚至不言语，默默地与周南相对。儿子张伍从沈阳回京看望母亲时，劝他。他忽然动情地说：

> 你们年轻人，不懂得老年夫妻的感情，尤其是患难与共的老年夫妻。青年人，形影不离，有说不完的话。可是老年夫妻就不是这样了。比如我和你母亲，我们很少一起出去，也没有什么话，甚至一天讲不了几句话，因为话已经多余了，不需要用语言表达，我要什么，想什么，她要什么，想什么，彼此都知道。现在你母亲躺在床上，我坐在这屋里，她知道我在，我知道她在，就够了，就是安慰。只要她还躺在床上，还有一口气，对我就是个莫大的安慰！（张伍：《雪泥印痕：我的父亲张恨水》287页，团结出版社，2006年9月）

1959年10月14日，43岁的周南，在弥留之际，挣扎着向她心爱的丈夫告别，泣不成声的张恨水在她的额头上深情地吻了一下，哽咽道："你放心去吧……"

周南的英年早逝，对张恨水的打击是毁灭性的。他将妻子安葬在八宝山墓地，亲自给她立了碑，还请好友左笑鸿用隶书写下碑文："故妻周南之墓"。在较长时间内，张恨水几乎每周都要坐上三轮车去妻子的墓地凭吊，在墓前一坐就是好几个小时……周南去世后，张恨水的话更少了，他总是将妻子的照片悉数找出，挂在自己的床边，以寄托自己的哀思。他将对妻子的思念，全部倾诉在近百首的《悼亡吟》中。

1959年9月，张恨水收到了由习仲勋、齐燕铭签发，周恩来审准的中央文史馆馆员聘书，成为中央文史馆馆员。1960年7月，他作为代表参加了第三次"文代会"。1963年，张恨水再次脑血管痉挛，身体日渐衰退，成天沉默寡言。1965年，他再度住院治疗，出院后手颤抖不已，不能握笔，记忆力也大为衰退。有一次，他又梦见了周南，得《如梦令》三阕，醒来不复记忆，艰难地写下他一生的封笔之作：《浣溪沙》。其中的"人间碧落有银河，人莫奈何奈情何？"堪称杜鹃啼血之句。

晚年的张恨水，为了排遣对妻子的思念，了却自己对历史典籍的兴趣，发愤阅读大型古籍丛书《四部备要》。"文革"爆发后，张恨水因长期生病，较少抛头露面，又受到中央文史馆和受惠于周南的街道主任李嫂的保护，几乎没有受到冲击。然而，或许是人到老年，对亲情尤为重视。他对不在身边的女儿明明、蓉蓉格外思念，对她们的安危总是牵肠挂肚。给她们写信，盼望她们来信，几乎成了他晚年最为高兴的事。

1967 年农历正月初七早晨，张恨水因脑溢血发作在北京的家中安详地合上了双眼。据他儿子张伍回忆，在去世前的头天晚上 11 点，他仍在拥被阅读《四部备要》，子女们叫他早点休息，他回答说："好！"（张伍：《雪泥印痕：我的父亲张恨水》314 页，团结出版社，2006 年 9 月）

20 世纪上半叶，现代作家的个人婚姻与爱情，不可避免受到了新旧时代的影响。那些默认包办婚姻，又追求个人爱情的文化巨人，处理这两者之间的矛盾：要么是秉承孝道，以"两头大"（原配居老家，新妇伴左右）的方式并存；要么公开离异，另行再娶。像张恨水这样，三房妻子生活在一起，以一人之力肩负起整个家庭成员的生活责任，并使妻子之间和睦相处，亲如姊妹，子女之间团结友爱，情似胞泽的状况，绝无仅有。所以，质问张恨水对他生命中的三个女人，哪一个爱得更多，毫无必要。就其作为一个男人而言，他是成功的，更是了不起的。他的责任心和善良，甚至惠泽到了他众多的子孙后代。然而，他在婚姻家庭中独具的爱的技巧和能力，更是常人难以望其项背的。正如他终其一生坚守着传统文化的阵地和民间的文化立场所创作三千余万字皇皇巨著，因忠实地表达着民众的情结和愿望，必将随着时间的流逝而更见光芒。

第二章　林语堂：「在婚姻里寻觅浪漫情趣的人会永远失望」

一、『我初恋的女友』∷赖柏英

二、『我非常爱这个朋友的妹妹』∷陈锦端

三、『爱情由结婚才开始』∷廖翠凤

"两脚踏东西文化，一心评宇宙文章"（林语堂：《杂说》，《我的话·行素集》67 页，上海时代图书公司，1936 年 8 月）的幽默大师林语堂（1895-1976），是中国现代著名学者、文学家、语言学家和发明家。他生性乐观，喜欢运动，酷爱旅游，待人宽厚，做事痴迷，终生致力于东西文化的沟通与交流。他不仅将孔孟、老庄哲学和苏东坡、沈复等人的作品英译推介海外，而且还是第一位以英文创作扬名海外的中国作家。他在美国用英文写的《吾国与吾民》《生活的艺术》《苏东坡传》等文化著作和"林语堂三部曲"（《京华烟云》《风声鹤唳》《朱门》）及《红牡丹》等长篇小说，风靡一时，先后几次被推荐为诺贝尔文学奖候选人。然而，犹如他自诩那样，"一团矛盾"贯穿他的一生。幼时，穷得吃不起一碗素面，日后靠写作成为上海滩的富翁作家。痴迷发明一台没有投产的中文打字机，而将辛苦积攒的十几万（美元）家产打了水漂。年少慕艾的初恋"橄榄"，因道不同而成终生憾事，暮年时幻化成"半自传体小说"《赖柏英》；靠妻子廖翠凤（1896-1987）的嫁妆出国留洋，却至死怀念泉州女子陈锦端。虽与廖翠凤生活观念和性格迥异，两人却在相濡以沫中，成就了半个多世纪的金玉良缘。

一、"我初恋的女友"：赖柏英

1895 年 10 月 10 日，林语堂生于福建漳州平和县坂仔乡宝南村，幼名和乐，学名玉堂，后以"林语堂"名世。父亲林至诚，祖籍漳州北乡五里沙。少年失怙，历经磨难，自学成才。25 岁时，被教会派往平和县坂仔乡任"启蒙伴读兼传福音"。母亲杨顺命，"为人老实直率""温柔谦让天下无双"。林语堂兄弟六人，他居五，姊妹二人。为人所知的还有他的三哥林憾庐（原名林和清，接手林语堂创办的《宇宙风》半月刊后，与巴金交好。1943 年 2 月 3 日，他英年早逝后，巴金写有《纪念憾翁》一文纪念；后来，还以他为原型，创造了《抗战三部曲·火》中的田惠世形象）。

漳州物产丰硕，自然风景幽美，特别是位于坂仔乡的"山景"和西溪，给林语堂留下终生不可磨灭的印象，成为他日后创作中久盛不衰的题材。他在《四十自叙》中写道："我本龙溪村家子，环山接天号东湖；十尖石起时入梦，为学养性全在兹。"

林语堂幼年时，林至诚亲自打铃上课，教授子女们念诗、读经书和古文。林至诚与美国传教士范礼文博士交好。范礼文常把林乐知编写的基督教周刊——《通问报》和蔡尔康翻译的好几种书籍和小册子从上海寄给他，使乡村牧师林至诚对"新学"产生了浓厚的热情和兴趣："对西方及西洋的一切东西皆极为热心，甚至深心钦美英国维多利亚后期的光荣，因而决心要他的儿子个个读英语和得受西洋教育。"（林语堂：《我这一生：林语堂口述自传》9 页，江苏人民出版社，2014 年 11 月）

6 岁时，林语堂进坂仔乡教会办的铭新小学读书。"头角峥嵘"的他，天资聪慧，过目成诵。因老师在课上讲的内容，他早就知道，便不用功读书，把主要精力放在踢毽子等运动上。有一次学校考试，全班学生都得了高分，老师怀疑泄题，逐一排查，结果是没有"作案动机"的林语堂。他为了寻开心，在考试的前一天，潜入老师住所，偷看了试题，回来后告诉了同学们。或许是自恃聪明，林语堂在 8 岁时写的一篇作文，因词不达意，老师给予"如巨蟒行小径"的评语，喻其行文拙笨。他则在评语下面回敬道"似小蚓过荒原"，并声称他长大后要当作家，还偷偷地用文言文编写了一本图文并茂的教科书。不久，此事被大姐林瑞珠发现。他编的教科书中的诗歌"人自高 / 终必败 / 持战甲 / 靠弓矢 / 而不知 / 他人强 / 他人力 / 千成倍"，兄弟姊妹都能背诵了。

林语堂生性顽皮，有一次被大人关在屋外，不准他进门。他一气之下，便从窗子外扔了一块石头进去，还振振有词说道："你们不让和乐进来，石头替和乐进来！"兄弟姊妹中，林语堂最喜欢大他 5 岁的二姐林美宫。两人经常在一起玩耍。有一次，两人发生争执，二姐没有让他，他就大发脾气，钻进后花园的一个泥洞，像猪一样打滚，然后爬起来得意地对负责为全家人洗衣服的二姐喊道："好啦，现在你有脏衣服洗啦！"（林太乙：《林语堂传》7 页，北岳文艺出版社，1994 年 10 月）林至诚看到儿子太淘气，便找来棍子要打他。看到他瑟瑟发抖的样子，又舍不得下手。因为他太喜欢这个聪明的儿子了，乃至于他每天早上 10 点左右吃一碗猪肝面时，常留下半碗给林语堂吃。

10 岁时，林语堂转到厦门鼓浪屿养元小学继续上学。在此期间，他被有钱的吕家寡妇收为义子。后来，林语堂还以她为原型，创造了《京华烟云》的孙曼娘形象。13 岁小学毕业后，林语堂考入寻源书院读中学。此时，二姐在鼓浪屿毓德女中读书。每到暑假时，姐弟俩常常在一起看林纾和魏易合译的文言文译本《撒克逊劫后英雄传略》。每当看到小说中的英雄艾文荷为箭所伤，陷入敌兵重重包围之中时，两人都急得要命。受此触动，他们俩还自编了一个法国侦探故事，天天讲给母亲听，母亲竟然信以为真，后来才发现，这是姐弟俩编来哄她开心的。

1907 年坂仔基督教教堂竣工后，教堂前的钟楼上挂着一口大钟，每逢做礼拜时都会敲响。信基督教的如闻仙乐，儒家弟子则视之为猛兽。第二年，一个落第的穷儒生募捐在教堂附近修了一座佛庙。礼拜天，当教堂的钟声按时响起时，穷儒生就在佛庙里敲响了锣鼓声。林语堂兄妹发现后，跑上钟楼，采取车轮战术拼命拉绳打钟与之对抗。时间一长，穷儒生体力不支，"钟鼓之争"，以穷儒生的败北而告终。

受梦想家父亲的影响，林语堂在年少时做过许许多多彩色的发明梦。他所读的小学和中学，都是美公会所办，注重英文和自然科学的教学。这正是他最感兴趣的学科，然而他仍然觉得课程太简单、太容易了。因不满《康熙字典》的部首检字法，便把主要精力放在探究更简单、方便的汉字检字法上。他还认真尝试配制了一种治外伤的药粉，取名为"好四散"。他对小轮船上蒸汽机引擎也产生过强烈的兴趣。他想发明一部抽水机，让井里的水自动地流进菜园里。他梦想长大后开一家"辩论"商店；写一本书，在全世界都闻名……

林语堂儿时的这些梦想，在后来大多奇迹般地实现了。1940年，瑞典著名地理学家、探险家、瑞典文学院成员斯文赫定（1865-1952），美国著名女作家、人权与女权活动家、1938年诺贝尔文学奖获得者赛珍珠（1892-1973）分别提名他为当年度诺贝尔文学奖候选人；1950年赛珍珠再次提名他为当年度诺贝尔文学奖候选人。1975年4月，在国际笔会第41届大会上，林语堂被选为国际笔会总会的副会长。英文小说《京华烟云》被比作现代版的《红楼梦》，在欧美引起很大的轰动。

每当放寒暑假或不上学时，林语堂最喜欢和坂仔村的小伙伴们一起玩耍嬉戏。或到附近的花山溪摸鱼捉虾；或跳进溪水中玩闹戏耍。这一幕幕儿时的美好时光，深深地烙印在他的脑海里。他在《八十自叙》中回忆，在这些玩伴中，一名叫"橄榄"（赖柏英）的农家少女，一度使他情窦初开，终生难忘。"橄榄"的母亲是林语堂母亲的教女，当她长大成人时，因有点瘦，大家都叫她"橄榄"。他们年龄相仿，兴趣相投，常常一起结伴玩耍嬉戏。

林家住在山谷的西溪河畔，赖柏英住在西山的"鹭巢"，两家相隔一里半。村里逢集时，赖柏英都要下山来赶集，来时总要给林家捎来一点新鲜的蔬菜、竹笋和她母亲做的粿糕。一来二往，林语堂与她熟悉起来。时间一长，年龄渐长，彼此心中都产生了一种朦胧的爱意。每当暑假，林语堂兄妹们就要上山去找她玩。她就在"鹭巢"拿荔枝招待他们。赖柏英还和客人们比赛吃荔枝：

> 她以前可以把剥开的荔枝含在嘴里，不用手指，光是呶呶嘴唇，
> 就能够将一粒清洁溜溜的核吐出来，比我们男孩子还要快。我们吐
> 一粒，她可以连吐三粒。尤其是她那灵活的嘴唇，她还可以用荔枝
> 核打中五尺外的目标。我们常蹲在地上，把荔枝核当弹珠来打，每
> 回她的核儿打中"堡垒"，你真该看看当时她脸上那副得意的样子。

　　　　　（林语堂著，谢青云译：《赖柏英》23页，群言出版社，2010年11月）

春暖花开时，赖柏英常常下山来与林语堂兄妹到小溪流中去捉鲦鱼和螯
虾。河岸上，蝴蝶和蜻蜓飞来飞去，一群少男少女们异想天开地设计了一种有
趣的游戏：让赖柏英把一朵花别在头发上，然后悄悄地躲进树丛里，直到有蝴
蝶落到她头上，她才慢慢地站起来，从树丛里走出来。大家看她能走多远，而
不会把蝴蝶吓飞。机警的蓝绿色燕尾蝶，赖柏英一站起来，它们马上就飞走了；
橘黄带黑色的蝴蝶和蜻蜓，反应迟缓，容易被抓住……

此情此景，头发上插着鲜花，鲜花上栖着蝴蝶的赖柏英，如仙女般在林语
堂眼前。在他眼中，赖柏英无处不美：鹅蛋形的脸、偏瘦的身材，特别是那双
走过草地和河沙的赤足，更是美不胜收。

或许初恋的记忆太过深刻，林语堂对赖柏英的赤足终生痴迷。他们分手
后，林语堂把对赖柏英赤足的偏爱移情到自己脚上。他在北大当教授时，常常
赤足行走在系办公室，认为这是"生活中最奢侈的享受之一"。他还专门写有
《论赤足之美》，赞美"赤足是天所赋予，革履是人工的，人工何可与造物媲
美？""赤足之快活灵便""步伐轻快、跳动自如""无声无臭"。或许爱屋及
乌，后来，廖翠凤也坚持认为："美的基础，就在脚下"。

1916年夏天，林语堂从上海圣约翰大学以第二名的成绩毕业。他回到坂

仔后，向赖柏英透露了想出国留学的想法，同时也向她倾诉了久藏于心的愿望，希望赖柏英与他一起去创造新的生活。然而，赖柏英因要服侍双目失明的祖父，不忍离开家乡。而林语堂又不甘心滞留乡下、终老一生，两人忍痛分手。然而，在林语堂的心中，赖柏英是他永远也难以释怀的初恋。他在《八十自叙》中还肯定地说："我爱我们坂仔村里的赖柏英""我们俩十分相爱。她对我的爱非常纯正，并不贪图什么。"（林语堂：《我这一生：林语堂口述自传》48页，江苏人民出版社，2014 年 11 月）

可是，林语堂的女儿林太乙在《林语堂传》中却否认父亲和赖柏英的恋爱关系，说"这部小说全属虚构"。究竟谁的说法更真实呢？按理说，当事人林语堂本人的说法更值得采信。然而，林语堂在 80 岁时，"开始糊涂"，乃至于"《八十自叙》中有许多事实上的错误"。（林太乙：《林语堂传》248 页，北岳文艺出版社，1994 年 10 月）这也是不争的事实。林太乙也不否认，"赖柏英倒真像他小时喜欢过的一个名叫'橄榄'的女孩"，"后来嫁给坂仔一个商人"。如此看来，艺术来源于生活不假，但毕竟不等于生活，且高于生活。

1963 年，年近古稀的林语堂在美国用英文创作《赖柏英》时，将自己幻化为小说中的男主人公谭新洛，而将自己喜欢过的女孩投影到赖柏英身上。在坂仔，赖柏英确有其人，加上小说中的故事情节又与林语堂和"橄榄"的关系不甚相符，如谭新洛与欧亚混血女郎韩沁同居，叔叔的姨太太琼娜向他示爱，巨富千金吴爱丽因失恋而自杀……以及最后与赖柏英大团圆的结局等，故导致林太乙坚持认为，林语堂与赖柏英没有关系。

小说中的谭新洛，凭借在新加坡发了财的叔叔的帮助，19 岁时离开闽南山乡，前往新加坡念大学。毕业后，在当地的一家英国法律事务所当律师。赖柏英是他的表妹，成天笑眯眯的，是料理家务和干农活的好手。他们是同龄人，两小无猜，耳鬓厮磨，彼此产生了很深的感情。她个子小，面孔椭圆形，性情就像橄榄核一样坚硬。谭新洛出国前，与赖柏英发生了性关系，赖柏英因此而怀上他的孩子。为了逃避世俗的压力，赖柏英家里匆匆忙忙地把她嫁给了在她家干活的甘才。远在异邦的谭新洛闻讯后，痛苦又无可奈何。事隔多年，他还不能忘情于赖柏英。而有了他的骨肉的赖柏英，更是忘不了他，每季都要从家乡给谭新洛寄花，以此表达自己刻骨铭心的思念。1927 年后，谭新洛回国探母，见到了赖柏英和私生子冈仔。然而，情过境迁，在新加坡的谭新洛已经爱上一个欧亚混血女郎韩沁，返回新加坡后就与之同居。但不久，他们就出现了感情危机。追求享受和感官刺激的韩沁，开始频频与欧洲人厮混，谭新洛为此很痛苦，两人分居。此时，家乡军阀横行，甘才在一次被拉夫的途中被兵痞打死。随后，赖柏英母子也从乱军占领下的"鹭巢"逃了出来。由于世界经济不景气，谭新洛在新加坡失业了；韩沁也跟随葡萄牙船长到了孟买。受此打击，谭新洛意志消沉不能自拔。秀瑛姑姑为了挽救他，特意从新加坡赶回家乡，把情况告诉了谭新洛的母亲，并提议让赖柏英去治疗他的心灵创伤。小说的结局，堪称圆满，赖柏英高兴地带着九岁的儿子来到新加坡，与谭新洛团聚。

从情节模式上看，这种基于初恋情怀的英文小说创作，并不新鲜，有迎合西方读者之嫌。然而，处于人生暮年的林语堂，在小说中把魂牵梦萦的乡愁和对童年女友的怀念之情结合在一起，借此表现自己对故乡的思念和对儿时的缅怀。林语堂自 1944 年从美国匆匆回国后，他与大陆已经暌违 18 个春秋。"此生没有机会再看到那些山陵"的感伤，严重地困扰着他。为此，他才借谭新洛和赖柏英的恋情，来释放自己的乡愁和对年少时的追忆。正因为如此，小说对谭新洛家乡——闽南山乡风光的描绘才如此感人。作者将乡愁与初恋融为一体，乃至于身陷小说中，虚实不分，宣称赖柏英是他的初恋女友。

据平和县工商局的马乔 2005 年到福建省平和县坂仔镇和小溪镇实地考证，他发现林语堂的初恋情人不是赖柏英，而是其姐姐赖桂英。其理由有四：其一，年龄差距太大，有悖常理。赖桂英属鸡，生于 1896 年，比林语堂小 1 岁；而赖柏英生于 1913 年，比林语堂小 18 岁。林语堂不可能与赖柏英"一齐捉鲦鱼，捉螯虾"。其二，赖桂英的养女庄色珍告诉马乔，她小时候曾听见别人叫过养母"橄仔"（即橄榄）。其三，长相与性格因素。在林语堂记忆里，"橄榄是一个遇事自作主张的女孩子，生得鹅蛋脸，目似沉思状"（林语堂：《我这一生：林语堂口述自传》48 页，江苏人民出版社，2014 年 11 月），与腰身瘦，身材好，面是鸭卵形，做事挺有主见，父亲疯了后，把家中的生活安排得井井有条的赖桂英相符。其四，出嫁地与丈夫职业因素。赖桂英的丈夫林荣杰的家在坂仔墟附近。林荣杰是一名屠夫，堪称商人。这也与林语堂在《八十自叙·我的婚姻》中所说，"后来，我远到北京，她嫁了坂仔本地的一个商人"相吻合。因此，马乔认为，林语堂在小说《赖柏英》中，"对读者撒了一个弥天大谎，导演了一出现代版的'姐妹易嫁'喜剧。明明自己终身不忘的初恋女友是赖桂英，却一再向世人表白赖柏英才是自己的初恋情人。而赖桂英与赖柏英恰是亲姐妹"。（马乔：《谁才是林语堂真正的初恋情人》，《闽台文化交流》，2009 年第 3 期）

　　笔者认为，林语堂之所以认定自己的初恋女友是赖柏英，是因为时间相隔太久，记忆模糊，导致张冠李戴。当然，也不排除他在写小说《赖柏英》时有意为之，目的是避免好事者对号入座，给当事人带来不必要的麻烦。垂暮之年，林语堂在《八十自叙》里，索性将错就错。因此，作为喜欢林语堂的后学，赖柏英也好，赖桂英也罢，她们无非都是刻在林语堂心灵深处的初恋情怀而已。

二、"我非常爱这个朋友的妹妹"：陈锦端

　　1912 年夏天，17 岁的林语堂以第二名的成绩从寻源书院毕业，考上了上

海圣约翰大学。他前往圣约翰读书，最直接的原因是：二哥林玉霖已从该校毕业并留校任教，愿意贴补他在上海读书的费用。间接的原因是：父亲希望儿子们读书成名，能到世界上最好的德国柏林大学和英国牛津大学去读书。为此，林至诚不惜含泪变卖了母亲卢氏传下的一幢小房屋，送二儿子林玉霖进中国第一所现代高等教会学府圣约翰上学。如今，他寄予厚望的五子林语堂考上圣约翰大学，高兴之余又为 100 银圆的费用发愁。女儿林美宫也刚从鼓浪屿毓德女校毕业，想到福州的教会学校念书，每年的川资杂费至少六七十元。经济有限的林至诚，爱的天平偏向儿子。所以，他就叫母亲卢氏去劝孙女林美宫，放弃求学，支持弟弟上圣约翰。林美宫抗争无效后，被迫接受了一位追求她多年的青年的求婚。

　　林至诚为了儿子上学，觍着脸四处借贷，仍无结果。最后，还是昔日学生，现在漳州发达的陈子达伸出援手，借给他 100 银圆，才筹够了林语堂上圣约翰的费用。

　　1912 年夏秋之交，林家人举家乘帆船沿西溪而下，既送女儿到南靖城关（山城）成婚，又送儿子远去上海求学。西溪沿途青山绿水，风光宜人，风景秀丽。林语堂却无往日乘船经过时的陶醉，反而心情沉重。二姐为了自己上学，被迫嫁人的情景，事隔六十多年后，他仍记忆犹新：

　　　　那年，我就要到上海去读圣约翰大学。她也要嫁到西溪去，也是往漳州去的方向。所以我们路上停下去参加她的婚礼。在婚礼前一天的早晨，她从身上掏出四毛钱对我说："和乐，你要去上大学去了。不要糟蹋了这个好机会。要做个好人，做个有用的人，做个有名气的人。这是姐姐对你的愿望。"（林语堂：《我这一生：林语堂口述自传》40 页，江苏人民出版社，2014 年 11 月）

　　二姐语重心长的话，在林语堂耳畔响彻了一生，促使他勤奋努力，"读书成名"。自责尚未过去，痛心又接踵而至。第二年夏天，林语堂暑假返乡时，"二姐却因横痃性瘟疫亡故，已经有八个月的身孕。这件事给我的印象太深，永远不能忘记"。（林语堂：《我这一生：林语堂口述自传》40 页，江苏人民出版社，2014 年 11 月）林美宫病逝后，家人将其葬在教会墓地坂仔南山。林语堂回家凭吊时，泪流满面。他曾说过："我青年时所流的眼泪，是为她流的。"（林太乙：《林语堂传》12 页，北岳文艺出版社，1994 年 10 月）直到晚年，林语堂仍难以忘怀二姐美宫，他在创作《赖柏英》时，直接将其化名为碧宫，复活在小说的世界里。

　　上海圣约翰大学是美国圣公会于 1879 年创办，初名圣约翰书院，以教英文著名。1905 年升格为圣约翰大学。林语堂入校时，圣约翰大学已名声远播，毕业的杰出校友中，颜惠庆、施肇基、顾维钧已是大名鼎鼎的驻英、驻美大使。通过一年半的预科学习，林语堂借助一本袖珍牛津英语词典，"差不多把英语学通了"。可专业课对他来说，却太过简单。所以，在上课时，他常常偷看从图书馆借来的书。圣约翰图书馆有五千多本藏书，其中三分之一是神学书籍。抱着求知的读书目的，林语堂将这些藏书看了个遍，特别是对达尔文的《进化论》等著作，尤其喜爱，反复精读。正因为如此，身为神学院学生的林语堂，对基督教教条开始怀疑。对基督教关于"人生来就是罪恶的，耶稣替我们赎罪，我们才可以进天堂"的信条；"不信教，便要入地狱"的理论，难以接受。他认为，一切神学都是在"欺骗"，是对他智力的"一种侮辱"。林语堂原本希望当牧师，现在对神学失去了兴趣，便终止了神学院的学习。暑假回家，父亲叫他给信徒讲道，他却大讲特讲，应该把《圣经》当文学来读。结果，听者莫名其妙，父亲也为此惊恐不安。返校后，他改学文科。因所学专业是自己感兴趣的学科，林语堂的才情得以爆发。他用英文写的短篇小说，获得了学校的金牌奖。一有闲暇，林语堂就前去打网球、踢足球，划船、赛跑。他为此还创下了圣约翰大学五分钟跑一英里的纪录，被学校选派去参加了远东运动会。当大家都忙于备考时，林语堂却跑到苏州河去钓鱼，考试结果和中学一样，每次都是第二名，体现了他奉行的"不论做什么事，一生都不愿居第一"的人生信条。

大学二年级结业时，林语堂荣获三种奖章，同时代表讲演队，登台领取比赛获胜的银杯。结业典礼上，一人四次登台领奖，圣约翰大学史无前例，全校轰动，乃至毗邻的圣玛丽亚女校也传得沸沸扬扬。

林语堂在圣约翰大学读书时，与陈希佐、陈希庆两兄弟交好。每当周末，他们便结伴到附近的杰克餐厅吃牛排，看无声电影。或应邀到他们家里去吃饭，从而结识了他们在圣玛丽亚女校读书的妹妹陈锦端。

陈家是名门望族，父亲陈天恩是基督教竹树堂会长老，早年追随孙中山，"二次革命"失败后，一度逃亡菲律宾。回国后定居厦门，开设陈天恩医药局和福建造纸股份有限公司，在旅菲侨胞和厦门士绅中享有较高声望。他共育有九子八女，陈希佐、陈希庆是他的二子和三子，陈锦端是他的长女，此时，在圣玛丽亚女校学美术。

男女相爱，要么一见钟情，要么日久情深。林语堂一见陈锦端，就为她的艳丽惊诧，进而为她的秀发、明眸、谈吐和天真烂漫所倾倒。能言善辩的林语堂，面对如此天生尤物，竟然脸红心跳，木讷无语。随着交往次数的增多，他恢复了常态。陈锦端才貌双全，性格完美，为人处世落落大方，心灵手巧，画得一手好画。在林语堂心目中，她就是美的化身和爱的天使。每当一起游公园时，林语堂就心花怒放，喜不自禁。在她面前竭力卖弄学识与口才，声称自己要写作，成为作家。陈锦端则表示，她要作画。林语堂倍感欣慰，感觉找到了艺术的知音。

林语堂的博学多才，陈锦端早有耳闻，如今面对他的大献殷勤，自然无法抗拒。很快，二人双双坠入爱河。自此以后，林语堂满目心思都在陈锦端身上，乃至于礼拜天在教堂做礼拜时，他也心不在焉，总是挂怀一墙之隔正在虔诚祷告的陈锦端。周末，他们四人常常结伴外出游公园、上戏院、逛大街。陈家兄弟也总是有意成全，与林语堂和陈锦端保持一段距离，给他们单独相处的空间。面对自己心爱的女人，林语堂毫无保留地向她倾诉自己的心声："人是肉和灵互相混合而成的，人活在世界上，要睁开眼睛看天体地球之奇妙、宇宙之美。"因为心中有了心爱的人，一些司空见惯的自然现象就有了生命力，都让林语堂感受到难以遏制的美感。"无论是晴天雨天，他都感到美，看见雨珠沿着窗子的玻璃坠落，看见叶子从树上飘落，一只麻雀在檐下避风雨，这些景象都给他美感"。(林太乙：《林语堂传》17页，北岳文艺出版社，1994年10月)

心中有爱，岁月恨短。一学期转瞬即逝。放暑假后，陈锦端回到厦门家里。林语堂回到坂仔后，因思念她，魂不守舍，茶饭不思。为缓解相思之苦，他以找陈希佐之名前去厦门看望陈锦端。到陈家后，却没有见到陈锦端，她已秉承父意躲了起来。原来，陈天恩对两个儿子的同学林语堂并不陌生，早就知道他人很聪明，爱好多，成绩不错。可作为牧师之子，对基督教并不虔诚，靠不住，如今又追求自己的掌上明珠，由此，"大不以为然"。更何况，林语堂家境贫寒，配不上自己的女儿。为此，陈天恩为女儿已物色到合适的金龟婿。陈锦端虽不情愿，无奈父命难违，只好躲着，对林语堂避而不见。

陈天恩认为，想要断了林语堂对女儿的念想，最好的方式是给他另找一位姑娘。碰巧，邻居廖悦发有个女儿，尚待字闺中。于是，陈天恩告诉林语堂，爱女已定了亲。不过，隔壁的廖二小姐贤惠漂亮，他愿意保媒。林语堂闻言，惊诧之余倍觉羞辱，郁闷至极，失神落魂回到坂仔家中，心如刀绞。家里人看见他兴高采烈而去，愁眉苦脸而回，颇感迷茫。林语堂一回来，就把自己关在房内，不吃不喝，也拒绝出门。夜深人静，祖母卢氏拿着一盏油灯，敲开他的房门，轻言细语问，究竟何故？祖母一问，林语堂的泪水喷涌而出，整个身子瑟瑟发抖，伤心欲绝。此种情形，"他只有在二姐死的时候哭得这么厉害"。

　　林语堂始终弄不明白，他和陈锦端的玫瑰色爱情，怎么会遭遇父母之命和门当户对的鸿沟？第二天，大姐林瑞珠从婆家回来，听说此事后，不仅不安慰他，反而对他大骂一通："你怎么这么笨，偏偏爱上陈天恩的女儿？你打算怎么养她？陈天恩是厦门的巨富，你难道想吃天鹅肉？"大姐一席难听的话，"刺破了玉堂的心灵，伤害了他的自尊，把他带回到严酷的尘世。但没有人能夺去他对锦端的爱。他的脑中无时不环绕她的倩影，听见她那略微沙哑的笑声。她留着的长发，用一个宽长的夹子夹在脖子后面，额前的刘海在微风中吹动，她发亮的眼睛在对他会心的微笑。他愿意掏出自己的心来给她，但是没有办法了。他爱她，将永远爱他，即使不能娶她也会一辈子爱她。锦端夺去了一部分他的自己"。（林太乙：《林语堂传》18 页，北岳文艺出版社，1994 年10 月）

　　就这样，林语堂的第二次真爱，尚未进入高潮就戛然而止了。林语堂返校后，像变了一个人似的，矢志读书，不再活跃。林语堂与廖翠凤订婚后，回圣约翰继续学业。1916 年，他以第二名的成绩毕业于上海圣约翰大学，却不愿意立即与廖翠凤结婚。林语堂听说清华学校的学生毕业后可以直接升入美国大学三年级或四年级就读，就接受了清华校长周诒春的聘请，到清华任教，三年届满后到美留学。

　　失去心爱之人的陈锦端，并没有遵从父命，同父亲选定的金龟婿结婚。而是远渡重洋，到美国米希根州（即今密歇根州）的霍柏大学攻读西洋美术，学成归国后在教会办的上海中西女塾教美术课，全身心投入到教学中。

　　在陈锦端心中，林语堂也是她永远难以割舍的牵挂和爱。她从美国回到上海后，追求她的人很多，可她总是看不上，一直单身独居。直至 32 岁时，她才与厦门大学教授方锡畴结婚，长住风光如画的厦门岛。

　　1919 年，林语堂最终依照父母之命、媒妁之言与廖翠凤成婚。婚后，夫妻俩结伴到美国、德国等国留学。归国后辗转于北京、厦门和武汉等地教书和任职，并有了三个可爱的女儿，其后定居于上海，靠写作为生。陈锦端知道林语堂定居上海后，常来家中相访。

据林语堂女儿林太乙回忆：

> 父亲对陈锦端的爱情始终没有熄灭。我们在上海住的时候，有时锦端姨来我们家里玩。她要来，好像是一件大事。我虽然只有四五岁，也有这个印象。父母亲因为感情很好，而母亲充满自信，所以不厌其详地、得意地告诉我们，父亲是爱过锦端姨的，但是嫁给他的，不是当时看不起他的陈天恩的女儿，而是说了那句历史性的话："没有钱不要紧"的廖翠凤。母亲说着就哈哈大笑。父亲则不自在的微笑，脸色有点涨红。我在上海长大时，这一幕演过许多次。我不免想到，在父亲心灵最深之处，没有人能碰到的地方，锦端永远占一个地位。（林太乙：《林语堂传》21页，北岳文艺出版社，1994年10月）

抗战前，林语堂举家迁居美国后，与陈锦端失去了联系。1966年，他辗转于台湾、香港两地。海峡阻隔，咫尺天涯，但是，真情难忘，陈锦端的形象一直活在他的心灵深处，且历久弥新。每当写作之余，林语堂常常作画自娱，而他画的女孩总是一个模样：留着长发，再用一个宽长的夹子夹在背后。久而久之，女儿们发现了父亲的杰作中，画中人的发型从未改变，便不解地发问："您为啥老是画这样的发型？"林语堂抚摸着画纸上的人像，坦白道："锦端的头发是这样梳的！"

20世纪40年代中期，林语堂在为苏东坡作传时，"灵魂贴近"地描写了苏东坡拖着衰老的病体去小二娘坟头祭拜后回来，便"侧身面壁而卧，哽咽抽搐，竟至不能起床接待"朋友。后来，他对苏东坡与堂妹小二娘还进行了详细的考证。当他看到苏东坡《祭亡妹德化君文》里哭墓一段的史料时，触动了他自己埋藏在心中对陈锦端的隐痛，恍然觉得苏东坡与堂妹小二娘之间"有一段发于情止于礼的姻缘"，并由此阐释了自己对爱情和婚姻的看法："吾所谓钟情者，是灵魂深处一种爱慕不可得已之情。由爱而慕，慕而达则为美满姻缘，慕而不达，则衷心藏焉，若远若近，若存若亡，而仍不失其为真情，此所谓爱情。"（林语堂：《苏东坡与其堂妹》，施建伟编：《幽默大师》434 页，东方出版中心，1998 年）

林语堂遵循传统的媒妁之言与廖翠凤结婚后，与夫人长相厮守半个多世纪，彼此相敬如宾，同甘共苦，幸福和谐地缔结了一段人人称道的金玉良缘。他为此对婚姻和爱情的复杂性更加通透与豁达。他认为，爱情与婚姻并非会完全统一，拥有甜蜜的爱情并不意味着就会获得幸福的婚姻。即使相爱的男女，一旦结成婚姻，天长日久实实在在的庸常生活，既可能导致平淡乏味，激情过后也可能产生别扭和争执。要想拥有和谐的婚姻，男女双方都要能克制忍让，彼此包容，唯其如此，婚姻才会较好地维持下去，爱情也可以在相濡以沫中得到新的发展。

林语堂在创作《京华烟云》中的姚木兰这个人物形象时，就折射出他对爱情和婚姻的思考。姚木兰 17 岁时，蓦然初见孔立夫，即为他的少年才俊所打动，爱上了他。然而，命运却安排她与荪亚走到了一起。婚后，她把对孔立夫的爱一直深藏在心底。尽管"在这种爱里，没有梦绕魂牵，只是正常青年男女以身相许，互相敬重，做将来生活上的伴侣，只是这么一种自然的情况"。（林语堂著，张振玉译：《京华烟云（上）》282 页，新世界出版社，2015 年）

无可否认，在现实生活中，林语堂与夫人廖翠凤相亲相爱，和谐共处。但在他的精神世界里，廖翠凤并非他最理想的女性。因为"人类的特征便是怀着一种追求理想的期望，一种忧郁的、模糊的、沉思的期望。人类住在这个现实

的世界里，还有梦想另一个世界的能力和倾向……一个理想中的终身伴侣的幻
想会生出一种不可抗拒的力量，这种力量若在缺乏想象和理想的人们便永远不
会感觉"（林语堂著，越裔译：《生活的艺术》67 页，新世界出版社，2015 年）。这
或许是他一生念念不忘陈锦端的原因，因为在陈锦端身上，寄托了他因遗憾
而激发的爱情梦想与追求。如 20 世纪 40 年代后期，他在创作反映海外华侨爱
国主义生活的小说《唐人街》里，就抒写了自己对理想婚恋观的向往。小说中
汤姆与艾丝门不当户不对的恋情，几经波折，终成眷属，从中似乎也可以窥探
出，潜藏在林语堂心中早年与陈锦端因无法逾越的门第观念造成悲剧的补偿
心理。

不仅如此，林语堂与陈锦端因门不当户不对而夭折的爱情体验与感悟，在
某种意义上还左右了他小说的基调。他创作的《风声鹤唳》《朱门》《红牡
丹》及《远景》等小说，无不呈现出痛恨门第樊篱、世俗目光的风貌。他所塑
造的一些敢于冲破门第贫富牢笼的青年男女，和对理想爱情婚姻的讴歌，也折
射出他这次恋情的切肤之痛。

或许正因为如此，他在任何文章和采访中，从不提及陈锦端。在生命
的最后时光口述的《八十自叙》中，也只是点到即止，连名字也是用字母
代替："我从圣约翰回厦门，总在我好友的家逗留，因为我热爱我好友的
妹妹 C。"

林语堂晚年定居住在香港的小女儿林相如家里，因腿脚不便，常年坐在
轮椅上。有一回，陈锦端的嫂子陈希庆太太来看他。林语堂又问起了陈锦端，
陈夫人告诉他，陈锦端还住在厦门。风烛残年的林语堂激动地从轮椅站了起
来，高兴地对陈希庆太太说："你告诉她，我要去看她！"妻子廖翠凤急了，
说："语堂，你不要发疯，你不能走路，怎么还想去厦门？"（林太乙：《林语堂
传》21 页，北岳文艺出版社，1994 年 10 月）。

林语堂听罢，颓然躺倒在轮椅上，喟然长叹。数月后，林语堂怀着再见陈

锦端的念想溘然长逝。几年后，陈锦端也离开了人世，但愿他们在天堂能重续
前缘。

三、"爱情由结婚才开始"：廖翠凤

1. "穷有什么关系"

　　林语堂与廖翠凤的婚姻是父母包办的，媒人是有私心的陈天恩。

　　廖翠凤祖籍福建龙溪县，先祖到厦门谋生，到了祖父廖宗文那代，开始在
竹树脚礼拜堂附近做竹编家具和碗橱之类的小买卖。父亲廖悦发跟随其大哥廖
清霞到印度尼西亚发财致富后，回到厦门做侨批（又称番批，银批。专指海外华
侨通过海内外民间机构汇寄至国内的汇款暨家书，是一种信、汇合一的特殊邮传载体）
业务、开豫丰钱庄、投资码头、创办大同酱油厂。在厦门，廖悦发的家底，虽
不能与陈天恩同日而语，但也算富裕之家。廖悦发信奉基督教，却仍然重男轻
女：吃饭时男女要分桌；纵容、溺爱儿子；对女儿管束甚严——女儿要会烧饭、
洗衣服和缝纫。因生意压力大，廖悦发整天沉默寡言。加上守寡的大女儿廖翠
岚带着四个女儿回到家里，二弟找回来的马来婆又把大洋房后面的小房子弄得
又脏又臭……这一切都使他烦恼，导致他脾气暴躁。稍不顺心，就骂老婆和女
儿。在这种家庭环境中长大的廖翠凤，对和睦恩爱的家庭生活非常向往。她从
鼓浪屿毓德女校毕业后，考入上海圣玛丽亚女校。

　　或许真应了千里姻缘一线牵的俗话，廖翠凤的二哥廖超照是林语堂在圣约
翰大学的同学，林语堂的大姐林瑞珠与廖翠凤又是毓德女校的同窗。订婚前，
因林语堂的心思在陈锦端身上，对廖翠凤并不了解。大姐知道陈天恩在撮合弟
弟与廖翠凤的婚事时，竭力向弟弟及家人介绍廖翠凤的种种长处。说她端正大
方，聪明能干，除体型较胖外，是一个典型的贤妻良母。而廖翠凤也因二哥的

同学关系，对林语堂在圣约翰曾四次登台领奖的名声早有耳闻。

订婚前，林语堂回厦门过暑假，廖超照约他来家里做客。林语堂在吃饭时，总感觉到有一双眼睛在窥探他。婚后，廖翠凤才告诉他，她在数他吃了几碗饭。当天晚上，林语堂留宿廖家。他熟睡后，廖翠凤将他换下的脏衣服拿去洗了。林语堂知晓后，对廖翠凤顿生好感。廖翠凤母亲对她说："语堂是个牧师的儿子，但是家里没钱。"廖翠凤坚定而得意地回答说："穷有什么关系？"林语堂闻讯后，很是感动。当他明白今生与陈锦端的缘分渺茫时，勉强答应了这门亲事。

1915年秋，林语堂与廖翠凤订婚后，即来到清华学校任中等科教员。林语堂来到引领中国文化中心的北京，眼界大开。他游遍北京古迹，深感"自己在基督教保护壳中长大，犹如与外界隔绝"，忽略了国文，对中国哲学更是一窍不通，连孟姜女哭倒长城等民间传说也一无所知。他为自己贫乏的中文感到耻辱，开始恶补中文。因不好意思到处问人，便流连在琉璃厂和隆福寺街的书肆中。在与书铺老板和伙计的闲谈时，淘到一些古籍，认真研读。时间一久，国文知识日益丰富。因忙于淘书，又兼有校内圣经班的课，加上不饮酒，对陈锦端的感情还心存侥幸，故不像有的同事那样，时不时地到"八大胡同"去纵情声色，乃至于同事们都取笑他是"处男"，连胡适也笑称他为"清教徒"。

林语堂与胡适的交往，缘于他在《新青年》上发表《汉字索引制说明》等文。1919年，林语堂在清华已任教满3年，获得校方"半额奖学金"的资助，每月40美元，到美国深造。他决定前往哈佛大学比较文学研究所修学现代语言。此时，正在为北京大学延揽人才的胡适，得知他只得到半额奖学金，与妻子廖翠凤一道赴美，经济拮据，便向林语堂承诺北大每月资助他40美元，条件是他学成回国后，要脱离清华到北大任教。林语堂对北大早已向往，便爽快地与胡适达成了君子协议。

　　这时，廖翠凤已年满 24 岁，订婚 4 年，久不成婚，廖家人不免着急。如今，听说林语堂要到美国留学，经济困难，便答应资助 1000 大洋，条件是完婚后一同出国。林语堂对这桩婚事虽不十分称心，但知道廖翠凤对自己情深意重，又贤惠能干，加上其家人又在经济上大力支持，就答应回家乡办完婚事后，与廖翠凤一起出洋。

　　1919 年 7 月 9 日，林语堂与廖翠凤的婚礼在漳州一所英国圣公会的教堂举行。结婚前，廖翠凤听说林父嫌她身体太重，特地租了一顶较大的花轿来接自己，气得她赶紧吃泻药减肥。林语堂自小任性顽皮惯了，常做出一些不合常理的事。新婚前夜，不与妻子同房，坚持与母亲同睡。因为"那是我能与母亲同睡的最后一夜。我有一个习惯，玩母亲的奶，一直玩到十岁。就因为有那种无法言明的愿望，我才愿睡在她身边。那时我还是个处男"。按照旧俗，新郎到新娘家迎亲，新娘家要端上龙眼茶来，作象征之用。可林语堂却把它全都吃了下去。廖家人看了，窃窃发笑。不拘泥形式的林语堂，在举行婚礼时，与伴郎谈笑甚欢，一点都不严肃。婚后，夫妻俩到了上海。林语堂对妻子说："把婚书烧了吧，因为婚书只是离婚时才用得着。"（林语堂：《我这一生：林语堂口述自传》50 页，江苏人民出版社，2014 年 11 月）

　　婚书烧了后，夫妻俩登上去美国的海轮"哥伦比亚"号，开始了出洋留学的蜜月之旅。林至诚专程从坂仔赶来为儿子儿媳送行。眼看儿子实现了自己曾编织的出国留学、读书成名的梦想，林父在高兴的同时又陡生生离死别之感。他心想："现在我送你们俩到美国去，也许此生难以再见。我把儿子交托这个做媳妇的。她会细心照顾你。"（林语堂：《我这一生：林语堂口述自传》51 页，江苏人民出版社，2014 年 11 月）不祥的预兆，一念成谶，林语堂在德国莱比锡城时，惊闻了父亲去世的噩耗。

　　在横渡太平洋的"哥伦比亚"号上，有 62 名清华毕业生，廖翠凤是唯一的女性。她很快就学会了吃西餐的规矩，像照顾大孩子似的指点丈夫的生活琐事，提醒他头发上点发油，擦皮鞋等。几天后，廖翠凤突患盲肠炎，蜷缩在船舱里不出来，知道他们在度蜜月的清华学生还拿他们开玩笑。他们本想在夏威夷上岸做手术，无奈花费太大，廖翠凤腹痛又有所减轻，就没有下船。

到达哈佛大学后，他们在藏书甚丰的卫德诺图书馆后面——波士顿赫山街51号租房而居。林语堂进入比较文学研究所，在皮瑞、白璧德、契特雷治等教授的指导下学习；廖翠凤则在家里料理家务。

天有不测风云。来美国半年后，廖翠凤的盲肠炎再次发作。紧急送到医院，医生耗时3个小时方才切除。出院不久，又因伤口感染，动了第二次手术，住院时间较长。两次手术，已将带来的钱花光。不得已时，林语堂打电报给廖超照，向廖家要了1000美元。钱未汇到之前，他靠一大罐老人牌的麦片度过了一个星期，廖翠凤深为感动。她出院时，大雪纷飞，林语堂借了一架雪橇把她拉回家。

然而，清华校医施秉元，因其叔父为驻美大使施肇基之故，摇身而成为留美学生监督。他借职务之便，挪用留学生奖学金投资股票，林语堂的半额奖学金也未能幸免。没有了奖学金，林语堂夫妇一下子又陷入经济困境。为了稿费，他只好投稿《中国学生》举办的征文比赛。连续三次获一等奖，每次25美元奖金。屡次获奖，林语堂自己都觉得过意不去，便主动退出，不再投稿，可却因之没有了经济来源。廖翠凤又不愿再向家里伸手，林语堂抱着试一试的态度，向胡适求助，请北大预支1000美元接济生活。未曾想到，这笔款项竟然寄来了。

林语堂在哈佛学习异常刻苦。回家后，也时常对妻子讲述书中的内容。随着知识的丰富，他对《圣经》的上帝提出质疑，不满基督教重罪恶，耶稣替人赎罪，才可以进入天堂的说法。廖翠凤辩不过他，认为他在胡说八道。在生活上，林语堂不拘小节，常常出"洋相"而心安理得。诸如他在吃西餐时，弄不清哪只手拿刀，哪只手拿叉；在喝酒或饮茶时，总是错拿邻座的杯子；提前一周带着妻子去赴绥尔教授的家宴等，不一而足。事实上，他们夫妻性格、生活方式反差太大。男的爱走动，女的爱静坐；男的爱吃肉，女的爱吃鱼；男的伶牙俐齿，女的沉默寡言；男的天性乐观，女的多愁多虑；他们像两个陌生人，结婚后，才彼此认识、熟悉。廖翠凤只有在床上，和丈夫相依相偎时，才觉得安全。可两人的作息时间也不一致。廖翠凤晚上十点上床，林语堂往往一边抽烟，一边看书沉思，要到深夜一两点才上床睡觉。伴读的廖翠凤不时感到寂寞，想念鼓浪屿的家和兄弟姊妹。

　　白璧德企图恢复古典文化精神和传统秩序来匡救现代文明弊端的新人文主义思想，为其入门弟子梅光迪、吴宓和梁实秋等人奉为圭臬，进而对中国现代文学产生了影响的深远。而同为其学生的林语堂并不认同白璧德的新人文主义观，反而为其论敌斯平加恩辩护。因为斯氏极端推崇克罗齐的"艺术即表现即直觉"的美学理论，与林语堂不受拘束的性格和直觉随感式的艺术主张一致。随意而写，如行云流水："行于不得不行，止于不得不止。"（林语堂：《我这一生：林语堂口述自传》54 页，江苏人民出版社，2014 年 11 月）

　　第一学年结束后，林语堂各科成绩为 A，系主任破例准许他不必再上课了，只需去德国的耶拿修一门莎士比亚戏剧即可获得硕士学位。基于缓解经济压力的考虑，林语堂向基督教青年会申请前往法国，教他们读书识字，获得批准，并寄来了两人的旅费。于是，他向哈佛大学教务主任询问，能否在法国修满学分，领取哈佛硕士学位。教务主任说，在巴黎大学修一门莎士比亚戏剧课也行。

　　1920 年夏天，林语堂携妻子来到法德交界附近的乐魁索小镇，开始为中国劳工编一本《千字文》的课本，并希望从劳工名单里找到他那被太平军掳去当脚夫的祖父的下落，结果没有找到。与此同时，他自修法文、德文，用德文向德国耶拿大学申请入学，补修哈佛所欠学分，获得批准。夫妻俩又来到德国东部的耶拿。德国的大学，对学生只看考试成绩，鲜有上课束缚，这正契合了林语堂的天性。他与妻子一同去听课，一同去郊游。虽然生活条件艰苦，没有冷热自来水，林语堂却不以为苦，以追求知识为乐，向心慕的歌德、席勒和海涅等诗人学习。经过刻苦努力，林语堂修完了哈佛大学认可的三门课程，获得哈佛大学比较文学硕士学位。

1922年2月，林语堂来到以语言学驰名的莱比锡大学攻读博士学位。他又向北大借款1000美元，胡适随即将款项寄来。莱比锡大学的中文书籍异常丰富，林语堂充分利用中文藏书，继续他的文化"补课"，认真钻研中国的音韵学。为此，他熟悉了王念孙、王引之父子、段玉裁和顾炎武等名家的考据成就，为日后他穿越东西文化打下了坚实的基础。

在莱比锡，林语堂曾遭遇过寂寞的寡妇房东的挑逗和骚扰，廖翠凤不仅为之解围，而且还以照顾他为己任。洗衣做饭，想方设法保证丈夫的营养，在家庭开支上精打细算。当入不敷出时，不惜变卖自己的首饰以补贴家用。休息时，夫妻俩常常结伴去郊游，去浴池洗澡，偶尔买点爱吃的点心，高高兴兴地携手回家打牙祭。

1922年秋，结婚三年多的廖翠凤终于有了身孕，夫妻俩欣喜若狂。因有廖翠凤在美国住院耗费过大的前车之鉴，夫妻俩决定回国分娩。于是，林语堂勤奋撰写《古代中国语音学》的博士论文。因学识深厚，答辩顺利通过，获得莱比锡大学语言学博士学位。随即，他们离开莱比锡，到威尼斯、罗马、那不勒斯等地游览两周后，结束了四年的留学生活，回到了朝思暮想的祖国。

2. "妻子允许他在床上抽烟"

在坂仔小住后，廖翠凤在厦门娘家生下了大女儿林如斯（小名凤如）。因难产，母女俩险些送命。1923年9月，林语堂携妻女赴北京大学英文系任教，住东城船板胡同。林语堂一到北大，就向代理校长的教务长蒋梦麟致谢，北大在他留学困难时预支了 2000 美元。蒋梦麟一头雾水，原来是胡适惜才自掏腰包的侠义之举。2000 美元在 20 世纪 20 年代是一笔巨款，一辆福特 T 型车才卖两百多美元。为此，林语堂感动了一生，他《八十自叙》里还专门记载此事，铭记胡适的慷慨与友情。

林语堂在北大主讲"文学批评"和"语音学"，廖翠凤则在北大预科教英文。来北大后，林语堂干劲十足，除上课外，还登启事办研究班，参加周作人主持的歌谣研究会，主持方言研究会，积极参与国语罗马字拼音等研究。

1924 年 5 月 23 日，林语堂在《晨报副刊》上发表了《征译散文并提倡"幽默"》一文，从增强文章语言生动活泼、妙趣横生的角度，主张把英文"humor"一词译为"幽默"。6 月 9 日，他又在《晨报副刊》发表《幽默杂话》，对"幽默"作了进一步的解释。11 月 17 日，出于兴趣相投，林语堂参与《语丝》（周刊）同人（鲁迅、周作人、孙伏园、钱玄同、刘半农、郁达夫等）每两周星期六在中央公园（今中山公园）"来今雨轩"的聚会。自此以后，他经常给《语丝》撰稿，抨击北方在军阀统治下的腐败社会。闲暇时，他喜欢逛北京的街道，了解城市的世态百相。无形中为日后创作小说《京华烟云》积累了素材。

五卅运动后，林语堂秉承正义，站在语丝派的立场，与现代评论派（胡适、陈西滢）展开了激烈的论争，甚至还在《劝文豪歌》中借谈翻译问题，对胡适的"读书救国"论进行了揶揄。诚然，语丝派与现代评论派诸人的笔墨纷争，是政治取向和价值观念的差异，而非私人恩怨。

1925 年放暑假后，林语堂带着妻女回坂仔看望家人。返京后，于 11 月底参加"首都革命"大游行示威运动。当警察雇流氓向学生掷砖头时，他施展昔日掷棒球的技术予以还击。随后，就任北京女子师范大学教务长和英文系教授。"三·一八"惨案发生后，林语堂义愤填膺，写有《悼刘和珍杨德群女士》《闲话与谣言》等多篇鞭挞封建军阀及代言人的檄文。此时，临近待产的廖翠凤，眼看时局越来越糟糕，很为丈夫的安全担心。劝他安心教书，不要管闲事写批评政府的文章。林语堂保持学者的尊严，依然我行我素。

　　1926 年 4 月 1 日，廖翠凤在北京协和医院生下二女儿林太乙（玉如）。林语堂从医院回来后，仍然写时政文章。廖翠凤出院回家后发现，丈夫在阁楼里备有一个绳梯，随时准备跳墙逃走。直奉军阀进驻北京后，"狗肉将军"张宗昌，将鲁迅、林语堂等批评政府的 54 名教授列入通缉名单。4 月 26 日，《京报》总编邵飘萍被张作霖枪杀后，北京城的白色恐怖氛围更加严重。林语堂举家躲到法国医院，后又藏到林可胜医师家里。经林医师向其父——厦门大学校长林文庆举荐，三个星期后，林语堂携妻女南下，到陈嘉庚于 1921 年集资创办的厦门大学任文科主任、语言学教授，后兼任国学研究院总秘书。

　　在林语堂的推荐下，鲁迅、沈兼士、顾颉刚和孙伏园等相继来到厦大国学研究院任教。他们本想大干一番，却事与愿违。因校长林文庆对国学并不热心，加上用人不当，理科主任刘树杞独揽大权、打击异己。三次蓄意变动鲁迅的住房，有正义感的教员在气愤失望之余，纷纷离开厦大。孙伏园请假前往广州筹备办报，沈兼士托词去了上海。不久，鲁迅也提出辞职申请，学生闻讯声援，罢课罢考，要求驱逐刘树杞，挽留鲁迅。1927 年 1 月，鲁迅离开厦门，前往广州。

　　两个月后，林语堂受朋友——时任武汉国民政府外交部部长陈友仁之邀，前往武汉任外交部秘书。国共合作破裂后，他"对那些革命家也感到腻烦"，离开武汉来到上海，准备以写作为生。10 月 4 日中午，孙伏园、孙福熙两兄弟在"言茂源"酒店设宴，为刚从广州来沪的鲁迅和许广平接风洗尘，林语堂和周建人作陪。林语堂与鲁迅大半年不见，沪上重逢，举杯言欢。饭后，大家合影留念。这张合影照日后在社会上盛传为鲁、许的"结婚照"。11 月，蔡元培聘请林语堂为国立中央研究院英文编辑兼国际出版品交换处处长，月俸为300 元。林语堂与蔡元培毗邻而居，两人常同车上下班。研究院的院务有杨杏佛负责办理，林语堂的工作十分清闲，他把空余时间全部花在了阅读古今中外的各种著作上。

　　1928年秋，林语堂应上海东吴大学法学院院长吴经熊的邀请，担任英文教授一学年。时隔多年，受教于他的学生薛光前，对他别开生面、与众不同的教授法还记忆犹新：第一，他上课从不点名，悉听学生自由；第二，他的英文课，不举行任何具体形式的考试；第三，他教授英文，从不叫学生死记硬背。（薛光前：《林语堂先生：我的英文老师》，施建伟编：《幽默大师》253页，东方出版中心，1998年）在东吴大学教书时，林语堂对同事徐志摩的天分，文笔和多彩的人生，颇为赞羡。

　　11月30日，林语堂根据《论语》和《史记》记载卫国卫灵公夫人南子召见孔丘一事，编写了生平唯一一部独幕悲喜剧《子见南子》，发表在鲁迅、郁达夫合编的《奔流》1卷6期上。林语堂在话剧中，以艺术的手法，通过孔子与貌美如花、风流多情的南子相见时的情景，借古讽今，对"男女授受不亲"的封建礼教及遗老遗少进行揶揄和讥讽，歌颂妇女解放运动。未曾想到，第二年6月8日，曲阜二师排演此剧，因在改编中夸张地描述了孔子见南子过程中的窘相和紧张心理，消解了孔子一本正经的圣人形象，使之成了一个滑稽可笑的普通人，从而触怒了"孔氏六十户族人"。他们以该剧侮辱了先祖孔子的罪名，越级上告到国民政府教育部，又通过孔祥熙将控告书转呈蒋介石，要求查办。致使蒋介石亲令"严究"此事，教育部下令山东教育厅查办。结果，二师校长宋还吾调任，两任学生会会长王宗佩、刘子衡被开除学籍，"强宗大姓"胜利。这场不大不小的风波，使林语堂的声望更大。

　　1928年底，林语堂将早期政论性杂文28篇，结集交上海北新书局出版。取名《翦拂集》，意在追思往昔，纪念旧友，剪纸招魂。在此期间，林语堂编辑、丰子恺绘插图的"开明三大教本"（《开明英文读本》《开明活页文选》和《开明算学教本》）和《开明英文文法》，由上海开明书店相继出版。因其内容生动，图文并茂，深受中学生喜欢，一时风靡全国，成为民国时期畅销无二的一套英文教材。

《开明英文读本》的成功，使林语堂获得"版税大王"称号。经济大改观后，林语堂在上海的生活富足而舒心。他们一家从善钟路（今常熟路）的西式公寓搬到了忆定盘路（今江苏路）43号（A）的花园洋房。房间众多，还有停车间和较大的庭园。他们请了五六个佣人，在庭园里种上白杨、桃树，开辟了菜园，还专为孩子们设置了秋千、滑梯。作为全家总管的廖翠凤，自小接受旧式教育，不大关心家国大事。在她心目中，丈夫和女儿就是一切。她总是将不喜理发、我行我素的丈夫，像顽皮的大孩子一样管理，督促，使之在各种社交场合中不失面子。精心安排仆人布置好丈夫的"有不为斋"书房，掌管全家经济，安排佣人工作，负责指挥佣人经营庭园的树木和花草。

林语堂喜欢用烟斗吸烟，据说，"饭后一支烟，赛过活神仙"这句话，最初就出自他之口，后被烟草公司作为广告语，广为流传。廖翠凤喜欢交际，她常戴上德国夹鼻眼镜，风度十足地陪伴"不喜欢宾客"的丈夫出席各种交际场合。生活有度、作息规律的林语堂，每到周末总会带着妻女们去看电影。时间稍为宽裕，他也会带着妻女们外出旅游。有一年春天，他们从安徽旅行回来，一进家门，看见柳枝发芽，万物复苏，林语堂文思泉涌，写下散文《家园之春》。

《语丝》《奔流》等刊物先后停刊，矢志做专业作家的林语堂，同交好的鲁迅也因误会而起"风波"（北新书局欠鲁迅的稿费，鲁迅拟付诸法律。老板李小峰请郁达夫从中斡旋，暂时达成和解协议。于是，李小峰于1929年8月28日晚上，请大家到上海四川北路上的南云楼吃饭。席间，因鲁迅"疑心"林语堂"回护"李小峰，导致两人像雄鸡一样对视，最后还是在郁达夫的劝解下，才得以平息下来），逐渐疏离。到了20世纪30年代中期，两人终因思想观念和艺术主张相悖而绝交。

1930年7月1日，廖翠凤生下三女林相如。林语堂开始向英文《中国评论周报》的"小评论"专栏投寄文化评论性质的稿件，其"幽默与俏皮"的文风，引起了赛珍珠（1892-1973，美国著名作家，自小随传教士的双亲来到中国的镇江，17 岁才回美国读大学。1917 年与洛辛·巴克结婚后，随夫在安徽宿县生活五年，后在金陵大学等校任教。1931 年在纽约出版了表现中国农民疾苦的长篇小说《大地》，1932 年获得普利策小说奖。1933 年，她又将《水浒传》译成英文在美国出版。1934 年回美国从事创作。1938 年获诺贝尔文学奖。晚年，参与美国人权和女权活动，并致力于亚洲与西方的文化沟通与交流）的注意。与此同时，林语堂继续探究汉字的首笔、末笔、新韵和号码四法，以突破他痴迷于发明中文打字机的瓶颈。1931 年冬，林语堂代表中研院出席"国际联盟文化合作委员会"在瑞士召开的年会。随后，到英国与工程师研究中文打字机模型。回国时，廖翠凤带着女儿们去厦门接他，林语堂口袋里只剩下三毛钱。

1932 年 9 月 16 日，林语堂在上海创办了提倡幽默的《论语》半月刊，主要编辑有陶亢德和徐訏，邵洵美的时代书店承担刊物的发行。林语堂身体力行地致力于文字的幽默与自然，所写的时事短评，诸如《论政治病》《母猪渡河》《中国究有臭虫否？》《假定我是土匪》等，精练警策，戏谑带刺而不尖酸刻薄，读者看后莞尔一笑。一时间，幽默文章流行于文坛，大小幽默刊物一哄而起，1933 年被誉为"幽默年"，而"幽默大师"林语堂更是蜚声文坛，成为当年炙手可热的新闻人物。

正在寻找一位中国作家用英文来写一本介绍中国书的赛珍珠，便主动与林语堂联系，前来拜访他，约请他用英文撰写一本有关中国人的道德、精神状态与向往，以及中国的社会、文艺与生活情趣的书。这部后来被命名为《吾国与吾民》的著作，林语堂在"有不为斋"花费了 10 个月的时间，于 1934 年 7 月在庐山的"仙谷客舍"杀青。赛珍珠看后，为书中坦率幽默的笔调、睿智通达的语言拍案惊呼，并亲自为该书作序推荐，称赞它是"历来有关中国的著作中最忠实、最钜丽、最完备、最重要的成绩。尤可宝贵者，他的著作者，是一位中国人、一位现代作家,他的根蒂巩固地深植于往昔,而丰富的鲜花开于今代"。(林语堂著,黄嘉德译:《吾国与吾民》5页,新世界出版社,2015年5月)1935年9月,《吾国与吾民》在美国出版后引起轰动,仅四个月就再版七次,名列美国畅销书榜首。

随着参加抗日活动的侄儿林惠元被十九路军特务团长枪决,民权保障同盟总干事杨杏佛被军统特务暗杀,廖翠凤为林语堂的安危很是忧虑。为了不使家人为自己的担心,避免在国民党高压下陷入牢狱之灾,1934年4月5日,脱离《论语》后的林语堂又邀集同仁创办了主张文章须抒发性灵的《人间世》半月刊,由良友图书公司发行。因林语堂在《发刊词》上提倡"以自我为中心,以闲适为格调"的小品文,加上刊发了周作人的五十自寿诗,招来了文坛的激烈批评。1935年9月,林语堂与陶亢德等人又创办了以畅谈人生为主旨、强调闲适为笔调的《宇宙风》半月刊。郭沫若的长篇回忆录《海外十年》《北伐途次》和老舍的长篇小说《骆驼祥子》最初都在其上连载。

林语堂对《浮生六记》及其作者沈复(字三白)的事迹和物件非常迷恋。1935年8月,他在将该书的前四记译成英文交给《天下》月刊(温源宁主编的英文刊物)分四期连载的同时,曾两度到苏州寻找沈三白画像,未果;又两度到西跨塘、福寿山寻访沈三白和妻子芸娘的坟墓,仍空手而归。陈芸与丈夫感情甚笃,她痴迷一位不到16岁的少女憨园,便暗中为丈夫撮合为妾,憨园被豪门夺去后,她竟抱憾而逝。后来,林语堂又将《浮生六记》译成英文在美国出版。他在长序中写道:"芸,我想,是中国文学上一个最可爱的女人。"

《吾国与吾民》在美国的畅销,既让林语堂在美国名声大噪,又给华尔希(赛珍珠的第二任丈夫)的出版公司带来了实利。赛珍珠夫妇建议林语堂到美国去从事英文写作。1936年初,夏威夷大学也邀请他去任教。林语堂审时度势,决定带着妻女们旅居美国,用英文的方式向外国人介绍中国文化。在持家

有道的廖翠凤办妥举家赴美的一切事宜后，林语堂一家五口告别了亲朋好友的
饯别宴请，于 1936 年 8 月 10 日，登上了"胡佛总统号"海轮，开启他执着
于东西方文化的交流与沟通的旅程。

3. "两脚踏东西文化，一心评宇宙文章"

林语堂秉承充当东西方文化交流"桥梁"的使命，在离开上海奔赴美国的
海轮上，向国内朋友写下《临别赠言》。在文中，他首先谈到了自己提倡幽默、
性灵和闲适的必要性，随后将自己的思想演变过程和感悟公诸于世。海轮到夏
威夷时，林语堂受到了热烈欢迎，他们一家还下船进行了游览。到美国后，林
语堂携妻女来到了赛珍珠位于宾夕法尼亚州乡间的家里。不久，全家租住在纽
约中央公园旁的公寓里。

林语堂满腔热情来到美国，精力充沛地投身到美国文艺界。不仅与美国文
艺界顶尖人物，诸如戏剧家奥尼尔、舞蹈家邓肯、华裔女明星黄柳霜等人交往
频繁，而且因《吾国与吾民》在美的畅销，他自己也成为美国文坛的热门人
物。他本打算先译介中国名著，后进行创作。出版家华尔希则劝他撰写"为
疲惫的中国人，寻找一条生活的艺术之路"的著作。林语堂接受其建议，于
1937 年 3 月开始用英文撰写《生活的艺术》一书。到 5 月初，初稿已见雏形，
他不甚满意，推翻重来。废寝忘食 3 个月，到 7 月底，书稿最终杀青。在书
中，林语堂向美国人谈了庄子的淡泊，赞了陶渊明的闲适，诵了《归去来兮
辞》，讲了《圣经》的故事，以及中国人如何品茗、行酒令、观山玩水、看云
鉴石、养花弄鸟、赏雪听雨、吟风弄月……将中国人旷怀达观、陶情遣兴的生
活方式，浪漫高雅、顺应自然的东方情调皆诉诸笔下，向西方人娓娓道出了一
个可供仿效的"完美生活的范本，快意人生的典型"，展现出幽默、性灵、闲
适的别样风情。《生活的艺术》被誉为中国现代休闲文学的代表作品，在美国
出版后，引起很大的反响，高居美国畅销书榜长达一年之久，重印 40 版以上，

并被译成十几种不同文字，成为欧美各国男女老少的"枕上书"，掀起一股
"林语堂热"。书评家 Peter Prescott 在《纽约时报》上撰文说："读完这本书之
后，令我想跑到唐人街，遇见一个中国人便向他深鞠躬。"（林太乙：《林语堂传》
129 页，北岳文艺出版社，1994 年 10 月）

　　抗战爆发后，美国奉行的"中立主义"使林语堂很是气愤。中国驻美大使
王正廷请他去华盛顿，向美国人阐述中国的立场。于是，林语堂在 1937 年 8
月 29 日的《时代周刊》上发表了《日本征服不了中国》一文；在《吾国与吾
民》13 版付印前，补写了名为《中日战争之我见》的第 10 章，表明他"中国
必胜，日本必败"的坚定信念。与此同时，他积极宣传鼓动美国民众抵制日
货，亲自参加华侨的各种抗日救亡集会，支持妻子就任纽约中国妇女救济会的
副会长，且常常面授机宜，为之出谋划策，将募捐款项直接汇回中国，支持抗
战。林语堂在美国的抗日宣传之举，影响了一部分美国民众对中日战争的态
度，争取到了更多的国际援助。

　　1938 年 1 月，林语堂应邀为纽约蓝登书局编译了一部《孔子的智慧》，为
西方读者较为通俗地介绍了孔子哲学。无可否认，《吾国与吾民》和《生活的
艺术》在美国出版后，林语堂的收入可观，全年收入 36000 美元，开支 12000
美元。然而，对林、廖两家的接济，对国内外难民的捐款和在法国承担六个中
国孤儿的费用等，也花费不少。剩下的钱，林语堂先是买了 10 万银圆存入中
国银行，稍后又兑换 13 万银圆，为三个女儿分存七年、十年、十四年的长期
存款。2 月初，为了节省开支计，林语堂偕全家离美赴欧。乘船到意大利后，
他还带领全家爬上了正冒着烟的活火山——维苏威火山的火山口。随后，参观
了罗马、佛罗伦萨，在蒙顿住了一个月后，于 3 月底迁往巴黎。他本打算把
《红楼梦》译成英文，后发现不合时宜，便决定写一部小说。于是开始打腹稿，
拟定人物关系和故事情节，时长达 5 个月。7 月 14 日，林语堂抽暇带领家人
去参观了法国国庆日阅兵式。

　　1938 年 8 月 8 日，在经过充分的酝酿和构思后，林语堂开始借鉴《红楼梦》的艺术形式，创作一部反映中国现代生活的长篇小说《京华烟云》。他在得知"慕尼黑阴谋"后，因气愤而一度中断了《京华烟云》五天的写作。经过一年的潜心创作，到 1939 年 8 月 8 日，长达 70 万言的《京华烟云》杀青。他打电报告诉赛珍珠夫妇，他们复电称："你没有意识到你的创作是多么伟大。"

　　时年 43 岁的林语堂，从未涉笔小说创作，计划创作之初，妻子和女儿们都心存疑虑。而他却信心满满。原因是他"久蓄志愿"，又阅历丰富。七七事变后，抗日的民族斗争点燃了他浓烈的爱国激情。为"纪念全国在前线为国牺牲的勇男儿"而创作了这部寓抗日救亡宣传于"才子佳人"故事的长篇小说。

　　小说的文学性、思想性俱佳，知识性和可读性兼具。全书分上中下三卷（《道家女儿》《庭园悲剧》和《秋季歌声》），"卷一叙庚子至辛亥，卷二叙辛亥至新潮，专述姚家二姊妹，曾家三妯娌，外亲内戚，家庭之琐碎，及时代之变迁。卷三乃借牛、曾二家结怨，写成走私汉奸及缉私锄奸之斗争，重心转入政治，而归结于大战。""以书中人物悲欢离合为经，以时代荡漾为纬。""地理背景以北京为主，苏杭为宾。以逃难起，以逃难终。"（林语堂：《关于〈瞬息京华〉——给郁达夫的信》，郁飞：《瞬息京华》785 页，湖南文艺出版社，1991 年 12 月）全书贯之以庄周哲学，传达了"浮生若梦"的哲学思想。

　　在小说的人物中，林语堂倾注了自己的人生理想和婚恋观。在他的心目中，最理想的人物是姚木兰。"若为女儿身，必做木兰也！"（林如斯：《关于〈瞬息京华〉》，郁飞：《瞬息京华》783 页，湖南文艺出版社，1991 年 12 月）在姚木兰身上，儒、道思想融为一体，既具有传统女性的美德，又浑然天成。父亲给了她道家的思想精华，母亲又教会了她尘世的聪明与机智。她内外兼修，多才多艺，既会吹口哨、唱京戏，又会辨别甲骨文。林语堂在塑造姚木兰这个形象时，融入了自己很多的情感体验与记忆。姚木兰喜欢孔立夫，却秉承父命，嫁给了青梅竹马的曾荪亚。与林语堂喜欢陈锦端，却娶了廖翠凤的情形完全一样。姚木兰在爱情和婚姻间的矛盾，是林语堂情爱心理的真实写照。他在《家庭和婚姻》中写道："婚姻在中国不算是个人的事件，而为一个家族整体的事件，一个男人不是娶妻子，而是娶一房媳妇。"（林语堂著，黄嘉德译：《吾国与吾民》142页，新世界出版社，2015年5月）

陈天恩之所以不接纳林语堂为自己的乘龙快婿，是因为看不起他是一个穷牧师的儿子。木兰与立夫贫富悬殊，与荪亚门当户对，虽然时代不同，接受过新思想的木兰，仍然"相信个人的婚姻大事是命里注定的"。（林语堂著，张振玉译：《京华烟云》221页，新世界出版社，2015年5月）林语堂如此安排木兰的婚姻，是基于他与妻子廖翠凤婚后的真实体验。

在林语堂的心目中，婚姻美满最重要的并非爱情，而是和谐，是男女双方的性格互补。他在《我的婚姻》中写道："妻是水命，水是包容万有，惠及人群的；我是金命，对什么事都伤害克损。换句话说，我和我太太婚姻是旧式的，是由父母认真挑选的。这种婚姻的特点，是爱情由结婚才开始，是以婚姻为基础而发展的。我们年龄越大，越知道珍惜值得珍惜的东西。由男女之差异而互相补足，所生的快乐幸福，只有任凭自然了。"（林语堂：《我这一生：林语堂口述自传》51页，江苏人民出版社，2014年11月）林语堂认为，理想女性就是"贤妻良母"。而"婚姻岂不是最宜于女人的职业吗？"（林语堂著，越裔译：《独身主义——文明的畸形产物》，《生活的艺术》156页，新世界出版社，2015年5月）事实上，廖翠凤与他结婚后，几乎都没有出去工作，照顾丈夫和三个女儿就是她终生的职业。在家庭生活中，廖翠凤常常把林语堂当成一个顽皮的孩子看待，包容他的调皮、冒险和"痴"，精心呵护他的天性。

《京华烟云》出手不凡，还得力于林语堂采用人物带时代的写法，加强了叙述部分人物形象的生动性，也显露了作者的爱憎感情。如对绰号"三不知"

（不知自己兵有多少，钱有多少，姨太太有多少）的"狗肉将军"张宗昌凶残和愚蠢的描述。在叙述中穿插一些针砭时弊的议论，更有助于向西方读者介绍中国的文化和习俗。此外，小说中对刻画人物和描绘事件的细节描写，也别具匠心。如小说首尾两次逃难的照应，四次不同的婚礼（孙曼娘的"冲喜"，木兰与荪亚的豪华婚礼，莫愁与孔立夫的文明结婚，环儿与陈三以庙宇为婚房）和银屏儿子被劫后自杀时的痛苦，木兰与立夫前后三次在山中相遇同游的心路历程，都可圈可点。然而，《京华烟云》能赢得国内外读者的喜爱，最主要的还是个人生活与民族命运的关联。在历史的长河中，个人生命如瞬息，中华民族却万古长存。

1939 年 9 月，林语堂基于自己忙于英文写作，"京话"功底不深，写信给精通英文和创作的好友郁达夫，请他将此书译成中文出版。为此，他还把小说里引用的典故、人名、地名和成语等签注三千余条详细的注解，分两次寄给新加坡的郁达夫，并附寄了一张 5000 美元的支票作为酬劳。郁达夫接受邀请时，正值他与王映霞婚变后，心情恶劣，加上处境艰难，延宕多日。直到 1941 年上半年，在李小瑛的协助下，才动笔翻译，译文连载于《华侨周报》，后因太平洋战火，翻译中断。50 年后，郁达夫之子郁飞继承其父未能完成的译著，重译了这部小说，署名《瞬息京华》，由湖南文艺出版社 1991 年出版。

《京华烟云》的第一个中文全译本是 1941 年上海春秋社出版，郑陀、应元杰合译的三卷本。林语堂对此译本不甚满意，认为其"瑕瑜共见""译文平平，惜未谙北平口语"。现在流行的中文版，有 1977 年 3 月台湾德华出版社出版的张振玉译本。《京华烟云》英文版自问世以后，在西方广为流传，甚至传到了日本，备受各国人民欢迎。林语堂也因此被几次提名为诺贝尔文学奖候选人。

在国际笔会第 17 届大会上，林语堂作了题为《希特勒和魏忠贤》的演讲。

他在演讲中指出，希特勒的结局和太监魏忠贤一样，因为"自杀乃是独裁暴君最该做的事，中国看魏氏灭亡，而中国至今还是中国"。其超强的预见能力，在五年后得到应验！

欧战即将爆发的阴霾打破了他奉行的"一贯而和谐"的"近情哲学"。1939年10月5日，林语堂带领家人乘船返回美国，住在纽约曼哈顿东边86街的一所公寓。

《京华烟云》在1939年底由约翰·黛公司出版后，林语堂在西方文坛的名声如日中天，成为大忙人。各种演讲邀请、读者来信和登门拜访，使他应接不暇。他不得不委托女儿代为处理来信。林语堂爆得大名后，一些痴迷于他的女读者，总是乘虚而入，向他示爱。有一位三十多岁的女林语堂迷，多次投书求爱，未见答复，患上了单相思。有一天，林语堂带着家人在小河里划船，这位女"林迷"看见后，当众脱光衣服，纵身跳入河中，向他游来，搞得他不知所措。还有一位早在上海时就崇拜他的交际花，趁廖翠凤去买菜之际，径直来到林家，跃上林语堂的写字台，向他卖弄风情，搞得林语堂尴尬万分，还是廖翠凤回来后，她才颓然而去。

林语堂并非柳下惠，能坐怀不乱。早在上海时，他也曾偶尔逢场作戏，"参加了吃花酒、叫条子、逛长三堂子等事情"。赏识富春楼的老六，同交际花林黛跳舞、听音乐。（章克标:《林语堂》，施建伟编:《幽默大师》51页，东方出版中心，1998年）林语堂倾向于把性看成是人类正常的生理机制，应和家庭、繁衍后代和道德观念联系起来。从他欣赏清代夏敬渠著的长篇小说《野叟曝言》可以看出，他对婚姻的重视和对母性的张扬。林语堂对家庭的责任感，使其在功成名就时，能在理想与现实中保持着异常清醒的头脑。他从艺术和爱情补偿的角度多次出入"欢场"体验气氛，而没有越雷池一步。这固然与廖翠凤结婚后，在相濡以沫中产生了难以割舍的亲情有关，也不排除中西文化对他的熏陶和影响。道家教义给予他富于浪漫的想象力，崇尚男女和谐互补，性爱美妙；儒家哲学又促使他回归现实，重视家庭，担负责任。而西方的基督教义则赋予他开放、平和、宽容、忠诚的婚姻观。1939 年，稿费颇丰的林语堂，还专门花费 1000 美元给妻子买了一枚她向往已久的首饰——3.38 克拉的钻戒。

　　1940 年 5 月初，林语堂带着家人从美国回国，途经菲律宾，受马尼拉副领事朱少屏之邀，带病进行了多次演讲。10 日抵达香港，在接受记者采访时，他否认回国做官之说。22 日飞抵重庆，受到了蒋介石夫妇的接见。林语堂把抗战胜利的希望和中国的命运寄托到蒋介石身上。他们一家刚到重庆，就遭遇了日寇对重庆的狂轰滥炸。避难北碚，也难逃空袭的困扰。只好搬到缙云山的一座庙宇栖身。跑警报、躲防空的生活环境，使林语堂心绪极坏，无法安心写作。于是，他决定回美国。他在给宋美龄的信中说，在国外为中国抗战作宣传，要比在国内跑警报更有价值。返美前，蒋介石夫妇设宴为他一家饯行，并授予他侍从室"顾问"头衔，以解除他"游客签证"（每半年就要离美一次）的烦恼。离开重庆时，林语堂将北碚蔡锷路 24 号"天生新村"的房子给"文协"作会址。林语堂刚回国就要返美的消息传出后，舆论界议论纷纷，连大女儿林如斯也想不通。返美后，林如斯将在重庆的见闻写成《重庆风光》一书出版。在一片指摘声中，郁达夫挺身而出，为他辩护，并希望他在国外继续为抗战作宣传。1940 年 8 月下旬，林语堂一家回到纽约，租住在哥伦比亚大学附近的一套公寓里。

　　林语堂一回到美国，就向采访自己的记者宣称日本已处于绝境，并屡次投书《纽约时报》，指责美国政府的两面手法——表面上同情中国抗战，却将汽油、武器和大量军用物资卖给日本，大发战争财。凭借他在美国读者的声望，这些为国宣传的书信和稿件，频频见诸美国各大报刊，赢得了更多的美国民众对中国抗战的支持与同情。

　　随后，林语堂开始创作《京华烟云》的续篇，以中日战争为背景的爱情小说《风声鹤唳》。该书 1941 年由约翰·黛公司出版后，英国、加拿大、瑞士

等国多家出版社出版。中译本于 1943 年《宇宙风》132 期开始连载，只刊出 5
章。现流行的是张振玉的译本。

　　林语堂立足于为国宣传的创作目的，以抗战中一位中国少女的爱情生活及
其戏剧性的发展变化为中心，采用西方读者易于接受的三角关系，将中华民族
的灾难和抗战的真相告诉全世界人民。

　　小说的故事始于 1937 年 10 月日军占领下的北平，留居在静宜园的姚博
雅，因与妻子夏凯男常生龃龉。苦闷时，常与佛教徒的好友老彭借酒浇愁。一
天，舅母罗娜带着女友崔梅玲从天津来到姚府避难。姚博雅为崔梅玲的美丽迷
惑，两人很快坠入情网。夏凯男虽有所察觉，却无法阻止。能得到姚公子的
爱，崔梅玲心满意足。可不久，日军发现她在北平，她又被迫不辞而别，在老
彭的护送下逃到上海。随后，姚博雅来沪与之同居。上海帮会奉命追捕崔梅
玲，姚博雅得知消息后，立即通知她撤离。崔梅玲遂改名丹妮，来到武汉参加
老彭主持的难民救济工作。此时，崔梅玲已怀有姚博雅的孩子。为了她的名
声，老彭自愿担起父亲责任。半年后，丹妮收到姚博雅来信，两人误会消除。
姚博雅在汉口的姑姑木兰，受他所托，找到丹妮，支持他们结合。老彭比丹妮
年长 20 岁，受姚博雅所托，一路护送其南下。两人在患难中，相依为命。丹
妮很信任他，告之其坎坷身世：她幼时叫莲儿，被军阀父亲抛弃，17 岁时母亲
因病去世，父亲被抗日团体处决后，她被迫靠出卖姿色和肉体生活。后与买办
的儿子同居，遭其报复。幸得其妻帮助，才逃出魔掌。为了生活，她到上海、
天津等地做舞女或阔人外室。七七事变时，与她同居的梁老板秘密参与齐燮元
的汉奸集团，她被当成联络人。得知真相后，她向抗日爱国志士举报，却被
误认为参与了卖国阴谋，遭国民党通缉；而汉奸方面又认为她是国民政府的坐
探，到处追捕她。老彭闻讯，非常同情。当姚博雅与丹妮联系上后，他借口考
察台儿庄战场离开汉口，到郑州后就卧病在床。丹妮察觉后赶到郑州探望。此
时，她发现自己真正爱的人不是姚博雅而是老彭，便坚定地向老彭表白了自己

对他的爱情。她说，姚博雅爱的是崔梅玲，而爱你的是你创造的丹妮。老彭基于"朋友之妻不可欺"的伦理道德，没有接受。姚博雅来汉口后，得知丹妮去了徐州，立即前往相见。当他察觉到丹妮与老彭的感情已深时，并没有产生妒意，反而在一番思考后，单身持枪去阻击 12 个敌人的骑兵，在击毙三个日本兵后壮烈牺牲。为了姚家传宗接代，木兰先为丹妮与死去的姚博雅完婚，生下遗腹子后，再与老彭共同生活。丹妮为姚博雅选了《圣经》上的"为友舍命，人间大爱莫过于斯"作为他的墓志铭。

小说对"莲儿——梅玲——丹妮"的蜕变，夏凯男得知丈夫喜欢崔梅玲后的愤懑，玉梅怀疑遗腹子是侵略者孽种时的痛苦，老彭面对丹妮真情时的矛盾等心理描写，准确而生动。一些场面也非常感人，如女孩萍萍的不幸经历和惨死，形象地表现了人在战争中犹如暴风雨中的树叶一样，卷入一个又一个旋风之中。

《风声鹤唳》虽是从人道主义出发，张扬了禅宗佛教思想的博大，但也无可否认，作者基于强烈的民族正义感，通过乱世见真情的爱情故事，反映了抗日战争中的某些历史真实，形象生动地向西方读者展示了中国人民在抗日战争中的风貌与精神。《纽约时报》就曾誉之为"中国的《飘》"。《风声鹤唳》中的主人公丹妮，放荡不羁、个性飞扬，经历了战争的磨难，仍然坚强不屈，堪称中国版的郝思嘉。

1942 年，林语堂编译了《中国与印度的智慧》一书，将老子、庄子的著作及印度古典名著译介给西方读者。太平洋战争爆发后，他开始关注战争前景和战后世界格局，有感于国民政府对战争前途的忧虑和对英美亚洲政策的不满，仿照中国古代经书的形式，以佛教宣扬的"业缘"为立论依据，撰写了时政著作《啼笑皆非》，批评当时美英政府的远东战略和对华政策，规谏和祈求美英当局改弦更张，支持中国战场。在大战正酣之际，窥测国际战局走势，向当政者进行道德说教，未免书生意气，劳而无功。

1942 年，林语堂在纽约曼哈顿东边 81 街买了一套漂亮的公寓。写作之余，他最爱站在厨房看妻子给他弄好吃的厦门饭菜。有时，在哈佛大学任教的赵元任一家前来拜访，两家相聚甚欢，其乐融融。林语堂最欣赏李清照与赵明诚夫妇一起读书的雅事，不断给廖翠凤推荐她喜欢看的书。林语堂是近情之人，从不太掩饰自己的情感表达。他在《我的愿望》写道："我要一套好藏书，几本明人小品，壁上一帧李香君画像让我供奉，案头一盒雪茄，家中一位了解我的个性的夫人，能让我自由做我的工作。"他对名妓李香君的骨气和节操，盛赞崇拜有加，早在上海时就托人在杨季眉处购得一幅画像，挂在书房，并题"歪诗"一首，时时观赏。随后，常带身边，为其"终日痴昏"。

1943 年 10 月，名扬海外的林语堂，辞别妻子廖翠凤，与访美归国的宋子文一道，辗转飞抵昆明，再到重庆。先住熊式辉家，后搬到孙科府邸。蒋介石夫妇接见六次，记者跟踪报道。在重庆，林语堂先后在中央大学和中央文化运动委员会作了《论东西文化与心理建设》和《物质主义与世界和平》的演讲，呼吁大家对现政权要有信心，为国民政府宣扬的"四维"（礼义廉耻）和"八德"（忠孝、仁爱、信义、和平）制造理论依据。11 月底，他经成都到宝鸡，后转至西安，受到胡宗南的接待。在西安，邂逅沈兼士，听说周作人附逆，很是不屑。随后，参观了华清池等名胜古迹，在青年堂作了《中西哲学之不同》的演讲。在观看孩子们的表演时，12 岁的金玉华能歌善舞，使他非常喜欢，当即向战时孤儿收容所认养。到潼关，游览了华山后返回成都，张群设宴欢迎。在宴会上，与钱穆一见如故。接着，飞昆明，看望前来参加抗战医疗工作的长女林如斯。12 月初，在三哥林憾庐（1943 年 2 月去世）儿子林翊重的陪同下飞桂林，看望《宇宙风》杂志和林氏出版社同仁。因林语堂的亲蒋态度，桂林报刊上发表了多篇针对他言论的文章。有记者为此询问他与郭沫若"论战"的意见时，他借此痛斥了郭氏对他《啼笑皆非》一书的挖苦与讽刺，还批评了远在赣南的《正气日报》主笔曹聚仁。1944 年 1 月中旬，林语堂经衡阳到长沙，在吃过长沙李合盛的牛肉、游览了八角亭之后，在中山堂作了《月亮与臭虫》的演讲。随即，南下广东韶关，与二哥林玉霖相会。在为"互励社"作了《西洋人对中国的观察》后，经贵阳再返重庆。1944 年 2 月，林语堂在写了《赠别左派仁兄》的打油诗后，怀着中国未被盟国接纳以及自己未被国人理解的双重遗憾离开了中国。

返美后，林语堂基于力图重树蒋介石政府的威信，立即动手写了一本"抗日游记"——《枕戈待旦》，较为详细地记载了他这次回国后的所见所闻，纪实成分较浓。由于政治偏见和亲蒋立场，以及采用了一些道听途说的材料，将国民党制造摩擦的责任归罪于共产党和八路军。为此，遭到了斯诺等左翼人士的批驳。他在《国家》杂志上发表《中国与批评中国人》予以反驳，因其言论不合时宜，又有欠公允，不仅收效甚微，而且还影响了他在美国公众中间的声誉。晚年，他才意识到，这是"一场失利的战役"，得不偿失。

4. "人生必有痴，而后有成"

抗战胜利的喜悦没有持续多久，林语堂的生活就遭遇诸多打击。抗战初期，他存在中国银行的定期存款，因物价飞涨，法币贬值，成为一堆废纸。抗战胜利后，他几经周折把在西安认养的女孩金玉华带到美国。金玉华时年 14 岁，眉清目秀，又弹得一手好钢琴，甚得林语堂欢心。然而，因妻子的反对，金玉华大哥的阻止和她本身患心脏风湿病等诸多原因，金玉华被迫回国。收养之愿夭折，林语堂伤心不已。1943 年，大女儿林如斯回国在昆明军医署林可胜手下为抗战服务期间，与汪凯熙医师相识，两人打算到美国结婚。可在请柬已发出的订婚前夕，她却与同学的哥哥浪子狄克私奔，这对林语堂的打击是致命的。狄克的父亲是一家广告公司的老板，家庭富裕。狄克从小不务正业，虽相貌平庸，却颇有口才。林如斯为其迷惑，与之结婚后，常常居无定所。林语堂为此伤心不已，常常对家人说"憨囡囡""怎么做出这样的事来？我现在

比以前更加疼她。我舍不得"。（林太乙：《林语堂传》168 页，北岳文艺出版社，
1994 年 10 月）

尽管林语堂遭受了接二连三的打击，但他并没有消沉。他照常参加文艺活
动，与来美的老舍、徐訏、赵元任、黎东方等常相往来。基于将小说与弘扬民
族文化结合的主张，抗战胜利后，林语堂就着手撰写《苏东坡传》。他之所以
选择为苏东坡作传，一是自己喜欢多年，二是史料丰富。因心绪不佳，又忙于
发明中文打字机，进度缓慢，耗时三年才完稿。苏东坡是林语堂最喜爱的多才
多艺的天才，其人品和赤子之心，使其成为天地间难得的凤毛麟角。苏东坡身
上伪托尧典取得进士的"刁皮"，苦中作乐的幽默，地道的中国人气质，林语
堂引以为"真知己"，视《苏东坡传》为他一生最偏爱的英文著作。他在为苏
东坡作传时，不由自主地将廖翠凤与自己"同甘共苦"的感情，投影到苏东坡
的发妻王弗和续弦王闰的身上："男人一生在心思和精神上有那么奇特难言的
惊险变化，所以女人只要聪明解事，规矩正常，由她身上时时使男人联想到美
丽、健康、善良，也就足够了。"

诚如林语堂自己所说："一点痴性，人人都有，或痴于一个女人，或痴于
太空学，或痴于钓鱼。痴表示对一件事的专一，痴使人废寝忘食。人必有痴，
而后有成。"（林太乙：《林语堂传》169 页，北岳文艺出版社，1994 年 10 月）他自
幼热衷于发明创造，对中文打字机痴迷了大半生。1946 年，因英文写作的畅
销，林语堂已累积了十多万美元的财产。他认为自己的经济能力可以将未遂之
愿———一部操作简单、人人可用的中文打字机——付诸实践了。于是，他废寝
忘食，画图、排字、改键盘，找人做样机的零件，忙得不亦乐乎。林语堂未曾
想到，他构思的中文打字机，难度极大，所费不赀，10 万美元一声不响就没
了。他不得不向赛珍珠夫妇借钱，未想到他们竟然拒绝了。幸亏，古董商卢芹
斋伸出援手，林语堂又向银行贷款，中文打字机的样机才得以问世。

1946 年 4 月 17 日，中文打印机样机即将完成，林语堂向美国专利局申请

专利。专利书长达八万多字，附有 39 幅蓝图。可这项专利，直到 1952 年 10 月 14 日才获得批准。1947 年 5 月 22 日，林语堂花费 12 万美元发明的"明快打字机"终于诞生了。可他和女儿林太乙带着样机到雷明顿打字机公司作示范表演时，却因一个小问题导致打字机没有反应。故障排除后的第二天，召开了记者招待会。各大报纸都以大篇幅报道了林语堂发明中文打字机的消息。各界反响强烈，前来参观的人都络绎不绝，赞赏有加。可林语堂与多家公司联系时，却因中国处于战乱，没人愿意出资大量生产，"明快打字机"最终没能"上市"。林语堂因此而债台高筑。特别是妻子廖翠凤，眼见多年的积蓄化为乌有，焦虑至极，终夜失眠，成天唠叨、埋怨，林语堂更是心力交瘁。然而，"明快打字机"并非一无是处，如今广为流传的电脑"简易输入法"，无疑受惠于他发明的"上下形检字法"技术。

为了还债，1947 年夏，林语堂接受了陈西滢的推荐，到巴黎就任联合国教科文组织美术与文学组主任一职。走前，美国税务局来信告之，要缴纳积欠的所得税三万多美元才能离美。承蒙卢芹斋再一次伸出援手，林语堂才得以带着廖翠凤和女儿林太乙启程去巴黎赴任。林语堂不习惯按部就班的官场生活，不久就因厌倦和劳累而辞职。随后，他搬到了法国南部戛纳卢芹斋的别墅"养心阁"专事写作。

在风光旖旎的戛纳，林语堂怀着强烈的民族感情，力图真实反映唐人街的面貌，批驳某些西方人对华人的偏见和歪曲的创作心理，将抗战初期就构思要写作一部反映纽约华侨劳动者生活的小说《唐人街》付诸实践。

《唐人街》讲述了 20 世纪初，来自中国的老汤姆（冯老二）一家在纽约唐人街同舟共济"创业"（洗衣），并通过辛苦的劳作和诚实的努力，最终实现"美国梦"的故事。小说具有浓郁的怀旧意味，通过书写固守中国传统文化的老一代华侨冯太太，与其小儿子汤姆为代表的新一代华侨在西方文化熏陶下接受现代观念产生的代沟，形象地描绘了中西方文化观念的差异。

通过辛勤的笔耕，随着《老子的智慧》（1949 年）和《美国的智慧》（1950 年）的出版，林语堂慢慢地把欠卢芹斋和银行的钱还清了。

1950 年，林语堂带着全家去瑞士旅游后，回到纽约郊外租房而住。写作之余，他以钓鱼为乐。1951 年，他将"明快打字机"的专利卖给了默根索拉公司，获利 20000 美元。女儿林太乙和丈夫黎明带着孩子从毛里求斯来纽约后，一时找不到工作。父女俩商量办一个中文杂志。1952 年 4 月，仿照《西风》（1936 年 9 月 1 日，黄嘉德、黄嘉音兄弟与林语堂三人各出资 200 元，创办《西风》月刊，以"译述西洋杂志精华，介绍欧美人生社会"为发刊宗旨，至 1949 年 5 月上海解放时终刊，历时 13 年，凡 118 期）的《天风》杂志创刊。林语堂任社长兼主编，具体编务由林太乙和黎明承担。创刊之初，声势颇为显赫，胡适、李金发、谢冰莹等人为其撰稿。后因黎明考入联合国机构任翻译，林太乙怀孕，《天风》仅出几期就停刊了。

随后，林语堂改译和编著的《杜姑娘》和《寡妇、尼姑、歌妓》出版后，受到了西方读者追捧，激发起他对中国古代传奇小说"采取重编办法""以新形式"编译的热情和动力。1952 年，他共选取了 20 篇情节曲折生动、故事引人入胜的传奇小说，取名《英译重编传奇小说》分别交纽约和伦敦两家公司出版。收入其中的小说《虬髯客传》《莺莺传》《碾玉观音》，与原作相差甚大，在很大程度上是为了适应西方现代读者欣赏习惯的再创作。

1953 年，林语堂开始用英文撰写他自称"林语堂三部曲"（《京华烟云》《风声鹤唳》及《朱门》）的最后一部《朱门》。虽然《朱门》的故事与前两部没有直接联系，却仍然寄托了他的婚恋理想和爱憎态度。

小说主要讲述了上海《新公报》派驻西安的记者李飞，和大家闺秀、女子师范学院学生杜柔安跨越门第界限的爱情传奇。20 世纪 30 代初期，在西安学生举行声援"一·二八"抗战游行的示威中，出身名门的女学生杜柔安遭到军警袭击受伤，在现场采访的《新公报》驻西安记者李飞将其送到医院，并帮她找回了金表，二人渐生情愫。但横亘在他们之间的门第差距，使他们见面不易。李飞好友方文波、郎如水侠义相助，杜柔安叔父的婢妾春梅暗中支持，两人才得以密切来往。唱大鼓的东北少女崔遏云被权贵扣押，方文波设计将她救出，杜柔安为之掩护，郎如水护送她避难兰州。杜柔安的叔叔、前西安市市长杜芳霖和儿子在三岔驿建闸养鱼，因切断水源，与回民发生冲突。李飞因文获罪，远走新疆。在三岔驿时，与来此看望父亲的杜柔安重逢。随后，他途经兰州时，去看望了崔遏云。可刚到哈密就被当地军方扣押。后历经磨难，逃到鄯善。杜柔安回到西安后，其父杜忠也从三岔驿的喇嘛庙返回。不久，杜忠因与杜芳霖在大湖水闸的矛盾冲突中，突发脑溢血病逝。叔父杜芳霖发现侄女杜柔安怀有身孕后，想独吞家产，斥之为"不守妇道"。杜柔安毅然放弃遗产，走出"朱门"，只身来到兰州，以家庭教师为生。因杜芳霖告密，崔遏云被捕。崔遏云为了掩护方文波、郎如水，在被押往西安途中跳水自尽。杜芳霖派儿子杜祖仁到三岔驿重建水闸，杜祖仁落水而死。李飞在随回族部队从鄯善到吐鲁番途中，被军阀金树仁的军队俘虏，关进迪化（今乌鲁木齐）监狱。杜柔安通过一个飞行员与他取得了联系。新年后，杜柔安刚生下一个男孩就被李飞母亲派人接回西安李家庄居住。李飞逃出监狱后，在回族兵士的帮助下辗转回到西安。方文波、郎如水等好友为他们补办了婚礼。郎如水在崔遏云死后与杜祖仁的寡妻湘华相爱，两人去上海后结婚。杜芳霖因水闸纠纷，被回民围攻，陷泥沼而死。方文波对杜芳霖的婢妾春梅早有情意，有情人终成眷属。

　　在《朱门》中，林语堂采用了大量的细节来塑造女主人公杜柔安的形象。小说通过她与穷记者李飞历经磨难终成眷属的爱情故事，将作者所推崇的女性观和婚恋观，展露无遗。在杜柔安看来，"爱情会是一件美事"。为了追求爱情，出身豪门的她，敢于冲突一切世俗的羁绊，忍辱负重，越过门第的鸿沟，来到"寒门"的李飞家。虽然林语堂在《朱门·自序》中声称"本书人物纯属虚构"，但毕竟"取材自真实生活，只不过他们是组合体"而已。如此看来，杜柔安这个人物并非空穴来风，而是林语堂欣赏的女性叠加组合。这里面，既有现实生活中对陈锦端潜在的期许和廖翠凤给予的真情感悟，也有历史上对芸娘、李清照等古代女性的由衷推崇和赞美。

《朱门》是林语堂交给赛珍珠夫妇出版的第 13 部著作，也是最后一部。他们延续 20 年被国际文坛引为佳话的友谊，因版税的矛盾，就此决裂。当年，在美国出书，一般说来，出版社提取 10% 的版税，而赛珍珠夫妇的约翰·黛公司出版林语堂的 13 本书，居然提成 50%，且版权还归出版社。如此巨大的版税损失，林语堂竟然在 19 年后才如梦方醒。这或许诚如郁达夫所说："林语堂生性憨直，浑朴天真……所以容易上人家的当。"（王永生编：《中国新文学大系·散文二集导言》《中国现代文论选》1 册 571 页，贵州人民出版社，1982 年8 月）

无可否认，林语堂能在西方世界靠写作扬名，赛珍珠的帮助功不可没。《吾国与吾民》出版时，赛珍珠还凭借自己的声誉撰写序言，予以推荐，后又邀请林语堂到美国写作。赛珍珠对林语堂的感情投资，使林语堂在西方文坛炙手可热的同时，仍然坚持把自己撰写的那些畅销书全部交给其丈夫华尔希的约翰·黛公司出版。或许因为东西方文化观念的差异，在赛珍珠看来，出版社的赚钱与友谊无关；而主张东西方文化应取长补短的林语堂，骨子里仍秉承"君子耻于言钱"的中国传统古训。所以，他在签订出版合同时，明知自己吃亏，也碍于面子不好计较。可当他为发明中文打字机倾家荡产之时，开口向赛珍珠借钱，却碰了一鼻子灰。一气之下，林语堂委托律师与赛氏夫妇交涉，将全部著作的版权收回。自然，他们之间的友情画上了句号。林语堂与赛珍珠友谊之舟的颠覆，不仅仅有版税的经济原因，还有彼此的思想分歧："林语堂是站在亲蒋的立场上，一再指摘美国没有竭尽全力帮助蒋介石反对共产党，而赛珍珠则站在美国的立场上为美国政策辩护。"（施建伟：《近幽者默：林语堂传》393 页，华文出版社，2017 年 9 月）

　　经济的困境和厄运，使廖翠凤心力交瘁，特别是林语堂在南洋大学事件（1952 年初，新加坡侨领陈六使等人，虑及冷战时期子女无法在中国接受华文大学教育，又担心子孙脱离中国文化，故决定在新加坡筹组南洋大学。他先后意向性聘请林可胜、梅贻琦和胡适来做校长。未果后，林语堂为他的诚意感动，于 1954 年 10 月 2 日携全家赴新加坡就任。林语堂上任后，他矢志改革现代教育制度的理想在现实中却碰了壁。生活不顺心，饭菜也不合口味；大学董事会还违反对他的承诺，校舍的建设不征求他的意见，径直修建图书馆和工学院；陈六使等商界领袖不肯足额交付认捐的款项。校董们对林语堂的政治态度不满，新闻媒体又不断传播各种舆论。林语堂甚至还收到过恐吓他辞职的匿名信，全家人为此惊恐不安。在此情形下，书生气十足的林语堂仍旧推出了一个建造"第一流大学"的预算案，庞大的预算经费超出了校董会的承受力。因而，执委会不仅否认了他的预算方案，还讥讽他过于"奢侈"。一气之下，林语堂委托律师与陈六使等执委会谈判。南洋大学尚未建成招生，校董与校长的对立已到了剑拔弩张的地步。三个星期的谈判自然破裂。随后，林语堂与之所推荐的 11 位教职员集体辞职。陈六使以私人名义捐款 10 万美元，支付他们的辞职金。1955 年 4 月 17 日，林语堂携家人离开新加坡后，在科伦坡停留期间，为美国《生活》杂志撰写了一篇"南大预算案"始末的文章。因文章中有不少地方不符合事实，甫一发表，即遭到纽约出版的《中美周刊》的批驳）的遭遇和大女儿林如斯的婚变，更是使她患上神经衰弱症。备受打击和挫折的林语堂，为了医治妻女的心灵创伤，于 1955 年 4 月下旬，带着廖翠凤、林如斯和林相如，漫游欧洲。他们一家没有目标，随性游玩，甚至连相机也不带。林语堂对旅游中摆姿势照相很是反感。他在论著中讽刺在杭州虎跑泉的游客，为了照相而忘却了茶味是旅游者本末倒置的通病。在游览了威尼斯、维也纳莫扎特故乡莎斯堡和瑞士等地后，两个女儿返美，林语堂夫妇留在法国南部的戛纳，过上与世无争的"城市中的隐士"式的生活。夫妻俩手拉手上街买菜，廖翠凤在阳台上种马铃薯，日子轻闲而惬意。正是这种精神上的世外桃源，激发了林语堂的想象力，他在此创作了寄寓他东西文化大融合理想的科幻小说《远景》（又名《奇岛》）。

小说虚构了一个 21 世纪初的一个乌托邦故事：2004 年 9 月，民主世界联邦工作人员、美国人芭芭拉·梅瑞克和未婚夫保罗驾驶科学考察飞机，在外出执行任务时，因迷航迫降到南太平洋上一个与世隔绝的小岛。保罗为了保护飞机与土著人搏斗，不幸死亡。梅瑞克昏迷不醒，被岛上人救去治疗。她醒后发现自己躺在一位名叫艾玛的年老女人类学家里。艾玛告诉她，这个小岛叫泰诺斯。20 世纪 70 年代，哲学家劳士和希腊船王阿山诺·波乐斯带领一群以希腊人为主体的欧洲移民，为了躲避即将爆发第三次世界大战的"旧世界"，来到这个与世隔绝的小岛，并在这里建立了殖民地。他们自称艾音尼基人，与土著居民泰诺斯人和睦相处。梅瑞克被岛上人改名尤瑞黛，受到了岛上居民无微不至的关怀与照顾。在小岛上生活了一段时间后，尤瑞黛适应了泰诺斯人的生活规律。她为岛上所代表的"新世界"所吸引，并爱上了一个当地青年阿席白地·里格。在全岛欢庆一年一度的"和平女神节"和按岛上习俗对强奸案进行"水审"时，她毅然放弃了乘坐轮船回美国的机会，情愿在这个没有战争纷扰的大同世界里当一名图书馆管理员。

小说题材新颖，情节引人入胜，对世界格局的各种预测，虽不乏娱乐的色彩，却平添了小说的趣味。而对苏联解体的精准评估，也反映了作者敏锐的政治嗅觉。泰诺斯这个乌托邦式的国家，是林语堂心目中全人类的"远景"。小说中，梅瑞克的新生，潜在地寄托了林语堂对女儿林如斯的美好祝愿。而小说中劳士这个东西方文化融合的哲学家形象，无疑有他自己的影子。劳士口若悬河的各种高见，诸如"要使人类健全，寻回自我"失落的理想，使生活"多一点生趣，多一点诗歌、阳光，以及人类固有的自由和个性"，"要毅然面对人性，使它发挥最好的效果"，等等，几近成为林语堂谈论人性的传声筒。书中人物关于"赤足之美"、衣着的艺术（"所有女性的服装都追随半遮半露的基本技巧，在穿衣服的坦白欲望和脱衣服的秘密愿望之间变来变去"）和裸体的讨论（"女装的整个艺术……在于女性穿衣服来暗示她们在床上裸体的姿态"，"我认为理想的生活是住英国房子，装美国暖气，娶日本太太，交法国女朋友，雇中国厨师"），在他所著的《生活的艺术》中都能找到理论依据。《远景》由纽约普兰蒂斯－霍乐公司出版后，因契合了当时的反战思潮，获得了喜欢和平的欧美读者的广泛好评。

　　林语堂与廖翠凤在戛纳过了一年多的隐居生活后，于1956年回到纽约，租住在纽约东78街。此时冷战（是指1947年至1991年之间，美国、北大西洋公约组织为主的资本主义阵营，与苏联、华沙条约组织为主的社会主义阵营之间的政治、经济、军事斗争）的空气加剧，林语堂钦佩提出"遏制共产主义""冷战"的杜勒斯。受此触动，基于"武则天与斯大林出奇的相似"，创作了具有强烈政治意图的历史传记《武则天传》。在传中，他根据《旧唐书》和《新唐书》等有限的史料，"凭借头脑的想象力"，将武则天塑造成中国历史上最凶残的暴君、最淫荡的荡妇。

　　在《武则天传》中，林语堂假借武则天孙子李守礼回忆录的形式，以"作者参与"的叙事视角，描写了历史上唯一的女皇武则天"敏锐冷静的智慧与厚颜无耻胆大包天的野心合二为一"的一生。传记重点叙述了武则天被唐高宗从感业寺重新接进宫中后，她凭着冷静与智慧，稳扎稳打，升为皇后，并最终篡夺唐王室大权，后自立为皇帝的过程。为表现其淫荡，作者浓墨重彩地描写了她与白马寺住持薛怀义以及张昌宗、张易之兄弟的私情，渲染她与薛怀义（冯小宝）的偷情。为了迎合西方读者的阅读趣味，林语堂还时不时地置身其间，对武则天品头论足。比如，对武则天自撰的"曌"（上"明"下"空"，义同"照"，表示日月向下面的空处照耀。）字，幽默地嘲讽道："她是以这样高高在上向下面空处照耀自比的。可是如此太不妥当，因为天下没有女人以其下面庞大的'空处'来号召的。她幸而不知道在茶馆酒肆传遍的淫秽的笑话——谁去填这个巨大的空处呢？当然一个和尚的秃头就成为一个最好不过的笑料了。"

对林语堂版《武则天传》的评价，褒贬不一，但其在史料选择和写作方式上的特色，仍不失为一家之言。

1957 年，林语堂昔日在厦门大学的学生，时任台湾国民党中央党部第四组主任的马星野，因事前往纽约，执弟子之礼去看望他。发现他的乡愁颇浓，便盛情邀请他到台湾观光访问。林语堂在写完对苏联全面批判的《匿名》后，于 1958 年 10 月 14 日，携廖翠凤乘机转东京到达台湾松山机场，受到何应钦、马星野等数百人的热烈欢迎。在台期间，林语堂拜访亲友，接受宴请，足迹遍及台南、高雄、台中等地。蒋介石夫妇还拨冗接见了他们夫妇。林语堂受邀到台湾大学、台湾师范大学等地作了《〈红楼梦〉考证》《老庄考据方法的错误》等演讲。夫妻俩还专门到台南白河镇去看望了廖翠凤瘫痪在床的胞姐廖翠岚，并参观了台湾南部农村建设，到日月潭游览了一天。11 月 1 日，乘机转东京回到纽约。

林语堂虽然长期生活在美国，但他的民族感情非常浓烈。他始终坚持以中国文化来补救西方文化精神的危机，坚决反对美国参议院提出的"两个中国"的论调。他返回纽约后，政论集《匿名》已在伦敦出版。他在书中谈论时政，无奈政论非他所长，耗时费力，却收效甚微。接着，他又为那些"在这次旅行中我们哪里去"的人们，写了一本《从异教徒到基督教》的著作。在该书中，他深入到自己信仰的内心，详细地剖析和叙述了人的心灵活动的奥秘，并广泛涉及多种人生哲学，是其心路历程和宗教信仰的自我梳理和呈现。

林语堂常以"一个伊壁鸠鲁派的信徒"（林语堂：《无所不谈合集》760 页，开明书店（台湾），1974）自诩，公开宣称，"人世间倘有任何事情值得吾人的慎重将事者，那不是宗教，也不是学问，而是'吃'"。（林语堂著，黄嘉德译：《吾国与吾民》343 页，新世界出版社，2015 年 5 月）"饮食是人生中难得的乐趣之一"。（林语堂著，越裔译：《论肚子》，《生活的艺术》44 页，新世界出版社，2015 年 5 月）幼时家贫，最好的味道是一碗素面。与廖翠凤结婚后，对美食的向往变成现实。廖翠凤的烹饪技术高超，她做的厦门菜，诸如厦门卤面、薄饼、焖鸡、清蒸白菜肥鸭、清蒸鳗鱼、清蒸螃蟹、烤牛肉等美味佳肴，令林语堂食欲大增，赞不绝口。他在给妻子的信中写道："我的肚子里，除了橡皮以外，什么也能够消化的。"（萧南编：《衔着烟斗的林语堂》127 页，四川文艺出版社，1995年）廖翠凤喜欢在家里请客吃饭，精心准备。在吃饭时，注意观察谁的碗里盘子里空了，殷勤地劝客人吃好。1956 年，著名画家张大千从巴西途经纽约，前往巴黎开办画展时，林语堂设家宴款待。廖翠凤做的红烧鱼头和三女儿林相如做的四川菜煸烧青椒，令美食家张大千啧啧称赞。林相如深得母亲烹饪真传，常在家中将袁枚的《随园食单》拿来一一试验，并将尝试的食谱记录在案。母女合著的《中国烹饪秘诀》一书，1960 年还荣获德国烹饪学会大奖。1969 年，廖翠凤与林相如又合著了一本《中国食谱》，林语堂亲自为之作序，在美国出版后，颇受欢迎。

1961 年 1 月 16 日，林语堂受邀在美国国会图书馆作了《五四以来的中国文学》的演讲。他从"文学是个人心灵的表达"出发，认为研究现代文学就是研究现代的精神，而现代又是一个精神动荡的时代，现代文学和艺术正是这种动荡的例证，就此向美国读者袒露他对中国现代文学的全面评价。

5. "知道人生的有限，故知足而乐天"

1955 年，法兰克福学派左翼作家马尔库塞的代表作《爱欲与文明》出版后，"解放爱（性）欲是消除对人本性压抑"的观点风靡一时，甚至于助推了20 世纪 60 年代美国性解放的勃兴。身处纽约的林语堂从中发现，19 世纪末的中国社会，封建婚姻制度依然盛行，追求恋爱自由和满足身体欲望，与解放爱（性）欲的英美时代潮流颇为契合。基于迎合英美读者的阅读心理和自身经济效益的考量，他在 1961 年创作了"香艳"小说《红牡丹》。小说将现代西方新潮女性的"性解放"观念和行动，寄寓在 20 世纪初中国清末寡妇梁牡丹身上。

通过她在寻找灵肉合一的过程中，敢于蔑视封建道德和婚姻制度，满足自身欲望的曲折经历，来表现对压抑人性的封建理学的憎恶和对恣意任性的爱情的反思。

小说的女主人公梁牡丹，丧夫后，在精神和肉体的双重饥渴中，反叛封建礼教，大胆追求自由和"理想的男人"。先与堂兄翰林梁孟嘉相爱，继之与婚前相识之情人金祝绝情。后偕妹妹茉莉随同梁翰林由杭赴京，成为其秘密妻室。不久即生厌倦，移情拳术家傅南德，被其妻发现后，傅南德为掩护她逃出，伤妻致死入狱。牡丹因对金祝的旧情复燃，南返杭州。在赴沪的轮船中，她又与同船一大学生谈爱同眠。抵达杭州后，旧情人金祝已病入膏肓，含恨而逝。开吊之日，牡丹亲至金宅抚棺恸哭，为金祝妻窥破。揪打纷乱中，牡丹逃走。此项新闻，随即传遍全城。"红牡丹"童谣亦流传于茶楼酒肆中。失望之余，牡丹与杭州诗人安德年相遇，成其姘妇，乔装女佣住进安诗人家，相约私奔上海。因安德年旋遭子丧，其妻悲痛万分，牡丹不忍陷安妻于绝境，乃斩断情丝，与安德年毅然分手，退隐高邮，以教书为业。孰料竟为盐商绑架，囚禁小岛。梁孟嘉托江苏巡抚派海军前往援救，安德年也从杭州赶来相助。二人合力将牡丹救出。牡丹知道胞妹茉莉已嫁堂兄，便独自外出遨游，打听到傅南德已刑满出狱，前去与之成婚。小说以牡丹修书邀请好友白薇夫妇来京参加她的婚礼结束。

小说以梁牡丹的爱情经历为中心，集中描写了她在曲折多变的爱情遭遇中所表现出来的狂放不羁的个性。"为了追寻爱情，她会把一切抛到九霄云外。"在牡丹心目中，"爱是肉体的。""不需要肉体激情能有爱吗？哪一个女人不希望被心上人毁灭、穿透、搞乱和蹂躏？""女人真正需要的是一个年轻俊美的侍仆，不是一个诗人。"奉行肉欲至上的爱情观，使牡丹一旦挑中一个男子，就立即投怀送抱，以满足自己的性欲。一旦得不到满足，她炽热的感情就会迅速冷却。最后，她之所以嫁给傅南德，是因为这位健壮的拳师"能满足她女性需要，而且是能养她又爱她的男人"。这种宣扬性自由、性解放的观点，自然会受到美国那些高扬性解放的读者的欢迎和追捧。

诚然，林语堂在创作《红牡丹》时，也将他自己对婚恋生活的感受有意无意地融入其中。妻子廖翠凤与他的婚姻是父母包办，两人在相濡以沫中产生了深厚的夫妻之情。廖翠凤微胖，也不太懂风情，可她精明能干，以照顾林语堂为己任。她虽不能给林语堂浪漫的情怀和娇柔的缠绵，但却能为他营造一个温暖的家庭港湾。《红牡丹》中的梁孟嘉从茉莉那里所获得的宁静，就来自妻子温柔体贴的体验。林语堂常常将自己置身于与三个女儿一样的处境，尽情享受妻子母爱般的包容、宽厚与管束。在现实层面上，林语堂对婚姻家庭忠诚，从不在外面拈花惹草；而在心灵层面上，他对浪漫爱情的渴望和自由人生的追求却根深蒂固。这就不难理解，他在暮年时还难以忘怀初恋女友赖柏英，直到生命终结时仍在牵挂陈锦端。或许是基于感情的补偿心理，林语堂才塑造了追寻灵肉合一的梁牡丹形象。

1962 年，林语堂受时任台湾当局驻巴拿马"大使"马星野所请，携妻子廖翠凤前往中南美洲六国（委内瑞拉、哥伦比亚、智利、秘鲁、阿根廷和乌拉圭）访问。由于中南美洲以讲西班牙语为主，《生活的艺术》早已译成西班牙语在南美洲发行，所以，林语堂夫妻一到就受到了热烈欢迎。在这两个月的访问中，林语堂参与多场演讲，到处宣传中华文化。

返回美国后，惊闻好友胡适去世，林语堂非常伤心。靠写作为生的林语堂，此时已年届 65 岁，虽然每年约有两万美元的版税，但纽约的生活费极高，加上大女儿林如斯情绪时好时坏，他们夫妻的精神压力很大。为此，林太乙夫妇邀请他来香港散心。女儿女婿带他到新界落马洲玩耍时，望着咫尺天涯的对岸，林语堂的思乡之情油然而生，长时间地沉浸在对故乡坂仔"青山"和"山景"的回忆中。林如斯犯病，他匆忙返美。在照顾女儿的同时，林语堂创作了"半自传体小说"《赖柏英》。

小说通过谭新洛在道德和哲学两个文化层次中的自我冲突，将作者本身"一团矛盾"的形象呈现出来。从中，我们可以清晰地捕捉到林语堂的哲学思考：中西文化应取长补短。以爱和美为人生的支点，回归自然才是人生的终极目标。

1964 年，林语堂用英文写作了他一生中的最后一部小说《逃向自由城》。小说借一个逃亡的故事，阐述了一个追求自由的过程。因缺乏生活体验，仅靠几个逃亡者的谈话和作者"眺望边界那一方"来虚构小说的情节和人物，政治意图太过明显，对社会主义中国的污蔑和歪曲，使之无论是思想还是艺术都乏善可陈。连林语堂后来在盘存自己一生的小说创作时，也将其排除在外，只算七部。或许年龄关系，林语堂小说创作的灵感枯竭，自此以后，就此搁笔。

1964 年 11 月，马星野卸任台湾当局的巴拿马"大使"后，接任"中央通讯社"社长一职。他在途经美国纽约时的一次宴席上，请林语堂为"中央社"开专栏，林语堂答应考虑。回台后，马星野写信告之，专栏内容，不受限制，无所不谈。林语堂即以"无所不谈"四字作栏目。发稿之前，马星野特地请林太乙撰文介绍父亲的写作态度与风格。

1965 年 2 月 10 日，林语堂 30 年后重操中文的第一篇散文《新春试笔》，就出手不凡。自此以后，他每月撰稿两篇或四篇，温情主义的内容和幽默风趣的文笔，深受读者欢迎。到 1968 年为止，前后总共写稿一百八十多篇，读者当在 500 万人左右。"无所不谈"专栏在台湾毁誉参半，褒者赏其智慧与幽默，贬者恶其境界过于狭小。

1965 年 7 月，三个女儿在纽约提前为林语堂夫妇庆祝七十双寿。林语堂在自寿词《满江红》中，表达了他叶落归根的想法："有什么了不得留人，难分舍。"1966 年 1 月 26 日，林语堂携妻在七年后再访台湾，受到热烈欢迎。浓郁的乡情，促使他最终决定回台北定居。

1966 年 6 月，林语堂夫妻回台北后，先在阳明山麓五福里租花园洋房而住，后又接受了蒋介石为他在阳明山仰德大道二段 141 号建造的一幢别墅。舒适的居住环境，萦绕在耳旁的闽南乡音，新老朋友的时常往来，使林语堂心情舒畅，欣喜如狂。他在为"无所不谈"专栏撰写的《来台后二十四快事》一文中，就真实记载了他定居台湾后的愉快心情。唯一感到头痛的是，众多的演讲邀请。有一次，他在某校毕业典礼上听了许多人的演讲后，他上场时说道："演讲应该和女子的裙子一样，越短越好！"引起与会者开心大笑。

林语堂来台定居时，已过古稀之年，精力不济，加上他在"无所不谈"专栏上发表的《尼姑思凡英译》一文，遭到了佛教界的抗议；《评心论高鹗》等关于《红楼梦》的一些看法，也引起红学界的争辩等原因，写作渐少。

1968 年 6 月 18 日至 20 日，林语堂受邀到韩国汉城（2005 年更名为首尔）参加国际大学校长协会第二届大会。在大会上，他作了《趋向于全人类的共同遗产》的演讲。

1969 年 8 月 9 日，是林语堂和廖翠凤结婚五十周年纪念日。林语堂命名为"金玉缘"，并把一枚别致的金质胸针送给妻子。胸针上铸有"金玉缘"三个字，还刻了 James Whitcomb Riley 的那首诗：*An Old Sweetheart*（《老情人》），林语堂将其意译为：

同心相牵挂，一缕情依依。岁月如梭逝，银丝鬓已稀。

幽冥倘异路，仙府应凄凄。若欲开口笑，除非相见时。

1969 年 9 月，林语堂在被推选为国际笔会台湾分会会长后，在马星野的陪同下，前往法国南部海滨城市蒙顿参加国际笔会第 36 届大会。第二年，他又携妻子在韩国汉城参加第 37 届国际笔会上，作了《论东西文化的幽默》的演讲。他深入浅出地将其一生所推崇的"幽默"进行了生动形象的阐释。诸如"幽默是人类心灵开放的花朵""幽默是轻轻地挑逗人的情绪，像搔痒一样。搔痒是人生一大乐趣，搔痒会感觉到说不出的舒服，有时真是爽快极了，爽快得使你不自觉的搔个不休"等比喻，新鲜别致。在演讲中，一些幽默实例，如维多利亚女王的著名遗言（"我已尽力而为了"）、苏格拉底被悍妻泼了一盆冷水后的自我调侃（"雷声过后必会降雨"）、林肯请报馆经理转告挨了他妻子骂的报童的话（"不要介意。他每天只看见她一分钟，而我却已忍受十二年了"）等，被林语堂恰到好处地引用，听讲者无不开心大笑。

1967 年春，林语堂受聘为香港中文大学研究教授，主持编纂《当代汉英词典》。他采用"上下形检字法"和"简化国语罗马字"为检索及拼音的方式，呕心沥血地编纂词典。长时间的日夜赶工和废寝忘食，透支了他的体力和精神。加上他们夫妻存在美国互惠基金用来养老的钱，也因其主持人舞弊而血本无归。词典编纂即将完成时，林语堂就出现了中风征兆。病情刚缓解，大女儿林如斯又因长年抑郁自杀身亡。接踵而至的不幸遭遇、经济的沉重打击和丧女之痛，使廖翠凤患上了恐怖症，林语堂也近乎精神崩溃。或许身心过度疲劳，林语堂出现了十二指肠脱垂现象。二女林太乙多次接父母到香港调养。1972 年 10 月，林语堂自认为其写作生涯的巅峰之作——《林语堂当代汉英词典》，由香港中文大学正式出版。香港中文大学校长李卓敏在序中称赞它是"迄今为止最完善的汉英词典"。

林语堂暂缓过来后，又想起了早逝的大女儿，写下《念如斯》予以追怀和悼念。进入耄耋之年的林语堂，身体日衰，记忆迟钝，眼睛模糊，健康状况每况愈下。他明白生老病死的自然法则，希望自己在离开这个世界之前，能对自己八十年的心路历程有所回顾和总结。于是，在 1974 年，他采用散文的笔法，用英文写下简要的《八十自叙》，将自己的一生概括为"一团矛盾"，告之于世。

1976 年 3 月 26 日，因严重心脏病和并发肺炎，林语堂病逝于香港圣玛丽医院。3 月 29 日，廖翠凤和女儿、女婿将其灵柩护送到台北。4 月 1 日安葬于阳明山仰德大道林家庭园内，挚友钱穆题字碑上。林语堂的逝世，在海内外引起强烈反应。台湾"中央日报"的社论，对他"通过文学作品而沟通东西文化，促进国际了解的影响与贡献，确乎是伟大的，甚至可以说求之当世，唯此一人"的评价，恰如其分。

1985 年，廖翠凤将林语堂生前作品、藏书、一部分手稿及代表性遗物捐赠给台北市政府。同年 5 月 28 日，台北市政府成立"林语堂先生纪念图书馆"（后更名为"林语堂故居"），向公众开放。1987 年 4 月 8 日，廖翠凤病逝于香港。

但愿这对相濡以沫半个多世纪的"老情人"，能在天堂"相见时"，"开口笑"。

第三章　朱自清：「老实说，我是个欢喜女人的人」

一、『除了孩子，你心里只有我』：武钟谦

二、『你知不知道，你影响我是这般大呢』：陈竹隐朱自清（1898-1948），中国现代杰出的散文家、诗人、学者及民主战士。他的名字已和《背影》融为一体。他以真挚的情感和自己亲身经历抒写的散文，不仅打破了复古派认为白话不能作"美文"的迷信，而且还创造了具有中国民族特性的散文体制与风格，为白话美文提供了典范。文如其人，朱自清具有完美的人格，特别是他的两次婚姻，无不情深意重，以真情示人。与武钟谦的婚姻虽是父母包办，却在相濡以沫的 12 年中建立起了感天动地的夫妻深情，为后人留下《别》《择偶记》《笑的历史》和《给亡妇》等名篇。与陈竹隐的婚恋生活风风雨雨 17 年，历经战乱与艰辛，却两情相悦、生死与共。在相恋与分别的日子里，他写下了多情善感的情书 75 封和《无题》《竹隐以红叶见寄，赋此奉答》《南岳方广道中寄内作》等旧诗词。正因为有了陈竹隐的欣赏与支持，朱自清才能在贫病交加中，矢志于学术研究和文学创作，投身于民主运动，在反饥饿、反内战的实际斗争中，"宁可饿死"，也"不领美国的'救济粮'"（毛泽东：《别了，司徒雷登》），始终保持着一个正直的爱国知识分子的气节和情操。

一、"除了孩子，你心里只有我"：武钟谦

朱自清 1898 年 11 月 22 日生于江苏东海县（古海州），名自华，号实秋，报考北京大学时改名自清，字佩弦。父亲朱鸿钧（1869-1945），字小坡；母亲周绮桐（鲁迅本家）。父亲是个读书人，对朱自清寄予厚望，希望他长大后

能诗书传家，学有所成。因朱自清出生前，大贵、二贵两个儿子先后夭折，父母怕他长不大，为他取了女孩乳名"大囡"，母亲还特地在他左耳上穿孔，戴上金质钟形耳环，以求保佑他健康长寿。

朱自清自幼稳重安静，聪明好学。3 岁半时，由父亲启蒙，间或母亲教之识字。后入邵伯镇一家私塾读书，结识一个叫江家振的儿时伙伴，两人感情甚笃。不幸的是，江家振体弱多病，早夭。1946 年，朱自清在回忆孩童生活的《我是扬州人》中，还对他寄予了深深的怀念。

1903 年，朱自清随父搬家到了扬州。他在扬州度过了整个童年和少年时期，儿时的生活，留在他的记忆里，微妙而复杂，单调和寂寞挥之不去。然而，"儿时的一切都是有味的"。朱自清将生活了 13 年的扬州视为自己的故乡，自称"我是扬州人"。

朱鸿钧对子女的教育颇为严厉。每当晚饭后，他一边吃着落花生、豆腐干下烧酒，一边检查儿子在私塾写的作文卷子。每当看到老师的好评时，就欣然啜一口；若看到文章字句圈去太多，尾后还有责备的评语时，便要数落儿子，甚至一气之下将文章投入火炉。父亲在教育上的严格要求，无疑激发了朱自清对文学的爱好。在日常生活里，朱鸿钧对子女慈爱有加。冬天的晚上，一家人围着锅煮豆腐，他总是从氤氲的锅里，夹起豆腐，放在孩子们的酱油碟里。

1. "十八岁那年冬天，父亲母亲给我在扬州完了婚"

1907 年，朱自清与三弟朱国华曾随父到江西九江生活一年。因朱自清是长房长孙，所以不到十一岁，家里人就给他说起了媳妇。女方是曾祖母娘家苏北涟水县"花园庄"人。因祖母常常躺在烟榻上讲那位乡下姑娘的名字，"日子久了，不知不觉熟悉起来了，亲昵起来了"。懵懂的朱自清，每当看到女方那边的人带着些大麦粉、白薯干等土特产来到家里，与家人谈起那位比他大四岁，个儿较高、小脚的姑娘时，他就会产生爱的憧憬。不久，这种朦胧的期望就随风而逝。朱自清 12 岁时，女方那边捎信来说，小姐患痨病死了。

婚事告吹，母亲为朱自清的亲事更加着急，就拜托常来做衣服的裁缝做媒。裁缝说，一个有钱人家有两位小姐，他将正妻生的大小姐介绍给朱自清。日子定下后，裁缝带着朱自清上茶馆去相亲：

> 　　记得那是冬天，到日子母亲让我穿上枣红宁绸袍子，黑宁绸马褂，戴上红帽结儿的黑缎瓜皮小帽，又叮嘱自己留心些。茶馆里遇见那位相亲的先生，方面大耳，同我现在年纪差不多，布袍布马褂，像是给谁穿着孝。这个人倒是慈祥的样子，不住地打量我，也问了些念什么书一类的话。回来裁缝说人家看得很细：说我的"人中"长，不是短寿的样子，又看我走路，怕脚上有毛病。总算让人家看中了，该我们看人家了。母亲派亲信的老妈子去。老妈子的报告是，大小姐个儿比我大得多，坐下去满满一圈椅；二小姐倒苗苗条条的。母亲说胖了不能生育，像亲戚里谁谁谁；教裁缝说二小姐。那边似乎生了气，不答应，事情就摧了。（朱自清：《择偶记》，《朱自清经典大全集》1 卷 97 页，中国华侨出版社，2011 年 7 月）

这次相亲夭折后，母亲继续为朱自清张罗婚事。她在牌桌上遇见一位牌友的女儿，聪明伶俐。回家后就跟儿子谈起了那位与朱自清同年的姑娘。隔了些日子，她便托人去探那边的口气。那边很乐意，婚事眼看就要成了，母亲却从本家叔祖母用的一个寡妇老妈子口中得知那位小姑娘是抱来的，心便冷了。过了两年，又听说她已生了痨病，吸上了鸦片烟。母亲说，幸亏当时没有定下来。此时，已满 12 岁的朱自清，对男女之事多少懂得了一些。

1911 年，朱自清在上学之余，跟随戴子秋研习国文，得其真传，奠定了坚实的国文功底。辛亥革命后，做了一辈子官的祖父退休时颇有积蓄，父亲担任的宝应县厘金局局长又是一个肥缺，从而引起了原扬州镇守使徐宝山的觊觎。徐宝山在摇身一变成为扬州军政分府的都督后，便以"协响"为名，对朱家进行敲诈勒索。祖父为了家人安全，在被迫捐出大半家财后，终因心力交瘁，含恨而逝。父亲在惊惧交加中办完祖父丧事不久，也得了伤寒，遂辞去厘金局局长一职，带着淮安籍的姨太太潘氏回到扬州，假梅花岭史公祠（祭祀明末抗清名将史可法的地方）西厢房养病，时长有四个月。朱自清每天都要去探望父亲，问安后就漫步在史公祠里读书。

朱鸿钧生病后，延请了许多医生前来诊治，最后请了扬州名中医武威三。"有一天，常去请医生的听差回来说，医生家有位小姐。"母亲闻讯，便有心为儿子撮合。父母商量后，托舅舅征询武威三的意见，武威三爽快答应。于是，母亲便派那个亲信的老妈子前去探视。老妈子回来报告说，尚好，只是脚大些。相亲成后，"母亲叫轿夫回去说，让小姐裹上点儿脚。妻嫁过来后，说相亲的时候早躲开了，看见的是另一个人。至于轿夫捎的信儿，却引起了一段小小风波。岳父对岳母说，早教你给她裹脚，你不信；瞧，人家怎末说来着！岳母说，偏偏不裹，看他家怎末样！可是到底采取了折衷的办法，直到妻嫁过来的时候。"（朱自清：《择偶记》，《朱自清经典大全集》1 卷 98 页，中国华侨出版社，2011 年 7 月）

朱自清与武钟谦订婚后，进入安徽旅扬公学高等小学就读，对英语课感兴趣。高小毕业后，他考入扬州两淮中学（后更名为江苏省立第八中学，即今天的扬州中学）。在学校，朱自清"喜爱说部书，便自命为文学家"。他经常把父亲给的零用钱，拿到广益书局去买书，对《佛学易解》和《文心雕龙》尤其喜欢。"因为爱书而尝试写作。"他曾模仿林译小说写过一篇八千字的《聊斋志异》式的山大王故事，寄给《小说月报》但未被刊用。他还把父亲讲过的侠客故事写成了《龙钟人语》。1916 年夏，朱自清以"品学兼优"的评价从江苏省立第八中学毕业，考入北京大学预科。

同年秋，朱自清来到坐落在北河沿的北大预科就读，老师有沈尹默、沈兼士等。

1916 年 12 月 15 日，朱自清遵从父母之命，从北京返回扬州，在琼花观朱宅与武钟谦（1898—1929）举了结婚仪式。婚后，两人浓情蜜意，感情甚好。

春节后，朱自清吻别妻子，依依不舍地返回北京继续学业。暑假返乡后发现，家庭经济日渐拮据。他为了减轻父亲的负担，遂将名字"自华"改名"自清"，并取《韩非子·观行》之"董安于之性缓，故佩弦以自急"中的"佩弦"二字为字，以此自警。他发愤苦读，提前一年完成规定的两年预科，考上北大本科哲学系，与陈公博、康白情、杨晦等人同班。老师中有胡适、章士钊、陶孟和等。课余，朱自清喜读《新青年》和佛学书籍。

父亲朱鸿钧虽聪明能干，却染上旧式官吏的陋习。1915 年，他谋得徐州榷运局（专管盐、烟、酒的机构）局长一职后，旧病复发。讲排场、吃馆子、喝花酒、金屋藏娇、纳妾娶小。潘姨太知道后，从扬州赶到徐州，在公堂之上大吵大闹，搞得满城风雨、沸沸扬扬，还上了当天的《醒徐日报》头条。为此，朱鸿钧颜面尽失，为了保住官位，他只好蚀财免灾，花大价钱遣散了这些姨太太。可此事毕竟影响太坏，朱鸿钧被上司革了职。办理交接时，他在徐州当官不仅没攒下钱，反而还叫家里变卖首饰才补上了亏空的 500 大洋。祖母不堪父亲的放荡行为，经此变故，急火攻心，于 1917 年冬天在扬州溘然长逝，终年 71 岁！

朱自清在北京接到噩耗后，匆忙乘车南下，赶到徐州与父亲会齐，一同回扬州奔丧。朱鸿钧靠变卖、典当家产和借高利贷，才勉强为母亲办完丧事。朱家经此变故，彻底败落。丧事完毕后，朱自清返校，朱鸿钧去南京谋职，父子俩同行，至浦口车站方分手。八年后，朱自清将这段经历写成了著名散文《背影》。

朱鸿钧在浦口与儿子分别之后，在南京谋职未果，反而卧病他乡，后被人送回扬州。一家人没有了经济来源，常靠典当过日子。心气甚高又颇为自负的朱鸿钧年近老境时，遭逢不顺，脾气暴躁，常为一点小事而大动肝火。朱自清北上求学后，原本爱笑的妻子武钟谦笑声渐少，偶尔不由自主的笑声又遭到了公公的指责和冷眼。丈夫不在身边，她只好掩门长叹，暗自垂泪，对朱自清的思念更甚。1918 年暑假，朱自清回扬州度假，明显地感到了妻子的这种变化。五年后，他以妻子武钟谦在家里受磨难的这段生活为蓝本，写成了短篇小说《笑的历史》。

朱自清刚进北大哲学系时，整天埋头苦读，和同学不大交往。婚后第二年，妻子在扬州生下了长子朱迈先（即散文《儿女》中的"阿九"），家庭负债更重，生计日益艰难。朱自清一门心思想在三年里完成四年的课程，早一点毕业出去做事，好接济家人。

身处新文化运动的中心，沐浴在新文学作品的雨露下，朱自清潜藏的文学热情得以激活。1919 年春季，他受伊文思给同室学友查君寄来的书目里一幅《西妇抚儿图》触动，想到了在扬州的妻儿，提笔创作了新诗处女作《睡吧，小小的人》，借以寄寓他对新生命的关爱和对儿子的思念与祝福。自此，朱自清的诗情伴随着五四运动喷薄而出，在毕业离校前的半年时间里，他陆续写下了十几首新诗，从而奠定了他在五四时期优秀新诗人的地位。

朱自清读大学期间，家境每况愈下，妻子为了他能顺利完成学业，甚至卖掉了陪嫁的首饰来补贴他的学习费用。朱自清在求学时，节衣缩食，将生活开支减到最低限度："冬天晚上睡觉，只有一床破棉被，要用绳子把被子下面束起来。"（陈竹隐：《忆佩弦》，《新文学史料》1978 年第 1 辑，人民文学出版社，1978），做成一个大口袋御寒。经过艰难困苦的努力和坚守，在妻子和家人的大力支持下，1920 年 5 月，朱自清玉汝于成，修满学分，提前一年从北大文科哲学系毕业，获得文学学士学位。

高兴之余，想到即将离开求学五载的北京大学，朱自清不免怅然若失，挥笔写下了新诗《怅惘》：

> 只如今我像失了什么，
>
> 原来她不见了！
>
> 她的美在沉默的深处藏着，
>
> 我这两日便在沉默里浸着。
>
> 沉默随她去了，
>
> 教我茫茫何所归呢？
>
> 但是她的影子却深深印在我心坎里了！
>
> 原来她不见了，
>
> 只如今我像失了什么！

朱自清回家后告诉家人，他接受了北大代理校长蒋梦麟的推荐，将到杭州的浙江省立第一师范学校任国文教员。

浙江一师人才辈出，鲁迅、李叔同、陈望道、夏丏尊等名流曾在此当过教员。1919 年 11 月下旬，因一师学生施存统在《浙江新潮》二期上发表了抨击孔孟之道的《非孝》一文，引起轩然大波。军阀政府和省议会的议员为此要查办校长经亨颐，开除提倡新文学、反对旧礼教的"四大金刚"（陈望道、夏丏尊、刘大白、李次九）教员。学生们据此反对，展开了一场轰动全国的"留经运动"。北大代理校长蒋梦麟居中调停，经校长和"四大金刚"教员相继离开。蒋梦麟便推荐朱自清、俞平伯、刘延陵接替去职教师的工作。

2．"我现在怎样笑得起来呢"

在与家人度过了一个愉快的暑假后，朱自清带着妻儿来到杭州，开始了他一生服务教育界的生活。在浙江一师，朱自清教高年级的国文。他的扬州官话，虽不甚好懂，但因其备课认真，教学严谨，也颇受学生喜欢。魏金枝等学生称时年23岁的朱自清为"小先生"，课余常到他家里求教。这位"小先生"总是端茶递水，而娴静的妻子武钟谦在打招呼之后，总是默默地坐在床沿上做针线活。

朱自清不善交际，在一师只与俞平伯过从甚密，两人常在一起切磋诗艺。他曾将自己写的新诗集《不可集》送给俞平伯指证；俞平伯也在《小诗呈佩弦》一诗中，形象地再现了朱自清初到一师时的剪影："微倦的人，微红的脸，微温的风色，在微茫的街灯影里过去了。"为了排遣落寞的时光，在教学之余，朱自清常邀约学生一同郊游。如他与张维祺等学生游逛了杭州的天竺、灵隐、韬光、北高峰、玉泉等名胜风景后所写下的《纪游》一诗，就呈现出这种孤寂的愁绪：

> 可怜的叶儿，
>
> 夏天过了，
>
> 你们早就该下来了！
>
> 可爱的，
>
> 你们能伴我
>
> 伴我忧深的人么？

这种复杂而矛盾的心情在《送韩伯画往俄国》一诗中也有表现。对光明的向往和对现实的惶惑，特别是负担妻儿和接济父母的经济压力使朱自清倍感痛苦，甚至难以承受。这期间创作的《自白》《心悸》和《旅路》等诗篇都表达了这种不堪重负的苦恼、无助和失望疲倦的心绪。

1921年5月，朱自清将自己与妻儿"贫贱夫妻百事哀"的婚姻生活，移植到小说《别》中人物"他"与"伊"还有"八儿"身上，形象地再现了"他"与妻儿一年间，由相聚到为100元生产费又不得不再次分别的情形。其中的情感波澜，写得细腻感人。

小说主要选择夫妻相聚时与分别前的两个片段，深入到"他"和"伊"的内心深处，以委婉细腻的心理描写，着力表现夫妻之间情感的起伏变化：

小说一开始，写"他"接到母亲的来信，说因家里光景不好，已叫人将妻子与孩子送来。"他"闻讯后吃了一惊，"可麻烦哩！"因囊中羞涩，"他"不由地感到焦躁，可在等待妻儿到来的过程中，他"那藏在厌烦中的期待底情开始摇撼他柔弱的心了"。妻儿到来之后，"他"和妻子之间有一种久未见面的陌生感。然而即便是相对无言，也感到电灯光与往日不同。睡下以后，"渐渐有些唧唧哝哝底声音——半夜底话终于将那不安'消毒'了，欢乐弥漫着他俩间，他俩便这般联合了，和他们最近分别前的一秒时一样"。一年后，妻子因怀孕待产，自己又凑不出100元的生产费，他不得不把妻子和"八儿"再次送回父母家。当妻子听到这个消息后，"忽然一噤，像被针刺了那样，掩着面坐下哭了"。接她回去的人来了后，她"像触着闪电似的"，"撑不住要哭了"。妻子打理好行李后安慰他，为他准备好明天的饭食，并嘱咐"我走后，你别伤心！晚上早些睡，躺下总得自己将被盖上——着了凉谁问你呢"。夫妻之间的真情，感天动地！想到明天即将分别，妻子很快"从梦中哭醒"。"他也惊觉了。大黑暗微睁开惺忪的两眼"，等待着分别的时光来临。分别的愁绪与痛苦，凄凄复凄凄！

谁又能保证，他们夫妻再次相聚时，相互间就没有陌生和不安呢？贫贱夫妻在大时代的颠簸中，两情相悦何其艰难。小说在《小说月报》12卷第7号发表后，茅盾予以了高度的评价："就我看来，《别》是一篇极好的小说，但一般人或许要说他'平淡'。"（玄珠：《评〈小说汇刊〉》，《文学旬刊》43期，1922年7月11日）陈炜谟则认为："小说《别》，仔细咀嚼，就像吃橄榄

一样，觉得有味了。"（陈炜谟：《小说汇刊》，《小说月报》13 卷第 12 号，1922
年 12 月 10 日）诚然，小说的语言较为生涩，远没有朱自清后来所写的散文
流利。

或许是年龄关系，朱自清在一师教书的心情仍然不快，特别是好友俞平伯
辞职赴京后，他更感孤寂。颇为世故的"老学生"常常为难初出茅庐的"小
先生"。"小有误会"，使他尝到了人生的苦味。《转眼》一诗就真实记录了他
当时复杂的心绪。他感到在那"人间的那角上"，"找不着一个笑呵"，"他
掉转头了，他拔步走了，他说，他不再来了！"朱自清"自感学识不足，时
觉彷徨"，遂决意离开一师。有善心的同学们知道后，热情地挽留他。1921
年暑假，朱自清接受母校——江苏省立第八中学的邀请，回到扬州，服务
桑梓。

扬州是朱自清的故乡，八中又是他的母校，他刚接受教务主任一职时，意
气风发，想有所作为。然而，八中的风气并不佳，他的教学理想难以实现。朱
自清虽为人谦和，却秉性耿直。招考新生时，学生余冠英的一个小学教师洪为
法带着一个孩子来报名，因保证书有问题，洪为法要求通融，朱自清坚执不
允，弄得彼此不欢而散。八中一个资深教师因在外兼课，朱自清的排课影响了
他吃午饭，他便去向校长告状。老于世故的校长不仅袒护那位老师，而且还仗
着他与朱鸿钧是至交，直接将朱自清每月的薪水交到他父亲手中。朱自清为此
很生气，不管家里的规劝和反对，辞职不干了。

1921 年 9 月，经好友刘延陵介绍，朱自清来到上海吴淞的中国公学中学
部任教，与同事叶圣陶的相识。因学潮风波，朱自清和叶圣陶等人离开吴淞，
返回上海，结识郑振铎。几位好友，常常漫步海边，闲谈中谈到新诗的稚弱，
缺乏呼应和载体，遂决定筹备创办一个专门登载新诗和评论的刊物。同月，浙
江一师的学生汪静之、潘漠华、柔石、冯雪峰等人在杭州成立晨光文学社，朱
自清和叶圣陶受邀担任顾问。中国公学的学潮风波，在胡适的调停下结束。朱

自清、刘延陵等人拒绝留在中国公学。他们重返浙江一师任教。不久，回老家苏州的叶圣陶也应邀来到一师。因两人性格相近，志趣相投，家眷又都没在身边，朱自清和叶圣陶两人同住一室。

1922 年 1 月 15 日，以"中国新诗社"名义编辑发行的《诗》月刊创刊。第一卷第四号起，改为"为文学研究会定期出版物之一"。刊物虽由叶圣陶、刘延陵主编，但朱自清和俞平伯也出力不少。《诗刊》在 1923 年 5 月停刊，只出了二卷七期，可对小诗的贡献却功不可没。正因为有周作人、朱自清、俞平伯和冰心等人的倡导和身体力行，以极其精练的形式，表达了自己内心刹那间感兴的小诗，在五四时期风靡一时。

1922 年春节期间，在回扬州与妻儿父母团聚之余，朱自清在为俞平伯的诗集《冬夜》写下序言后，为浙江一师学生汪静之的爱情诗集写下《〈蕙的风〉序》。他在序中写道："小孩子天真烂漫，少经人间世底波折，自然只有'无关心'的热情弥满在他的胸怀里。所以他的诗多是赞颂自然，咏歌恋爱。所赞颂的又只是清新，美丽的自然，而非神秘，伟大的自然；所咏歌的又只是质直，单纯的恋爱，而非缠绵，委曲的恋爱。"

因叶圣陶赴北大预科任教，春季开学时，朱自清偕妻武钟谦和两个孩子从扬州来到杭州生活。刚来杭州不久，为生计所迫，朱自清又接受了浙江第六师范校长郑鹤春的邀聘，把妻子和儿女留在杭州，只身前往台州教书。在台州，朱自清对妻儿的思念无处不在。他在新诗《灯光》写道：

> 那泱泱的黑暗中熠耀着的，
> 　一颗黄黄的灯光呵，
> 我将由你的熠耀里，
> 凝视她明媚的双眼。

妻子的形象，挥之不去："故乡的她，独灵迹似的，猛猛然涌上我的心头来了！"（《独自》）或许太孤寂，朱自清常常沉浸在对时光易逝的冥思中，于是他写下了那篇脍炙人口的散文诗《匆匆》：

> 燕子去了，有再来的时候；杨柳枯了，有再青的时候；桃花谢了，有再开的时候。但是，聪明的，你告诉我，我们的日子为什么一去不复返呢？

1922 年 4 月 26 日，在浙江一师校长马叙伦和同学们的请求下，朱自清返回浙江一师任教。此时，五四诗坛第五本新诗集《湖畔》已经出版，朱自清非常欣喜。他于 5 月 18 日写了《读〈湖畔〉诗集》一文，对汪静之、冯雪峰、潘漠华、应修人合著的《湖畔》进行了全面评价：

> 大体说来，《湖畔》里的作品都带着些清新和缠绵底风格；少年的气氛充满在这些作品里。这因作者都是二十上下的少年，都还剩着些烂漫的童心；他们住在世界里，正如住在晨光来时的薄雾里。他们究竟不曾和现实相肉搏，所以还不至十分颓唐，还能保留着多少清新的意态。

"湖畔诗人"洋溢着纯真爱恋的诗篇，在当时的诗坛，犹如春天的花朵，赏心悦目。随后，朱自清、周作人、俞平伯、徐玉诺、郭绍虞、叶圣陶、刘延陵、郑振铎等八人的诗歌合集《雪朝》出版，与之遥相呼应，也呈现出"真率"和"质朴"的特点。

当年暑假，为了缓解与父亲的矛盾，朱自清携妻儿回扬州，父亲仍然不热情。这给朱自清很大触动，他决心丢掉玄言，专崇实际，开始酝酿长诗《毁灭》的写作。开学后，他带着妻儿来到台州。1922 年 9 月，耗时半年，稿纸写有二丈多长，被时人誉为"新文学史上《离骚》《七发》"的长诗《毁灭》杀青。促使长诗《毁灭》诞生的直接原因，是朱自清本人"家庭的穷困和冲突"和"社会底压迫"。长诗中弥漫着徘徊悲哀的情绪和挣扎向前的精神，契合了五四落潮时期大部分知识分子的心态，从而引起了强烈的共鸣。"《毁灭》在新诗坛上，亦占有很高的位置。我们可以说，这诗底风格、意境、音调是能在中国古代传统的一切诗词曲以外，另标一帜的"（俞平伯《读〈毁灭〉》，《朱自清研究资料》188 页，北京师范大学出版社，1981 年）。俞平伯的评价颇为公允，《毁灭》在意境上和技巧上都超过了当时新诗的创作水平。中西融合，意境沉郁，风格宛转，音调柔美，是一首独立的创新之作，是中国现代文学史上一首杰出的长诗。

1923 年春节后，朱自清离开台州六师，携妻儿来到温州的浙江省立第十中学和省立师范任教。在十中，他的教学任务较重，既在中学部教国文，又在师范部教公民科学概论。朱自清教学认真，态度严肃，创造的特别作文记分法，既培养起学生对写作的兴趣，也激励了他们学习的进取心。因而，受到了学生的广泛欢迎。朱自清对十中很有感情，还特地为它写了一首校歌。

朱自清在温州的生活较为惬意，儿女乖巧，妻子朴素娴静，持家有方。他出门上课，妻子总是要送至大门外，直到看不见他的背影才返回。学生或客人来访，妻子总是笑脸相迎，殷勤招待。朱自清在《细雨》一诗中就记载了他在此阶段的愉悦心情。诗曰：

> 东风里，
> 　掠过我脸边，
> 　星呀星的细雨，
> 是春天的绒毛呢。

　　正因为心情舒畅，朱自清的才情和灵感在温州才得以勃发。回想起自己走出校门、步入社会的艰难，妻子在家里所受的压抑，朱自清以妻子为原型，创作了短篇小说《笑的历史》。这是一篇描写一个青年妇女爱笑的天性在礼教戕害下逐渐消失的悲酸故事。

　　小说通过少妇小招向丈夫的凄婉诉说，较为真实地揭露了她在旧式家庭里所受的精神迫害。小招小时候是一个天真活泼很爱笑的姑娘，她的娘很宠爱她，说她"笑像一朵小白花，开在我的脸上，看了真是受用"。小招的笑成了母亲最大的安慰。13岁时，母亲死了，小招"便不像往日起劲地笑了"。待到郭妈妈来管家后，"她们告诉我，姑娘人家要斯文些"。有时她忍不住，不免前仰后合地大笑一番，她们就说这是她改不掉的"老毛病"。出嫁后，"满眼都是生人"，小招像"孤鬼"一样，在翁姑的胁迫和妇道的规范下，哪怕是与陪房的小王、老王偶尔微笑一下，"听见人声，也就得马上放下面孔，做出庄重的样子"。即便如此，她也常常动辄得咎，甚至在吃饭时大笑，也遭到了丈夫的责备。姨娘还疑惑她有心笑她，狠狠地瞪了她一眼。第二天，婆婆教育她要"学做人"的道理，佣人们也议论她的笑。小招终于懂得了"男人笑是不妨的，女人笑是没规矩的"，于是笑声渐少。当了一年媳妇后，她自然不像从前爱笑了。第二年冬天，公公卸职，家道中落，丈夫赚钱不多，她便成了家人的眼中钉。婆婆在姨娘的挑拨下，害怕她"爬上头去"，常常挑剔；赋闲在家的公公，也一反常态，对她大发脾气。特别是添了狗儿和玉儿两个孩子后，辛苦劳累不说，还常常因为孩子淘气而与婆婆争吵。小招"仿佛上了手铐脚镣，被囚在一间牢狱里"，渐渐地由爱笑到不敢笑，进而不仅"笑不来了"，甚至哭都"哭不出"了。"而且看见别人笑，听到别人笑，心中说不出的不愿意"。然而，生活还得继续，小招还将继续担负着家庭、儿女乃至礼教的重担，苦中作乐，在麻木和辛苦中消逝自己的青春年华。小说最后，小招悲愤地控诉道："好人，好人，几时让我再能像'娘在时'那样随随便便、痛痛快快的笑一回呢？"

虽然朱自清本人对这篇"血泪迸流的作品"并不满意，说它是"材料的拥挤，像一个大肚皮的掌柜"（朱自清：《〈背影〉序》，1928 年 11 月 25 日《文学周报》345 期）。但它通过描写小招爱笑天性的泯灭，还是深刻地揭露了旧家庭对人性的束缚和扭曲。小说对生活在旧道德、旧家庭的重压下中国青年妇女的悲惨遭遇发出的悲愤控诉，仍然是振聋发聩的。

3. "我是你唯一的依靠，但我又是靠不住的"

1923 年温州十中放暑假后，朱自清又带着已怀孕的妻子和儿女从温州返回扬州老家探望父母。朱鸿钧仍然不让他们进门。"败家的凶惨""骨肉间的仇视"（《毁灭》），使朱自清恼羞成怒，发誓不再回家。

随后，朱自清与俞平伯相约到南京散心，他们一起畅游了清凉山、秦淮河。临分别时约定各自以"桨声灯影里的秦淮河"为题写一篇散文。俞平伯返京后于 8 月 22 日写就《桨声灯影里的秦淮河》，抒发了他"主心主物的哲思"，全文呈现出空灵、朦胧的意境，有一种苦涩和玄妙之感。秋季开学后，朱自清带着妻子返回温州十中上课。课余，回想起与俞平伯夜游秦淮河的经历和感受，于 10 月 11 日夜晚提笔写就了散文《桨声灯影里的秦淮河》。在文中，他以月亮、灯光、河水三者关系的变化为文眼，精准地描绘了盛夏之夜秦淮河的美景奇观。乘坐在雇来的"七板子"之中，夜幕下垂，薄霭明漪交织，两人聆听着悠然间歇的桨声，坠入历史的梦幻之中。歌舫划来，张皇之中拒绝歌妓点歌后又心生同情，"船里满载着怅惘"。面对"降临的败家的凶惨，和一年来骨肉间的仇视（互以血眼相看着）"（《毁灭》）的现实，朱自清仍然无法求得心灵的安宁平和，摆脱不了现实的纠缠。这两篇同名散文同时刊载在 1924 年 1 月 25 日《东方杂志》21 卷 2 号上，成为中国现代散文史上的一桩佳话。

在俞平伯的启示下，朱自清以真实为标准，将文艺创作分为数等。他认为"自叙性质的作品，比较的最真实，是第一等"，同时要注意对"细端末节"的观察，"我们要有真实而自由的生活"，才"有真实而自由的文艺"。（朱自清：《文艺的真实性》，《朱自清经典大全集》3 卷 438 页，中国华侨出版社，2011 年 7 月）基于如此认识，朱自清在学校放寒假后，写了四篇留下自己生活经历的散文《月朦胧，鸟朦胧，帘卷海棠红》《绿》《白水漈》《生命的价格——七毛钱》，结集为《温州的踪迹》。

在温州十中，朱自清一家与同事国画教员马孟容毗邻而居，过从甚密。朱自清欣赏他的画艺，马孟容便画了一张花鸟画送给他，并请他题诗。画面的内容是：月光下的海棠花，栖着一只八哥，仿佛在等待卷帘人。朱自清在细品这张一尺多宽的横幅时，脑海中迸出苏轼《海棠》中"只恐夜深花睡去，故烧高烛照红妆"的句子，"矍然而惊；留恋之怀，不能自已。故将所感受的印象细细写出，以志这一段因缘"。重阳节时，朱自清与马公愚等四人前往温州东南十多公里处的仙岩山游玩。仙岩有三条瀑布：龙须瀑、雷瀑和梅雨瀑。其中，梅雨潭的"绿色"最令人陶醉。朱自清在《绿》中写道："那醉人的绿呀！我若能裁你以为带，我将赠给那轻盈的舞女；她必能临风飘举了。我若能挹你以为眼，我将赠给那善歌的盲妹；她必明眸善睐了。"在游白水后，白水的瀑布，如"一片飞烟""雾縠"，"凌虚飞下"，仿佛"纤手挽着那影子"的"幻网"（《白水漈》），如纱如烟。有一天，朱自清正与阿九和阿采吃饭，妻子叫他看一件奇事：房东家里有人只花了七毛钱就买来了一个五岁的小女孩。"端端正正地坐在条凳上；面孔黄黑色，但还丰润；衣帽也还整洁可看。我看了几眼，觉得和我们的孩子也没有什么差异；我看不出她的低贱的生命的符记"。妻子告诉他，这孩子没有父母，是她哥嫂将她卖给房东家姑爷开银匠铺里的一个伙计。这伙计没有老婆，手头很窘，而且喜欢喝酒，是个糊涂人。朱自清闻讯而难过，为这个孩子的命运担忧，面对如此野蛮的罪恶而自己又无能为力，他为此陷入对现实社会的思索和对民族文明的反省之中。

　　1923 年 11 月 8 日，次女朱逖先（即《儿女》中的"转儿"）出生，朱自清的负担更重。他既要维持一家五口的生计，又要接济老家的父母。为了生计，他被迫在 1924 年春节后把家眷留在温州，只身一人前往宁波的浙江省立第四中学去任教。因担心妻子一人照顾四个儿女忙不过来，特地将老母从扬州老家接来帮忙。

　　朱自清在宁波四中教高中文科国文和科学概论，同时在上虞县白马湖春晖中学教国文。在春晖，他与夏丏尊交往较多，同时也与丰子恺、匡互生、朱光潜相识并结为好友。3 月 9 日，俞平伯应邀来春晖中学访问。晚上，到夏丏尊家赴家宴。饭后，两人畅谈至午夜。两天后，共乘车赴宁波。当天晚上，在李荣昌处畅饮，大醉而归。

　　朱自清一个人在宁波，颇感寂寞和孤独。烦闷之余，希望通过喝酒、抽烟来麻醉思念妻儿的心，可痛定思痛，又生愧疚之情。他在新诗《别后》写道：

> 我怀中的人呢？
> 你们总是我的，
> 我却将你们冷冷的丢在那地方，
> 没有依靠的地方！

　　学校一放暑假，朱自清在赴南京参加中华教育改进社第三届年会后，返回温州，与妻儿相聚。9 月 9 日，乘船赴宁波，与妻武钟谦泣别，两人难舍难分。转瞬即到农历中秋，风雨大作，孤身一人的朱自清，想到投身教育五载，与妻儿时聚时别，心情郁闷，作旧诗《无题》抒怀。23 日，在白马湖的春晖中学，接妻子信，得知温州（直皖军阀战事）风声甚紧，她病未愈，极为不安。第二天发早报询问详情，妻复电，全家暂住十中，更加焦灼。旋即向春晖中学借款，历经艰辛，赶赴温州。典当皮袍，凑足川资，于 10 月 3 日，携妻儿和母亲奔赴宁波。因宁波住房困难，转而携家人赴春晖中学居住，与夏丏尊、丰子恺毗邻。

夏丏尊好客，其夫人善烹调，朱自清常到他家里喝酒，闲暇时还和其女儿满子玩纸牌、儿子龙文学游泳。朱自清也常到丰子恺的小杨柳屋做客，很喜欢他学习日本竹久梦二的画而创作的漫画。有一天，丰子恺给采芷画了一幅画，朱自清在上面题道："丫头四岁时，子恺写，丏尊题。"画美，字也不错，后来，朱自清还将其作为散文集《背影》的插页。

朱自清在白马湖惬意的日子没有持续多久。11 月下旬，因学生黄源出早操时戴了顶黑色的绍兴毡帽，与体育老师发生争执，校方要处分他，进而引发学生罢课风潮。校方宣布开除为首的 28 名学生并提前放假，激起全体教师的公愤，集体辞职。匡互生、夏丏尊、丰子恺、朱光潜等相继离开了春晖。

因家庭负担过重，滞留在白马湖的朱自清，心情郁闷，想脱离教育界。于是，他写信托俞平伯在商务印书馆谋份差事。1925 年 5 月 31 日，次子朱闰生在白马湖出生。朱自清在得知"五卅惨案"的消息后，愤而创作了新诗《血歌》，表达自己无限悲恸的心情和愤懑。随后，他又以自己去年在电车上受到白人儿童轻蔑的经历写成了散文《白种人——上帝的骄子》，以此表达自己对帝国主义的愤怒和爱国之情。

1925 年 8 月 24 日，蒙俞平伯向胡适推荐，朱自清只身前往北京清华学校大学部任国文教授，从此结束了他在江浙一带五年飘荡的中学教书生涯，开始了服务于清华的历程。

4. "世界上只你一个人真关心我，真同情我"

清华大学诞生于 1911 年，因坐落于北京西北郊的清华园而得名。最初称"清华学堂"，是清政府设立的留美预备学校，翌年更名为"清华学校"。1925

年 5 月清华进行改革，增设大学部和研究院"国学门"。经俞平伯和胡适推荐，朱自清来清华任国文教授。教学之余，他与俞平伯、周作人时常往来。或许初来乍到，不免寂寞，常常想念在白马湖的妻儿，怀念在南方生活的那段日子。他在新诗《我的南方》中写道：

> 我的南方，
>
> 我的南方，
>
> 那儿是山乡水乡！
>
> 那儿是醉乡梦乡！
>
> 五年来的彷徨，
>
> 羽毛般的飞扬！

10 月，朱自清接到父亲从扬州询问孙子的来信。父亲在信中说："我身体平安，惟膀子疼痛利害，举箸提笔，诸多不便，大约大去之期不远矣。"读罢此信，朱自清不禁悲从中来，泪如泉涌。两年不见，父亲竟如此衰弱。回想起八年前，料理完祖母丧事后，自己与父亲同车北上，在南京浦口车站，父亲送他的情形：跟脚夫讲价钱，叮嘱茶房，坚持给自己买橘子：

> 他戴着黑布小帽，穿着黑布大马褂，深青布棉袍，蹒跚地走到铁道边，慢慢探身下去，尚不大难。可是他穿过铁道，要爬上那边月台，就不容易了。他用两手攀着上面，两脚再向上缩；他肥胖的身子向左微倾，显出努力的样子。

朱自清的愧疚之心油然而生。回想起家道中落，父亲老境颓唐，脾气暴躁，自己却与之斗气。如今，远在老家的父亲却放心不下自己和孙子。思父之情如滔滔潮水，涌入笔端。朱自清一气呵成传世名篇《背影》。这篇写实散文在 1925 年 11 月 22 日的《文学周报》200 期发表后，很快就赢得广大读者的交口称赞，多次收入中学语文课本。李广田说："《背影》一篇，论行数不满五十行，论字数不过千五百言，它之所以能历久传诵而有感人至深的力量者"，"只是凭了他的老实，凭了其中所表达的真情。这种从表面上看起来简单朴素，而实际上却能发出极大的感动力的文章，最可以作为朱先生的代表作品"，"在中学生心中，朱自清这三个字已经和《背影》成为不可分的一体。"（李广田：《最完整的人格》，《朱自清研究资料》252 页，北京师范大学出版社，1981 年）

　　1926 年寒假，因路途遥远，交通不便，朱自清未曾南返，留在北京，借住在亲戚韦君的别墅里。在此，他结识了来韦家帮佣的阿河。或许妻子远在白马湖，自己又正处于身强力壮的青年时期，18 岁的已婚少妇阿河激发起他浪漫的性幻想：

　　　　第二天早上看见她往厨房里走时，我发愿我的眼将老跟着她的影子！她的影子真好。她那几步路走得又敏捷，又匀称，又苗条，正如一只可爱的小猫。她两手各提着一只水壶，又令我想到在一条细细的索儿上抖擞精神走着的女子。这全由于她的腰；她的腰真太软了，用白水的话说，真是软到使我如吃苏州的牛皮糖一样。不止她的腰，我的日记是说得好："她有一套和云霞比美，水月争灵的曲线，织成大大的一张迷惑的网！"而那两颊的曲线，尤其甜蜜可人。她的两颊是白中透着微红，润泽如玉。她的皮肤，嫩得可以掐出水来；我的日记里说："我很想去掐她一下呀！"她的眼像一双小燕子，老是在滟滟的春水上打着圈儿。她的笑最使我记住，像一朵花漂浮在我的脑海里。我不是说过，她的小圆脸像正开的桃花么？

那么，她微笑的时候，便是盛开的时候了：花房里充满了蜜，真如
要流出来的样子。她的发不甚厚，但黑而有光，柔软而滑，如纯丝
一般。只可惜我不曾闻着一些儿香。唉！从前我在窗前看她好多次，
所得的真太少了；若不是昨晚一见——虽只几分钟——我真太对不
起这样一个人儿了。（朱自清：《阿河》，《朱自清经典大全集》1 卷 27
页，中国华侨出版社，2011 年 7 月）

　　从此，也可以窥见朱自清孤身一人时的性渴望和性压抑。在他众多带有自
传色彩的散文中，但凡是独处时，"性压抑"便常常以隐蔽的方式跳出来作祟
和捣鬼。朱自清自己也不否认。他在《白种人——上帝的骄子》中写道："看
女人要遮遮掩掩。"这或许是他喜欢用美女来形容景物的原因。如在《荷塘月
色》中将叶子比喻"如刚出浴的美人"；在《绿》中将水的波纹比喻成"跳动
着的初恋的处女的心"；在《月朦胧，鸟朦胧，帘卷海棠红》中将月亮比喻成
"一张睡美人的脸"，"枝欹斜而腾挪，如少女的一只臂膊"。在《一封信》中
"（紫藤花）真像凝妆的少妇，像两颊又像臂"等。在现实生活中，道德的重
负和爱惜羽毛，使朱自清在女性面前产生一种惶恐不安的心理。如在《桨声灯
影里的秦淮河》里，他和俞平伯来游秦淮河时，曾到茶坊中去寻觅歌妓，未果
而产生"无端的怅怅"。在游秦淮河时遇到了歌妓，并且要求上他的船进行演
奏。他却经历了"窘"——"慌"——"不好意思"——"拒绝"——"如释
重负"等不同阶段。他拒绝了歌妓的诱惑，却没有胜利者的喜悦。原因就在于
"我的思力能拆穿道德律的西洋镜，而我的情感却终于被它压服着。我于是有
所顾忌了，尤其是在众目昭彰的时候"。

　　1927 年放暑假后，朱自清坐车直奔天津，搭乘英国公司的通州轮船返回
白马湖看望妻儿。家人再次团聚，心中自是欢喜。然而，朋友风雨星散，不免
孤寂落寞。同年 8 月底，他送四妹赴南京上学，转道上海参加了在沪的文学研

究会同人在消闲别墅公宴鲁迅的宴会。

返回清华后，因讲授古典诗词之故，朱自清开始模拟唐五代词及汉魏六朝诗，学做旧诗词，后来自编题名《敝帚集》。秋季课程一结束，他就动身回白马湖搬家。因住房和负担原因，他被迫将长子迈儿和次女逖先交给母亲带回扬州老家，自己和妻子带着长女采芷和次子闰生北上。返校后，全家住清华西院。

大革命以来国内政局的风云变幻，使沉浸在古典诗词中的朱自清也难以心静如水。妻儿虽在身边，可无法进行灵魂上的交流，他常常想起有许多亲朋好友居住的南方。盛暑时节，闷热的晚上，妻子在屋里哼着眠歌哄着孩子，朱自清一个人走向天天经过的荷塘，在如水般的月光里，身心放松，沉浸在荷塘美景之中，追求刹那间的安宁。蓦然间，他又想起自己在南方一段热闹的生活。不知不觉中，又回到了西院的家里。此时，妻子已经睡熟好久了。几天后，朱自清将这晚在荷塘边的漫游和遐思，写成了名篇《荷塘月色》，以此表达自己因南方政局波谲云诡而感到的苦闷和忧虑。《荷塘月色》极具诗情画意之美，结构精巧，描写细腻，语言典雅清丽，是现代抒情散文的名篇，影响深广。

面对大起大落的政治风云，朱自清选择国学作为自己过日子的心灵支柱，潜心学术研究和教书。秋季开学返校后，他开设了"古今诗选"等课，编讲义，作古诗，担任学生课外文艺社团南社的顾问。

1928 年 1 月 11 日，三女朱效武（即散文《儿女》中的"阿毛"）出生。孩子增多，家庭负担加重，使朱自清因国内政坛剧烈变动而产生的彷徨更加苦闷，加之妻子身体欠佳，又以照顾儿女为己任，难以理解自己心中的郁结。在此期间的诗歌创作中，朱自清曲折地再现了人与人之间心灵难以沟通的惆怅与悲哀，如新诗《咫尺》等。这种不堪重负的家室拖累，在散文《儿女》中也有表现。然而，面对早婚多子的既成事实，纵使有痛苦和无奈，也只能接受和面对。"'命定'是不用说了"，有了孩子，"他们该怎样长大，正是可以忧虑的事"。孩子们的吵闹，使他无法静心看书和写作，这对事业心强的朱自清来说，很是烦恼。朱自清性格沉稳，做事认真，教书与做学问更是如此。从中学教师直接聘为大学教授，危机感无时不在。所以，最初他害怕做父亲，讨厌做父亲。之后通过自省，决心做一个合格的父亲。如散文《儿女》就流露出他做父亲的心路历程。全文大体上按照儿女讨人烦（吃饭和游戏）、惹人爱（阿九的笑、润儿的学说话和学走路以及阿采的爱问）、使人怜（阿九和转儿离开父母生活的寂寞）的三层次安排，详略得当，儿女们的形象和性格惟妙惟肖。孩子们的童真童趣，好动和顽皮，栩栩如生。《儿女》虽然写的是自己的儿女家事，却反映了万千家庭的真实情形，从而成为告诫天下所有"不成材的父亲"，"从此好好地做一回父亲"的散文名篇。

同年 10 月，朱自清的第一本散文集《背影》由上海开明书店出版。内分甲、乙两辑。共收散文 15 篇，书前有序一篇（最初发表时为《〈背影〉自序》，后改题为《论现代中国的小品散文》）。朱自清在序中提出了"我意在表现自己"的创作主张。

开明书店将散文集《背影》寄到朱自清老家扬州，三弟朱国华收到后，喜出望外地连忙交给父亲先睹为快。行动不便的朱鸿钧看后，欣慰不已，他与朱自清之间的矛盾与不快，彻底烟消云散。《背影》的出版，也大大提高了朱自清的声誉。

1928 年 6 月 15 日，南京国民政府宣告统一中国。五天后，北京改名为北平；8 月 17 日，南京政府决议改清华学校为国立清华大学，教务长梅贻琦代理校长职务。8 月下旬，罗家伦受命接任校长，杨振声任文学院长兼中国文学系主任。杨振声就任后，与朱自清共同确定"中外文学交互修习"和"新旧文学接流"的办学思想。这种立足于民族、立足于现代的一种革新，使受歧视的国文系的地位得到了很大的提高。朱自清身体力行，一年内开了两门新课，一门是"中国新文学研究"，一门是"歌谣"，使"不登大雅之堂"的五四以来的新文学（中国现代文学）和民间文学成为大学的一门独立学科，登上了大学讲坛。

武钟谦和儿女来北平后，朱自清得以安享家庭之乐。他在全身心扑在教学上和为好友的著作写书评、作序之余，还以"行云流水"般的优美语言创作散文，如《白马湖》等。然而，原本患有肺病的妻子，因在 1928 年初生了女儿效武后，又在年底产下了儿子六儿。一年两胎，过于劳累，病情加重。加上六儿生下来就多病，她又总是放心不下，整天为六儿的汤药冷暖忙着，毫不怜惜自己的身体。对女儿效武也不放心，夜里总是竖起耳朵，一听见啼哭就要到老妈子房里看看；同时，还要惦念远在扬州的迈儿和转儿，对朱自清的日常生活更是关心备至。到后来，武钟谦天天发烧，她自以为是疟疾，不当回事，生怕丈夫担心，便一直瞒着。本在床上躺着休息，一听见丈夫回家的脚步声，便一骨碌从榻上坐起来。日子一久，病入膏肓，朱自清带她到医院检查，肺已烂了一个大窟窿。大夫劝她到西山疗养，她既丢不下孩子，又舍不得花钱，就是在家里躺着，又放心不下家务。眼看妻子的身体越来越糟，朱自清在无能为力时，乃决定送她和孩子们一起回扬州养病。武钟谦想到回扬州可以看到两年不见的迈儿和转儿，就答应了。1929 年 10 月，朱自清送妻子和孩子们到车站时，武钟谦忍不住哭了，说："还不知能不能再见？"留念和不舍之情，使朱自清潸然泪下。

妻儿回扬州后，为了节约租金，朱自清从清华西院迁到南院 18 号。教学之余，常常担心妻子的病情。一个月后的 11 月 26 日，噩耗传来，武钟谦病逝于扬州，年仅 31 岁。朱自清闻讯痛不欲生，拟回扬州奔丧，无奈因找不到人代课，又深恐耽误学生的学业，故忍痛放弃了奔丧的打算。然而，每当想起与妻子结婚 12 年，生有三子三女（长子朱迈先，其后依次是长女朱采芷、次女朱逖先、次子朱闰生、小女朱效武、小儿朱六儿），伉俪情深，如今竟然中途永别，朱自清肝肠寸断！

孤身一人的他，饭食无法自理，好友俞平伯伸出援手，一日三餐均由其妻许宝驯弄好送来。虽解决了生活，形单影只的日子却十分苦寂。朱自清曾说过，他的"全世界只有几个人，我如失了他们，便如失去了全世界"。（陈孝全:《朱自清传》93 页，北京航空航天大学出版社，2008 年 10 月）如今他的"世界"塌陷了。妻子早逝，失去了母爱的六个儿女远在扬州。他在五律《忆诸儿》写道：

> 平生六男女，昼夜别情牵。
>
> 逝母悲黄口，游兵警故塵。
>
> 笑啼如昨日，梨栗付谁边？
>
> 最忆迎兼迓，相离已四年。

武钟谦的身影梦寐难忘。每当睹物思人，便泪流满面。朱自清重过清华园西院时，与妻儿在一起的情景常常浮现在眼前：

> 月余断行迹，重过夕阳残。
>
> 他日轻离别，兹来恻肺肝。
>
> 居人半相识，故宇不堪看。
>
> 向晚悲风起，萧萧枯树寒。
>
> 三年于此住，历历总堪悲。
>
> 深浅持家计，恩勤育众儿。
>
> 生涯刚及壮，沉痼竟难支。
>
> 俯仰幽明隔，白头空自期。

　　　　相从十余载，耿耿一心存。

　　　　恒值姑嫜怒，频经战伐掀。

　　　　靡他生自矢，偕老死难谖。

　　　　到此羁孤极，谁招千里魂？

　　　　　　　　　　　　　——《重过清华园西院》

　　清明节后一天，是武钟谦 33 岁生辰。那天傍晚，朱自清到西郊散步，见春游车如流水马如龙，百感交集，不禁想起去年与妻儿共游万生园的情景。凄恻之情，无以言表，乃赋诗以抒哀情：

　　　　名园去岁共春游，儿女酣嬉兴不休。

　　　　饲象弄猴劳往复，寻芳选胜与勾留。

　　　　今年身已成孤客，千里魂应忆旧俦。

　　　　三尺新坟何处是？西郊车马似川流。

　　　　世事纷拿新旧历，兹辰设悦忆年年。

　　　　浮生卅载忧销骨，幽室千秋梦化烟。

　　　　松槚春阴风里重，狐狸日暮陇头眠。

　　　　遥怜一昨清明节，稚子随人展墓田。

　　　　　　　　　　　　　　　　——《悼亡》

　　朋友们看到朱自清生活自理能力较差，一个人日子过得孤苦，便想方设法给他介绍女友，而朱自清总是婉言谢绝。因为这个世界上，武钟谦是别人不能取代的："我也只信得过你一个人，有些话我只和你一个人说，因为世界上只你一个人真关心我，真同情我。你不但为我吃苦，更为我分苦；我之有我现在的精神，大半是你给我培养着的。"所以，他在《颉刚欲为作伐，赋此报之》中表示"此生应寂寞，随分弄丹铅"。

1930 年 7 月初，因杨振声奉命筹办青岛大学，朱自清代理中文系主任。随后，他回扬州看望父母和孩子们。看见环绕身旁、嗷嗷待哺的儿女们，朱自清常常沉浸在与亡妻团聚的回忆里。可念四桥祖坟中武钟谦的墓上早已长满了青草。睹物思人，他伤心不已。十来天后，他来到上海。在叶圣陶、夏丏尊等诸友的安慰和劝解中，接受了重组家庭的建议。同年秋，他与陈竹隐相识、相爱，并终至结合。然而，武钟谦在他的心目中，仍然难以忘怀。

1932 年 10 月 11 日，朱自清应徐调孚约稿，他仍以"至情"写就了"至文"《给亡妇》。其时，距武钟谦逝世已三个年头。在文中，朱自清以质朴的语言，情深意长地回忆了亡妻武钟谦生前全心全意照顾自己与孩子们的种种往事，再一次对亡妻表达了深切的怀念。文章构思巧妙，明明是作者深怀着亡妻，他却反弹琵琶，从对面落笔，通篇所叙的都是亡妻对"我"和孩子们的不舍，而将自己对武钟谦的爱隐藏在她对"我"的思念之中。

1933 年 8 月 31 日，朱自清在送长子朱迈先入北平崇德中学上学后归来，看见长女采芷已酣然入睡，又一次想起了亡妻武钟谦，"殊觉怆然"。同年冬天，朱自清仍然难以忘怀他与武钟谦和孩子们在台州过冬的景象："有一回我上街去，回来的时候，楼下厨房的大方窗开着，并排地挨着她们母子三个；三张脸都带着天真微笑地向着我。""那时是民国十年，妻刚从家里出来，满自在。现在她死了快四年了，我却还老记着她那微笑的影子。"（朱自清：《冬天》，《朱自清经典大全集》1 卷 96 页，中国华侨出版社，2011 年 7 月）

二、"你知不知道，你影响我是这般大呢"：陈竹隐

"床空余瘦影，砌冷起蛩声"的鳏居生活，使朱自清倍感凄冷。朋友们看

在眼里，便热心张罗。因缘巧合，他和陈竹隐（1903-1990）相识了。

陈竹隐原籍广东，1903 年 7 月 14 日生于四川成都。16 岁时父母相继去世。她发愤考入四川省立第一师范学校，开始独立生活。毕业后考入青岛电话局当接线生。一年后，又考入北京艺术学院，师从齐白石等人，专攻工笔画。1929年毕业后入北平第二救济院工作，因不满院长克扣孤儿口粮愤而辞职，以教人作画为生。闲暇时，师从红豆馆主爱新觉罗·溥侗学习昆曲，常到他家参加"曲会"。溥侗看她年龄已大，北平又没有亲人，便关心起她的婚姻问题来。一次，向好友清华大学教授叶公超谈起此事，托他物色合适人选。叶公超便介绍了朱自清。

1930 年秋的某一天，溥侗带着陈竹隐和廖书筠等几个女学生来到西单大陆春饭庄吃饭，安排她与朱自清见面。在叶公超和浦江清的陪同下，身材不高的朱自清，戴着一副眼镜，身穿一件朱黄色的绸大褂，秀气文雅，但脚上穿着一双老式的"双梁鞋"，却显得土气。席间，朱自清和陈竹隐很少说话。

饭后，闺蜜廖书筠劝陈竹隐不要跟土气的朱自清交往。陈竹隐却喜欢朱自清的文章和为人。于是，她就将自己撰写的诗词寄给朱自清，向他请教。朱自清回信相约一同到光陆影院去看美国爱情电影《璇宫艳史》。从此，两人开始通信、交往，感情在互诉衷肠中不断发展。

1. "我生平没有尝到这种滋味"

陈竹隐住中南海，朱自清居清华园。两人约定每周通信两次。一旦有暇，朱自清便进城去看陈竹隐。两人一同到瀛台、居仁堂、怀仁堂等处游览。陈竹隐也常受邀来清华园玩。在交往中，两人谈社会人生，谈文学作品，兴趣投缘。朱自清特赋《无题》诗一首，表达他对陈竹隐的爱慕与欣赏：

婀娜腰肢瘦一围，入时鞋履海红衣；

　　　　　盈盈巧笑朱唇晕，脉脉无言慧眼微。

　　　　　渐啭歌喉莺语滑，长留余韵栋尘飞。

　　　　　沉吟踟蹰浑疑梦，荏染东风丝雨霏。

　　1931 年 12 月 27 日，朱自清相约陈竹隐游西山，阳光普照，红叶满山，两人沐浴在爱和画织成的冬日里，流连忘返。第二天，陈竹隐在给他的信中夹带了一束用丝带扎好的红叶，朱自清吟旧诗《竹隐以红叶见寄，赋此奉答》致谢。诗曰：

　　　　　文书不放此身闲，秋叶空教红满山。

　　　　　片片逢君相寄与，始知天意未全悭。

　　　　　薜荔丹枫各自妍，缤纷更看锦丝缠。

　　　　　遥思素手安排处，定费灵心几折旋。

　　　　　经年离索暗营魂，飒飒西风昼掩门。

　　　　　此日开缄应自诧，些许秋色胜春温。

　　在清华教职员工举行的新年晚会上，陈竹隐还落落大方地参加演出，扮昆曲《游园》中的春香。

　　朱自清与陈竹隐未在一起时，青鸟传书，互通款曲。通信由约稿、赐书始，进而到北海踏雪“走路”、看电影；称呼也由“女士”和“先生”演变成“佩哥”和“隐弟”、“清”和“隐”等。陈竹隐的主动和时不时的若即若离，使朱自清心思不宁，思念日甚。他在 1931 年 1 月 3 日给陈竹隐的信中写道：

　　　　　想着一个人的名字！

　　这个人的名字，几乎费了我这个假期中所有的独处的时间！我不能念书，不能写信，甚至看报也迷迷糊糊的！我相信是个能镇静的人，但是天知道，我现在是怎样扰乱啊！希望这剩余的几日，能够"平静"一些，可是，你知道，我怎么能够呢？

　　朱自清"盼信乃至'废寝'"，一接到关心他胃病的信，又"颇为感动"。知道陈竹隐因受寒而身体欠佳，建议她上协和医院去找大夫瞧瞧。信中相约见面、吃饭、照相，谈及新任校长吴南轩的任职、廖书筠的赢球等，生活中的一切，见面畅叙，别后告知。这些书信后来结集为 75 封，2001 年 2 月以《朱自清爱情书信手迹》之名，由江苏教育出版社出版面世。

　　随着交往和通信的增多，了解的加深，两人的感情与日俱增。朱自清为人诚恳，做事严肃认真，对陈竹隐关怀备至，使孤身一人在北平打拼的陈竹隐很是感动。朱自清虽然经历过一段婚姻，因是父母包办，加上武钟谦是旧式女性，文化程度不高，两人缺乏心灵和知识的沟通；而陈竹隐是新女性，有较高的文化修养，又能歌善画，朱自清对她的感情越来越深。

　　1931 年 5 月 16 日，两人订婚，拍了订婚照。两天后，朱自清决定送给陈竹隐一枚戒指。两人还商量举办订婚茶话会。关系确定，思念更浓。7 月 2 日，朱自清一觉醒来，"模模糊糊地直想着你，直想到非非的境界。我这一年对你牵引得真有些飘飘然；现在是一个多月了，不曾坐下看一行书"。

　　朱自清从 1925 年来清华执教，到 1931 年他已在清华执教满 6 年。按清华大学的规定，教授每工作五年，可以享受出国访学一年的待遇。出国期间除可支半薪外，还可获得往返路费 520 美元和每月研究费 100 美元的津贴。

　　为了弥补自己外国文学的学养不足，1931 年 8 月 22 日，朱自清前往英国访学，同行者有自费赴法、英留学的李健吾、徐士瑚。前往北平车站送行者有陈竹隐、妹妹朱玉华、胡秋原、林庚等十余人。上车前，与大家合影后，朱自清专门与陈竹隐合影留念。在汽笛的长啸声中，朱自清挥手告别未婚妻。

　　火车一到山海关，朱自清就将北平上车时写给陈竹隐的信发出。在沈阳，想到未婚妻曾经来过，"就记起你亭亭的影子，但那儿有你的踪迹呢？"；在哈尔滨，他还拍了一张在松花江划船的照片寄给未婚妻。过海拉尔时，朱自清看见天上的月已将圆，又想到上月与未婚妻在南海看月，离别之感和思念之情更甚。

　　朱自清一行，经莫斯科、柏林，抵达巴黎。与李健吾分别后，偕徐士瑚于9月8日抵达伦敦。在伦敦大使馆取回陈竹隐的来信，知道其寂寞，思念自己，自己也倍感孤单。为安慰未婚妻，朱自清还告诉她，自己和徐士瑚在伦敦街上被"老野鸡"拉的"小笑话"。陈竹隐在回信中"生气"说，你还会在伦敦遇见"嫩野鸡"的。朱自清马上在回信中安慰道："告诉你吧，野鸡如嫩，决不飞向黄脸人的身边的！老野鸡白脸的人嚼不烂，没人照顾，所以才委委屈屈走近黄人；哪知黄人牙齿也并不特别好，口味倒也不特别坏，所以老野鸡倒了霉了。""可是，白种人根本瞧不起黄种人，若知道你是中国人，怕更要在心头上啐上两声！"（《朱自清全集》11卷64页，江苏教育出版社，1997年）朱自清告诉陈竹隐，在国外访学，备受洋人歧视，连妓女也嗤之以鼻。所以，对她更加想念，因担心她在北平的生活和"栖止"，乃至于"常常幻想，假使你在我的身边呢，但是梦里似乎也不容易清清楚楚地见着你，这是怎么一回事"！

　　朱自清来伦敦的目的，是想全面考察英国文化和欧洲文化，重点了解各种艺术门类。为此，他在伦敦大学选课学习三个月。此时，正处"九一八"事变爆发，朱自清在游遍伦敦的风景名胜和人文景观时，也为祖国的未来忧虑。然而，因为肠胃不好，加上放心不下在北平的陈竹隐，来伦敦一月有余，因常听"裸戏"和"大腿戏"，未曾写有诗文，颇为自责。在伦敦邂逅学生柳无忌后，常常结伴去听音乐，看芭蕾，学跳舞，参观画展和各种博览会。因陈竹隐来信甚少，朱自清在 10 月 29 日给她的信中表示，"若 11 月 16 日再不接到你的信，我也就等着，不想白写信了"。第二天，收到了陈竹隐的来信，两页信纸，没有几个字，语气极淡，朱自清疑心未婚妻移情别恋，彻夜难眠。

朱自清为人顶真谨敛，视感情如生命，加上文人气质，与陈竹隐的相恋，不免常常疑神疑鬼，患得患失，总想到自己人到中年，又有六个孩子，陈竹隐会离他而去，他的"满腔的情热，在无字句处寄托着"。待误会解除，朱自清欣慰释然。当他收到未婚妻的绝句二章后，欣然和之："宛转腰身一臂支，双眉淡扫发丝丝。桥头午夜留人坐，月满风微欲语迟。寄愁无策倍堪伤，异国秋来草不黄。山海万重东去路，更从何处着思量。"（《朱自清全集》11 卷 61 页，江苏教育出版社，1997 年）陈竹隐在给他的长信中夹有两张红叶，祝他生日快乐，他很高兴。孤身一人，出国访学，寂寞无时不在，朱自清希望未婚妻多写信告诉自己北平的人和事，因为"你的信是我最大的安慰，特别是在万里外的今日"！

1931 年 12 月 9 日，朱自清在给他的"隐妹，亲爱的人"的信中，对"我们新诗坛一把手"徐志摩的英年惨死，深为惋惜。陈竹隐没有及时收到他的回信，便在信中说朱自清把她的信"看作'无意思'"。朱自清赶忙解释道，"忙是有的"，看在"皇天"和"耶稣基督"面上，他绝无此意，何况"北平是我最爱的地方，现在又住着我那最爱的人"。圣诞节后，因房东太太刻薄，朱自清搬到柳无忌租住处同寓。在柳无忌的陪同下，他们去拜访了林语堂。上海"一·二八"淞沪抗战爆发后，朱自清很为国内局势忧虑。得知未婚妻伤风感冒，叫她多保重，"千万想着远处的人"。听说她经济拮据，便写信给浦江清，让他寄 100 元给陈竹隐救急。

1932 年 3 月初，朱自清在伦敦与李健吾重逢，又遇到了好友朱光潜，并

为其著的《文艺心理学》和《谈美》作序。4 月下旬，他偕新婚的柳无忌、高
蔼鸿夫妻等人离开伦敦，前往英国的文泽、泰晤士河、牛津等地游览，凭吊莎
士比亚等名人故居，参观博物馆。随后，朱自清又开始了两个多月的欧洲大陆
漫游。他到过法国、荷兰、德国、瑞士和意大利五国十二个地方。每到一处，
他都要写信告诉未婚妻自己的旅途见闻和思念之情。在李健吾等人的陪同下，
朱自清花了三个星期，把巴黎游了个遍。5 月底，他还为李健吾的剧本《火线
之内》(后收入《母亲的梦》时，改名《老五和他的同志们》)作序。在柏林，朱自
清又结识了诗人冯至，遇见了老朋友蒋复璁，从而解决了他不通德语的烦恼。
即使语言不通，朱自清也游兴不减，乐此不疲。他还独自一个人登上了瑞士交
湖城边世界闻名的处女峰。正因为有如此激情和劲头，他后来才写成了优美的
游记《欧游杂记》。

　　1932 年 7 月 8 日，朱自清和柳无忌夫妇等人在意大利南部港埠布林迪西
登上 "拉索伯爵" 号轮船，启程返国。31 日，朱自清一行到达上海。当他走
下码头，就看见了从北平专程来沪迎接他的陈竹隐和好友王礼锡、胡秋原等。
一年的刻苦相思，在深情对视中释然。

2．"什么事都不想做，只惦记着你"

　　诚如朱自清在《"海阔天空"与"古今中外"》中所说："旅行也是刷新
自己的一贴清凉剂"。(《朱自清经典大全集》1 卷 66 页，中国华侨出版社，2011 年
7 月) 一年的欧洲游历，使他疲惫的心境为之一爽。在上海略作安顿，他便和
陈竹隐按事前约定，立即着手筹办婚事。因北平风俗守旧，礼节烦琐，而上
海比较开明脱俗，花费又少，故他们决定采用新式简便的方式，在上海举行
婚礼。

　　1932 年 8 月 4 日晚，朱自清和陈竹隐发帖邀请茅盾、叶圣陶、丰子恺等
好友，在杏花楼酒家举行婚宴。当晚，朱自清喝得酩酊大醉，宴罢回旅馆。第

三天，他们乘船赴普陀度蜜月。十天后，返至上海，与好友相聚。8 月 20 日回扬州，探望父母和子女。朱自清叮嘱陈竹隐，见到公婆后要磕头。妻子回敬道，你到我家也要磕头。一向顶真的朱自清，铭记在心，抗战时期到成都休假时，他履行承诺，一进门就向陈竹隐的祖宗牌位磕头。

朱鸿钧夫妇见到朱自清带着新妇回来，非常高兴。孩子们见到父亲和继母更是欢呼雀跃。除六子小毛头在去年 7 月间夭折外，其他的五个孩子都极其健康。到家当天，清华催他复职的电报尾随而至。第二天，朱自清复电请辞代理中文系主任一职。下午，应余冠英夫妇邀请，朱自清兴致颇高地携陈竹隐和孩子们到瘦西湖、平山堂等处游玩。他津津有味地给妻子介绍各处的风景和人文景观。在扬州的几天里，朱自清携新婚妻子到处畅游，吃扬州小吃，向她讲述自己在扬州的童年经历。

8 月 26 日，朱自清和陈竹隐赶到南京，代表女方为妹妹朱玉华主持婚事。9 月 3 日返回清华，即与辞掉青岛大学教职来清华任教的闻一多相识。校长梅贻琦对朱自清颇为赏识，不久，便任命他为中国文学系主任。

重新成家后，朱自清的生活比较安定。碍于清华校方"教授家属一律不能在校做事"的规定，陈竹隐婚后没有外出工作，而是在家主持家务。有人照顾，朱自清的生活很有规律。上课，外出演讲，写文章，跟钱稻孙学日语，他忙得不亦乐乎。

蛰居在家的陈竹隐，从新婚的浪漫中回归到平淡的日常生活，不免寂寞和失落。作为新女性，她有自己的兴趣和爱好，喜欢热闹和与姐妹们聚会，这不免与按部就班、喜欢清静的朱自清相左。结婚初期，两人产生了摩擦与矛盾。请看，朱自清在《日记》写道：

　　……隐好动与余异……余实爱隐，不欲相离；隐似亦相当地爱我，但不以相离为苦。两两相比，隐实视余为摩登。然摩登之男女，实不宜于不摩登之婚姻。我是计较的人，当时与隐结婚，盼其能为终身不离之伴侣；因我既要女人，而又不能浪漫及新写实，故取此旧路；若隐兴味不能集中，老实说，我何苦来？结婚以来，隐对清华孤寂之生活终觉不习，口虽不言，心实如此；甚至同是饭菜，亦觉人多同吃时有味多多。如此情形而仍勉力维持，她亦煞费苦心，但为长久计，便颇不妙；现在办法，只有想法使她在清华园也能有些快乐；天气渐暖，动的机会也许多些。但我们皆是三十左右的人，各人性情改变不易；暂时隐忍，若能彼此迁就，自然好极，万一不能，结果也许是悲剧的，自问平素对事尚冷静，但隐不知如何耳。说起来隐的情形，我一向似乎并未看清楚，可是不觉得如此，现在却觉得了解太少；一向总以自己打比方来想象她的反应；现在渐觉不然，此或许是四川人与江浙人不同处。（转引自姜建：《朱自清 陈竹隐》174 页，中国青年出版社，1995 年 1 月）

　　每当陈竹隐进城小住或不想回清华园时，朱自清便胡思乱想，甚至辗转反侧，夜不能寐。常常拿陈竹隐的好动与武钟谦的安静相比。黄昏，当他路过故居清华园西院，与亡妻相处的温馨时光便浮现在眼前，挥之不去。他写下了缅怀武钟谦的古诗《重过清华园西院》。回忆的闸门一担打开，亡妻的音容笑貌便纷至沓来。当《东方杂志》编辑徐调孚向他约稿时，他一挥而就写成的散文《给亡妇》，将武钟谦的妻性和母爱镌刻在传统女性美德的石碑上，千古流芳。

　　痛定思痛，敏感细腻的朱自清又反省了自己的不是，想到了陈竹隐的种种好处："知甘苦，能节俭"，"非常大方，说话亦有条理"，身材曼妙，绘画的功力可观。想到她生病时自己太冷淡，朱自清内疚之心油然而生。于是，他总是尽量抽时间陪妻子去看花展、画展，参加俞平伯主持的昆曲社团"谷音社"，甚至认可了陈竹隐时不时离开自己到城里朋友处游玩，丰富其生活，缓解其落寞。不久，陈竹隐有了身孕，朱自清的负担更重，写稿挣稿费更加勤奋。教书写作之余，他也常常带妻子去郊游散心。1933 年 2 月，朱自清陪妻子到大钟寺郊游，受郊外万物复苏景象的感染，写下了热情赞颂春天给世间万物带来勃勃生机的散文名篇《春》。4 月 5 日，又偕妻子乘车畅游长城，在车上还偶遇了梁宗岱。7 月 12 日，他托亲友将在扬州的长子迈先和长女采芷带来北平，送他们到崇德中学上学，接受好的教育。8 月 26 日，陈竹隐生下了他们爱的结晶——朱乔森。因忙于照顾陈竹隐母子，朱自清为无暇读书写作而苦恼。

随着磨合的时间一长，夫妇间的感情逐渐好转。陈竹隐看到丈夫对事业的热爱，对文学的贡献，心想自己应该支持他。于是，她便把家务事都承担起来，担当起了一个家庭主妇的责任，积极支持丈夫在教学之余进行文艺创作和研究学问。1934 年秋季后，朱自清在清华先后开设过多门新课，如"历代诗选""陶渊明诗""散文写作""中国文学批评"等课程。并兼任了清华大学图书馆代理主任。

基于为中学生阅读和扩大视野的需要，朱自清凭着记忆，撰写了多篇旅欧时游览意大利、瑞士、法国等地的观感，发表在《中学生》杂志上。1934 年 9 月，结集为《欧游杂记》，由开明书店出版，共收散文 11 篇，叶圣陶为其题签。这些以记述景物为主的游记，化静为动，气韵流动，活泼感人，使人有身临其境的亲切感。这些游记发表后均获得读者的广泛好评。与此同时，他关注文坛，致力于当前创作的研究，对卞之琳的《三秋草》，穆时英的《南北极》，张天翼的《小彼得》和茅盾的《蚀》《子夜》《春蚕》《秋收》等作品，都进行了中肯的评价。在此期间，朱自清还写下了"考证文之处女作"即《陶渊明年谱中之问题》《李贺年谱》等学术文章。

朱自清喜欢旅游，1934 年 3 月至 10 月间，他偕陈竹隐等人先后到郊外的潭柘寺、戒坛寺、七王坟、大觉寺，南京的金山及鹫峰寺等地游玩，还骑驴上管家岭观花，在西山松堂小住，游香山、松堂、八大处等地。随后，写过《潭柘寺 戒坛寺》《南京》和《松堂游记》等散文。

或许受了妻子陈竹隐是四川人的影响，喜欢吃的朱自清，除淮扬菜、扬州小吃、京菜外，又爱上了川菜。当时的大学教授，有稳定的职业、不错的收入。重友情的朱自清常常与郑振铎、冰心、柳亚子、沈从文等人互相请吃聚餐，推杯换盏中，交流对文艺的看法。

1935 年 6 月底，朱自清应赵家璧之邀，耗时一个多月，编选完成了《中国新文学大系·诗集》，并写有《〈中国新文学大系〉诗选导言》，对新文学最初十年新诗发生发展的足迹和取得的成绩，进行系统的梳理和总结。

7 月 11 日，陈竹隐生下了第二个儿子朱思俞，朱自清的生活负担加重。更使他焦虑的是日趋严重的民族危机。国民党政府的妥协政策，加剧了日本侵略者并吞中国的步伐，平津危在旦夕。9 月 29 日，朱自清携出月子的妻子再赴树村房"欢喜老墓碑"访古，并校正了儿子朱迈先所录的墓志铭。不久，他创作了《"欢喜老墓碑"》，记载此次游玩。

为了应付日益恶化的时局，朱自清忙于主持将清华图书馆的珍本秘本书籍装箱南运。经过两周的努力，11 月底，352 箱图书顺利运走。接着，北平爆发"一二·九"运动，因担心学生安全，朱自清在奉命劝阻学生返校时，也跟随学生进了城，对国民党当局对爱国学生实行残酷镇压的暴行，义愤填膺。

1936 年 2 月 29 日晚，四百多名军警突然闯入清华园，搜捕学生运动领袖，遭到清华学生的激烈反抗，他们把被抓的姚依林等三名学生夺回。北平当局恼羞成怒，派两个团将清华园包围，对学生进行大肆搜捕。朱自清和陈竹隐将韦君宜等 6 名女生藏于家里，直到第二天军警撤走。

5 月 30 日，接三弟朱国华从扬州来信，告知母亲病危，家中急需钱用，朱自清进城兑换金戒指，未成交。第二天回到家中，即收到母亲已于 5 月 28

日病逝的噩耗，他伤心欲绝，却因工作繁忙无法立即回家奔丧。不幸刚过，烦恼接踵而至：长女采芷因违反校规参加游行被笃志女子中学开除；寄予厚望、才华卓绝的长子迈先因秘密参加共产党，开销过大，不明就里的朱自清误以为他花钱大手大脚，除了训诫，却别无他法。

春季学期一结束，朱自清便回扬州奔丧，为母亲举行出殡仪式。随即，与父亲及子女泣别，抵达上海访友，赴杭州看望四妹，到南京游中山陵。返回北平后，他在家邀宴吴宓等好友。8月23日，他带着陈竹隐、采芷和乔森游汤山，洗温泉浴。鲁迅去世后，朱自清曾两次进城看望朱安，对鲁迅逝世表示吊慰。11月中下旬，他和冯友兰等人曾赴绥东前线慰劳抗日将士。在百灵庙慰问傅作义的抗日将士时，遇见了《大公报》绥远特派记者范长江，对他的见地颇为佩服。返回北平后，朱自清对陈竹隐说，中国要强大起来，就要依靠范长江这样有为的青年。

西安事变爆发后，深受儒家正统思想影响的朱自清，认为张、杨的"兵谏"是"叛变"。为此，心中很是惶惑不安。12月15日，他召集冯友兰、闻一多等教授发布了《清华大学教授会为张学良"叛变"事宣言》的通电。

1937年3月6日，朱自清出席"《大公报》文艺奖金"审查委员会会议，评出师陀小说集《谷》、何其芳散文集《画梦录》和曹禺话剧《日出》，获1937年"《大公报》文艺奖金"。4月5日至7日，清华放春假，朱自清带着妻子和友人到郊外的方山、云水洞、西域寺、石经山等地春游。6月，朱自清将他"历时最久，工夫最深"的论文《诗言志辨》发表在闻一多主编的《语言与文学》创刊号上。

3."你现在是惟一能够鼓励我的人"

1937年7月7日，北平近郊卢沟桥的枪炮声，打破了朱自清迷恋"国学"的书斋生活。在忙完有关清华生存的诸多会议后，他于7月27日携妻子、采芷、乔森和思俞进城避难。第二天, 北平沦陷。8 月 5 日, 日军占领清华园, 夫妻俩匆忙返回清华园收拾衣物。

　　国民政府为了使学生不致在抗战期间失学, 特命北大、清华和南开在长沙合组临时大学。清华校长梅贻琦已先期赴长沙筹备。朱自清在托叶公超将长子朱迈先带回扬州后, 又拒绝了俞平伯劝他留下来的好意, 在陈竹隐的支持和帮助下, 遂决定单独前往长沙 "临大"。9 月 23 日傍晚, 朱自清依依不舍地告别妻儿, 乘火车赴天津, 经青岛、济南、徐州, 转郑州, 经汉口, 历经艰辛, 于 10 月 4 日抵达长沙。不久, 在长沙圣经书院邂逅茅盾, 并邀宴曹禺。因校舍不够, 文学院被安排在南岳衡山白龙潭圣经书院分部。11 月 18 日, 长沙临时大学文学院正式开学, 朱自清开设 "宋诗" 和 "陶渊明" 两门课。

　　与北平妻儿分别后, 朱自清非常担忧她们的安危, 不停地给她们写信。因战乱和迁徙, 始终没有收到回音。12 月 17 日, 他作旧诗《南岳方广道中寄内作》(勒住群山一径分, 乍行幽谷忽干云。刚肠也学青峰样, 百折千回却忆君。), 表达对妻子的思念之情。不久, 日寇逼近长沙, "临大" 被迫迁往昆明。

　　1938 年 2 月 16 日, 朱自清与冯友兰等同人乘车赴昆明。途经桂林时, 他们一行还到阳朔游览了冠绝天下的漓江山水。清澈见底的江水, 映照出自己的满面征尘和鬓边杂丝, 想到北平妻儿, 朱自清未免生出些别样的感受。他在《漓江绝句》中写道: "招携南渡乱烽催, 碌碌湘衡小住才。谁分漓江清浅水, 征人又照鬓丝来。"

　　4 月初, "临大" 奉命改为 "国立西南联合大学", 朱自清任联大 (清华) 中文系主任。因校舍尚未建好, 文、法学院暂迁蒙自。刚安顿下来, 他即写信叫北平的妻子南下相聚。陈竹隐接信后即与冯友兰夫人等结伴动身南下。6 月 2 日, 朱自清在越南的海防接到了时时牵挂的妻儿。一家人相聚不久, 就收到父亲的来信，告知扬州家里遭劫，被抢走 120 元。接着，长子朱迈先外出又没有了音讯，朱自清很是担心，托人在汉口《大公报》登载寻找儿子的启事。两个月后，总算盼到了儿子的来信，才知道他外出一年的经历：回扬州中学读书的朱迈先，秘密加入共产党，北上宣传抗日救亡工作。后奉命加入桂系部队，现于第 11 集团军中担任中尉政治训导员。

偏安蒙自的日子没过多久，联大文、法学院又奉命返回昆明。朱自清把陈竹隐母子先行送回昆明后，回蒙自分校负责扫尾工作。或许环境变化太快，采芷、陈竹隐和乔森相继病倒。一心致力于学问的朱自清，杂事缠身，心绪烦躁。生活中屡遭不顺，使他的自卑感和精神压力更加严重。他老是觉得命运对他不公，自己先天不足又后天失调，要想在人才济济的联大立于不败之地，唯有加倍的勤奋和努力不可。朱自清对教学极其认真，真心想教好学生，未想到他谈论师生关系问题的《论导师制》，却遭到学生在墙报上著文反驳。为此，他很是后悔写这类文章损害了自己的研究工作。痛定思痛，他选取成语"埋名隐姓，忧谗畏讥"集成一联，当作自己的座右铭。决意少管身外事，一心致力于诗论、汉语言文学等问题的研究。1939 年秋季开学时，因胃病发作，朱自清便辞去了联大所兼各职。第二年夏天，又辞去清华中文系主任的职务。

陈竹隐身体欠佳，玩兴不再，连昆曲和桥牌的兴致也渐有渐无。朱自清为了使她开心，一有闲暇便带她去看京剧、话剧演出。1939 年春暖花开时，二弟朱物华、三弟朱国华来看望他们，朱自清还带着妻儿与弟弟们一道，在余冠英的陪伴下，前往附近的黑龙潭、金殿游玩。

抗战进入相持阶段后，昆明也遭到了日军的频繁空袭。朱自清将家搬到了昆明北郊的梨园村。虽少了空袭，却也远离市区和学校，生活诸多不便。日寇的经济封锁，国统区物价飞涨，大学教授的薪水又不能十足发放，负担重的朱自清更是捉襟见肘。陈竹隐便提出带孩子回物价稍微低廉的老家成都生活。

经过慎重商量后，朱自清决定向校方申请在国内休假研究一年，送妻儿回成都。1940年5月，怀有身孕的陈竹隐带着乔森和思俞先期回到成都，租住在东门外宋公桥报恩寺后院三间小草房内。6月27日，清华第八次评议会通过了朱自清等人1940年度国内休假研究案。8月初，朱自清抵达成都，与家人团聚。

朱自清在成都主要致力于撰写《经典常谈》一书。这本研究文学历史的入门书，涉及面极广，目的就在于启发人们的兴趣，将其引导到经典中去。因他"采用最新最可靠的结论，深入浅出，对于古典教学极有用处"。（叶圣陶：读《经典常谈》，《西川集》，重庆文光书店，1945年1月）

1940年11月14日，陈竹隐生下女儿朱蓉隽。因第二年春旱，成都物价飞涨，米价超过昆明，朱自清一家时不时有断炊之虞。营养不良，精力透支，朱自清的头发多了一层霜，苍老毕现。李长之去看他，大吃一惊。

不久，避居乐山的老友叶圣陶，因家中被日军炸毁，便举家迁往成都。老友同居一城，虽相隔较远，仍常相往来。或闲谈，或小饮，或到望江楼、薛涛井等处漫游，吟诗作赋，无话不谈。两人一起研讨学问，共同接受四川省教育厅长郭有守的委托，合作编撰深受中学语文教师欢迎的《精读指导举隅》和《略读指导举隅》等著作，共同创办《文史教学》月刊。

在成都，朱自清还与萧公权、浦薛凤和潘伯鹰等好友常有诗词唱和。这些有感而发的唱酬，后来收入他自编的《犹贤博奕斋诗钞》中。5月30日，朱自清带着妻儿到望江楼观赏端午节龙舟赛。暑假，他还应《笔阵》的主编牧野之邀，到文协成都分会所主办的暑期文学讲习会作了《文学与新闻》的讲演。一年的国内休假，倏忽即过。10月4日，朱自清赴少城公园与叶圣陶相见。随后，应章雪舟邀宴，为他返回昆明饯行，众好友大醉而别。

1941年10月8日，朱自清搭木船顺岷江而下。一到乐山，就去看望在武汉大学任教的朱光潜等好友。在畅游了乐山大佛后，乘船继续南下，到达泸州纳溪县后改乘汽车直奔叙永。在联大叙永分校，朱自清不仅见到老友杨振声，还结识了在此任教的李广田。两人对新诗的看法一致，谈话颇为投机。十天后，返回昆明。不久，他自梨园村迁居清华大学文科研究所住地——昆明北郊龙泉镇司家营 17 号，与闻一多、浦江清等人为邻。因司家营与昆明相距 20 余里，无直通汽车。朱自清周二下午进城，给学生上"中国文学批评""文辞研究""谢灵运诗"等课程，周五下午返回。在城中，他先住玉龙堆清华宿舍，后迁至北门街 71 号唐家花园，与沈从文等八个单身教授为伴。

朱自清辞去行政职务后，制订了庞大的读书写作计划，完成《古诗十九首》的研究，写一部《新诗杂话》。然而，他因喜爱饮食而不善节制留下的胃病，却成了他做学问的天敌。抗战后期，昆明物价暴涨，教授的薪水入不敷出，普遍吃不饱。闻一多为一家人吃饱挂牌治印；校长妻子韩咏华和潘光旦等教授夫人合做糕点补贴家用。患有胃病的朱自清，更需要营养，可他每天与同事吃政府供应的"公米"，因粗糙杂质多，不易消化，胃病时常发作。朋友们请他去打牙祭，他又难免进食逾量，反而加重了胃的负担。身体如此糟糕，心绪更加难平。上有老父赡养，下有幼小养育，经济负担异常沉重。妻儿不在身边，常常萦系在心，思念不已。

朱自清返回联大后，陈竹隐为了一家人生活，在四川大学图书馆谋得一职。无奈杯水车薪，无法应付孩子生病、房租涨价。朱自清知道实情时，适逢寒假，却因路费无着不能回蓉看望妻儿。他在接到萧公权寄来《妇罢》一诗时，触动其心绪，写下了《妇难为，戏示公权》：

妇罢翻成幼妇辞，却怜今日妇难为。

米盐价逐春潮涨，奴仆星争皎月奇。

长伺家公狙喜怒，剩看稚子色寒饥。

闲嗔薄愬犹论罪，安得诗人是女儿。

　　吟罢，朱自清意犹未尽，第二天又续成一首：

> 入室时闻有谪辞，逢人辄道妇难为。
>
> 不甘弱羽笼中老，曾是明珠掌上奇。
>
> 夫婿自怜朱马走，宾朋谁疗梦魂饥。
>
> 温柔乡冷荆榛渐，奈此平生好半儿。

　　1942 年 6 月 12 日，朱自清和魏建功从昆明飞重庆，出席教育部大一国文委员会会议。因时间有限和经济拮据，他未能前往成都看望妻儿。同年冬天，昆明酷寒，朱自清的旧皮袍已烂，做不起棉袍，他只好买了一件赶牲口人披的便宜的毡披风御寒，出门穿身上，睡觉当褥子。

　　1943 年春，四川麻疹流行，乔森、思俞、蓉隽无一幸免。乔森和思俞得了肺炎，蓉隽转成猩红热。危难之机，刘云波医师伸出援手，蓉隽才捡回了一条命。日后，朱自清写有《刘云波女医师》，感谢她"那把病人当作爱人的热情和责任感"。远在昆明的朱自清，得知家中亲人遭受磨难，除了到处演讲，拼命写稿挣钱外，连回蓉的路费都无法筹措。"蜗牛背了壳"的朱自清，整日为一家老小的生计奔波，胃病日益加重。虽自知长此以往，肯定不行，却仍难以稍减对教书写作的虔诚与认真。

　　1944 年暑假，朱自清托同窗好友徐绍谷卖了收藏多年的一个砚台和一幅字画，才乘飞机从昆明飞到重庆，转车回到成都，看望分别三年的妻儿。7 月 14 日晚到家，正赶上家中亲友为陈竹隐的生日贺岁。近三年的分离，如今骤然相见，竟无语凝噎。这次回蓉度假，朱自清只写了《外东消夏录》和《重庆行记》等少许散文，主要是调养身体。因有妻儿相伴，心情愉快。夫妻俩或结伴访友，或促膝谈心。在蓉的朋友想把朱自清留在成都，他因不舍清华，婉谢了四川大学和齐鲁大学延聘的好意。在这期间，在扬州当老师的次女朱逖先暴病而亡，朱自清闻讯后，痛惜不已。两年后，他还在《我是扬州人》中写道："她性情好，爱读书，做事负责任，待朋友最好。已经成人了，不知什么病，一天半就完了。"（朱自清：《我是扬州人》，《朱自清经典大全集》4卷624页，中国华侨出版社，2011年7月）

转眼间，就开学了。朱自清惜别妻儿，转道重庆，于10月1日飞抵昆明。为增加收入，到大绿水河私立五华中学兼教高中国文，寒假滞留昆明联大。直到第二年暑假，他才乘直航班机回成都探亲。7月14日，赴书院正街为妻子祝生。与叶圣陶、徐中舒、丰子恺等好友重逢，畅谈甚欢。1945年8月15日，得悉日寇投降，朱自清与成都市民狂欢一夜。8月30日，乘飞机返回昆明。三天后，得悉父亲朱鸿钧于本年4月9日病逝于扬州，悲痛万分。

抗战硝烟还未散尽，内战的阴影又扑面而来。朱自清受"一二·一"惨案的触动，逐渐摆脱安心书斋、不问时事的因袭，积极投身到民主运动中去。他在《昆明教育界致政治协商会议代电》和《对东北问题宣言》上签名，重新接受清华中文系主任一职。

1946年4月4日，出席长女采芷与王永良的订婚仪式并致贺词。5月18日，致电感谢昔日学生——时任南京《中央日报》社社长马星野为次子朱闰生介绍新闻工作。6月14日启程返成都，经飞重庆，三天后抵蓉城家里。第二天，即到刘云波工作的医院去看望住院的妻子。这次返蓉，就是准备举家迁北平。在此期间，朱自清拜朋访友，向大家辞行。动身前夕，惊闻闻一多在昆明遇刺身亡，儿子身负重伤，悲愤莫名。他立即给闻一多夫人高真发去慰问电，承诺负责闻一多的稿子和书籍。7月21日，朱自清参加了西南联大校友会在成都召开的闻一多追悼会。先后撰写了介绍闻一多在文学创作和学术研究方面贡献的《闻一多先生与中国文学》《中国学术界的大损失——悼闻一多先生》等文。8月16日，朱自清在搁笔近二十年后，创作了新诗《悼一多》（后改为《挽一多先生》）。他在诗中写道："你是一团火，照见了魔鬼；烧毁了自己！

遗烬里爆出新中国！"8月18日，朱自清还冒着危险在成都各界人士举行的闻一多、李公朴追悼大会上报告了闻一多的生平事迹。

4. "我舍不得你；我怎舍得你呢"

1946年8月19日，朱自清带着妻子、乔森、思俞和蓉隽离开成都乘车赴重庆。在重庆，他在接受媒体采访时，宣扬闻一多一贯的精神是爱国主义。在滞留候机的一个半月里，与何其芳、李广田等人往来频繁。写了著名散文《我是扬州人》，还给南开中学学生公社作了《现代散文》的讲演。10月7日，才和家人乘飞机直接回到北平，暂寓国会街北京大学四院临时招待所。在此期间，朱自清日显老态，眼睛见风流泪。陈竹隐和两个孩子去西市购物返回时险遭歹徒抢劫，所幸有惊无险。22日全家迁回清华北院16号旧居。古月堂、荷塘和工字厅虽在，却呈现出破落的痕迹，加上老朋友们星云飘散，藏书尽失，朱自清颇感凄楚。虽然如此，总算凑合着把家安顿了下来。

回到清华园后，朱自清将近人吴闿生的诗句"但得夕阳无限好，何须惆怅近黄昏"录下，放在书案玻璃下，时刻勉励自己。他拖着病弱的身体，激发奋斗的意志，把主要精力投入到主编《闻一多全集》上了。闻一多的遗稿由昆明运抵北平后，清华大学迅速成立了"整理闻一多先生遗著委员会"，朱自清是召集人、总负责人。他既要编《全集》，又要上课、演讲，还要处理系里的行政事务，加上时局动荡，物价暴涨，胃病时常发作，心绪不宁。然而，为了矢志的学问和一家人的生计，朱自清总是伏案工作，在短短的时间内，写了大量的时评、书评、文艺论文和散文，出版了《标准与尺度》《论雅俗共赏》等著作，编定了杂文集《语文影及其他》，与叶圣陶、吕叔湘合作编写了《开明文言读本》和《开明新编高级国文读本》两套教材。

北平冬天格外寒冷，陈竹隐不习惯，常常思念成都，时不时向丈夫唠叨。朱自清理解妻子的牢骚不满，劝她常到城中走动，与川籍朋友往来。时间一长，夫妻关系又和好如初。

1946 年 12 月 24 日晚上，北大先修班女生沈崇在去看电影途经东单时，被美国海军陆战队伍长皮尔逊等两人绑架至东单操场施行强奸。媒体报道后，在全国掀起了反美抗暴斗争的怒潮（史称"沈崇事件"。沈崇后来改名沈峻，因同学是丁聪妹妹之故，嫁给了漫画家丁聪）。为了扑灭愈烧愈旺的爱国火焰，国民党北平当局八千余人，以"清查户口"为名，在北平逮捕了两千多人。朱自清义愤填膺，在费青、吴晗拿来的《抗议北平当局任意逮捕人民宣言》上毅然签名。北平 13 位教授的人权宣言在平津各大报纸上刊登后，引起了国民党当局的恐慌，朱自清为此还上了国民党的黑名单，受到便衣侦缉队的监视。

朱自清紧跟时代的步伐，反对国民党独裁，置生死于度外。他果敢地邀请在天津受通缉的李广田来清华中文系任教；应吴征镒之邀在呼吁和平宣言和《为反对内战运动告学生与政府书》上签名；拒绝了好友法律系主任赵凤喈为国民党召开的"国民大会"拉票；婉拒了私交甚好的政治系教授吴景超邀请他加盟创办鼓吹走中间路线的刊物《新路》，甚至在食不果腹的情形下，也不为丰厚的稿费诱惑而为《新路》撰稿；力主在《清华学报》上刊载吴晗以古讽今的论文《明初的学校》……这一切都表明，朱自清不再犹疑，果敢地走向民主运动的道路。

1948 年元旦，朱自清参加了清华中文系新年晚会，与学生们共同扭秧歌。第二天，胃病复发，卧床十天。他在阅读吴景超夫人龚业雅请他修正习作《中年》时，又想到她在《益世报》副刊《星期小品》上发表的散文《老境》，有感而发，写下了旧诗《夜不成寐，忆业雅〈老境〉一文，感而有作，即以示之》。诗曰：

中年便易伤哀乐，老境何当计短长。

衰疾常防儿辈觉，童真岂识我生忙。

室人相敬水同味，亲友时看星坠光。

笔妙启予宵不寐，美君行健尚南强。

　　朱自清在日记中写道："表在暮年心情，关键在第五句。"从此可以看出，他非常珍视与陈竹隐相濡以沫的夫妻真情。

　　三月中下旬，朱自清胃病复发，呕吐严重，身体消瘦到 41 千克。即使如此，他仍改定了《语文影及其他》，并写下自序。4 月中旬，朱自清和两位同仁起草了抗议国民党暴徒袭击师院和北大的"抗议电"。25 日，携妻子进城为俞平伯父亲祝寿，餐后看清华剧艺社演出的《原野》。5 月中旬，在中和医院诊断为阻塞症。6 月初，胃病又复发，呕吐更加频繁，被迫停课休息。

　　1948 年 6 月 18 日，朱自清为反对美国扶植日本，不惜付出"损失六百万法币，影响家中甚大"的代价，义无反顾地在《抗议美国扶日政策并拒绝领取美援面粉宣言》上签下自己的名字。随后，退回面粉票。7 月 15 日，他拖着病体主持召开了闻一多先生遗著委员会最后一次会议。随后，在清华中文系的系务会上，他向代理系主任浦江清交代了系务事宜。下午审查应届毕业生名单，晚上又出席清华学生自治会举办的闻一多被害两周年的纪念会。7 月 23 日，朱自清最后一次参加社会活动，应吴晗所邀，前往工字厅出席北平《中建》半月刊举行的"知识分子今天的任务"座谈会。因身体极度虚弱，只参加了半天。8 月 3 日，胃病又发作。这次病情来势凶猛，吴晓铃和吴晗去看望他时，看见他面庞瘦削，脸色苍白，感觉到病情很严重了。果不其然，8 月 6 日凌晨，朱自清胃部剧痛，呕吐不止，送北大医院诊断为胃溃疡穿孔。下午开刀，情形正常。可到了 10 日，手术引起并发肾炎，出现轻微尿毒症。朱自清感到生命即将走向终结，断断续续地对守候在旁的妻子说："我……已……拒绝……美援，不要……去……买……配售……的……美国……面粉。"（陈竹隐：《忆自清》，《光明日报》1960 年 11 月 23 日）1948 年 8 月 12 日，一位杰出的诗人、散文家，教授、民主战士朱自清告别了他不舍的妻子和孩子们，走完了他不平凡的人生之路。

朱自清的猝然离世，使陈竹隐和孩子们悲痛欲绝。陈竹隐在挽联中写道："十七年患难夫妻，何期中道崩颓，撒手人寰成永诀；八九岁可怜儿女，岂意髫龄失怙，伤心此日恨长流。"老同学、北大教授许德珩对朱自清的一生作如是评价："教书三十年，一面教，一面学，向时代学，向青年学，生能如斯，君诚健者；生存五十载，愈艰苦，愈奋斗，与丑恶斗，与暴力斗，死而后已，我哭斯人。"朱自清英年早逝，令社会各界震惊不已，纷纷发表纪念诗文，成了影响一时的文化事件。

1949 年 8 月，毛泽东在《别了，司徒雷登》一文中，热情地表彰了他"一身重病，宁可饿死，不领美国的'救济粮'"的"骨气"，我们应当"写朱自清颂"，他"表现了我们民族的英雄气概"，值得人们向他学习。

朱自清去世时，陈竹隐只有 45 岁。她一边工作，一边抚养儿女，一边参与《朱自清全集》的编撰工作。为此，她把朱自清生前的手稿、文章实物全部捐献出来，只给每个孩子分得一封朱自清的信作为纪念。

1990 年 6 月 29 日，陈竹隐在北京去世。7 年后，他们的儿子朱乔森在搬家时意外地发现了母亲一直精心珍藏的一只父亲生前用过的小箱子。打开箱子后，里面有保持完好的 75 封书信，其中 71 封是父亲在恋爱期间写给母亲的，还有 4 封是父亲婚后写的。岁月会流逝，山河会沧桑，一张张信纸会泛黄，可那些停留在纸上的充满情爱的絮语手迹，影印出版后（朱乔森编辑：《朱自清爱情书信手迹》，江苏教育出版社，2001 年 1 月）却会流传千古，为万代传诵。

第四章　梁实秋：「男女之事若没有真的情感在内，是丑恶的」

一、『以其全部精力、情感奉献给我』：程季淑

二、『爱就是这样神奇的东西，它使人忘记自己』：韩菁清

梁实秋（1903–1987）的为人处世，秉承"人性论"的视角，常常将自己推向风口浪尖。加上他性格刚柔相济，性情又率性而为，一生将传统文人的"古典风情"和现代才子的"浪漫情怀"演绎得出神入化。在个人情感上，前半生，与程季淑琴瑟和鸣，共克时艰，在半个世纪的风雨中，铸造起了"雅舍"的辉煌；后半生，与韩菁清梨花海棠，浓情蜜意，在老夫聊作少年狂的黄昏恋中，写下了人间"最温柔的艺术"——《雅舍情书》。

一、"以其全部精力、情感奉献给我"：程季淑

1. "她说她是无意，误来拂试了我底心扉"

梁实秋，原名梁治华，字实秋。光绪二十八年腊月初八（1903 年 1 月 6 日）出生在北京内务部街 20 号的西厢房。兄妹 11 人，他排行第四，成名后以字行世。所用笔名中，以秋郎、子佳为人所知。祖父梁芝山曾宦游广东，发财后进京购得内务部街 20 号的一所大院子，有正院、前院、后院和左右跨院，共三十多间，临街的大门有四层台阶，门上浮刻着一副对联："忠厚传家久，诗书继世长。"父亲梁咸熙（1877–1946），原籍河北大兴，幼时孤苦，过继给梁芝山后，得以上学读书。曾中秀才，在京师警察厅任过职。梁咸熙为人仗义，喜畅饮，好美食；通晓英文，酷爱小学、金石和西洋学术。他有一间名曰"饱蠹楼"的大书房。梁实秋儿时聪慧，深得父亲喜爱，特许他进出书房自由

翻书。"饱蠹楼"的藏书，经年累月，蔚为大观。为防霉虫蚀，父亲常常晒书。晒书时，举家齐上阵，大家常常累得筋疲力尽。母亲沈舜英（1875-1964），生于杭州，温淑敦厚，能干贤惠。在梁实秋的儿时记忆里，母亲给他梳小辫子的情景和在冬天晚上给自己掖被角的细节，刻骨铭心，每每想起就会泪流满面。梁实秋幼时顽皮淘气，不爱读书，对家中所藏《吴友如画宝》倒是喜欢，常常翻阅。从中不仅了解了社会人生，而且还启蒙了性的知识。可大家庭中的陈规陋习（诸如每天早晨给长辈请安、膳食遵循严格规定等），又使他的童年生活颇感压抑。总之，衣食无忧和宅院外生活的禁绝，使梁实秋在精神上产生了贵族式的优越感；既存的生活方式和阶级门第的童年记忆，又使他的人生思想倾于保守。这或许是窥探他日后"反常"言行的一扇窗口：在服膺于白璧德新人文主义的同时，又屡次引发文学上的争议；与结发妻子情深一辈子，可妻死不到半年又与影星韩菁清爱得死去活来。

　　梁实秋六七岁时开始上学读书，先后入"五福门"、陶氏学堂启蒙。辛亥革命后，进入京师公立第三小学就读。1915 年 8 月末，他受父亲好友黄运兴的怂恿，考取了郊外的清华学校，开始了长达八年的水木清华岁月。梁实秋进入清华后，被编入 1923 级，同级中日后声名远播的有孙立人、张治中和吴景超等人。清华校规甚严，稍有差池，不是记过就是开除。作为预备留美的学校，清华重视西学而轻视国语。梁实秋入读清华园时，刚从圣约翰大学毕业的林语堂，受聘为清华中等科的英文教员，教授过他的英文课。国文老师中，徐镜澄的古怪相貌、微醉后一边吸溜鼻涕一边在黑板上写作文题，学生捣乱后勃然大怒的形象，时隔半个世纪后，梁实秋仍然记忆犹新。

　　五四洪流中，性情温和的梁实秋，远不如高年级的闻一多、潘光旦、罗隆基和吴泽霖等人激进。然而五四爱国运动却刺激了他对传统礼教的反叛和对新知识求知的欲望。他如饥似渴地阅读新文学书刊，涉猎国外流传进来的各种现代思潮。在这些广泛阅读的书籍中，《水浒传》和《胡适文存》对他影响最大。

前者使出身于中等之家的他，认识到了人间的不平；后者使他学会了独立思考，形成严肃认真的治学态度。他最初撰写的诗文，明显地呈现出胡适明白清楚的文风。或许是喜欢胡适在报刊上发表的一些新诗，处于怀春岁月的梁实秋，在1919年初春的散文诗《荷花池畔》里，就倾吐了自己青春期的苦恼。1920年12月5日，他与同级的好友顾毓琇、吴文藻等人组成一个"小说研究社"，共同翻译《短篇小说作法》一书。闻一多对梁实秋等学弟们致力于文学的精神，很是欣赏，建议他们把"小说研究社"改为"清华文学社"，扩大研究范围，梁实秋等人欣然从命。1921年11月20日，清华文学社正式成立，参加者有朱湘、孙大雨、饶孟侃等14人，闻一多为书记，梁实秋为干事。

或许冥冥之中有感应，正当梁实秋做着怀春梦时，父亲好友黄运兴的女儿黄淑贞（湘翘），就挽着她母亲来到梁家提亲，女方是黄淑贞在女高师的莫逆之交——程季淑。1921年秋天的一个周末，从西郊清华园回家过周末的梁实秋，在父亲书房桌上的信封里看见了一张红纸条，上面用恭楷写道："程季淑，安徽绩溪人，年二十岁，一九〇一年二月二十七日寅时生。"当时的习俗，小康之家的子弟多在16岁订亲，而且女方往往大于男方，以便料理家务和早育后代。时年18岁的梁实秋，看到这张纸条后，马上明白这可能是父母为自己选的未婚妻。但他并未像当时的新潮青年，不但没有对父母的包办婚姻产生反感情绪，反而充满着浪漫的好奇。他不便直接询问父母，就去找大姐探听究竟。大姐告诉他，此事是真的，自己还陪母亲到黄家去考察过呢。程季淑虽然不高，可双眼皮大眼睛非常迷人，更可贵的是她举止斯文，知书达礼，母亲和大姐颇为满意。

程季淑（1901-1974），虽出身名门，却远没有梁实秋幸运，际遇要坎坷得多。祖父早年苦读取士，后官至直隶省大名府知府。父亲是家中长子，在北京经营笔墨店程五峰斋。母亲吴氏倍尝操持大家庭家务的艰辛。科举制度废除后，笔墨生意一落千丈，程父被迫到关外为大家庭的生计另谋出路，不幸客死他乡，程季淑时年 9 岁。幼年失怙，孤儿寡母在大家庭的处境日益艰难，母女俩常常如仆人般受叔伯差遣，所食多是残羹剩饭。为了不辍学，她总是克己隐忍，经过自我努力，终于在国立女高师本科毕业后，在同学黄淑贞任校长的女子职业学校谋到了一份工作。

　　梁实秋得知家里为自己相亲的姑娘不错，春心荡漾，殷望着这桩亲事的进一步发展，可左等右盼，双方家人纹丝不动。接受过五四个性解放的他，便想终身大事还须自己做主，于是，直接给程季淑修书一封，派专差送抵女高师，却没有下文。他不免心绪惆怅。这种炽烈的情感没有得到回应的心绪，在情诗《荷花池畔》中弥漫：

> 我底心檀香似的焚着，越焚越炽了；
> 我从了理智底指导，覆上了一层木屑，
> 心火烧得要爆了，也没有一个人知道，
> 只腾冒着浓馥的烟，在空中袅袅。

　　或许正处在"怪黄莺儿作对，怨粉蝶儿成双"（王实甫：《西厢记》21 页，上海古籍出版社，1978 年 12 月）的钟情岁月，大姐对程季淑赞美的形象在他的心里荡起了层层涟漪：

> 她说她是无意，误来拂试了我底心扉，
> 　像天真的小孩践踏了才萌的春草，
> 　但是为什么引动我底悲哀的琴弦，
> 真到而今啊，奏出那恼人伤魄的音调？

（《梁实秋文集》6 卷 27 页）

梁实秋未曾想到，这一曲抒写自己"浪漫的忧郁"的情诗，却得到了好友闻一多的首肯，誉之为"《荷花池畔》底诗人"（闻一多：《红荷之魂（有序）》，《闻一多诗集》105页，四川人民出版社，1984年7月）他更没有想到的是，他将"要坠到人寰底尘埃万丈里去"的初恋情怀，却峰回路转，忽然收到一封匿名英文信，告诉他不要灰心，程季淑现在在女子职业学校教书，可电话联系。

梁实秋喜出望外，马上给程季淑打电话。拿起电话，他便自报家门，程季淑惊诧得一时语塞。更使她为难的是，梁实秋在电话中直截了当地要求与她见面。出于本能，程季淑婉拒，梁实秋则一再坚持，程季淑碍不过情面，勉强答应了。

程季淑"珠圆玉润"的声音，使梁实秋如饮甘露，并生发出对其形象的无限憧憬。掐指挨到周六午后，他如笼中的鸟，飞出了校规森严的清华园。一出学校大门，他就跳上一辆人力车，直奔西直门。刚到站，他又马不停蹄地登上了开往宣武门外珠巢街（今珠朝街）的车。半个多小时后，总算来到了女子职业学校。向看门的老头说明情况后，他被带到一间小会客室等候。程季淑得到门房通报，即与黄淑贞来到会客室，可对于梁实秋而言，或许他的心情过于急切，坐立不安，大有《诗经·邶风》的静女等候恋人的心境，"爱而不见，搔首踟蹰"。正当他思绪百味杂陈时，耳边传来"唧唧哝哝"的笑语声。待他回过神来，黄淑贞和程季淑已站在他面前。黄淑贞大方地给他们介绍后，借故抽身离去，急得程季淑大声直呼："你不要走！你不要走！"

一对陌生又熟悉的青年男女，初次相处一室，不免拘束。互相打量一番后，便寒暄起来。会客室有一小火炉，初冬的午后，阳光倾泻在窗户上，小屋温暖如春。这次大约半个小时的见面，却在彼此的记忆中经久难忘。半个多世纪后，梁实秋在《槐园梦忆》中还清晰地记得程季淑当时乌黑的秀发和朴素的穿着。当天，他一身学生装束，胸前还挂着清华的校徽，脚穿着一双棕色皮鞋。程季淑对此颇为满意，后来，梁实秋还将自己的学生照赠送给程季淑，程季淑一直带在身边。到台湾后，她还将它放大，悬挂在寝室。

　　梁实秋告辞时，不忘约好下次见面的时间和地点。一个星期后，他们又在中央公园见面。在某种程度上，公园都是为男女谈情说爱而修建的。男女约会，自然是男方早到，预先寻觅到偏僻处，然后翘首以盼佳人的到来。有时，他们也在太庙约会，因为那儿清静。特别是太庙进门右手边的一大片柏树林，春暖花开时，成群的灰鹤在树林中穿梭，时而嘹唳鸣叫，时而振羽而飞。程季淑爱鸟，他们常常在柏树边的茶座上，对着灰鹤出神。冬天来临，灰鹤南翔，太庙萧瑟。他们又移至北海约会，漫步在金鳌玉蝀桥上，呢喃而语，浓情蜜意。自然，谈恋爱，看电影是必修课。他们也曾到真光电影院看《三剑客》和《赖婚》等影片。

2．"心里满蓄着甜蜜的希望"

　　当时，男女交往的社会风气远不如现在开放，梁实秋和程季淑每周雷打不动的小聚，并非无拘无束的享受，精神上还要承担很大的风险。一对青年男女每周在公园里约会，"是骇人听闻的事，罪当活埋！"（梁实秋：《槐园梦忆》，《梁实秋文集》3卷528页）所以，他们在公园里并肩散步时，既要承受一些路人的指指点点，又要时时提防双方家人发现。正因为如此，程季淑绝不允许梁实秋到她家里去，甚至也不允许把信寄到她家里来。所幸，程季淑的母亲爱女心切，知道女儿在与梁实秋约会后，非但没有责怪，反而还殷殷垂询、鼓励，只是时时告诫她要慎之又慎，千万别让叔父们知道了。梁实秋的父母虽然较为开明，但也没有达到容忍他们大庭广众之下谈情说爱的程度。梁家的唯一知情人是梁实秋的三妹梁绣玉（亚紫），她与程季淑相好，还合影留念。有一次，她当众叫程季淑二嫂，窘得程季淑无地自容。程季淑告诉梁实秋时，梁实秋心中暗喜。

　　梁实秋和程季淑定期约会的地点是社稷坛（1928年后改名中山公园）的

四宜轩。在这里，他们"初次坦示了彼此的爱"，终生难忘。四宜轩四季皆宜，游人稀少，是一个恋人约会的天堂。他们相爱后，好友黄淑贞才告诉梁，前次叫他给程打电话联系的匿名信是她所为，梁实秋很是感激，时不时地邀请她一同玩耍。事有凑巧，1922 年夏季的某一天，他们三人在四宜轩前面平地的茶座休息。梁实秋无意间发现父亲和他的朋友也在不远处喝茶。他本想避开，不料父亲早已看见。正当他不知如何是好时，父亲径直走来，梁实秋只好起身将二位小姐介绍给他。程季淑的表现非常得体。梁实秋的父亲代他付了茶钱后随即离开。他惴惴不安地回到家里，父亲问他，他们三人是不是常常在一起玩？梁实秋回答道，黄淑贞是偶然邀请而来。父亲接着说："程小姐很秀气，风度也很好。"从此以后，父亲不时给梁实秋零花钱，他推辞，父亲说："你现在需要钱用。"父亲的爱子之心，使梁实秋非常感动。事隔多年，他还对此心存感念。

1922 年夏，程季淑辞去女子职业学校教职，回到母校女高师附属小学任教。女高师附属小学在石驸马大街，离清华园较近，梁实秋常常到附小去接她一同出游。去的次数多了，传达室工友的脸色，渐露不爽。聪明的他赶紧送上银饼一枚。自此以后，工友笑脸相迎。女为悦己者容，每当梁实秋在附小会客室的鸳鸯椅上等候程季淑时，她总是要盛妆才出，害得梁实秋在此左顾右盼，心急如焚。程季淑精心修饰打扮前去会男友，在她班上的学生中已是公开的秘密。抗战爆发后，梁实秋在天津罗努生（隆基）的寓中下榻时，女主人王右家才恍然大悟，昔日老师程季淑穿着高跟鞋匆忙前去约会的男友，原来竟是丈夫的好友梁实秋。

20 世纪 20 年代，白话新诗盛行于世。爱好文学的梁实秋，在与程季淑相爱期间，把自己的思念和爱都寄予在白话新诗的创作中。这些抒写青春期浪漫情怀的诗篇前前后后写有三十多首。在父亲和好友闻一多的鼓励下，他将其结集为《荷花池畔》，打算交上海泰东书局出版。闻一多对他的诗才颇为赞赏，称其为"中国的李商隐"与"英国的济慈"，甚至热切地希望将他的《荷花池畔》与自己的《红烛》一同出版。1922 年 7 月，闻一多留美后，还不时来信催促，并为《荷花池畔》设计了封面并写好了序言。不知何因，梁实秋突然取消了出版这部诗集的计划。闻一多感到极大的失望，他在给梁实秋的信中悲叹道："《荷花池畔》千呼万唤还不肯出来，我也没有法子。但《红烛》恐怕要叹着'唇亡齿寒'之苦罢！"（《闻一多选集》二卷 687 页，四川文艺出版社，1987年 6 月）。在白话新诗筚路蓝缕的开拓时期，《荷花池畔》未能面世，不能不说是一个遗憾，它使中国新诗坛失去了一位颇有才华的诗人。

　　所幸，梁实秋的这些诗篇大多在刊物上发表过，我们如今才得以窥见全貌。在这些诗篇中，最好的诗无不是因情而起，因情而写，有些更是为程季淑写的情诗。程季淑擅长女红，心灵手巧。她与梁实秋相爱后，只有周末才能相见，思念之情常常萦绕于心，挥之不去。多情的她，在课余用一块雪白的绸子给梁实秋缝制了一个枕套。"她用抽丝的方法在一边挖了一朵一朵的小花，然后挖出一串小孔穿进一根绿缎带，缎带再打出一个同心结。"表明自己与心爱的人一生一世，永不分离。梁实秋收到枕套后，非常感动。长夜难眠，枕着心爱的人儿一针一线织就的枕套，思念之情油然而生。可与自己心有灵犀的恋人，却惮于环境的压力，不能日日相见，一份惆怅萦绕脑际，弥漫开来：

吾爱啊！
你怎又推荐那孤零的枕儿，
伴着我眠，偎着我的脸？

醒后的悲哀啊！
梦里的甜蜜啊！

我怨雀儿，
雀儿还在檐下蜷伏着呢！

它不能唤我醒——

它怎肯抛弃了他的甜梦呢？

吾爱啊！

对这得而复失馈礼，

我将怎样的怨艾呢？

对这缥缈浓甜的记忆，

我将怎样的咀嚼哟！

孤零的枕儿啊！

想着梦里的她，

舍不得不偎着你；

她的脸儿是我的花，

我把泪来浇你！

（梁实秋：《梦后》，《梁实秋文集》6 卷 24 页）

　　热恋中的恋人恨不得时时相聚，刻刻相依。即或是为了学习、工作不能朝夕相处，至少也能想见时就能前往，寂寞时来到眼前。可身处清华园的梁实秋，介于严格的校规，只有周末才能跨出校门与恋人相见。七天的间隔，一场大雪业已消融，可前一次相见时，留在"手上的温存，却还一些儿也没有消灭"。然而，因爱而生的顾虑和担心却不请自来，梁实秋在《怀》中，依然呼喊道："爱人啊，别要忘我！"（《梁实秋文集》6 卷 37 页）不久，程季淑又赠送他一方丝帕，他在感动之余又诗兴大发，写下了一首情韵更浓郁的《答赠丝帕的女郎》。诗中写道：

那斑斓的痕迹，

是我的泪痕

还是你的?

早片片的综错吻合了,

又何须辨识!

吾爱!

我要寄回你的丝帕,

让它满载着香吻, 回来,

重新把我的唇儿温过!

我的心啊!

若终于哇的一声呕出,

这块丝帕,

便是你的棺椁!

帕上怎有这般香气,

沁人鼻脾?

不是花香,

不是露香,

是吾爱遗下的呼息。

灵魂脱离躯壳的时候,

我愿裹在帕里

钻在丝纹的隙缝里!

（《梁实秋文集》6 卷 39 页）

梁实秋与程季淑的感情日深, 互赠信物, 日夜思念。可碍于环境, 两人仍保持君子风范，没有恋人间的亲昵举动。梁实秋心中的热吻，也仅仅在想象之中。他在《赠》中写道："我想在你卷发覆着的额上／栽下一颗热烈的接吻，／但是再想啊，唉！我不该再想！／又怕热烈的接吻烧毁了你的灵魂！"既然如此，还是"让我们平行的爱，继续添长，／终由上帝缩成一个结套！"男女恋爱是由约会组成的，与心爱人儿在公园见面，是人生最浪漫的事。尤其是当爱情受阻时，与情人相约见面，更是朝思暮渴，急不可待。每每男方提前到达约会地点，却不见女方踪影，免不了左等右盼，搔首踟蹰。要是那个令人心颤的人儿仍杳如黄鹤，便会生出无数个猜想，结果仍然是满怀怅惘而归。后来，恋人告知自己，因事耽搁，待她心急火燎赶到时，自己却已走了，这个悔啊，往往会铭记终生。梁实秋在《槐园梦忆》中就记载了此种情形。一次闲聊，他将此事告知闻一多，闻一多责怪他不该早回：你不知道尾生的故事吗？（《庄子·盗跖篇》："尾生与女子期于梁下，女子不来，水至不去，抱梁柱而死。"）为人一定要一诺千金。梁实秋受此触动，写下长诗《尾生之死》，表达自己对爱情的忠贞。

3. "爱人啊！别要忘我！"

恋爱中的岁月总是在不经意间流失，转瞬间就到了 1923 年 6 月，梁实秋从清华毕业。毕业前夕，顾毓琇赶编了一出新戏《张约翰》。剧中人物只有两个女性，由梁实秋和吴文藻男扮女装饰演。程季淑知道后，亲手为他缝制戏服。新戏上演前夕，梁实秋邀请程季淑来清华观戏，为避闲言，程季淑邀好友黄淑贞作陪。戏后，梁实秋问她自己表演如何？程季淑说，她怕别人看她，不敢仰视。

程季淑在女高师附小任教时，就承担起了负担母亲和弟弟程道宽的生活费和学费。为此，她在课余还去两个家馆兼课。程道宽在师大附中毕业后，考取了邮局服务生，因积劳成疾，患上了肺结核。叔父们却为了提携侄辈的"责任"，强迫他早日成家。程道宽怯懦，与李氏奉命成婚。不久，李氏也染上结核病，夫妻俩相继而亡。程季淑也因长期与梁实秋在学校会客室相会，招致同事忌恨，向校长告状，说她败坏了纲常。校长头脑守旧，也认为如此大胆的恋爱，有损师道尊严，便在1923年夏天不再发聘书给她。程季淑为恋爱而丢掉了饭碗，可她对梁实秋毫无怨尤。当梁实秋为此自责时，她还安慰他说，借此闲暇可以实现自己报考国立美术专科学校学习国画的夙愿。至于生计，靠给两个家馆的授课收入，完全可以应付。梁实秋为此特别感动，对她的爱里增添了敬重。

　　按清华规定，梁实秋结束八年的清华生活后，将到美国留学五年。但他认为，中国文学的丰富不在任何国家之下，无意留美。当然，更主要的是不想离开程季淑。所以，这期间，他的心绪纷乱，陷入困惑。程季淑同样难以割舍梁实秋，但她识大体、明事理，坚决支持梁实秋出国留学。走前，两人相约，待梁实秋留学期满后，即回国完婚。

　　离别本是伤心事，更何况是恋人之间长时间的远隔千山万水。离别前夕，梁实秋心绪不宁，愁绪满怀。思来想去，他买了一只表，在临别时，亲手给程季淑戴上。程季淑则把千万般柔情，融入自绣的《平湖秋月图》里。梁实秋珍爱有加，不仅将之带到美国，配以框子，悬于卧室，而且携带身边，长达半个多世纪。千叮咛万嘱咐的话语，仍然不足以表现两人的不舍之情。梁实秋请程季淑在劝业场三楼玉楼春吃饭。他在点了两个菜后，力邀程季淑点菜。程季淑随口点了个"两做鱼"，饭店投其所好，选了一条一尺半长的活鱼，半烧半炸，装了整整两大盘子，端上桌来，他们见后，面面相觑。后来，女儿文蔷还经常以此和母亲打趣。

　　梁实秋临行的前一天，程季淑在北京中山公园的来今雨轩为他饯行。当天冷风凄清，雨停后的公园，虽然景象清新，花草芳香扑鼻，他们缓步其中，却相对无语，怅惘若失。程季淑打破僵局，提议到影戏院看电影，可影戏院的观众寥若晨星。影片的画面在他们眼前晃动，他们不知所以，心中满是离别不舍的惆怅。出了影戏院，细雨蒙蒙。他们来到餐馆，不喝酒的程季淑要了一瓶红

葡萄酒。两人举杯时，已是泪流满面。这场景，连捧盘而立的餐馆侍者都诧异
不已。随后，两人依依惜别，执手相看，无语凝噎！

梁实秋途经上海到美国时，创造社的朋友来看他，约他为《创造周报》撰
稿。与程季淑离别的情景，挥之不去，他一气呵成《凄风苦雨》。这篇纪实性
的小说，完全是程季淑为他"饯行时的忠实纪录，文中的陈淑即是程季淑"。
（《梁实秋文集》3 卷 537 页）

1923 年 8 月，梁实秋与清华学校的六十多名同学在上海浦东码头登上了
美国的远洋客轮"杰克逊号"，前往美国留学，从此拉开了他与程季淑三年别
离的序幕。在船上，梁实秋通过许地山的介绍，与冰心等人结识。因志趣相
投，他们共同创办了一份名为《海啸》的纯文学性质的壁报。渐行渐远，思念
之心并未减少。梁实秋不仅在《海啸》等诗中抒写了自己对恋人的思念，而且
还向初识的冰心言及了自己对女友的不舍：在上海与她分手时，自己还失控地
放声大哭。

9 月 1 日，梁实秋抵达美国西雅图，随即前往科罗拉多大学上学。很多中
国留学生来此不久，便结伴相恋，应对孤独。但梁实秋心中只有程季淑，每当
面对她馈赠的丝帕和打着同心结的枕套，就无心游乐，读书也提不起兴致，满
门心思托付在信中。因当时通信全靠船运，一封信要十多天才能到达。为了及
时收到恋人的情书，他们几乎每天都给对方写信，用蝇头细楷，一张信笺的两
面都写满了相思和祝福。收到对方来信后，都要细读大半天，浓郁的思念之情
尽呈信纸间。他们分别的三年间，通信数百封，各积得一大包。程季淑将之收
藏在一个首饰匣子里，一日忘了上锁，同事小方出于好奇，打开便读，还挑了
几封带去。事后，当着程季淑的面背诵其中的几段，窘得她无地自容，几次索
要，方才归还。遗憾的是，1948 年冬，他们离开北平时将这些情书付之一炬，
这段浪漫的爱情岁月只留存在他们的记忆里。

梁实秋从程季淑的来信中知道了她已顺利考入国立美术专科学校，学习西

洋画，在素描上耗时颇多，先临摹石膏像，后画裸体模特。他支持恋人学习绘画，精心挑选木炭和橡皮等绘画用具寄给她。程季淑每画一张画都要写信告诉他，与他共同分享创作的喜悦。两个月后，程季淑的叔伯们将她许配给某部的一名科员，发生这种情形是他们预料之中的事。按事先商量的方法，程季淑告之黄淑贞，请黄家出面通告梁实秋父母，由梁家出面正式做媒。同时，程季淑自己去恳请开明的八叔，支持她自主择婚。八叔了解她的意愿后，应诺三年后待梁实秋回来再言婚事。两人分别一年后，因国立八校教职员的讨薪风潮，美专奉令停办，程季淑在画了一年素描后失学。不久，她受聘于熊希龄夫人主持的香山慈幼院。她在香山任教两年，待遇不错，风景又美，日子过得轻松而惬意。

　　梁实秋到科罗拉多大学后，进入英语系四年级学习。主选了"近代诗""丁尼孙与勃朗宁"等课程，从而开始了对英美文学，特别是现代英美诗的学习研究。科大地处科罗拉多温泉，风景迷人，是著名的避暑胜地。因好友闻一多在同校学习美术，他们便常常聚在一起探讨艺术、生活，也时不时地结伴出游。在一次游山玩水中，刚学会开车的梁实秋租车和闻一多去游曼尼图公园，在陡峭的山路上因操作失误，汽车滑向山涧，多亏两棵松树夹住才幸免于难。外出留学的岁月，梁实秋也感受到了经济困境的窘迫和民族偏见带来的屈辱。1924年夏，他从科大毕业到哈佛大学研究院攻读硕士学位，闻一多到纽约艺术学院学习。他们东去途中在芝加哥，与清华同学共同发起了一个以国家主义为宗旨的团体——大江会。随后，梁实秋来到马萨诸塞州的剑桥，开始师从白璧德系统研究新人文主义的文学理论与批评，由此奠定他"以自我克制"为特征的人生观（新人文主义）和主张智慧、理念和典雅的文艺观（新古典主义）的基础。他为人论文，唯以理制欲的"人性论"是瞻，毁誉皆源于此。

　　1925年，剑桥中国学生会为招待外国师友，弘扬中华民族的传统文化，顾毓琇将高明的《琵琶记》改编成适合美国演出的剧本，梁实秋将其译成英文彩排上演。在戏中，男女主人公蔡中郎、赵五娘分别由梁实秋和冰心好友谢文秋扮演。青年男女在一起彩排，不免谑浪，梁实秋对谢文秋产生了好感，可她属意的却是在西点军校留学的朱世明。谢文秋和朱世明订婚后，在戏中饰演宰相之女的冰心便调侃梁实秋："朱门一入深似海，从此秋郎是路人。""秋郎"的雅号由此面世。（梁实秋：《忆冰心》，《雅舍闲翁》252 页，东方出版中心，1998年 10 月）1926 年夏，梁实秋在哥伦比亚大学获文学硕士学位。

按照清华官费留学的惯例，学制五年，满三年后即可回国实习。梁实秋一拿到文凭，就起程乘坐"麦金莱总统"号回国。7 月间，抵上海，即快信告之程季淑，叫她来天津相见。程季淑碍于名分未定，未曾来津，梁实秋知情后反而对她肃然起敬。在回北京之前，梁实秋南下南京，因持有梅光迪的介绍信，他先找到在国立东南大学的胡先骕，由其举荐，被聘为该校教授。拿到聘书，他随即返回北京。见到了心爱的恋人。四目相对，未语凝噎，三年的分别，朝夕的思念，如今化为关心的话语："华，你好像瘦了一些。"为伊消得人憔悴，在梁实秋的眼中，程季淑也憔悴不堪。

4. "凡是妆娘没有不美的"

梁实秋回到北京后，与程季淑商量在寒假操办婚礼。因有人向香山慈幼院报告程季淑即将结婚，她又不愿在家闲待半年，便应三十六小校长孙亦云之聘，在该校任教半年。梁实秋租车到香山去搬她的行李。两人借此畅游香山风光，登"鬼见愁"，览玉泉山，尽一日之欢。随后，他们的约会都在三十六小。情人怨时短，转瞬间，暑假结束，梁实秋到南京授课，与余上沅、陈衡粹夫妇毗邻而居。待租住的房屋收拾停当，他立即给程季淑写信说："新房布置一切俱全，只欠新娘。"程季淑知道他的房里没有暖气，便用蓝色毛绳线给他织了一条内裤寄来。"一排四颗黑扣子，上面的图案是双喜字。"梁实秋穿在身上，喜上心头，一直穿了几十年。程季淑一边教学，一边用自己的六年积蓄，置办妆奁，装了整整四大楠木箱。

　　1927 年 2 月 11 日，梁实秋与程季淑在北京南河沿欧美同学会举行婚礼。婚前梁家将传家之宝玉如意交给媒人，送往程家作为过礼。按婚俗，新娘子的服装照例要由男方准备。梁母便根据程家提供的尺寸，为她选购了两套的衣料。一套粉红色缎子做的上衣和裙子，用于婚礼时穿；一套蓝缎上衣、红缎裙子则用于第二天回门时穿。两套都定制绣花。考虑到天冷，梁母又为她添了两块小白狐皮。棉被由梁实秋大姐负责缝制。她在两床被面的四角缝，缝进了干枣、花生、桂圆和栗子，以喻"早生贵子"。程季淑预备了一对白缎子枕套，并亲手将红玫瑰绣在角上，梁实秋珍爱有加，保留了一辈子。此外，程季淑还制了一个金质的项链，坠着一个心形的小盒，刻着她和梁实秋的名字。因婚后，他们要到南京去，所以，一切从简。结婚那天，天放晴而冷风习习。证婚人由年高有德的山水画家贺履之担任，主婚人是梁父和程季淑的四叔程梓琴。男傧相是梁实秋的同学张心一、张禹九；女傧相是程季淑的孪生同学冯棠、冯棣。婚礼在午后四时举行，因事先未备红帖，程家不肯开门放人，后经梁父电话指示临时补办了才过关。待彩车到达欧美同学会时，已是华灯初现的傍晚时分了。

　　娇小玲珑的新娘由女傧相搀扶着缓缓步入礼堂，望穿秋水的新郎陶醉了，大脑中溢满了幸福，连戒指掉了也茫然不知。贤惠的程季淑不但没有责怪他，反而安慰他没关系。婚礼后，即就餐。祝酒声中，新婚夫妇早已醉眼蒙眬。在众人的簇拥下回到家中，已近午夜。媒人眼看时间不早，好说歹劝，来宾总算散尽。夫妻两方才有暇双双下跪向父母请安，父母发话："现在不早了，大家睡去吧。"

　　当梁实秋在似梦非梦中，疑心睡在身边的人是不是真的时，程季淑已起床更衣，打扮一新，且向父母泡好了两杯新沏的盖碗茶敬上。早餐后，全家人聚在上房，程季淑向大家分发开箱礼，众皆喜笑颜开，梁实秋伫立在旁，袖手旁观，还以"差自己一份"相戏谑，惹得大家哄堂大笑。接着，他们到程家"回门"。进门先拜祭程家祖先，接着拜见家中长辈，与平辈鞠躬打招呼。随后程家盛筵款待，可程季淑却不见了踪影。后来，梁实秋才知道，回门的筵席以男性为限。

或许是繁文缛节抑或生活过度紧张，第三天，程季淑就病倒了，腹泻。所幸卧床两天就好了。因时局变化，北伐军进逼南京。婚后半个月，梁父即叫他们赶快素装南行。于是，他们乘坐津浦路二等车南下，因男女分座，梁实秋常常到程季淑的车厢去探望她。程季淑下铺的吴太太知道他们是新婚，在渡江到下关时，友好地邀请他们乘坐来接自己的马车到蓁巷。因此时的南京混乱不堪，散兵游勇满街跑。夫妻俩在蓁巷住了五天后，在朋友李辉光等人的帮助下，被迫远离煞费苦心经营的新居，与新婚的余上沅夫妇一同乘坐马车到上海暂避。

抵沪后，梁实秋夫妇先暂住程季淑大姑二女婿的房子。半个月后，租住在爱文义路（今北京西路）众福里的一栋鸽子笼似的房间。梁实秋在《住一楼一底房者的悲哀》中无不调侃地记述道，房子像从一个模型里铸造出来的，式样大小，完全一律。以一楼一底为限，两扇大门方方正正。人多嘈杂，家长里短之声，此起彼伏，早晚不停，几近于贫民窟。然而，有爱的家就溢满了快乐与幸福。承蒙张禹九的推荐，梁实秋临时在《时事新报》编辑副刊《青光》，程季淑则在家料理家务。夫妻情深，朝夕相盼。程季淑甚至能分辨出丈夫匆忙回家跨的几级楼梯。对亲戚朋友的光顾，她总是力尽地主之谊。她小时不曾烹饪过，有一次婆母回杭州娘家路过上海时，她在煮饭时因加水过多，煮成了粥，急得大哭一场。经此失败的刺激，她悉心研究烹饪技艺，成为一个烹饪高手。

婚后不久，程季淑就怀孕了，妊娠反应强烈，常常恶心呕吐。1927 年 12 月 1 日，两人的爱情结晶文茜出生。因产科医生延误，程季淑的身体三个月后才恢复。她本打算外出谋业，因要照料丈夫和孩子，只好作罢。

　　梁实秋在暨大任教时，还在复旦、光华兼课。经济宽裕后，他们搬到了条件较好的赫德路（今常德路）安庆坊二楼二底的房子居住。房子临街，电车稀里哗啦的震动声，终日不休。因梁实秋的内弟夫妻相继而殁，为了安慰岳母，他们曾回北平将岳母接来上海同住。不久，程季淑又生了二女儿（三岁时天折），身体十分虚弱，幸有母亲照料，身体得以康复。不久，梁父游杭州，途经上海，来看望他们。梁父洗脚要用大盆，喝茶要用盖碗，程季淑总是竭尽全力照顾好他的饮食起居，赢得了梁父的称赞。

　　到上海第三年，梁实秋搬到爱多亚路（今延安东路）1014弄的一栋三楼的房子居住。这里的居住条件较好，生活设施一应俱全。1930年4月16日，他们唯一的儿子文骐出生。程季淑的家务负担更重，三个孩子的穿戴就够她操心的了。她剪掉长发，买来缝纫机，亲自缝制一家人的衣服。此时，梁实秋在光华、中国公学两处兼课，住处和两处学校是一个大三角。他每天黎明即起，傍晚才归。虽然家里请有厨师，程季淑仍不放心，总是陪着他吃完早点，送他上了电车方归。

　　1930年中秋节前后的某一天，徐志摩匆匆前来，贴着梁实秋的耳朵悄悄地说："胡大哥（指胡适）请吃花酒，要我邀你去捧捧场。你能不能去，先去和尊夫人商量一下，若不准你去就算了。"梁实秋听后问他要不要叫上努生（即罗隆基）。当时罗隆基和夫人张舜琴与梁实秋毗邻而居。他们夫妻常常争吵、打斗，有时甚至闹至半夜。张舜琴多次哭着跑到梁家诉苦。程季淑疑惑夫妻何至如此，唏嘘感叹之余，总是好言相劝，并送她回去。罗隆基夫妻勃谿，在朋友间已不是秘密。徐志摩闻言，马上说："我可不敢，河东狮子吼，要天翻地覆，惹不起。"于是，梁实秋便上楼告知妻子。程季淑满口答应，笑嘻嘻地说："你去嘛，见识见识。喂，什么时候回来？"梁实秋立即说："当然是，吃完饭就回来。"由此可见，他们夫妻之间的关系，是何等的相互信任，琴瑟和鸣。

　　胡适向来为人豪爽，喜欢结交朋友，有"胡大哥"之美誉。平日应酬也未能免俗。这次，他做东摆了一桌酒席。客人入席后，即叫大家各自写字条召唤平素跟自己相好的姑娘来陪酒。他首先叫了一位名曰"抱月"的姑娘，徐志摩、唐腴胪、陆仲安都叫了各自要好的姑娘来侑酒。因梁实秋无此嗜好，初经烟花场所，没有要好的陪酒姑娘，一时不知所措。善解人意的胡适便说，由我代他约一位吧。于是，就叫来一位坐在他的身后。梁实秋如芒在背，浑身不适。一到饭局结束，便推脱余下的牌局安排，立即告辞回家。回到家里，程季淑问他感想如何？他回答："买笑是痛苦的经验，因为侮辱女性，亦即是侮辱人性，亦即是侮辱自己。"

　　在上海任教期间，梁实秋声名远播又和蔼可亲，对其陡生暗恋的女生不计其数，他始终坦荡相待，不留余地。一个女学生遭其拒绝后"涉想成病"，找沪上"交际博士"黄警顽做媒之说，甚嚣尘上。不明真相的徐志摩道听途说后还来电兴师问罪，结果自己反而被人斥为"儇薄轻佻"。几十年后，梁实秋还撰文为之辩诬。他始终认为："男女之事若没有真的情感在内，是丑恶的。"（梁实秋：《槐园梦忆》，《梁实秋文集》3卷560页）这既是梁实秋的为人原则，也是他对妻子忠诚的表现。据其自述，吃花酒这种事，他一生中仅此一回。

5. "和谐的家室，空气不需要换"

　　梁实秋在上海因文学观念与"左翼仁兄"展开的笔战，使他心力交瘁，萌生退意，专事文学活动。恰逢此时，杨金甫（即杨振声）到上海为青岛大学揽才，他和闻一多经过实地"半日游览"和"一席饮宴"的考察后，颇为满意，愉快地接受了主持青岛大学外文系和国文系的聘书。1930年暑期刚过，梁实秋就携妻子和两个女儿前往青岛大学任教。甫抵风景如画的青岛，就受到闻一多的热情接待，雇马车带他们一家环游市区一周。程季淑对青岛的清洁和气候非常喜欢。在汇泉海滩附近的鱼山路四号租到一栋房子后，他们一家即回北平看望父母。返回青岛后，每当课余，梁实秋总会和妻子带着孩子们到汇泉海滩游玩。孩子们兴致勃勃地掘沙，夫妻俩怡然自得地并卧在沙滩上晒太阳。有时，他们也会坐车到栈桥，走上伸入海中的栈道，在亭子里乘凉，到海滨公园的乱石缝隙里寻找小蟹和水母。春暖花开时，公园里樱花盛开，异常美丽，程季淑常常流连忘返。不久，梁实秋受校方之命前往上海为学校图书馆购书。借此机会，他为妻子买了一件黑绒镶红边的背心，套在旗袍外面，程季淑非常喜欢。

梁实秋虽然秉承古典的爱情理念，不为时尚的社会风气所惑，但树欲静而风不止。当时，好友们都不愿把家眷带在身边，图个自由自在。而魅力无限的"莎乐美"——俞珊——的到来，更是搅动了青岛大学一池春水。

俞珊（1908-1968）家世显赫，祖父俞明震曾任南京江南水师学堂督办（即校长），是鲁迅的恩师；叔祖母是曾国藩的孙女；其弟俞启威（改名黄敬）曾与江青同居。俞珊年少时就读于天津南开女中，后入上海国立音乐学院，20世纪20年代中期毕业于南京金陵大学，精通英语、热爱戏剧。1929年夏天，田汉到金陵大学导演《湖上的悲剧》，邀请容貌姣好的她主演英国作家王尔德名剧《莎乐美》。俞珊在剧中因塑造了一位求爱不得，便割下所爱者头颅，捧着亲吻的犹太公主形象而一举成名。随后出演《卡门》的主角，更是声名远播。俞珊性格开朗，美丽袭人，对文人学士的诱惑是致命的。早在南国时期，徐志摩一度为其痴迷，陆小曼对此强烈不满，两人常常为之争吵。徐志摩对陆小曼说："你要我不接近俞珊很容易，但你也管着点俞珊呀！"陆小曼回答说："俞珊是只茶杯，茶杯是没法儿拒绝人家不斟茶的，而你是牙刷，牙刷就只许一个人用，你听见过有和人共享牙刷的吗？"（参见虞新华：《武进掌故》（上）280页，中国文史出版社，2000年12月）在徐志摩引见下，梁实秋与俞珊相识，顿生好感。他到青岛后，还常常给上海的徐志摩写信，垂询患伤寒的俞珊的境况。俞珊闻讯，甚为感动，病愈后，便来到梁实秋任图书馆馆长的青岛大学“追随请益”。俞珊的到来，仿佛在静如湖面的青岛大学，投入了一块巨石，掀起了层层波澜，使一群知名教授理不制情、春心萌动，上演了许许多多的“艳闻”。

校长赵太侔（1889-1968），为了追求19岁的俞珊，休掉了结发妻子，于1933年底与之结合。闻一多也因她而把眷属送回了老家。正因为“在情感上吹起了一点涟漪”（梁实秋：《谈闻一多》，《梁实秋文集》2集544页），而写下了“回肠荡气”的封笔之作《奇迹》。徐志摩知道后，在青岛还当面“警告过俞珊，要她约束自己”（金介甫：《凤凰之子：沈从文传》331页，光明日报出版社，2004年4月）。徐志摩在给陆小曼的情书中写道：“星四下午又见杨今甫，听了不少关于俞珊的话。好一位小姐，差些一个大学都被她闹散了。梁实秋也有不少丑态，想起来还算咱们露脸，至少不曾闹什么话柄。夫人！你的大度是最可佩服的。”（徐志摩：《爱眉小扎》133页，经济日报出版社，2000年3月）徐志摩的说法，是否可信，没有旁证。但至少可以说明，梁实秋对俞珊的着迷是无疑的，只是因其理性的性格，加上妻子的贤淑，才使他们的关系仅止于此。杨振声就曾劝他，暑假不妨一个人在外面跑跑，换换空气。梁实秋回答：“和谐的家室，空气不需要换。”（梁实秋：《槐园梦忆》，《梁实秋文集》3卷561页）

梁实秋的父亲慕青岛名胜，前来看望他们，程季淑购两尺长的鲥鱼孝敬，梁实秋还将张道藩送的茅台酒拿出佐酒，梁父甚为欣慰。他在与梁实秋私下交谈时，流露出暮年之感，并交代身后之事。程季淑知道后，一语点醒梦中人，说梁父希望他们回北平同住。1931年，他们搬到鱼山路七号，房东是山东人王德溥，为人忠厚朴实。他遵照梁实秋的要求，在院里栽种了六棵樱花树、四棵苹果树和两株西府海棠。第二年，院里繁花盛开，硕果累累，好不喜人。因程季淑体弱，1932年夏天第四次怀孕后，妊娠反应强烈，其母由其表弟刘春霖护送来青岛照顾。1933年2月25日梁文蔷出生后不久，四个孩子同时感染上猩红热，二女不幸夭折，程季淑伤心欲绝。

　　梁实秋是典型的中国文人，珍视友情，常常与杨振声、赵太侔、闻一多、陈季超、刘康甫、黄际遇等七人在顺心楼或厚德福畅饮。后经闻一多提议，女诗人方令孺（1897–1976）加入，遂凑成"酒中八仙"。他们时不时聚在一起，谈诗论道，一醉方休。作为唯一的女性方令孺，她不胜酒力，一沾酒就面露微醺，觥筹交错中常常面红耳赤、娇媚动人。同为新月社成员，梁实秋和方令孺，关系甚为融洽。在青岛期间，校长杨振声对梁实秋的器重，使他在知恩图报的同时，又萌生了"学而优则仕"的想法；而程季淑则性喜平淡，不求闻达，只希望他能安心学问。面对妻子的规劝，梁不以为然，认为她不了解社会情形，过于保守。

　　在1930年至1932年青岛大学发生的三次学潮中，梁实秋的书生意气，不仅使他自己心绪不快，而且还遭人诟病。青岛大学的第一次学潮发生在创建之初，学校发现有些学生用假文凭报考，按章程这些学生要被开除，结果遭到学生罢课抗议。在与学生交涉中，身为学校领导组成员的梁实秋，自然要站在校方立场，为校方说话；第二次学潮发生在"九一八"事变后，青岛大学生不顾教育部指令，矢志到南京请愿，梁实秋在校务会上支持态度强硬的闻一多，开除为首的学生；第三次学潮是1932年4月，青岛大学学生为抵制"学分淘汰制"再次罢课，并指责学校图书馆购书只购新月同人的书籍。校方实际负责人闻一多和梁实秋力主开除九个罢课的学生代表，由此激怒了学生。他们到处散发传单，要求驱逐教务长赵太侔、图书馆馆长梁实秋和文学院院长闻一多，全国教育界为之哗然。最后教育部只好解散青岛大学改组为山东大学，由赵太侔任校长。梁实秋受此变故，便对入世看淡了，致力于学问。恰好此时，任职中华教育文化基金董事会的胡适，约请他和闻一多、徐志摩、陈西滢、叶公超等人共同翻译《莎士比亚全集》。梁实秋在教学之余，便把精力投入到文学翻译上来。在妻子的大力支持下，他开始了《莎士比亚全集》的翻译工作。

在其他四人因故放弃后，梁实秋克服了难以想象的困难，耗时 37 年，终以一人之力译完了 40 册的《莎士比亚全集》。除此以外，他还抽空翻译了《西塞罗文录》《织工马南传》等西方文学名著，主编天津《益世报》的文艺副刊。此外，在 1934 年，梁实秋还在南京中正书局出版了《文艺批评论》和《偏见集》，较为全面地展示了他对西方文艺批评的见地和对"人性论"的理论阐述。这些彰显梁实秋文艺批评成就的著述，无不得力于妻子的全力支持。程季淑温顺贤惠，知书达礼，以做家务为乐，招待宾客为喜。在生活上不让丈夫操一点心，无论是亲戚前来，还是朋友抑或学生上门，她总是笑脸相迎，并竭尽所能，烹饪美食，盛情款待，没有丝毫怨尤！这或许是梁实秋能克服庸常的夫妻生活，在激情减退后，致力于学问的潜在原因。

1934 年 4 月，胡适两次来信力邀梁实秋到北大任教，以便帮他能与闻一多、杨振声等人"在北大养成一个健全的文学中心"（胡适 1934 年 4 月 26 日给梁实秋的信中语，转引自宋益乔：《梁实秋传》，百花文艺出版社，2005 年 5 月）。梁实秋思虑再三，为兼顾陪伴父母和自我发展计，接受了北大的聘书。同年 7 月，他结束了四年的青岛之旅，携眷回到北平。父母看到梁实秋一家人回来，很是高兴，便决定从大取灯胡同一号迁居到昔日居住的老屋——内务部街 20 号。因母亲年逾花甲，便由程季淑指挥全家人搬家，"破家值万贯"，其中的辛苦自不待言。母亲忌讳梨离同音，将垂花门外的一棵茂盛的梨树砍倒，程季淑心有戚然多日，在梁实秋的劝导下，买来四株西府海棠种上。同时，在梁实秋所住的西院又种上四棵紫丁香。丁香花开时节，香气扑鼻，引来蜂蝶无数。在前院，程季淑还精心培育原已奄奄一息的芍药，使之来春新芽茁发。在梁实秋的书房檐下，她又种了一池玉簪，每当秋季抽蕊开花时，色白如玉，芳香四溢。

自此，程季淑从婆母手中接过全部家政。内务部街 20 号的老屋，房间众多，又是三代同堂，加上佣工，人口不少。大家庭的礼节繁多，家庭琐事没完没了，她以隐忍之心将其料理得井井有条，全家人无不信服。正因为如此，梁实秋才能在教书之余安心翻译写稿。他们夫妻相契的风景定格在梁实秋的记忆里。每当丈夫执笔案头，妻子会悄悄地将茶递上。如有惊动，丈夫停笔搭话，妻子就督促其继续工作。就寝前，妻子会问丈夫写了多少字，如闻有三千多字时，她就会翘指相赞。妻子虽然不看丈夫译的稿子，但她喜欢知道丈夫译的是什么东西。"所以莎士比亚的几部名剧里的故事，她都相当熟悉。"（梁实秋：《槐园梦忆》，《梁实秋文集》3卷565页）

　　1935年冬，程季淑怀孕5月，一日扭身开灯，受伤流产。送往妇婴医院，她为节省，住二等病房，夜间失血，护士却置若罔闻，后经抢救，方才脱险。经此变故，梁实秋感到后怕，夫妇俩从此节制生育。

　　梁实秋在北大的近三年间，先后被北大聘为研究教授和外文系主任。他在讲授英国文学史、英诗和文学批评等课程和翻译莎士比亚戏剧之余，面对内忧外患、国土沦陷的现状，始终保持一个知识分子的良知，奋笔疾书，为挽救民族危亡呐喊：撰写救国良策的社论，筹办宣扬爱国、提倡民主与自由的《自由评论》周刊等。为此，他还与罗隆基、冰心、叶公超和李长之等常有文稿往来，西院书房的清静被时不时的来人的造访打破。程季淑支持丈夫的爱国行为，但又担心他的安危，对鱼龙混杂的到访者保持警惕。梁实秋在妻子的提醒下，冷静下来，果然发现一些人与他交往，是别有用心的笼络和收买，以便为他们的利益造势。梁实秋无心政治，自然予以拒绝。程季淑知道后，大力支持，使他大为感动，他仿佛从中看到了妻子祖父的高风亮节。

　　程季淑的朴实、贤惠，宁愿过平静的生活，也不愿攀附高枝的品德，使梁实秋疏远了名利场，埋头书案，矢志于教学、创作与译著，成就斐然。可这种怡然自乐的书斋生活被日寇的炮声打破。1937年6月23日，蒋介石与汪精卫联名在庐山召开团结御侮会议，梁实秋作为教育界知名人士应邀参加，会议尚未结束，他就匆忙北返。七七事变爆发后，北平随之沦陷。梁实秋与妻子商量，不论是为国家民族抑或自己祸福计，他都应先行逃离北平，程季淑暂时留下护家，待时机成熟时再相会。只身离家，梁实秋心有不忍，而程季淑却没有一点儿女态，勇敢得使人钦佩！

6. "赴国难，报效政府"

梁实秋与相约一同逃难的叶公超在去天津的火车上碰头后，为避免麻烦，不置一语。后来发现，学界朋友有十余人在同一车上。抵津后，众人住进法租界帝国饭店。不久，梁实秋搬到好友，时任《益世报》总编辑罗隆基的家中。他们关心时局，日夜收听广播里的战事消息，在地图上查看中日态势，忧心如焚。《益世报》总经理生宝堂在赴意租界途中遇害，天津也不安全。梁实秋遂与罗隆基相偕乘船到青岛，再转南京。在济南车站，与学生丁金相邂逅。她得知老师只身赴国难，即出站买了一瓶白兰地和一罐饼干相赠。到南京后，梁实秋怀着报国之志奔波了一天，却报效无门，教育部只发给他 200 元生活费和船票一张，叫他赶赴长沙候命。梁实秋不敢懈怠，登上了去长沙的商船，在船上与叶公超、杨金甫、俞珊和张彭春相遇。船上逃难的伤兵和难民众多，他的精神陷入极度苦痛中。到长沙后，先住青年会，后迁北大办事处。时近一月，无事可做，叶公超、樊逵羽和张子缨等北大教授，公推梁实秋回北平接大家的眷属。他衔命北上，经青岛赴天津，在烟台时因船上发现霍乱，被日军滞留二十余日。正值寒冬，饥寒交迫，狼狈不堪。上岸后，他即给妻子打电话，程季淑翌日即带一包冬衣来津。战乱中夫妻重逢，相拥而泣。第二天，因梁实秋要等来津的樊逵羽，程季淑只好先期返平。梁实秋回北平后一待就是三个月，因岳母年事已高，举家南迁，情况不许。徐州陷落后，敌伪强迫悬旗志贺，他忍无可忍，在为岳母添置棺材一副后，只身南下。在随后成立的国民参政会上，他当选为参政员。接着，他赴港转汉口，到了重庆。从此与程季淑天各一方，一别六年。

梁实秋走后，程季淑在家侍奉公婆，养育孩子，历经艰辛。沦陷后的北平，物质匮乏，粮食极为短缺。她为了一家人的饮食起居，虽殚精竭虑，仍不时有断炊之虞。或许忧虑过甚，更年期提前而至，又不被别人理解，心情更加忧郁，各种疾病纷至沓来，她仍强撑病体，照顾孩子们因疫苗不合格引发的天花，陪伴梁实秋生病的大姐、二姐走完多舛的人生，料理母亲的后事，等等。在与梁实秋分别的时间里，开始两年音讯中断，联系上后，程季淑为了不使丈夫担心，在书信中只字不提她在北平的遭遇和苦难。

只身来到重庆的梁实秋，思妻念家之心虽甚，可并没有因此而影响到自己的学业。1938 年 12 月，他接受程沧波的邀请，主持《中央日报》副刊《平明》，因一篇《编者的话》而引发"与抗战无关论"的轩然大波。五个月后，他感伤落幕，辞去《平明》副刊主编一职。令他始料未及的是，他从此背上宣传"与抗战无关"的反动名声，时间长达半个世纪。1940 年 1 月，梁实秋参加了国民参政会组织的华北慰劳视察团。他们一行六人，从重庆出发，历时两月，足迹遍及华北五个战区、七个集团军。这次前线慰劳，梁实秋既感受到了爱国将领张自忠的凛冽风范和爱国热情，又因被冠以"拥汪主和"的立场遭婉拒而未能赴延安，倍感困惑。重庆遭空袭后，梁实秋定居北碚，接受教育部次长张道藩的邀请，为"抗战所需"，主持编印中小学教科书。

1939 年秋天，为了避开官场应酬和日机轰炸，梁实秋与同学吴景超、龚业雅夫妇合资在北碚买了一栋茅舍，共 6 间。他和吴景超夫妇各居两间，剩下的两间则租给了教科书编委会的两位同事许心武、尹石公先生。由于房子筑在路边向阳的山坡上，没有门牌，邮递不便，梁实秋便建议用龚业雅的名字，替居室命名为"雅舍"。定名后，他用木牌抒写，置于土坡下，孰料不久，即被人当烧火柴偷走。可"雅舍"之名却不胫而走，风靡天下。1940 年 11 月 15 日，好友刘英士创办《星期评论》杂志，梁实秋应邀以"小佳"笔名，在《星期评论》以"雅舍小品"之名开辟专栏，每星期一篇，每篇二千余字，写了 10 多篇。后来《星期评论》停刊，他又在重庆《时与湖》副刊、南京《世纪评论》以及天津《益世报·星期小品》等报刊上发表同类小品 10 篇。抗战胜利后，又在《世界评论》上发表 14 篇。1947 年，他将这 34 篇散文编订完毕，并请好友龚业雅写了序言，准备出版。因局势变化，拖至 1949 年 11 月才由台湾正中书局以《雅舍小品》之名编辑出版。

《雅舍小品》共 34 篇，字数不足七万，却使梁实秋饮誉文坛，并由此奠了他"散文大师"的崇高地位。此书出版后，风行不衰，多次印刷，并被译成英文在欧美发行。日后，他又相继推出《雅舍小品》的"续集""三集""四集"和"全集"，以及《槐园梦忆》等散文集，形成了独具风格的"雅舍"系列。

《雅舍小品》的成功，首先要归功于他的红颜知己——龚业雅。龚业雅本是梁实秋三妹梁亚紫的同学。早在梁实秋认识程季淑前，他们就相识。当时，龚业雅在北京念书，闲暇时随亚紫来梁家玩，"全家人都很喜欢她"。1927 年暑假，亚紫和她从女师大毕业后，来到上海，又寄居在梁实秋家里。由于梁家房屋窄小，他们四人只好同居一室，梁实秋夫妇睡床上，亚紫、业雅在床前的地铺上就寝。因年龄相当，兴趣投缘，彼此相处甚洽。后经龚业雅的堂兄龚业光介绍，梁实秋和亚紫、业雅都进了国立暨南大学当老师。亚紫和业雅随后搬到学校的宿舍。后来，梁实秋的同班同学时昭涵和吴景超来到上海。梁实秋从中牵线做媒，玉成了时、吴二人与亚紫、业雅的美好姻缘。

梁实秋来重庆后，与妻儿离别六年有余。此时的他，风华正茂，才气横溢，又是单身在外，喜爱他的异性自然不少。然而，他总是抑制住自己的浪漫之心，将其转移到创作和翻译上。当然，并不是说他心如止水，面对这些对己怀春的女性，不曾荡起一点点涟漪。他生前就证实：龚业雅是他在"四川的女朋友"，"《雅舍小品》也是因业雅的名字来的。《雅舍小品》第一篇曾先给业雅看，她鼓励我写。《雅舍小品》三分之二的文章，都是业雅先读过再发表的。后来出书，序也是业雅写的。我与业雅的事，许多朋友不谅解，我也不解释，但是一直保留业雅的序作为纪念"。抗战后，他与龚业雅先后回到北平。1949 年前夕，他匆忙离开北平，未及与龚业雅告别，到广东后才写信给她，龚业雅回信埋怨他不该离开。梁实秋到台湾后，他们仍有书信往来，两岸关系紧张时，失去联系。"文革"后，梁实秋曾托在美的友人打听，得知龚业雅已过世，惆怅之情难以言表。他在晚年总结自己的浪漫情感时曾说，"这一生影响我最大的女人，一个是龚业雅，一个就是我太太程季淑"。梁实秋并不忌讳他对龚业雅的欣赏，他曾说过，"业雅是我见过最男孩子性格的女性，爽快，长得明丽。非常能干的，先后在四川、北平做商务编译馆的人事主任，管两百多人，连家属六七百人。很有能力，当年所有编译馆的事，从重庆回到南京，都是她一人处理的。她不是文才，是干才"。（师永刚等著：《移居台湾的九大师》，百花洲文艺出版社，2008年 7 月）

　　梁实秋和龚业雅的真情因环境和各自的理念，未曾向前发展，而止于心灵的契合和梦中的缥缈，这也造就了《雅舍小品》的恬静和通透，使之抒写的日常人生有了几许闲逸和潇洒，呈现出道家的超然和宁静之美。特别是一些对人生况味的探索和感悟，沿袭了他对人性的关注和俗世的看法，写活了形形色色的人性百态和五花八门的社会世相。平和的心态连同行文的雅洁，使之珠玑时见，魅力无穷。

　　1944 年夏，在重庆北碚的梁实秋写信叫妻子来渝相会，又担心她的风湿关节炎能否经得起长途跋涉。程季淑思夫心切，在堂弟道良搀扶下，带着 3 个孩子和 11 件行李，由北平乘车南下。经徐州、商丘到前后方交界的亳州。辞别道良后，程季淑乘坐人力推车，经漯河到叶县，后搭乘汽车，风尘仆仆抵达洛阳。稍事休息便坐火车到达西安，途经潼关遭敌机轰炸，所幸有惊无险。到宝鸡后，乘汽车长征入川，车到剑阁抛锚，滞留多日。梁实秋接到妻子传来的信后，心急如焚，奔走公路局权贵要求救济。数天后。汽车修好，到青木关，换车到达北碚。

夫妻暌别六载，如今重逢，欣喜若狂。看到长途跋涉后略显清癯的妻子，梁实秋心痛不已。六年的生离死别，使他顿悟道："在丧乱之时，如果情况许可，夫妻儿女要守在一起，千万不可分离。"（梁实秋：《槐园梦忆》，《梁实秋文集》3 卷 572 页）梁实秋因在国民参政会有一份津贴，编辑中小学教科书纯属义务帮忙。如今一家五口，参政会的薪水捉襟见肘。为补充家用，程季淑征尘甫卸，即受聘社会部北碚儿童福利实验区干事，负责办理消费合作社的事务。1945 年，她转入迁来北碚的国立戏剧专科学校，管理服装道具。虽然余上沅是校长，程季淑并不因为他是丈夫的好友而懈怠其职务，仍然忠于职守。1945 年 8 月 15 日，她晚间下班时，给梁实秋带回了一张《嘉陵江日报》号外，得知日本接受无条件投降的消息。一家人喜出望外，相拥而泣！可随之而来的漫长等待，却使梁实秋倍感文弱书生的无助与尴尬。好友闻一多在昆明被国民党特务杀害的消息传来，使正在手谈的他，拍案长呼，棋子撒落一下，而泪水早已沾襟。想起离乡八载，父母年衰，而国事如此蜩螗，前途堪忧，梁实秋在等待返回北平的日子里，心情抑郁。

7. "风景依然，然而心情不同了"

1946 年 8 月，梁实秋一家终于分到了返回南京的船票。告别雅舍，不免伤感。到南京后，下榻于国立编译馆的一间办公室。一些官僚器重梁实秋的才华，想留他在南京为政府效力。战乱的经历，使他厌倦了仰人鼻息的仕途之旅，不肯俯就。程季淑支持他回北平以教书为业。梁实秋怀着忐忑之心到北平后，老屋依旧，可父母却年老体弱，喜极而泣的团聚中有了一阵阵心酸。程季淑放下行李，即带孩子们清扫庭院，修剪花木，布置书房。荒芜凄凉的老屋因之而重新焕发生机。

年届七旬的父亲，对梁实秋翻译莎士比亚一事甚为关心。有一天，他拄着拐杖，来到梁实秋的书房，问他莎士比亚的翻译进展如何？这使梁实秋惭愧自责，因为抗战，他只译了一部。父亲告诫他："无论如何，要译完它。"梁实秋颔首应诺，并暗下决心，绝不辜负父亲的殷望。令梁实秋想不到的是，父亲刚过完七十整寿就因突患冠状动脉阻塞而逝。接着，妻弟程道良也在东北因坚守岗位而殉职，留下孤儿寡妇，惨绝人寰。

　　战事日紧，物价飞涨。为缓解经济困境，梁实秋除在北师大授课外，寒假时还到沈阳兼课。好在程季淑善于持家，量入为出，故而在通货膨胀的情形下还有盈余。有暇之时，梁实秋也苦中作乐，带着家人陪赵清阁游景山，和孙小孟一家逛颐和园。

　　1948 年冬，北平风声日紧。何思源的女儿被炸身亡，国民党的失败已成定局，一直挂有"国民政府参政员"职务的梁实秋，决定南下广州，接受就任中山大学校长的朋友陈可忠之聘，前往中大教书。夫妻商量，由梁实秋带着文骐、文蔷先行天津购票，程季淑留下代三妹售房，第二天在天津会面。因买主刁钻，程季淑处理房子后，平津交通已中断。梁实秋急通电话，程季淑果敢告之："急速南下，不要管我。"12 月 16 日，梁实秋登上"湖北轮"，凄然离津，九死一生，14 天后抵达香港。梁实秋走后，程季淑没有沮丧，而是设法另谋职业，以待时机。三天后，她搭乘国民政府北上迎接学界人士的飞机抵宁，在王向辰的帮助下赴沪，转船直奔香港。梁实秋在 1948 年底抵港后即赴广州，随即收到妻子从上海寄来的航空信，大喜过望，前往黄埔接她。未料到程季淑已提前到达，他扑了个空。待他心怀惆怅回到广州住处时，妻子也随之找上门来。原以为今生相见无望的夫妇，在历经磨难后终至团圆。

　　1949 年上半年，国民党军队节节溃败，广州政府岌岌可危，人心不稳。梁实秋夫妇虽然找到了暂时的安身之处——文明路的平山堂，但日子过得恓恓惶惶。他一边在中大任教，一边从事莎士比亚著作的翻译，妻子在家操持家务。时局的持续恶化，令他们常有身世飘零、何处是归宿之感。儿子文骐来到广州后，不想放弃到北大农学院读书的愿望，他们夫妻考虑再三，同意儿子返回北平上学，好与女儿文茜有个照应。平山堂的日子虽然艰苦，可相比于在操场上缺衣少食的流亡学生还是要好得多。程季淑天生善良，虽然自己生活并不宽裕，她仍然热心地帮助那些贫困学生，叫女儿文蔷将 10 元港币送给他们买米煮粥驱寒。

人生只有认了命，生活才能继续。梁实秋夫妇在闲暇之际，苦中作乐，游兴不减。参观六榕寺，到海角红楼饮茶，请梅贻琦、陈雪屏来家中吃便饭。中山大学外文系主任林文铮，好佛，梁实秋夫妇与之有夙缘，夫妻俩自此学佛参禅。此时，北碚缙云寺的法舫和尚也来到广州，他见梁实秋虔心礼佛，便赠送给他自己所著的《金刚经讲话·附心经讲话》。程季淑对《心经》情有独钟，在佛教的教义中寻找精神的寄托。夫妻俩时常切磋学佛心得，梁实秋还写有《了生死》一文阐释自己的生死观。解放军突破长江防线，广州危在旦夕。朋友们各自找出路，梁实秋接受当时的教育部部长杭立武的邀请，到台湾“国立”编译馆任职。1949 年 6 月底，梁实秋一家乘船抵达台湾。

到台北后，梁实秋受到了好友徐宗涑的热情接待。随后，在林挺生的帮助下，他们一家搬到德惠街 1 号，一住三年。当时的德惠街相当荒僻，杂草丛生，偶有汽车驶过，尘土飞扬。在程季淑的精心打理下，他们总算有了一个起居之所。附近有一家冰果店，店名“春风”。每当夏天，夫妻俩散步至此，程季淑总会要一支廉价的棒冰，梁实秋命之为“春风一度”。程季淑居家时，以饲鸡为趣，做鱼汁拌饭为乐。编译馆派一籍贯新竹，年方 19 岁的丫小姐来家帮佣，彼此相处融洽。程季淑知其需要钱，还慷慨地资助她 30 美元。梁实秋受杭立武所托，曾代理过编译馆馆长。在任职的九个月中，他穷于应酬，又遭人讥笑，感到奇耻大辱，向妻子怨诉。程季淑不仅贤惠而且深明事理，她了解丈夫一身傲骨，断难仕进，因而力劝其辞职。梁实秋折报她的眼界，便脱离编译馆，专心致志地在台师大做了一名教书匠。

1952 年夏，他们搬入台师大拨给他的“豪门”：云和街 11 号。虽是日式房屋，但已粉刷一新，尤其是前院的松树、曼陀罗和面包树，硕大茂盛，煞是喜人。夏天天热，傍晚时分，毗邻而居的好友孟瑶、陈子藩和王节如常来乘凉聊天。三位都是戏迷，为了增加谈资，梁实秋夫妇常到永乐戏院去听戏。每当好友前来，程季淑总是张罗香片茶、酸梅汤和糯米藕招待客人。谈兴浓时往往持续到深夜，待以大馒头消夜后，陈子藩怕鬼，梁实秋总是以鬼故事收场。

　　程季淑怕狗，如买菜遇见狗，她会绕道而行或提篮回家明天再去买。中年时，她虽为风湿关节炎所苦，仍酷嗜山水，常常邀约好友登山览胜。云和街的房子常年积水潮湿，程季淑谓之"水牢"。1958 年，女儿文蔷赴美留学后，家中顿感凄凉。朋友进言，买地建房，于身体有益。于是，梁实秋在安东街 309 巷买了一块地皮，建房自住。自行设计，请友人施工，不出半年，130 平方米的新居落成。1959 年 1 月，他们喜迁新居。自此，梁实秋在台北的生活走入教书育人和伏案翻译的正轨。

　　岁月不饶人。搬新房不久，程季淑就患上了匐行疹（俗称"转腰龙"），神经末梢发炎，原因不明。西医乏术，幸得朋友介绍中医，病情才得以康复。梁实秋因饮食无度，长期伏案，患上了糖尿病。程季淑为此自责，精心调配食物，控制他的饮食。梁实秋外出应酬时，她特制三明治一个，放入他的衣袋，在宴席食用。在妻子的照顾下，梁实秋的体重不曾增加，糖尿病没有恶化。料理完家务后，程季淑也常和三五好友在家打麻将，消磨时光。梁实秋则伺候在旁，端茶递水，忙得团团转。赌博总是从小赌开始，循序渐进，终至失控。可程季淑却能悬崖勒马，戒赌成功，甚至将麻将也送人了事。戒掉麻将后，她开始养花弄草，梁实秋在辅助之余，爱上了养鸟。每当梁实秋伏案过久，程季淑总是叫他到宽敞的院里走走，浇花喂食，不亦快哉。正是在妻子的细心照顾和鼓励下，梁实秋才能持之以恒地忙于没完没了的翻译和词典编辑工作，终至成就斐然，名扬四海。

8. "我爱你的本色"

或许正应了那句俗话："少来夫妻老来伴。"梁实秋和程季淑进入老年后，相互依恋更深。1960 年 7 月，梁实秋赴美国西雅图，参加"中美文化关系讨论会"，顺便看望新婚不久的女儿文蔷。时间虽然只有 20 天，梁实秋却仿佛回到了三十多年前留美时对妻子思念的记忆之中。程季淑更是失魂落魄，日夜担心。待知道丈夫的归期后，她花了两天时间自制了一件西装，穿在身上，前往机场迎接。梁实秋一下飞机，看见老妻风采照人，欣喜若狂。程季淑看到丈夫身体安好，喜极而泣。

1963 年底，文蔷回台省亲，程季淑特地买回几尾黄鳝，为女儿做她爱吃的生炒鳝丝。黄鳝丝刚下油锅，忽闻惊叫声，她急奔入室，见一盗贼正端枪直指梁实秋。面对此境，她冷静应对，从容不迫地问道："你有何要求，尽管直说，我们会答应你的。"盗贼情绪稍缓，门铃声骤响，盗贼以为警察来了，扬言要同归于尽。程季淑马上安慰道，"你们二位坐下谈谈，我去应门，无论是谁，吾不准其入门。"（梁实秋：《槐园梦忆》，《梁实秋文集》3 卷 590 页）盗贼落座，提出要钱，程季淑把家里的现钞悉数交出。盗贼仍不满足，夺取梁实秋手表，并逼程季淑交出首饰，程季淑将一盒赝品交给他后，他便夺门而逃。当天晚上，盗贼抓获，处以极刑，程季淑还为之求情，可惜未果。程季淑的镇定性格和宽厚仁慈，非常人所及。

梁实秋和程季淑到了暮年，最喜"素菜之家"，清心寡欲。程季淑"自奉欲俭，待人不可不丰"的原则。好友来家，她常常做馅饼飨客。得其母亲的真传，她做的馅饼，皮薄而匀，客人击掌，誉之为"馅饼小姐"；做的葱油饼，松软而酥脆，客人们赞为"江南第一"。他们家虽请有女佣，但夫妻俩以商议膳食为乐。他们常常提篮上市购物，一同做菜弄饭，尽享居家之乐。每当丈夫生日到来之际，她总是精心准备；腊八之日，她不畏寒冷，翻身下床，熬一大锅腊八粥。梁实秋劝她免了这个旧俗，她说："不，一年只此一遭，我要给你做。"（梁实秋：《槐园梦忆》，《梁实秋文集》3 卷 591 页）

有一天，他们外出散步，邻家一小女孩指着程季淑说："你老啦，你的头发都白啦。"她闻言要去染发，梁实秋劝道："千万不要。我爱你的本色。"自此，梁实秋考虑退休，好腾出时间陪伴老妻和译完《莎士比亚全集》。

1966 年 8 月 14 日，梁实秋结束了 40 年的教书育人生活，从台师大光荣退休。退休后，他们夫妻寻幽探胜，到阳明山、青草湖去观光放松。同时，梁实秋在妻子的支持、鼓励和照顾下，将莎士比亚 37 种剧本全部译完并相继出版。1967 年 8 月 6 日，台湾文艺界在台北举行盛大庆祝会，感谢梁实秋为中国文化事业所做的不朽功勋。当天，台湾《中华日报》报道说梁教授"三喜临门"：一喜，一人译成 37 本莎翁戏剧；二喜，梁实秋与程季淑结婚 40 周年；三喜，女儿文蔷和女婿邱士耀带着两个宝宝返台看望他。而梁实秋最感动的却是谢冰莹在庆祝会上的致敬词："《莎氏全集》的翻译完成，应该一半归功于梁夫人！"谢冰莹的话，道出了他的心声，要不是妻子几十年毫无怨尤地支持自己，给自己创造身心愉快的环境，很难说自己会坚持下去。其后，梁实秋又花了一年时间，译完了莎士比亚的三部诗集，名副其实地独自完成了《莎士比亚全集》的翻译工作。

1970 年 4 月 21 日，梁实秋因感动于小说《迟些聊胜于无》里的退休老人带老妻补蜜月旅行的故事，带着程季淑飞往美国，度了四个月的蜜月。途中见闻，他写成《西雅图杂记》。

梁实秋有凌晨外出散步的习惯，程季淑怕他受寒，专门为他缝制了一条又轻又暖的丝绵裤，裤脚处还钉了一副飘带，绑扎起来密不透风。梁实秋多年爬格子的习惯使然，每天都要伏案写作。程季淑担心他在冬季受寒，克服年老眼花的不便，佝着腰，耗时费力一个多月，为他做了一件丝绵长袍。因不便拆洗，她又做了一件换着穿。每到春节，亲朋故友、同事学生前来给梁实秋拜年的，络绎不绝，程季淑总是不厌其烦地予以热情接待。此外，过年前对梁家祖先的祭祀，她庄重虔诚，置办酒肴、燃烛焚香，即使腿脚关节不灵，她依然长跪不起，从不敷衍。程季淑持家节俭，"东西不破，不换新的。一根绳，一张纸，不轻抛弃"（梁实秋：《槐园梦忆》，《梁实秋文集》3 卷 596 页）。朋友都说，梁实秋的生活水准与每月收入无关，她不以为忤，仍然奉行"量入为储"的居家原则。可她对亲朋好友的接济和外出旅行时又很豪爽。梁实秋朋友遭逢不幸，她毫不犹豫地将几年的积蓄慷慨相赠，事后从不与人言说。长期的操持家务，她的身体大不如从前，风湿关节炎缠绵日久，血压又高。有一次，她从沙发上站起，突然倒下，住院十多天血压才暂时降下。医院伙食不好，梁实秋又从不下厨，无以为炊。他每天上午去看妻子，送上一瓶鲜橘汁。接着，梁实秋又去买了一个血压计，因他老年耳聋，只好叫妻子自己试量。

女儿文蔷得知母亲患高血压后，叫他们到美国来定居，便于照料。1972 年 5 月 26 日，梁实秋夫妇卖掉了居住 13 年的住房，迁居美国西雅图。到美后，和女儿女婿生活在一起，西雅图气候较台北干燥舒适，加上心情愉快，程季淑的风湿性关节炎有所好转。每到周末，女婿驾车，带着一家人外出郊游，程季淑总是兴致颇高，乐而忘返。

老两口独处时，她也时时想念台北的家，特别是对她亲手栽种的面包树，念念不忘。梁实秋七十岁生日这天，她因年老体衰，加上居美获得配料不易，无法为丈夫熬腊八粥，心中倍感自责。她只好重操画笔，在丈夫的纪念册上画了一幅兰花，作为给他的生日礼物。梁实秋戏作俚词一道，以缓解她的思乡之情。词曰：

> 恼煞无端天末去。几度疯狂，不道岁云暮。莫叹旧居无觅处，犹存墙角面包树。
>
> 目断长空迷津渡。泪眼倚楼，楼外青无数。往日如烟如柳絮，

　　相思便是春常驻。

（《梁实秋文集》6 卷 68 页）

　　第二年腊八，将近甲寅，程季淑为梁实秋的生日写了一个"一笔虎"，并缀以如下文字：

　　　　　华：明年是你的本命年，
　　　　　　我写一笔虎，
　　　　　　　祝你寿绵绵，
　　　　　　　我不要你风生虎啸，
　　　　　　我愿你老来无事饱加餐。

季淑

（梁实秋：《槐园梦忆》，《梁实秋文集》3 卷 591 页）

　　女儿女婿上班后，老两口闲居在家，百无聊赖，程季淑就织毛线。她在给女儿女婿织了多件毛衣后，又要给梁实秋织一件，梁实秋怕她太劳累，就说他喜欢穿她 40 年前织的这件。程季淑说，我再给你织一件，要你再穿 40 年。

　　岁月酿造了爱情的浓度，也摧毁人的容颜。垂垂老矣的程季淑面对稀疏的头发，感慨良深。这勾起梁实秋对《约翰·安德森，我的心肝》的联想。这首英国诗人彭斯的诗歌，他们常常吟诵。诗中描写的岁月流逝中的真情与哀伤，正契合了他们相濡以沫几十年的心境。

　　梁实秋和程季淑从不忌言死亡，两人常常谈起。程季淑希望与丈夫一同死去。当然，这只是愿望。先死者有福，后死者悲伤。梁实秋宁愿后死，程季淑便叮嘱他，如果她先死，要好好照顾自己，写作时间不要太长，按时吃药，散步要坚持，不可贪恋甜食，事无巨细，一切都考虑周全。或许一语成谶。1974

年 4 月 30 日，他们手拉手到附近市场买一些午餐的食物，刚到市场门前，一个铁梯子忽然倒下，击中了程季淑，送医院急救。在进手术室之前，她看到焦急的丈夫，一再重复地说："华，你不要着急！华，你不要着急！"结果，手术未成功，程季淑与世长辞，终年 74 岁。老妻遭逢非命，梁实秋悲痛欲绝："环顾室中，其物犹故，其人不存。"（梁实秋：《槐园梦忆》，《梁实秋文集》3 卷602 页）连元稹在发妻韦丛去世后所写《遣悲怀》的诗句："惟将终夜常开眼，报答平生未展眉"，也难以表达他的悲伤。

5 月 4 日，梁实秋将妻子葬于西雅图市北端的槐园桦木区。槐园广袤约百多亩，芳草如茵，林木蓊郁。梁实秋不仅在妻子的墓地旁留下了自己的预留地，而且还常常前来凭吊。六月三日，台师大英语系同人在台北善导寺设奠追悼，梁实秋写一副对联寄去。对联曰："形影不离，五十年来成梦幻；音容宛在，八千里外吊亡魂。"

梁实秋感动程季淑五十年的无私奉献，在悲痛之中于同年 8 月 29 日，写下了感天动地的旷世悼文《槐园梦忆——悼念故妻程季淑女士》，以此表达自己对亡妻"情深似海"的缅怀与追悼。他在文中写道："我不再泪天泪地的哭，但是哀思却更加深了一层。因为我不能不回想五十多年前的往事，在回忆里，好像我把如梦似幻的过去的生活又重新体验一次。季淑没有死，她仍然活在我的心中。"诚如斯言，梁实秋没有忘记程季淑，每到她的忌日，他都要写诗、作词悼念。即使在与续弦韩菁清生活的日子里，也没有间断。1986 年 4 月 30日，是程季淑 12 周年的忌日，梁实秋的生命也即将走向终点。或许他深感自己垂垂老矣，来日不多，过去与程季淑生活的朝朝暮暮，记忆弥深，难以忘怀，写下了感人肺腑的《长相思》：

　　长相思，在天边。当年手植山杜鹃，红葩簇发倚阑干。花开花谢十二度，无由携手仔细看。

槐园草绿应依然，岁月催我亦头颁，往事如云又如烟。梦中相
见无一语，空留衾枕不胜寒。

长相思，泪难干。

（《梁实秋文集》6 卷 84 页）

二、"爱就是这样神奇的东西，它使人忘记自己"：韩菁清

1. "这是奇迹，天实为之"

程季淑的猝然离世，梁实秋神魂俱伤。房间依旧，陈设如故，妻子的音容
笑貌宛存，人却不在。梁实秋茕然孑立，悲从中来，不能抑制。他撰写《槐园
梦忆》时，还可以沉浸于记忆之中，与妻子对话。可书稿写毕，寄给长期合作
的台湾远东图书公司后，孤寂与痛楚就像毒蛇一样，缠绕着他，精神处于崩溃
的边缘。

远东图书公司接到梁实秋的书稿，老板当即发排，并请他从西雅图到台北
来校稿，借此散散心。女儿文蔷和台湾的好友也有此意。1974 年 11 月 3 日，
梁实秋从西雅图飞往台北。在飞机上，他触景伤情，想到两年前与妻子双双飞
美，如今孤身一人赴台，不禁哀从中来，含泪吟成一绝：

却看前年比翼飞，

凄凉今日只身归。

漫如孤鬼游云汉，

犹忆槐园对翠微！

（《梁实秋文集》6 卷 70 页）

梁实秋到台北松山机场后，被好友刘真接到仁爱路四段华美大厦十楼 2B

房间居住。长夜难眠。第二天一早，他信步来到和程季淑生活了 11 年的安东街 309 巷。呈现在他眼前的是一栋四层高的新公寓，那熟悉的老屋已渺无踪影。左寻又觅，才在东墙角找到了那棵在晨风中摇曳的面包树。物非人逝，梁实秋在此流连，哀叹不已。

文坛好友闻讯梁实秋回到台北，纷纷前来，或看望或宴请。他暂时忘却了孤寂。《槐园梦忆》随即面世，细腻的文笔，夫妻间的朴实深情，使之立即成为台湾的畅销书。名声远播的梁实秋，在读者心目中，不仅博雅而且人品高尚。可谁也没有料到（包括他自己），他的人生会在程季淑遭遇不幸后七个月的同一天而改变。

1974 年 11 月 27 日的这一天，冥冥之中，梁实秋和韩菁清（1931-1994）相遇了。头一天，韩菁清从香港来到台湾，住在义父谢仁钊家里。谢仁钊是国际关系法教授、台湾"立法委员"。他要用英文给美国的议员朋友写一封信，有几个英文拿不准。凑巧，韩菁清手上有一本由梁实秋主编的《远东英汉大词典》。谢仁钊一边吃饭一边在饭桌上翻阅词典。韩菁清心疼地说："谢伯伯，你一边吃饭一边翻词典，会弄脏的。"谢仁钊不以为然地说："这个大词典是远东图书公司出的，他的老板当年留学还是我资助的呢。这种词典，我去'远东'，要多少他就会给我多少。明天，我带你找他去，叫老板送你一本新的。"

第二天，谢仁钊果然信守承诺，带着韩菁清到了远东图书公司。老板看到恩人来了，马上就拿了一本新的词典给韩菁清，同时还告诉他们，梁大主编来了，住在统一饭店，你们要不要去看看他。谢仁钊与梁实秋是老相识，听到他回台了，就带着韩菁清来饭店探望。到了梁实秋住处，谢仁钊遇见了美国教授饶大卫，两人对政治感兴趣，故而越谈越投机。晾在一边的梁实秋就和韩菁清交谈起来。梁实秋知道她名叫韩菁清后，就对她说，你这个名字很拗口，并问她这个名字是谁给她取的？韩菁清说是自己取的艺名，她本名叫韩德荣。并进一步解释说，最先取名"菁菁"，取自《诗经》上的"其叶菁菁"。后来，自己从事歌唱事业，发现叫"菁菁"的人太多了，就把的第二个"菁"，改成"清"。梁实秋闻言颇感诧异，歌星里面居然还有懂《诗经》的，就问她，你懂《诗经》？韩菁清回答说，她自小学习古文，对《诗经》《孟子》等古籍较熟。随后，他们就谈论起李清照、李商隐等诗人来，话题扯到台湾文艺圈里的人物，韩菁清也不陌生。越谈越投机，不知不觉中暮色降临。韩菁清因晚上七时要到台湾电视台去听课，便起身告辞。梁实秋起身相送，而此时的谢仁钊与饶大卫谈兴正浓。韩菁清告诉梁实秋，她先前唱歌，后来演戏，现在想学编导，所以，参加了台湾电视台第十二期编导研究班的学习。梁实秋闻言甚喜，执意要送她到台湾电视台。韩菁清过意不去，就在电视台的餐厅里，请他吃了一份 25 元台币的工作餐。餐毕，她因要上课，匆忙告辞。（参见叶永烈：《梁实秋·韩菁清》16-19 页，中国青年出版社，1995 年 1 月）

　　这本是一个平凡的日子，可对于梁实秋和韩菁清而言，却是历史性的。自此，一位德高望重的"现代孔夫子"与一位风华绝代的歌影双栖艺人上演了一场"倾城之恋"。一个年逾古稀的文坛主将，婚恋生活有口皆碑，却忽然与自己小 28 岁的当红影星坠入情网，使人诧异而疑惑，引起轰动效应是自然的。然而，透过热闹的表面，他们的相爱又是偶然中的必然。

　　韩菁清，1931 年 10 月 19 日生于江西庐山。其父韩惠安（道惠），湖北黄陂人，在家中排行第四，人称"韩四爷"。韩惠安善于经商理财，是有名的大盐商，曾任湖北纱、布、丝、麻四局总经理、汉口市商会会长和湖北省参议会参议长。韩四爷的癖好一是房产，二是娶太太。他在黄陂、汉口、庐山和上海等地买了多处房产；前前后后娶了八房太太。韩菁清的生母，姓杨，山东青岛人，学医出身，在汉口日租界开了个诊所。因其貌美，医术又高，在武汉的达官显贵常到她的诊所就医。韩四爷也常去看病，一来二往，相互有了情意。杨小姐不愿做偏室，要韩四爷明媒正娶，却遭到二太太唐慧贞的嫉恨，带人砸了他们的婚礼。韩四爷只好把她安置在庐山的别墅。她在此生下女儿韩德荣后，便远走高飞，不知所往。关于生母情况，韩菁清知之甚少，连一张照片也没有。杨小姐不辞而别后，二太太因无子嗣，在亲朋好友的劝说下，将韩菁清接到武汉家中抚养。其后，韩四爷又娶了五位太太，留在身边的却只有一儿（大太太所生）一女。因韩菁清酷似其父，韩四爷颇为喜欢。

　　韩四爷喜欢京戏，发财后在汉口开设了一家大舞台，常常带年幼的女儿去看戏。在韩菁清 6 岁那年，随父和"苏州妈妈"唐慧贞从汉口乘坐自购的轮船来到十里洋场的上海，下船后又乘坐自家的汽车，来到父亲花 60 万银圆购买的孟德兰路的花园洋房。韩菁清在此度过了富裕而快乐的童年生活。因孟德兰路的花园洋房里有一棵桑树（"桑""丧"同音，迷信说不吉利），韩四爷便积善成德，成了香火昌盛的静安寺的大施主。韩菁清也因之而成为静安寺住持松法师的弟子，取名"众佩"，跟随他习字。韩四爷知道女儿喜欢音乐，给她买了一架留声机，韩菁清从此成为"留学生"——留声机的学生。韩菁清天生一副好嗓子，记忆和模仿能力又强，周璇和李香兰的歌听几遍就唱得有模有样。南京路上的新新百货公司，为招揽顾客，自办了一个广播电台（因电台设在六楼一间四周用玻璃装饰的屋里，俗称"玻璃电台"），为其商品做广告。有一次，"玻璃电台"举办儿童歌唱比赛，参加者有几百人，七岁的韩菁清凭一曲《秋的怀念》，一举夺魁。11 岁时，"百乐门"招考歌星，她以"菁菁"为艺名报考。因报名者中，用"菁菁"有好几个，她便在正式登台时改用艺名"韩菁清"。初试、复试、过关斩将，在决赛中，她以一曲《海燕》技压群芳，荣登榜首，开始实现歌星之梦。韩菁清的歌星之路，一帆风顺，名声越来越大。可保守的父亲却一直反对，认为丢了自己的脸。她依然坚持，因为舞台已融入她的生命之中。韩菁清在上海滩成名后，遭到过无聊男人的纠缠和骚扰，她聘请两位律师为自己的法律顾问，以维护自己的合法权利。1946 年 8 月，在上海新仙林花园夜总会竞选的上海"歌星皇后"角逐中，14 岁的她又以《罗蔓那》一举取胜，荣登"歌星皇后"的宝座。

　　1949 年, 韩菁清随父迁居香港学习油画和英语。不久, 亲人相继去世, 她独自一人为生。凑巧, 她与电影导演莫康时毗邻而居。交往中, 莫康时发现她有编故事的才华, 便叫她编写电影故事大纲, 报酬 1000 元。随着与电影业人士的往来, 新华影业公司的制片人张善琨, 欣赏韩菁清娇美的容貌, 聘请她担任粤语片《樱花处处开》的演员。她的演技使她在演艺界如鱼得水, 片约不断。特别是《一代歌后》上演后, 她被誉之为 "一代歌后"。接着, 她集编、演、唱、作词和制版人为一体的《我的爱人就是你》, 获得了 "金马奖" 的 "优秀演员奖"。

　　1960 年初, 韩菁清飞台北。行前, 友人托一家广播电台的播音员, 给予她到台旅行的方便, 而无端招致其妻子咖啡女郎的嫉恨, 引发沸沸扬扬的 "桃色新闻", 她既委屈又伤心, 愤而向法院起诉, 挽回了自己的清白 (参见 1960 年台湾《皇冠》杂志, 第 34 卷第 1 期)。这次台湾之行的烦恼与苦闷, 使她对影星的生活了无兴趣, 加上电影从黑白进入彩色, 她的皮肤对油彩过敏, 韩菁清被迫离开影视圈。随之而来的个人问题又再次触礁, 与她相恋八年的泰国银行总裁分道扬镳。感情受挫中与菲籍华裔乐师罗密欧的短暂婚姻, 因志趣不合, 也在 1967 年秋解体。

　　婚恋失败, 情绪低落, 孤寂茫然。一位台湾朋友邀她到台湾重操旧业——从事歌唱事业。凭着昔日在沪演唱的经验和从影的磨炼, 1968 年, 她在台湾电塔唱片公司灌制的第一张唱片《一曲寄情意》, 一炮打响, 成为台湾的走红歌星。自此, 她便在台湾定居。

　　韩菁清不仅会唱国语、英语歌曲, 而且还会演唱闽南语歌曲。她天生一副金嗓子, 歌声甜美, 所唱内容又大多是情歌, 加上她又心地善良, 热心于慈善事业, 常常捐款献爱心。因而, 她在台湾的出镜率颇高, 成为媒体追逐报道的对象, 梁实秋对她的了解, 就是从银幕和报刊上开始的。

　　如今, 两人在经过人生的磨难后, 萍水相逢, 面对面的交谈, 竟然那么投机，缘分不请自来。和韩菁清分别后，梁实秋返回饭店，上床就寝，可不知为何，一向睡眠尚好的他却失眠了。他在床上辗转反侧，萦绕在脑海的是与韩菁清"第一次晚餐"的情景。第二天一早，他起床后不由自主地按照昨天她留下的"忠孝东路3段217巷"的住址走去。来到楼前，抬眼望见她在七楼的卧室，窗帘紧闭。他知道她是"夜猫子"，尚在酣睡，不便打搅，便在楼下走来走去，不时抬头望望七楼那扇窗户。直到下午2时，那扇窗户的窗帘总算被拉开。梁实秋兴奋地上楼敲门，韩菁清吃惊之余，也颇为欣喜。看到她藏书甚多，又喜欢书法，对莎士比亚也不陌生，梁实秋越发欢喜。当他知道她洁身自好，没有娱乐圈的恶习后，忘年交的友情渐渐地向忘年恋的恋情滑动。晚上10时，当韩菁清课毕出来，梁实秋已站在台湾电视台的大门口了。他不仅改变了自己早睡的习惯，还亲自等她下课，陪她消夜。

第三天也是如此。韩菁清从梁实秋的话中读懂了他的深情，自己也很喜欢他。然而，理智告诉她，他们之间的差距太大了，无论是年龄（两人相差28岁），还是性格抑或业已定型的生活习惯，都迥然不同。韩菁清思虑再三，决定把自己的想法付之文字。为此，在他们相识的第四天，她亲自做了糯米藕，送给梁实秋品尝，并交给他一封信。在信中，韩菁清在罗列了自己的一大堆缺点后，劝他"趁早认识我的为人"！明智之举是两人结成忘年之交。令她始料不及的是，她的理性反而激发了梁实秋更大的热情。相识后的第五天下午，她一觉醒来，梁实秋便登门拜访，还说在楼底下捡到一封信，信上没有贴邮票，写有"呈菁清小姐"。展信一阅，是梁实秋的回信。他在信中说他们的相识是"奇迹，天实为之！"（《梁实秋文集》9卷107页）

2．"不要说是悬崖，就是火山口，我们也只好拥抱着跳下去"

年逾古稀，时年71岁的梁实秋，老夫聊作少年狂，又回复到年轻时在美国思念程季淑的激情。白天见面，晚上写情书。在情书里，他借用细腻的文笔，向韩菁清倾诉他不便面谈的执着与深情。每一封，他都编了号，以备日后公开发表。第八天见面时，韩菁清仍然表示出她对未来的顾虑和担心。当天晚餐，她把盘中的鱼分给梁实秋吃，担心他夜间饿，梁实秋甚为感动，即或是因陪她受寒，喉咙嘶哑，也没有关系，因为在看了韩菁清的一大堆照片后，他认为，她"已经全部的属于我了"。梁实秋在当天晚上一点半钟的信中鼓励她："我们两个的心不会变。两颗心融在一起，会抗拒外来的一切的议评。"

面对梁实秋的炽热情感，韩菁清在感动之余仍有顾虑。毕竟两人年龄悬殊近 30 岁，梁实秋走路已不利索，几近失聪，还有严重的糖尿病。谁知道他的寿延还有多久。在感情上两次受过伤的她，又对婚姻期待甚高。为此，她拉着梁实秋去找相术家陈克算命，陈克心领神会，言及梁实秋必定会高寿，只是在八十多岁有个坎，吉凶难卜。韩菁清闻言心如刀绞，忧思百结。回家后，对着银镜发呆，用彩笔在镜子上写下"世上没有真爱"一行字。梁实秋见后，心中明白，然而，青春岁月已逝，挽留不住，徒自奈何？

12 月 5 日晚，韩菁清专程到华美大厦看望梁实秋，旧话重提，希望他"现在悬崖勒马还来得及"。含泪作别，回到闺房，她心绪不宁，自己明明喜欢梁教授，可又担心他不能与自己白头到老。在矛盾迷茫中，她似睡非睡，朦胧醒来，收到了梁实秋的"第 4 号情书"。梁实秋在信中表达了他对她的感情，已箭在弦上，无法遏制了。他甚至对为她洗发的理发匠也产生了一种异样的醋意。读罢梁实秋的信，她的理性又让位于情感了。古稀之年的人，近来为自己鞍前马后，白天陪自己散心，晚上还要写情书，并以此为乐。这不能不使感情受挫的她感动莫名。

12 月 7 日晚，韩菁清的谊父谊母和好友来到华国饭店和梁实秋一同饮晚茶。韩菁清还带了一条披肩送给梁实秋。在聊天中，他们聊到了人的寿命，梁实秋想到自己年老体衰，不禁黯然神伤，泪流满面。这无疑触动了韩菁清的隐痛，她的眼泪随之夺眶而出，所幸未被人看见，才避免了他们恋情的曝光。

心事重重的梁实秋独自告辞回寓所。第二天，韩菁清读罢梁实秋早上五点钟写的情书，她犹豫之心被他的炽热和真诚渐渐消融。当天晚上，梁实秋破天荒地在深更半夜陪韩菁清在外消夜，目的是"亲自体验一下"她"平常生活方式的一部分实况"。

梁实秋每天给韩菁清写信，也期待她的回信。韩菁清在未接受他的感情时，慎于书面表达。在12月7日的初次回信中，用词也颇有分寸："我极敬重你，也极喜欢你"，似乎与爱无关。可随着交往的深入，感情逐渐升温，在相识第19天，韩菁清以"小娃"的署名，在给梁实秋的回信中表明，她这段时间，因梁实秋"像似朋友，又是情人，像似长辈，却更超过亲父兄""一大把的爱"，使她"好开心"！并表示要竭力使他快乐。梁实秋接信后欣喜若狂，在16日写给她的信中表示：把"自己的一切奉献给她"，"心甘情愿"听她吩咐和命令。第二天，他又用花信封给韩菁清送来信一封，以此庆贺他们彼此"共同生活了二十天"。

此时，梁、韩之间的"倾城之恋"正式拉开帷幕。短短二十天，秉承理性、年逾古稀的梁实秋，在妻子程季淑去世半年的时间里，就陷入与歌星韩菁清的恋情中，自然会引起热议，招致阻拦。那么，梁实秋在老年的"反常"举止，究竟是何原因？他本人释之为"奇迹、天意"，这固然不假。如若据其性格、处境和天性，这种常人视为"反常"的行为也顺理成章了。梁实秋为人处世以"人性"作为标准。表面平和，骨子里却充满着执着与坚韧。他总是竭尽全力去维护他的价值理念，在文艺观上如此，在个人感情上也是这样。他集"古典的头脑"和"浪漫的心肠"为一身。前者在审视他人和理性学问方面表现突出；后者在文学创作和个人感情上真情流露。这就不难理解诸如他与鲁迅就翻译、人性与阶级性的辩驳；在青岛大学与学生反目；在抗战初期陷入"与抗战无关论"的是非旋涡等事件了。也从中可以窥见他功成名就后，对结发妻子仍然不离不弃，相知相守长达半个世纪的潜在原因。在此期间，他自然也为俞珊着迷，为龚业雅心心相系，然而，都是发乎情，止乎礼罢了。他与程季淑的感情，固然也有青春期的浪漫，更多的则是亲人般的依恋。程季淑遭遇不幸后，这种视为一体的依恋被活生生的肢解，他沉浸在对往事的回忆之中。因而，写下了感人肺腑的《槐园梦忆》。

可是，生活必须要继续，孤苦的日子总要结束。梁实秋在冥冥之中认识了韩菁清。出于礼节的交谈，却使绝望于红尘知己难找的他，蓦然发现，娱乐圈中竟然隐藏着这样一位才貌双全的女子，他诧异而欣喜，惊鸿一瞥中一见钟情，或许这是其原因之一。因为在韩菁清身上，他仿佛又找回了和程季淑半个世纪相濡以沫的相依和亲近感。程季淑去世后的孤独和寂寞，又加剧了他对这份感情的依恋。压抑了的文人浪漫情怀，在韩菁清的犹豫不决中无限放大，他才会在天天见面中仍然情书不断。为了心爱的女人，改变自己几十年来业以习惯的生活习惯和方式。但毕竟岁月不饶人，面对小自己 28 岁的韩菁清，他有一种时不待我的感情，既如此，好好爱，就是对生命的最好报答。

作为女性，韩菁清有过苦恋，也饱尝过短暂不幸婚姻的苦涩。她虽然对真爱心存疑惑，可面对大名鼎鼎的梁实秋的强烈攻势，和涓涓如细流般父爱似的关怀，她又不能不心动。然而，横亘在他们之间的年龄落差，和梁实秋业已衰老的老态，又不能不使她犹豫。在内心深处对爱的渴望甚于常人的她，最终向梁实秋缴械投降，他们陷入热恋之中。

梁、韩都是名人，他们的行踪自然是媒体关注的重心。而恋爱总离不开饭店、影院和公园。为了不被别人打扰，他们常常采取隐蔽的方式，消失在人们热议的视线中。乃至于有热心人给梁实秋做媒，对方是教授、作家，他一笑了之。梁实秋来台是为了校阅《槐园梦忆》，来时就订好了 1975 年 1 月 10 日的返程机票。回去后，他要通过诉讼的途径，为亡妻讨回生命的尊严。所以，离别是不可避免的，在热恋中的梁、韩为此而心生忧郁，甚至黯然神伤。梁实秋放心不下，他走后他的"亲亲"无人照顾。随着时间一天天的流逝，他想到返美的日子，甚至有了"读秒"的感觉。韩菁清对他说："我有秋恋，我应恋秋。"她不想到机场去送他。梁实秋回答："你去，或不去，对我而言，都是一种苦痛的感受。"（《梁实秋文集》9卷114页）

他们也探讨了梁实秋返台的时间，因诉讼难料，无法确定。梁实秋为此在痛苦中安慰他的"小娃"："其实外面的气温不会影响到我们内心的热度，我只要你我合作，永久维持我们两颗心融在一起燃烧着的圣火，永久炽盛，永久不灭。"（《梁实秋文集》9卷119页）情到深处怕别离，韩菁清送给他多条色彩艳丽的领带和香烟，他仍然不满足，他希望得到她手上的碧玉戒指，作为定情之物。韩菁清送给他后，有了安全感，所以睡得安稳而香甜。他自比"引火自焚"的凤凰，"把以往烧成灰，重新开始新的生活"。

相爱的日子，每天都是春天。圣诞、元旦相继而来，离别的脚步声到了。韩菁清担心自己到机场为梁实秋送行，到时抑制不住，会当众泪流满面，两人相爱的秘密就会公诸于世，故而未去。1月10日，梁实秋系着来时的黑领带，带着碧玉戒指，乘机离台。呆坐闺房的韩菁清，以"你的小亲亲"署名，写下"秋：你走了，全台北的人都跟着你走了"的无限落寞、不舍和深情："我愿和你厮守一世、二世、三世……八百世……永远永远。"

3. "你所受的诬蔑与侮辱，都是直接刺入了我的心"

梁实秋乘坐的飞机在日本东京中转。当天晚上，他支走接待他的友人后，写下了他对恋人的思念："今晨一别，心如刀割"。他在信中告诉他"最爱的菁清"，他们的恋情"已成为公开的秘密"，只是他们人缘好，新闻界才压而不发，以免他们受窘。第二天，梁实秋在飞机上，一路心事重重，不知与女儿女婿见面后，他们的态度如何？飞机降落在美国西雅图时，女儿文蔷、女婿邱士耀前来迎接。看到他手指上戴着碧玉戒指和手表，他坦诚是韩菁清所赠。到家后，梁实秋和女儿谈起了自己与韩菁清的恋情。文蔷通情达理，尊重他的选择，也欣赏韩菁清的聪明和可爱，只是对她能否洗尽铅华，改变以往的生活方式心存疑虑。作为过来人，文蔷的担心不无道理。恋爱是浪漫的，而婚姻是现实的。婚姻生活的美满与否，主要取决于当事人双方的生活方式能否协调。年轻人的可塑性强，经过一段时间的磨合，大部分人都会趋向一致，而梁实秋和韩菁清情况特殊。梁实秋大半辈子，安于书斋，静心写作和翻译；韩菁清生活在娱乐圈，风云际会，热闹非凡。两人的生活方式业已定型。要琴瑟和鸣，非常难。更何况，就人的生理年龄而言，年老体衰的梁实秋也似乎难以满足风华正茂的韩菁清的需求，届时如何？也不能不使人忧虑。但梁实秋坚信，韩菁清是一个善良的人，他们彼此真心相爱，为了所爱的人，一切都可以改变。因此，他一边和女儿继续"会谈"，消除她的疑虑；一边写信告诉他的"亲亲"。

　　文蔷知道梁实秋和韩菁清彼此深爱的事实后，释然了为父亲未来幸福的担心，转而支持他们的婚事。梁实秋在 1975 年 2 月 6 日写给韩菁清的信中，欣喜地告诉他的"爱"：文蔷了解她的身世后，对她的独立表示钦佩和支持。真心相爱的人都是谦逊的，把自己看得很低，诚如张爱玲所言，低到尘埃里。韩菁清在给梁实秋的信中说："除了给你的温暖甜蜜快乐和善良的爱心之外，可说我一无所长，一无可取。"梁实秋回信说："我告诉你，我要的就是这个，我要的就是你的爱心。你爱我，我满足了。我这个人，和你一样，只有感情，除了这一份情之外，也是一无所有，一无所长呀！社会上一般人捧我，说我这个，说我那个，其实瞎扯淡，我有自知之明，我只有一腔的情爱，除此以外我根本等于零。如今我把所有的爱奉献给你，你接受了，而且回赠给我同样深挚的爱——人生到此，复有何求？"（《梁实秋文集》9 卷 211 页）

　　真爱的道路绝不会平坦。当梁实秋赢得了女儿的支持，与韩菁清的感情心心相印，着手准备喜结连理时，一场由台湾传媒刮起的风波，差一点淹没了他们的爱情小舟。

　　梁、韩在台北的成双入对，已引起了媒体记者的关注，只因他们的反差太大而将信将疑。梁实秋在台北机场时，送行的朋友看到他手指上的戒指，明知故问道："谁送的呀？"他一时高兴，脱口而出："韩小姐送的。"前来送行的女作家琦君（即潘希真）还为此吟咏了两首打油诗赠送给他。其一为："临行已订再来期，半为知交半为伊，宝岛风情无限意，添香红袖好吟诗。"梁实秋在飞机上和诗曰："行前早已数归期，肠断阳关未有诗，总是人间多遗恨，相逢不在少年时。"梁实秋戴上韩菁清碧玉戒指的消息，在朋友间广为流传。新闻记者闻讯，在1975年1月19日的《联合报》上首次披露了他们的恋情，标题为"名教授梁实秋传出续弦消息，好友为他介绍对象，韩姓女友颇有交往"。文章一经刊出，即在台湾引起轰动效应，各报刊相继转载。梁实秋怀念妻子的《槐园梦忆》正在畅销，又忽然传出他与韩菁清的恋情，人们在震惊之余，难以理解，这使得舆论界几乎一边倒地持反对意见。

韩菁清看到刊载的文章后，五味杂陈，随即给梁教授去信一封，并将剪报一并寄上。梁实秋收到后，对《联合报》的歪曲报道很是吃惊，尤其是对他心爱"小娃"的不敬，感到愤怒！他在回信中加倍安抚："我不知道为什么自从见你之后，我就觉得你是我心目中最可爱可敬的对象，我爱你爱到了崇拜的地步。""你受了委屈，我当然心痛之极，希望你保重。""海枯石烂，你是我的爱人，我是你的爱人，我们两颗心永久永久凝结在一起。"（《梁实秋文集》9卷173页）同时，他还提出了行之有效的应对措施。梁实秋的回信，并没有阻止媒体随之而来的更大风暴和对韩菁清的侮辱。报刊上一些诸如《教授与影星黄昏之恋》《韩菁清想嫁梁实秋》等文相继出现，相关文章不计其数。更有甚者，一些心术不正的人，想当然地认为年轻貌美的韩菁清想嫁给老态龙钟的梁实秋，无非是贪财。为了使自己的臆测更有说服力，他们在纠结梁实秋为韩菁清买钻石戒指的事外，还援引其他报刊曾披露过一对老夫少妻的婚恋悲剧为例：一位老教授丧偶，与一位年轻女子相恋。洞房花烛之夜，那位女子竟然威逼老教授写下遗嘱。消息传出，舆论哗然，义愤填膺的读者称这类婚恋现象为"收尸集团"。旧事重提的目的，不言自喻；社会舆论的一边倒，连亲朋好友也多有规劝，韩菁清为此烦不胜烦。更恼人的是，她的正常生活也被打乱。台北忠孝东路的家里，记者采访她的电话铃声日夜不停，连门前也出现了记者们架设的摄像机。她虽然对这次恋情有思想准备，但如此疾风骤雨的人身攻击还是令她始料未及。孤单无助的她甚至萌生了妥协的想法：只相爱不结婚。梁实秋闻讯忧心如焚，对给她制造痛苦的人深恶痛绝："爱，我们两个人的事，不劳第三者插嘴。"他对韩菁清许诺道："如果你实在支持不住，只消你通知我，我立刻就飞回去和你作伴。我和你已经是不可分的一个整体。"（《梁实秋文集》9卷176页）为了免除舆论对韩菁清的骚扰，梁实秋在信中表示，他将在结婚前夕，发表一个书面谈话，以正视听。

　　梁实秋在安慰他的"亲亲"时，他本人也陷入巨大的痛苦和烦恼之中。亲朋好友和学生，一直认为他不应再婚，不然的话，必然会损害他在读者心目中的形象。即或是再婚，也绝不能找韩菁清这类娱乐圈中的人。他们认为娱乐圈中的人，朝秦暮楚，绯闻不断，缺少忠诚。为此，他们一方面苦口婆心，轮番劝谏；另一方面又多方为他物色合适人选。梁实秋面对如此关心自己的"护师团"的行为，感到既好气又好笑。除了据理驳斥外，依然我行我素。一些人便采取迂回曲折的方式，向他的女儿文蔷施压，叫她劝劝父亲要找一个贤妻良母型的女士。受过西方思想教育的文蔷，历来主张男女平等，对此说教不屑一顾。黔驴技穷后，他们又在报刊上大力渲染韩菁清过去的绯闻，希望引起文蔷的反感，让她为了维护父亲的尊严而阻止这场爱情。文蔷看到《女性》杂志刊载韩菁清近两年来奔走香港、台湾两地，是因陷入了一位教授的爱河，而这位教授当然不是梁实秋。文蔷为此有所动摇，提醒父亲如果再执迷不悟，"以后你怕有得苦吃"！女儿的好心和为自己所遭受的骚扰，使梁实秋心绪不宁、异常烦恼。两人相爱，本是私事，关卿何干？那些平常称兄道弟、谦恭有加的人，不是漠不关心，就是幸灾乐祸，人性竟如此的卑劣，梁实秋百思不得其解。

身处两地，又遭受闲言碎语的轮番轰炸，梁韩之恋，备受煎熬。韩菁清日夜盼望梁实秋早日返台，共对磨难。可梁实秋为办理亡妻意外身亡的诉讼官司及相关手续，无法脱身。在孤立无援之际，他们只有靠书信来彼此安慰和劝导。在两人精神几近崩溃的时候，好友陈之藩夫妇和学生朱良箴伸出了援助之手，在来信中对他们表示同情、理解和支持。在真爱的温暖下，梁实秋热情似火，情书写得如同"出自少年之手"，内心对韩菁清的依恋又似儿童。人的变化莫过于恋爱。它一会儿使人变小，一会儿使人变大。梁实秋对韩菁清此时如母般依恋，如姊妹般温顺，如女儿般疼爱。他从邮局买回 100 个信封和 100 张邮票，每封信都编号，天天写，天天寄，无论刮风下雨，从不间断。为避免信件遗失或被人窥探，两人相商，信中不署真名，他称她为"小娃""清清"，韩菁清则称他为"秋秋""人"。在信封上，梁实秋称她为"韩德荣"或"Grace"（韩菁清的英文名），真是体贴入微，细心如发。韩菁清面对梁实秋如父兄般的关爱，一扫忧虑，更加坚贞。在好友的一再要求下，她把梁实秋写给自己的信挑了几封给他们看，并写信告诉了他。梁实秋闻讯，虽没有生气，但还是惊出了一身冷汗，因为他的"情书"是预备韩菁清一人看的。至于出版，要等到他们共同检视修订过，在他去世之后方可。（如今我们看到的梁、韩情书，就是梁实秋去世后，韩菁清整理出版的）两人的真爱和携手面对，使阻止他们结合的新闻风波，逐渐偃旗息鼓。然而，媒体并没有就此罢手，转而关注他们情书的出版。韩菁清为了不使他担心，迅及发一封电报给他："LETTERS DON'T WORRY"。随后在信中表明心迹，她不屑高官厚禄，荣华富贵，在"任何情况和环境之下，我都深深地爱着你"。（叶永烈编：《梁实秋·韩菁清情书选》94 页）情书风波在真爱面前，终于缴械投降。

4. "海可枯，石可烂，我要尽早和你成婚"

恋人无时无刻不希望耳鬓厮磨，相聚朝夕。韩菁清在台陷入舆论风波之时，曾要求梁实秋提前返台。梁实秋也是归心似箭，只是亡妻赔偿一事，几经拖延。之前，他曾在对《联合报》的记者发表的谈话中称，将这笔赔偿款捐给慈善机构，以表达他对一生积善行德的忘妻的最好纪念。善良的韩菁清对此很赞同，只是提醒他应将款项交给那些最需要的人，不必张扬，以免麻烦，并建议他把诉讼赔偿之事交给文蔷办理，早日返台。他信然，朋友们闻讯后劝道，死者未满周年再婚，有可能发生不幸。望眼欲穿的韩菁清，得知他要推迟一月才返台，心一下子坠入冰窟。伤心之余，不无怨尤地写信告诉他："爱是一回事，结婚又是另一回事！"梁实秋接信后，心痛不已。他向韩菁清表白道："海可枯，石可烂，我要尽早和你成婚。"（《梁实秋文集》9 卷 228 页）梁实秋的深情，促使了韩菁清的冷静。她意识到，梁实秋不仅属于她个人，他还有家人和朋友，为了他们的爱和将来的幸福，自己不能太自私。因而劝他把事情处理完后再返台，可梁实秋归心似箭，热情似火。他告诉她，自己将于三月底四月初赶回去。归期既定，韩菁清即着手整理自己的房子，并精心地为他设计了一间光线好、视野开阔的书房。

爱情真是奇妙无比的事，有时能使人成为魔鬼，丧失理性；有时又能使人成佛成仙。梁、韩相恋，在分别中加深，在热议中浓烈。韩菁清也一改风云际会、灯红酒绿的生活方式。因心中有爱，便不再寂寞，昔日热衷的喧闹生活，如今反而烦不胜烦。独处在家，听听音乐，喝喝绿茶，看看报纸，想想心中的恋人，心中无比充实。梁实秋本是散文大师，如今积压一生的浪漫情怀被韩菁清点燃，一发不可收拾。他每天都要写下对韩菁清的思念和祝福。洋洋洒洒，乐此不疲，情书写得妙趣横生，感天动地。针对亲朋好友规劝他要找一个人来照顾他，他表示："我不是追求特别护士，我是在爱情中""人在爱中即是成仙成佛成圣贤！"他愿成为她的"秘书、随从、顾问、发言人"。韩菁清为了使梁实秋早日回到自己身边，欲擒故纵地暂停了给他写信。梁实秋并不因之而责怪和懈怠，感情在浪漫的想象中更加浓烈，情书越写越勤，字

数越写越多。从 1974 年 11 月 27 日在台北相识，到 1975 年 3 月 29 日他返回
台北，短短 124 天，他居然给韩菁清写了 125 封情书，近 20 万言。不仅如
此，他在思念中，还自编自写一份世上独一无二的"清秋副刊"，"逐日杂记
报刊时事，专为我的小娃一人阅览消遣而写"。(《梁实秋文集》9 卷 294 页)

相聚 45 天，分别两个月，梁、韩的感情经受住了时空的考验。真心相爱
的人，心是相通的，外界的阻碍不仅不会有损两人的感情，反而还会加深两人
的感情。有人别有用心，从某一机关所存的档案中旧事重提，将韩菁清 1962
年以来的两次恋情公诸于众。梁实秋面对好心人寄来的这些剪报，痛苦万分，
"几乎晕倒"。韩菁清并没有向他隐瞒自己过去的情感经历。1974 年 12 月 7 日，
梁实秋在给韩菁清的信中，谈及了他昨天晚上，看了韩菁清故意留下的关于她
在曼谷长达八年不幸恋情的报道的感受："我同情你，尊敬你。"如今，面对一
些人的险恶用心，他态度坚决地向她表示：

> 菁清，我再重述：没有人，没有什么事情，过去现在未来都算
> 在内，能破坏我们的爱情与婚姻。我爱你，是无条件的，永远的，
> 纯粹的，无保留的，不惜任何代价的。
>
> (《梁实秋文集》9 卷 320 页)

1975 年 3 月 29 日，72 岁的梁实秋带着韩菁清送的花领带，从美乘机转道
东京返回台北。韩菁清和"中视"和"中央日报"的两位要好记者到机场迎
接。第二天，"中视"播出了电视新闻，"中央日报"以"相识五个月　相思
六十天：梁实秋返国践约，将与韩菁清结婚"为题，较为详细地报道了梁、韩
相恋相思并打算"春暖花开时举行婚礼"的情况。消息甫出，媒体争相报道。
为了避免记者的骚扰，韩菁清将她的梁教授隐居在她的另一处房子里。媒体记
者无孔不入，直问梁教授在"青年节"(台湾的青年节为 3 月 29 日)返台，是

否有意与韩菁清在"儿童节"（台湾的儿童节为 4 月 4 日）结婚？暗讽他越活越年轻。他不以为忤，与韩商量后，将婚期定在 4 月 6 日。一时间，梁、韩相恋成婚成为热门新闻。朋友为他们苦尽甘来、险中得福的良缘高兴；反对者仍然上门劝阻。而媒体记者接连不断的报道和无孔不入的追踪，搞得他们心烦意乱，他们希望早日成婚，以摆脱这种困境。可结婚的前一天，台北发生"政治地震"——蒋介石在 4 月 5 日去世，婚礼只好延期。

1975 年 5 月 9 日（台湾的"母亲节"），梁实秋和韩菁清终于结成伉俪。

梅开二度，梁实秋格外兴奋。他起了一个大早，外出吃完油条豆浆后，帮妻子带回了一个甜饭团，并亲手为她挤了五个橙子榨汁。待她用毕早餐，他和她手牵手地到水仙发廊整理发型。经过发型师黄美丽的巧夺天工，两人精神焕发。接着，到瑞祥山馆吃午餐。餐毕，即回寓所准备下午的婚礼。梁实秋穿上了桃红色的新西装，韩菁清还给他带上了大花领带，梁实秋显得年轻而精神。"台视"的黄以功和"华视"的孙国旭前来采访。拍照后，孙国旭话锋一转，直问梁实秋，你与韩小姐结婚不怕危险吗？他幽默应对："你和你太太结婚，是不是很危险呢？"随后，义正词严地说，能与韩小姐结婚是自己一生最幸运快乐的事，赴汤蹈火在所不辞，何来危险？下午 5 时，他们出门前往国鼎川菜馆。刚到楼梯口，台视的采访组就围了上来。他们在国鼎二楼大礼堂接受了台视记者傅达人的采访。接着，中视的刘墉不仅带着摄影师灯光师，而且还送了他们三对刻了他们姓名的图章。证婚人为梁实秋的至交——大同公司的董事长林挺生。眼看时间不早，梁实秋自做司仪，读婚书、盖印章，其风趣的举止和言简意赅的致辞，使婚礼达到了高潮。随后，大家举杯祝福这对新人。因编导班的同学和记者们太多，他们在原先订的两桌的基础上又加了两桌。餐毕，韩菁清的同学们前呼后拥地到台北敦北南路的家去闹洞房，一直到晚上 10 时许，大家才散去。梁实秋虽然很累了，然而，兴致不减，还和妻子一同观看台视、中视、华视三台关于他们结婚的新闻。看完新闻后，各自去洗澡。换上睡衣后，梁实秋说要抱娇妻入洞房，韩菁清则说："文弱书生四肢无力，还是我抱你吧！"她一边说一边一把就将丈夫抱起。梁实秋开玩笑道："小娃怎么是举人啊！"韩菁清闻言扑哧一笑，手软了，将他的头撞在了门框上端，他大叫。韩菁清大笑道："本来你是'进士'（近视），现在变成'状元'（撞垣）了！"虽然很累，两人却毫无睡意，先是大笑大闹，接着相拥而眠。待丈夫睡去，韩菁清戴上耳机，收听中国广播公司一小时一次的关于他们结婚盛况的播音，沉浸于在幸福的回想之中。他们由"相敬"到"相爱"，由"相爱"到"相依"，历经五个多月的磨难，终成为千古传诵的不朽佳话。（参见韩菁清：《和梁实秋结婚的那一天》，殷世江、黎阳编：《秋的怀念：韩菁清梁实秋纯美爱恋真情纪事》，华文出版社，1995 年 8 月）

梁、韩结婚后，以实际行动演绎了"真爱会泯灭一切差异，消融一切隔阂，永葆爱的甜蜜"这一道理！他们爱的法宝：求同存异，值得天下有情人借鉴。

梁、韩的差距的确太大了。年龄悬殊而导致的饮食习惯、健康状况，生活方式和价值观念都不甚相同：一个爱吃面食，一个爱吃泡饭；一个有糖尿病，一个却嗜辣喜甜；一个早睡早起，一个熬夜贪睡；一个质朴节俭，一个出手阔绰；一个饱经沧桑，处事谨慎；一个毫无城府，热情似火。在此差异面前，还能相敬如宾，其秘诀梁实秋概之曰：彼此尊重对方，不去改变对方的生活习惯。韩菁清谓之为：别无秘方，只是容忍。当然，为了所爱，改变也是自然而然的。如梁实秋一改往日衣服的老气横秋，穿得时尚起来。和年轻的妻子生活在一起，他心境的年轻是不争的事实。不喜唱歌的他，却常常唱起妻子作词的《传奇的恋爱》和由妻子编剧的《我的爱人说就是你》的主题曲。刚结婚时，他每天早上都要为妻子榨橙汁，韩菁清晚上为丈夫熬上一锅极具营养的汤。两人还时常唱和。梁实秋写小诗《给小娃》记述他们相爱的生活。诗曰：

我早晨挤杯柳橙汁，

为你午间起来喝；

你晚上送来热茶水，

怕我夜里醒时渴。

这可是琼浆？

这确是甘露。

胜似千言万语，

抵得祝福无数。

（《梁实秋文集》6 卷 76 页）

　　韩菁清在《青、青、青青》一诗中，写出夫妻间的人间真情。诗曰："你说你不爱花儿，因为花儿太艳丽，且难以抵抗那芬芳扑鼻。你说你不爱鸟儿，因为鸟儿太调皮，整天吱喳教人不能休息。你却在我耳边细语：你爱树，爱叶，也爱草地，甚至于田原旷野也都如你意。我问你：'为什么？'你说你爱的是那一片青青，青青，青青。眼底，心底——青，青，青青，路远，路近——青，青，青青，充满人间天上——全是青，青，青青。"

　　韩菁清酷爱彩色眼镜，日积月累，成为名副其实的眼镜收藏家。梁实秋与之相爱时，得知她的这一癖好，便投其好，买了一副蝴蝶牌太阳镜送她。婚后，她将自己的嗜好加之于丈夫，为他配了多副年轻时尚的眼镜。闲暇时，夫妻俩也玩文字游戏。妻子专挑丈夫主编的《远东英汉大辞典》中的生僻英语单词，考验他中文的意思。丈夫一时语塞时反唇相讥，说她的"洋泾浜"英语，谁懂？有时，韩菁清也写出一种汉字偏旁，两人在五分钟内默写这一偏旁的字，谁写得多，谁就获奖金一元。自然，丈夫胜少败多。

　　各具个性又业已成型的两个人，生活在一起，发生小的摩擦和争吵是不可避免的。那些宣称一辈子从未红过脸的夫妻，要么扯谎，要么感情如死水一潭。韩、梁结婚后，也曾发生过矛盾。较为有名的一次，就是患糖尿病的梁实

秋当着韩的面偷吃荔枝还狡辩而引发争吵的"荔枝风波"。（《梁实秋文集》9 卷
579 页）两人争吵时，韩菁清常常躲到卫生间哭泣，梁实秋则在外面唱《总有一
天等到你》和《情人的眼泪》，一曲唱毕，夫妻俩又破涕而笑，和好如初。日
后，梁实秋还附会说，他们的相爱是有其历史渊源的。早在南宋时，名将韩世
忠娶女将梁红玉为妻，夫妻恩爱，世代景仰。如今只是身份互换，是前世修
来的爱。

5．"我从你身上获得了新生"

自结婚时起，梁、韩就相约，今生须臾不分离。可生活与愿望总有距离。
在他们共同生活的 13 年间，韩菁清因房产等事务，每年需要前往香港料理；
梁实秋也因"绿卡"的缘故，隔一年也要飞往美国办理手续。所以，两人常有
小别。时间虽然不长，彼此却函电不断，书信频传。梁实秋仍像婚前一样，差
不多每天都要给妻子写上一封家信，倾诉离情别绪。

1975 年 10 月，韩菁清因要到香港去处理部分产业。婚后第一次别离，
梁实秋黯然神伤，失魂落魄。他在机场送别妻子回来后，写下《临江仙》
一词：

> 未到别时心已碎，怎堪南浦送人？几番叮嘱莫销魂；心头酸楚，
> 热泪堕青衿。
> 独自归来无意绪，开窗痴对白云。转身有意倒清尊，无人管也，
> 醉了更伤神！

　　　　　　　　　　　　　　　　　　　（《梁实秋文集》6 卷 76 页）

妻子去香港，虽只有短短一周，对梁实秋而言，却度日如年。他万般寂
寞，食不甘味，觉不安寝，成天恓恓惶惶，不知如何是好。为了缓解自己的思

念，他又提笔给妻子写信。在信中，他既渴望妻子早日回来，又希望她快乐，叫她多玩几天。1976 年 6 月 4 日，梁实秋为了在美的"绿卡"和看望女儿一家，又不得不暂别娇妻，前往美国。刚上飞机，离愁别绪的忧伤扑面而来，他想起与妻子的离别，心绪不宁，在假眠中吟咏成一首爱到极致、充满悖论的诗篇《爱，别离歌》。诗曰：

> 爱，
> 我愿你不要想念我，
> 你想念我，
> 我会难过。
> 你跳舞，
> 你唱歌，
> 我要你尽情欢乐。
>
> 爱，
> 我愿你不要忘记我，
> 你忘记我，
> 我会难过。
> 你跳舞，
> 你唱歌，
> 你知道我在做什么？
>
> 不要想念我，
> 不要忘记我，
> 这矛盾的心情教我怎样来解脱？
> 我宁愿你快乐，

让我受折磨。

（《梁实秋文集》6 卷 77 页）

梁实秋在家信中，言语更加热情奔放，恰似少年情痴。诸如"我们匆匆分离已有三天了！好像有许多话要说，又好像不知从何说起，只是心里痒痒的，想看你，想拥抱着你！清清，你这几天是怎样度过的？如果我一个月后回去，现在已过了十分之一。我不要你接我，我要给你一个惊奇。"（《梁实秋文集》9 卷 552 页）"清清，你要注意玉体，勿过劳。夜晚早回，勿过晚。对佣人不可过分信任，亦不可生气。我时时刻刻在记挂着你。"（《梁实秋文集》9 卷 555 页）"小娃，离别一星期了，我无时不惦念你，无时不在猜想你此时此刻是在做什么，是谁在陪伴你，身体是否舒适……"（《梁实秋文集》9 卷 347 页）"我们分别快一个月了！我像是火箭升空倒数秒数一样，分别的日子越多，见面的日子越近，我在愁苦中也发现了期望中的乐趣。我想象中你从飞机场把我接到我们的新居，我一定兴奋得要命！我到了新居，第一件事做什么，第二件做什么，第三件……我都想过了。你想到了么？"（《梁实秋文集》9 卷 452 页）

梁实秋虽身在美国，心却在妻子身上，担心她切菜时割破手，给她寄来一种名叫"OK 绷"的橡胶布。常常给她写信，也渴望收她的回信。婚后的韩菁清很少写信，梁实秋偶尔收到她的只言片语便欣喜若狂。特立独行的韩菁清也时常任性。有一次，梁实秋去美时，将身份证带走，因担心佣工翻动自己的稿件而将书房的门也锁上，她为此大发脾气，责备他不信任自己。还有一次，梁实秋在美国收到了刊载自己写给妻子诗篇的报纸，原来她自作主张将他写给她的情诗《给菁清》发表了。诗中除了表达他对妻子的痴情外，也流露出自己时日不多的伤感，渴望妻子能给予自己更多的安慰。

韩菁清去香港时，总是事先为丈夫准备好生活用品，再三叮嘱他要注意休息，不可吃甜食。或许年龄的关系，妻子一走，梁实秋倍感孤独。他常常在写作之余，翻看妻子照片，将思念融入信中、诗中和画中。寂寞难耐时，重操荒废多年的画笔，在昙花、鱼虾、石斛兰、蜡梅、水仙、青菜、萝卜和香菇等物上，以水墨的写意，表达对妻子的痴情。画毕，他还在旁题诗作赋，并将这些水墨小画，装入锦缎裱糊的匣子里，题上《清秋戏墨》的文字，以此表达："亲卿爱卿，是以卿卿，我不卿卿，谁当卿卿"的别样深情。妻子不在身边时，梁实秋最大的乐趣就是饲养捡回来的野猫。他对昵称为"白猫王子"的猫，更是恩宠有加。每逢到了"野猫子"捡回来的 3 月 30 日，他都要为它作文纪念，遂使其声名远扬。

　　恋爱使人年轻，使人精神焕发。这在梁实秋身上得到了应验。在韩菁清的细心照料下，他不仅外貌显得年轻，走路也潇洒自如，不再拖脚了，而且才思敏捷，落笔成文，每天都写下两三千字。为了丈夫有一个好的写作环境，韩菁清在结婚五年内，因为西晒、嘈杂和恐高，搬了三回家。梁实秋曾撰文《搬家》记述其艰辛和无奈。

　　梁实秋从台师大退休后，蛰居书斋，以写作翻译为业，几乎不参与社会活动，乃至于他在台湾的身份证上所填职业为"无业"。夫妻俩对电视剧《大地风雷》主人公刘明的绰号"混混"，产生共鸣，相互以"大、小混混儿"称呼。梁实秋在《清秋戏墨》中写道："余身份证职业项被填写为无业，北方呼无业游民为混混儿，菁清戏作《混混儿之歌》。"韩菁清才艺俱佳，幽默风趣。她在《混混儿之歌》中将丈夫和自己的鼾声比作柴可夫斯基的交响乐和肖邦的钢琴奏鸣曲。梁实秋仿照妻子的《混混儿之歌》写下《我们俩偎在七层楼上小鹊巢》一诗。诗曰：

　　　　重阳何处去登高？摩天楼巍巍峨峨。也摸不到云霄，崇山峻岭，
　　崔嵬崛崎，有一环白云围上楼腰。毕竟是穹冥下一抔土，说不上什
　　么碧天寥。倒不如我们俩偎在七层楼上小鹊巢，饥来烹蒜米、煮藜

蒿，闲来歌一曲、唾壶敲，两股柔情，织成一绺，向上飘，飘到九霄云外。这时节天上人间，无与比高。

> ——写给菁清以博一粲。秋秋。

> （《梁实秋文集》6 卷 79 页）

岁月似剪刀，天天催人老。随着时间的流逝，梁实秋的身体状况日渐衰弱。他在美滞留期间，曾作诗自况："好花插瓶供，岁岁妍如新，可怜镜中我，不似去年人。"眼花、耳聋、齿落，他时有来日不多之感。每当有此念，他都为不能天长地久地陪伴妻子而自愧。为爱计，他不得不为妻子的将来着想，鼓励她发展自己的兴趣，以备日后自己不在了，她的生活过得充实而愉快！执爱之心，天地可鉴！

1982 年夏初，梁实秋在美国见到了暌别 32 年的大女儿梁文茜，心境格外舒畅。转瞬间，他们迎来了结婚十周年的纪念日——1985 年 5 月 9 日。82 岁的梁实秋在回顾自己的十年婚姻生活时，对妻子充满着感激之情。他写道：

> 我首先告诉你，自从十年前在华美一晤我就爱你，到如今进入第十个年头，我依然爱你。……十年来你对我的爱，对我的照顾，对我的宽容，对我的欣赏，对我所做的牺牲，我十分感激你……清清，愿你幸福长寿！

> （《梁实秋文集》9 卷 570 页）

韩菁清对梁实秋的爱是建立在欣赏的基础上的，她非常珍视和梁实秋的传奇爱恋，细心照顾他的饮食起居。暮年的梁实秋，听力日衰，韩菁清不仅请求电话公司为他安装了铃声感应灯，电话一响，房中的灯光就会不停地闪烁，并且在电话的听筒上还安装了扩音设备，以便他能听得清晰。在日常生活中，韩菁清实际上成了他的传话筒，外界的交流，都是通过她来转达的。无论是在生活上，还是在精神上，韩菁清都业已成为梁实秋须臾不离的"拐杖"。步入晚年的梁实秋，笔耕不辍，著作无虚日，迎来了一生的创作高峰。创作了《雅舍小品》的第三集（1981 年版）、第四集（1986 年版），写就了《雅舍谈吃》（1985 年版），出版了《雅舍杂文》和《雅舍散文》上、下集。此外，他还从他和妻子的名字中各取一字，将他们的浓情蜜意，凝聚成《清秋琐记》。

梁实秋晚年在学术上最大的贡献，就是在妻子的支持下，耗时七载，写作了近两百万字的《英国文学史》，编辑了与之配套的三大卷《英国文学选》。1986 年 10 月，柯灵在香港的《星岛晚报》上发表《回首灯火阑珊处》，为梁实秋的"抗战无关论"平反，这在一定程度上为他恢复了名誉，他在感激之余，倍感欣慰。

生老病死，人之常情，梁实秋并不忌讳。他在 1984 年就有预感，在给妻子和儿子梁文骐各自写了一封信后，留下了遗嘱，放在家里的"〇〇七号"皮箱里。1987 年 8 月，梁实秋在译完马克·帕丁金的《生死边缘》后，生命开始走向倒计时。睡梦中常常念叨"妈妈""俞珊""业雅"和"季淑"等人的名字，那些在他生命中留下美好记忆的人，他一生都未曾遗忘。1987 年 11 月 2 日，梁实秋因突发心肌梗塞，住进台北中心诊所。11 月 5 日因抢救时替换的氧气罩太小，供氧不足而去世。他死前最后一句话竟是："我要大量的氧气。"

梁实秋的离世，引发台湾媒体的热切关注，《中国时报》的《人间》副刊用"巨人离席"作通栏标题，《联合报》则以"春华秋实"为题竞相报道。梁实秋的猝然离世，让韩菁清一时手足无措，幸得到林挺生的帮助，在梁文骐的操持下，她花 23.7 万台币，为丈夫赶制一口红木棺材。并遵照他的遗嘱，于 11 月 18 日将他葬在台湾淡水北新庄北海公墓的高处，墓碑上由她手书"梁实秋教授之墓"。巡葬及悼念的全过程，都录像纪念，片中配以她自己演唱的歌。

梁实秋安葬不久，韩菁清就替他前往北京还愿。11 月 23 日，她看望了梁文茜一家。两天后，拜访了梁实秋的老朋友冰心。26 日，她又前往老舍故居，看望老舍夫人胡絜青。随后，到中山公园、清华园，寻访梁实秋的足迹。接着，她离京赴沪，寻找童年的记忆。在完成梁实秋的遗愿后，她给"唯一的"的丈夫梁实秋写了一封信，详细地介绍了自己的大陆之行，字里行间依然是无尽的相思和挥之不去的爱恋。

梁实秋离世后，韩菁清坠入孤苦的寂寞中，陪伴她的只有三只小猫。因大陆之行，她被台湾当局"禁足"两年。丧夫又失去自由，她痛苦不堪，整天都沉浸在对丈夫的缅怀和追忆之中。在思念中，她写下了寄给亡夫的两封信："几生修来不渝的爱"和"我现在唯一的安慰就是默念你"。星期天，她常常不由自主地乘上计程车，来到梁实秋的墓前，摆上他爱吃的甜食、水果、鲜花等，向他诉说自己无尽的思念。每月两次，月月不断。1988 年端午节，她和梁实秋的学生一同驱车到北海公墓，坚持与她的"秋秋"一同过节，即使相逢不相见，她也倍感快乐和欣慰！

韩菁清闲居在家，以整理丈夫的遗作、日记和他们的书信打发时光，并从中得到安慰。梁实秋逝世三年后，她向读者公开了她和梁实秋的大部分情书，向世人展示了他们的传奇之恋。1994 年，时年 63 岁的韩菁清因突患脑中风，不治而亡。

梁实秋是幸运的，他与韩菁清的传奇之恋，不仅使他从丧妻之痛中解脱出来，而且还焕发了青春的活力，恢复了他热情奔放的本性，过上了"半天写作"，"半天神仙般的生活"。（刘绍唐：《梁实秋先生的晚年》，转引自叶永烈著：《梁实秋·韩菁清》178 页）韩菁清也是幸运的，她虽不是梁实秋的初恋，却是他最后的所爱！

世间的爱情有多种，然而，真爱只有一种！能步入真爱之门，并享受真爱之美的人并不多。梁实秋无疑是为数不多的幸运者。前半生有程季淑的照顾，后半生有韩菁清的陪伴，他此生无憾！

第五章　朱湘与霓君：「这一段私情，就是你我两人知道」

一、『我们的姻缘是天注定的父母指腹为婚』

二、『夫妻之间，应该有什么话就说什么话』

三、『何必将寿命俄延，倘若无幸福贮在来年』

　　被鲁迅誉为"中国的济慈"（鲁迅：《致向培良》，《鲁迅全集》（卷十）33页，中国文史出版社，2002年）的诗人朱湘（1904-1933），因幼年怙恃俱失，兄姐之间的隔膜与奚落，导致了其倔强、敏感和孤傲的个性，这让他在日后的求学和与人相处中，四处碰壁。1933年12月5日，因求职无望，夫妻关系紧张，他在上海开往南京的"吉和轮"上，手持酒瓶和海涅的德文诗，投江自杀。朱湘与妻子刘霓君（1904-1974），虽是指腹为婚，在患难中一度产生了真情，乃至孕育出彪炳千秋的情书集——《海外寄霓君》。在朱湘的生命中，"朋友。性。文章"（朱湘著，方铭主编：《朱湘全集·书信卷》168页，安徽文艺出版社，2017年1月）不可或缺。其特立独行的个性，以一己之力抗争文坛权威的努力，虽成为镜中花、水中月，但他29年生命历程留下的，不仅是孜孜以求的诗体探索和"死了也不死"的诗篇——《摇篮歌》《采莲曲》《王娇》及十四行体诗，还有其难能可贵的爱国主义思想和没有丝毫的奴颜媚骨的品质。

一、"我们的姻缘是天注定的父母指腹为婚"

　　朱湘，1904年出于湖南省沅陵县，字子沅。原籍安徽太湖，南宋著名理学家朱熹的第三十五代孙。祖辈以行医救人和乐于读书名世。其父朱延熙（1852-1915），晚清翰林，钦赐进士，仕宦江西、湖南，为政清廉，政绩卓著。其母张氏（1868-1907），张之洞二哥张之清之女，朱延熙的续弦。朱延熙的原配余氏，生有一子朱文寅，早夭。张氏婚后生有四子二女，最小者为朱湘

（辈名文同）。张氏性情温和，持家有道，擅长历史和音律，尤其精于琴操之学，对子女疼爱有加，咸自授读。或因积劳成疾，朱湘 3 岁时，张氏便不幸离世。失去了母亲的呵护，朱湘自小寡言而胆怯。有一年夏天，家里来了客人，朱湘因不合时宜地穿着大马褂，引发家人和客人的哄堂大笑。自此以后，家人时不时地讥笑他为"五傻子"（排行第五）。这不仅在朱湘幼小的心灵深处留下了深深的创伤，导致他"口齿钝拙"、身体孱弱，而且还逐渐铸就了他孤傲狷介的性格。

朱湘天资聪慧，记忆力超群。5 岁时，父亲为他指腹为婚，未婚妻刘采云（日后，朱湘为其取号季霞、霓君、细君，后以刘霓君名世）系父亲在江西共事时的同僚好友刘翰林之女。在朱湘 6 岁时，父亲延聘一举人教他学四字一句的韵文史事书《龙文鞭影》（原名《蒙养故事》，明人萧良有编撰，杨臣诤增补修订，中国古代有名的儿童启蒙读物。"龙文"是古代一种千里马的名称，它只要看见鞭子的影子就会奔跑驰骋。编撰者的寓意是，看了这本《龙文鞭影》，青少年就有可能成为"千里马"）。随后，朱湘又在塾师的指导下，囫囵吞枣地诵读起《诗经》来，虽枯燥乏味，却也在他孤寂的记忆里播下喜欢诗歌的种子。不久，父亲又送他到蒙馆学习"四书"《左传》等，并尝试练习作文。生活中缺乏关爱，慰藉心灵的乐趣就只有读书。缺乏安全感的朱湘，寂寞和惊恐常常不期而至，涌上心头。他在《我的童年》中就记载了年幼时在蒙馆的孤单与恐惧。10 岁时，随父亲返回老家安徽太湖弥陀寺镇西的乡下"百草林"生活。"百草林"四面环山，松柏苍翠，晨暮雾蒙，山峦叠嶂，变幻莫测。大自然的山山水水，使朱湘倍感新鲜又铭记深刻。日后，这段儿时的记忆多次幻化为他诗中空灵、纯朴的意境。

行医的祖父朱名盛对聪慧的朱湘疼爱有加，不仅延师专教，而且还亲自传授。严格的家教，为朱湘未来的求学烙下了"宁受内制，不受外侮"的印迹。1915 年，父亲离世，死前留下遗嘱，将朱湘交由南京政府供职的大哥朱文焯抚养。这位大哥比朱湘大 26 岁，是朱延熙堂兄朱忠勋的四子，早年过继给朱

延熙作养子。朱文焯脾气暴躁，经常痛打朱湘，兄弟之间感情淡薄，朱湘对他
只有敬畏没有亲近。无奈疼爱他的祖父年事已高，有心无力，他只好听从大哥
的安排到南京读书。经过考试，顺利进入江苏省立第四师范学校附属小学读高
小。在读高小的两年里，朱湘颇为快乐，性格也为之开朗，甚至还登台排戏娱
乐。课余，他阅读了不少小说，对《彭公案》，史蒂文生、显克微支的侠义小
说，尤其喜爱。在读了孙毓修主编的白话文《童话》后，他还尝试创作了一篇
描写一只鹦鹉在一个人家里面所见所闻的小说（已佚）。1917 年后，朱湘考入
江苏省立第一工业学校预科班。

寄居在南京大哥家里，因大哥脾气暴躁，动辄打骂，朱湘并不快乐，始终
有寄人篱下之感。童年的痛苦记忆，导致朱湘长大后，极度缺乏信任感和安全
感，只有沉浸在诗的平静的世界里，他才感到快乐。二哥朱文长因病去世后，
寡居在南京的二嫂薛琪瑛，给予了朱湘母亲般的柔情与温暖。薛家家道殷实，
薛琪瑛从苏州景海女学英文高等学科毕业后，曾留学国外，通晓英文等多国语
言，译有剧本《意中人》（王尔德）和童话小说《杨柳风》（肯尼斯·格雷厄
姆）。五四新文化运动的影响，加上二嫂的言传身教，不擅长理工科的朱湘，
从痴迷于杜甫诗歌，爱上了新文学，并尝试新诗创作。1918 年，在二嫂的支
持下，朱湘前往上海基督教青年会补习英文一年。这期间，他勤奋努力，不仅
英文水平突飞猛进，而且还广泛涉猎了中外文学名著。

1919 年秋，朱湘考入清华学校留美预备班，插入中等科四年级学习。在
清华期间，朱湘沉浸在书的海洋，自由翱翔。清华文学社兴起时，朱湘和他
的三位同学饶孟侃（字子离）、孙大雨（字子潜）和杨世恩（字子惠）一起加
入。他们四人以诗作闻名于清华园，被称为“清华四子”。因全身心投入新文
学，加上性情狷介，不愿上那些乏味的必修课，朱湘的学生生活，过得颇为
烦闷。1922 年元月，他在《小说月报》上发表的新诗处女作《废园》，就表
达了对清华园生活的失望与不满：“有风时白杨萧萧着，无风时白杨萧萧着；

萧萧外更听不到什么。野花悄悄地发了，野花悄悄地谢了；悄悄外园里更没什么。"

　　1923 年冬，因旷课较多，又多次抵制学校教务处的点名制度，朱湘被学校记满了三次大过而被开除学籍。可他并不因之而后悔，反而坦然地离开了早已厌倦和仇恨的清华，只身回到上海。大哥得知他被清华开除后，非常生气，将他臭骂了一顿。滞留在上海期间，朱湘将大部分精力都用在新诗的创作和外国名诗的翻译上。1924 年 3 月，他将昔日翻译的罗马尼亚民歌结集为《路曼尼亚民歌一斑》，作为"文学研究会丛书"之一种，交商务印书馆出版。

　　大哥为了完成父亲的临终之托，开始筹划朱湘的婚事，让他与刘霓君结婚。1924 年 3 月，朱湘与刘霓君在南京举行了旧式婚礼。结婚仪式由朱湘的三哥主持，代父行使家长职权的大哥要朱湘行跪拜礼，受过新式教育的他只愿三鞠躬。结果，大哥勃然大怒，抬手打翻了桌子上的龙凤喜烛。朱湘一气之下，携妻离开了三哥的家，在二嫂薛琪瑛的劝说之下，他才在二嫂家里度过了新婚之夜。

　　婚礼上得罪了大哥，朱湘又不愿道歉。自此以后，兄弟俩不再往来。在二嫂的安排下，朱湘带着妻子来到上海，租住在上海宝山路附近的公寓里。朱湘以写稿赚取稿费，霓君在一家工厂做工，两人生活勉强维持。新婚初期，朱湘看书写作，刘霓君洗衣煮饭，日子虽拮据，但夫妻关系融洽。或许是新婚的甜蜜和家的温暖，激发了诗人的灵感，创作进入丰收期。1925 年 1 月，他将"取青春已过，入了成人期"的少年学步之作 26 首，结集为《夏天》，作为"文学研究会丛书"之另一种，交商务印书馆出版。

　　朱湘在诗集《夏天》中，以宁静清澈的眼光和天真无邪的心灵，来抒写他观察到的自然和人生。这些借歌颂自然来抒发热爱自由、珍视情感、渴望美好生活的诗篇，已显示出诗人非凡的艺术想象才华和驾驭文字的能力。如《春》、《小河》二首、《等了许久的春天》等，诗人以轻灵柔美的笔调，抒写了自然的美丽，借此表达了他对自由自在人生形式的向往和渴慕。同时，在对自然的歌唱中也流露自己悒郁苦闷的心情。如《南归》，通过寒冷的朔方与温暖如画的江南作对比，倾吐出心中淤积的悲愤，表现出对美好人生的向往与追求。在一些抒写友人的诗篇中，诗人则袒露了自己的苦闷与寂寞，如《寄一多基相》《我的心》。在《寄思潜》中，诗人通过抒写与高思潜的神交，对苦闷的人生作了凝重而全面的思考，并以沉痛而执着的声音向多舛的命运发出斥问，气势非凡。《夏天》中的一些小诗，清纯精巧、含蓄隽永，如《早晨》《雪》《爆竹》等。其中的《快乐》，象征意味浓厚，构思新巧，耐人咀嚼："晚空的云，自金黄转到深紫；似欲再转，不提防黑暗吞起。"朱湘的发轫之作，从情绪的基调和艺术的想象上，已经奠定了诗人的才情与创作本色。

　　1925 年初，时任上海大学教务长的陈望道，因在报刊上看到了朱湘的一些译诗，赏识其翻译才华，延聘他到上海大学英文系任教。朱湘以极大的热情投入到教书育人的行列中。诗人的真挚与热情、轻视权威的个性，吸引了莘莘学子。有了较为稳定的生活来源，与妻子又新婚燕尔，浓情蜜意，朱湘对生活和未来一度充满了天真的幻想："凭了这一支笔，我要呼唤 / 玄妙的憧憬。"（《圈儿·14》）"我们要世间不再有寒冷，我们要一切的黑暗重光。""欢乐在我们的内心爆裂""半空中弥漫有花雨缤纷！"（《热情》）《答梦》中对爱情的信念，或许也来自对妻子温情的感悟。心中有了爱，就会增加向前的勇气，因为：

> 情随着时光增加热度，
>
> 正如山的美随远增加；
>
> 棕榈的绿荫更为可爱，
>
> 当流浪人度过了黄沙；
>
> 爱情呀，你替我回话，

我怎么能把她放下？

　　然而，"相信诗人应当靠诗吃饭"的想法，在现实生活中不堪一击。五卅运动后，学校停课，朱湘失去经济来源，霓君又身怀六甲，本来拮据的日子更加窘迫。或许有感于社会现实的触发，朱湘以风趣的手法，在叙事诗《猫诰》中，借老猫对小猫的训示，不仅对外强中干、欺凌弱小的军阀进行了无情的讽刺，而且还对喜欢自夸家谱、自欺欺人的国民进行善意的批评。诗人的幽默讽刺才华，在叙事和场面的客观描写里自然流露。全诗涉笔成趣，妙趣横生，用词精准，文笔生动，节奏轻快，换韵妥当。蓝棣之称赞"《猫诰》是整个《草莽集》中的神品""在讽刺性叙事诗的创作方面，自有新诗以来，《猫诰》的成功堪称独步"。（蓝棣之：《论朱湘的诗歌创作》，《中国现代文学研究丛刊》1984年2期）

　　朱湘沉醉在诗的世界里流连忘返，既不外出找工作挣钱养家，又固执己见不愿向大哥求助，霓君为此非常生气。可为了一家人的生活，她又不得不挺着大肚子外出推销自己绣制的衣物，日子过得捉襟见肘，夫妻俩龃龉不断。1925年，长子朱小沅（1925-1978）在上海出生，朱湘为之取名海士，字伯智。小沅来到人间，虽给诗人增添了快乐和生活的勇气，但也使本已窘迫的生活更加窘迫。朱湘在此期间创作的《草莽集》（开明书店1927年8月初版），已看不见《夏天》中的天真和稚气了，多了一些对人生的感悟与思索。即使是那些抒写"绮辞"的爱情诗篇，也透露出他对人生世事略带不平的辛酸感慨。如在《情歌》中，诗人问道："谁知道莲子的心、尝到了这般苦辛？"曾经允诺给妻子的幸福生活，"如今"都"到了冬天，我一物还不曾献怜"。同样的，呈现出鲜明的民族特色和艺术上独特风格的代表作《采莲曲》，也流露出诗人对平和宁静生活的向往和对冷酷人生的逃避。然而，"芬芳的梦"（《葬我》）于诗人而言，如水中月，镜中花。生存不易，心有怨气。在一次乘电车回家的途中，诗人偶遇两个傲慢的西洋人，用英文谩骂一对母子，他出于民族尊严和气愤，用流利的英文大声驳斥他们，使这两个外国人颜面扫地，当众出丑。日后，他还将这件事情记录下来，题为《这是什么意思》，直问外国人为何如此傲慢？以此引起中国人的反思。

正当诗人感到无助时，清华的朋友彭基相、饶孟侃等人在北京创办了一所旨在改革教育思想的"适存中学"，来信邀请他前去加盟。为摆脱困境，1925年夏天，朱湘将霓君和儿子送回湖南亲戚家，自己独自前往北京。同年9月，朱湘一来到适存中学，就满怀热情地创作了《适存中学校歌》（后改名《少年歌》）。在适存中学教授英语期间，朱湘与"清华四子"往来密切，又与流浪诗人刘梦苇（1900-1926）再次重逢。友情纾解了诗人的苦闷，也激发了他的灵感和才华。

为了生活，被迫与妻儿分离，独自一个人漂泊在北京，每当清夜无尘，月色如银的夜晚，诗人免不了会想起妻子的眼珠："何以像明月在潭心？"（《眼珠》）曾经与妻子相依为命的日子，在诗人的想象中也美好起来。他在化用温庭筠《菩萨蛮》"懒起画蛾眉，弄妆梳洗迟"的《催妆曲》一诗里，就用清新的笔触，描绘了万物苏醒的清晨，生机勃勃：鸽子、日神、画眉、春莺儿都催促着女孩赶快起床梳妆打扮，开始新的一天。

1926年1月至2月间，朱湘将中国古代话本小说《今古奇观》中的《王娇鸾百年长恨》，改写成长达九百五十多行的著名长篇叙事诗《王娇》。诗人为此投入了大量心血，将一个"痴心女子负心汉"的古老陈旧故事，演绎成渗透五四反封建时代精神的美丽诗篇。

《王娇》主要描写了小武官之女王娇与曹姨及婢女春香上元节观灯，归途中遭遇歹人。危急之中，侯门之子周生仗义搭救，两人互生爱慕。随后，周生乔装打扮，以书吏身份进王府谋职，对王娇表达爱慕，得到默许。婢女春香引周生入闺房，周、王定情；曹姨发现后，嘱咐周生回家禀明，以便明媒正娶。

王娇怀孕，周生却久无音讯，王娇派家人孙虎前往询问，得知周生已屈从父亲淫威，另娶他人。王娇因绝望而自缢殉情，留下王父孤苦一人，独自悲吟。

"极愿意作长诗的"朱湘，在叙事诗《王娇》的试验中，才情尽显。他有意变换叙事角度，在叙事之中穿插了大量优美的抒情，语言上也吸收了民间流传的弹词鼓书与古代词曲的营养。全诗可读性强，故事的环境氛围浓厚，人物形象的内心世界摇曳多姿，社会风俗，肖像外貌，情节发展跌宕起伏，恰当的铺垫和渲染，细节、感觉和心理的刻画，以及诗行的节奏、韵律和情绪，都可圈可点。

1926 年春末，刘梦苇提议，大家办一个刊物，发表他们的诗歌作品，并商定借用《晨报副刊》的版面，由闻一多和骞先艾去找《晨报》副刊主编徐志摩交涉，在《晨报》副刊上出版专刊。大家商定从 4 月 1 日正式刊行，刊名《诗镌》（1926 年 4 月 1 日—6 月 10 日），每周四出版，先由徐志摩编辑前两期，闻一多接编三、四期，此后轮流编辑。从而，掀起了中国新文学史上一场有名的新诗形式运动。在这场创造新格律诗的潮流中，朱湘的《草莽集》，因非常注重句式的整齐和押韵，厥功至伟。诚如沈从文所评价的那样："全部调子建立于平静上面，整个的平静，在平静中观照一切，用旧词中属于平静的情绪中产生的柔软的调子，写成他自己的诗歌，名丽而不纤细。"《草莽集》"才能代表作者在新诗一方面的成绩，于外形的完整与音调的柔和上，达到了一个为一般诗人所不及的高点"（沈从文：《论朱湘的诗》，《文艺月刊》二卷一期，1931年 1 月 30 日）。苏雪林也认为"《草莽集》虽没有徐志摩那样横溢的天才，也没有闻一多那样深沉的风格，但技巧之熟练，表现之细腻，丰神之秀丽，气韵之娴雅，也曾使它成为一本不平常的诗集"。（苏雪林：《论朱湘的诗》，《苏雪林文集·第 3 卷》143 页，安徽文艺出版社，1996 年 4 月）

我们知道，朱湘与刘霓君的结合，虽不是基于爱情，然而结婚后，朱湘总是尽力做一个好丈夫、好父亲。他来北京后，将自己在适存中学的微薄薪水大部分寄给妻儿，常常弄得自己食不果腹。特别是他看到妻子寄来母子合照背后的文字"你的嗷嗷待哺的孩子和他的亲娘"时，他更是增添了一份责任。乃至于他在面对崇拜自己的年轻女性时，也只能发乎情，止乎礼。

此时，在清华文学社中，有一位严小姐，家境殷实，素雅文静，酷爱文学，与刘梦苇的恋人娴（或许是现实生活中龚业雅，笔者注）相从甚密。严小姐读了朱湘的诗后，对其诗才，钦佩之至。由诗及人，心弦已被诗人拨动。当诗友们为办刊筹措经费时，朱湘无能为力，颇感窘迫。严小姐见状，伸出援手相助，为此，朱湘对她感激不尽。在此后的交往，严小姐总是表现出对诗人的崇拜、体贴和温情。《诗镌》影响扩大后，按事先商定，《诗镌》第三期，由闻一多主编，可闻一多在安排版面时，却将自己的《死水》和《黄昏》、饶孟侃的《捣衣曲》排在了版面的上方，而将朱湘的得意之作《采莲曲》排在左下角。为此，朱湘非常生气，认为他的《采莲曲》要比他们的诗好得多，闻一多是借主编之便，"妒忌他"，加上他又看不惯徐志摩"学阀的气势"，于 1926 年 4 月 22 日在《诗镌》第四期发表"朱湘启事"后，公开宣布退出《诗镌》。

表面上看，朱湘为《采莲曲》的排版位置与《诗镌》决裂，未免意气用事，但也无可否认，与他恃才自傲的性格有关。《采莲曲》在视觉方面上兼具的菱形和夹心结构，韵律和谐，意境幽美，化用古诗，不留痕迹。创造上，不事雕琢，所表现出来的明快和清新，特别是内容和形式上的水乳交融，是新格律诗中的经典，实至名归。

不久，刘梦苇身患肺痨，无钱医治；他心爱的姑娘娴，因门户不当、家境悬殊而决然离开，贫病交加的刘梦苇在情感上一直难以断念。他感同身受写下的爱情诗《铁道行》（"我们是铁道上的行人！爱情正如两条铁轨平行。许多的枕木将它们牵连，却又好像在它们离间。"）就充满着特别绝望的深情。刘梦苇在生命尽头时写的《示娴》一诗，仍然难以忘怀这段无望的爱情："请将你的心比一比我的心：看到底谁的狠，谁的硬，谁的冷？为你我已经憔悴不成人形。啊娴！到如今你才问我一声：你当真爱了我吗？人你当真？但我终难相信爱人会爱成病，你还在这般怀疑我的病深。啊娴！你把世界看得太无情。今后只有让我的墓草证明，它们将一年一年为你发青。"朱湘真心想帮助好友治病，却心有余而力不足。怀抱良善之心的严小姐，又一次伸出了援手，朱湘感动之余，又平添了些尊重。

与《诗镌》决裂，适存中学又资金匮乏，朱湘陷入困境。经好友孙大雨、罗念生等友人的力荐，清华校长曹云祥爱朱湘"绝顶聪明"，同意他秋季复学。朱湘为留学而答应在秋季回清华就读。他本打算趁暑假回湖南与妻儿团聚，并嘱托罗念生将他的信转到湖南去。不知何因，朱湘没有回长沙，不知情的罗念生却将这期间有关他的书信一并转了回去。这些信中有一封就是严小姐写给诗人的情书。霓君看后，又气又恼，在三伏天历经艰辛直奔北京中老胡同。夫妻重逢，疑惑解除，小别胜新婚，令去看望他们的罗念生也陡生羡慕。可几天后，却因对小沅教育上的分歧，夫妻二人又大打出手。霓君直率泼辣，对朱湘坚持儿子继承其衣钵学诗做诗人的主张，嗤之以鼻，极力反对。或许触动了严小姐带给她的妒气，言辞极其尖酸刻薄，使含蓄内敛的朱湘十分伤心。即便如此，朱湘也没有移情严小姐，这使痴迷于他的严小姐失望而去。

1926年9月9日，26岁的"杜鹃啼血"的悲情诗人刘梦苇，抱憾地离开了他钟爱的诗歌和所爱的人。好友英年早逝，朱湘悲痛不已，当友人说刘梦苇不配算诗人时，他不惜得罪友人，撰写了《刘梦苇与新诗形式运动》，称赞刘梦苇为"新诗形式运动的总先锋"。

1926年秋季，朱湘为留美返回清华留学预备班复学。事实上，他的成绩已达到了留学水准。一开学，他就交了一篇题为《咬菜根》的英语作文，老师史密斯先生给了他一个最优加花的高分，叫他不要来上课了，大考时交一篇作文就行。上莎士比亚课的楼光来先生也告诉他，可以免修这门课程。这样，朱湘就有闲暇广泛地阅读古今中外文学名著。基于对文坛结党营私混乱状况的抗争，在经济拮据的情况下，朱湘自办了《新文》月刊，专门刊登使用自创标点符号创作的十四行诗、译诗和评论文章。然而，由于经费不足和读者少的原因，《新文》在办了两期后就匆匆停刊了。在此期间，朱湘完成了大量的诗文创作和翻译作品，如触动于与同学在小山上散步，在一片藤萝之下，望见杨柳梢头的一钩新月而写下的情诗《恳求》；体现其"诗人译诗，以诗译诗""好的翻译等于创作"等翻译主张的《番石榴集》(1936 年 3 月，商务印书馆初版，系赵景深根据朱湘生前编好、交开明书店未出版的《若木华集》的底稿扩充而成) 中的部分译作。从而，奠定了朱湘作为一个现代著名诗人在中国文坛的地位，也为他出国后研究西方文学作好了充分的准备。

二、"夫妻之间，应该有什么话就说什么话"

1927 年 6 月，朱湘从清华留美预备班毕业，他和柳无忌一并获得前往美国留学的资格。霓君在收到朱湘留美报喜的信后，独自一个人日夜兼程赶到北京与丈夫相会，两人在北京的小旅馆当中度过了一段甜蜜时光。霓君的勤劳、坚韧和体贴，使朱湘对于她的感情也从同情转向了尊重与钦佩。他在《小聚》一诗中，就礼赞了妻子的"妖艳"和厨艺，"那柔软如唇儿一样，人怎不争着先尝？"8 月初，朱湘和霓君赶赴上海，与开明书店的编辑赵景深接洽，出版他自编的"新文艺丛书第一种"《草莽集》。在上海青年会的宿舍里，朱湘和霓君如胶似漆。霓君一方面为丈夫即将赴美留学，五年后就能拿到博士学位高兴；另一方面又为自己的未来担忧。表面上，霓君性情刚烈急躁，实际上极其自卑，甚至有些狭隘。与妻子相处一个多月，离别在即，霓君的温情和爱，使朱湘深刻地反思了自己对她的感情。这种反思，在出国后表现得更为明显。

1927 年 8 月，朱湘与柳无忌结伴，怀着"为国祛灾"的理想，开启了留美的航程。轮船过了檀香山后，朱湘在给霓君的信中，回想起与妻子在上海青年会的分别，感同身受地写下《戍卒》一诗，借此表达自己对妻儿和家乡的思念。

　　经过一个多月的海上颠簸，9 月初，朱湘到达威斯康星州的劳伦斯大学，学习西洋文学、英语、拉丁语和高级班法语。他和柳无忌合租在苹果里小镇的一间民房，同床而卧，两人都希望在文学方面做出更大的努力和成绩。朱湘生活节俭，学习勤奋，他第一学期选了 5 门功课，期中考试的时候，每门功课都是 "A"。为此，他还邀请了几个中国同伴去看戏剧《银索》。因剧情介绍当中有辱骂华人吞食鸦片的台词，朱湘愤而撕碎了剧情介绍单，独自抑郁而去。在劳伦斯大学，朱湘除了偶尔逛逛书店，基本上没有其他的娱乐。有一次因为穿着寒酸，到苹果里小镇的书店去买书，看见一本《牛津大学英诗集》，售价 5 美元。店员嘲笑他，读不懂也买不起，朱湘愤而买下了此书。为此，朱湘好几天都闷闷不乐。在一次法文课上，约翰老师在讲解法国作家都德的一篇游记时，说中国人像觅食的猴子，美国学生听后哄堂大笑，朱湘则出于民族的尊严，当即站起来退出课堂，以示抗议。课后，尽管约翰老师向他表达了歉意，但他仍于 12 月 5 日从劳伦斯大学退学，转到罗伦士学校就读。1928 年春末，朱湘又转到芝加哥大学，插入三年级，攻读高级班法文和古希腊文。

　　此时，在国内的霓君正怀上了女儿朱小东（1927—? 名雪，号燕支，"阏氏"之意），朱湘省吃俭用，每个月寄 30 美元给妻子。朱湘独自来芝加哥大学上学后，倍感孤寂，对妻儿的思念日浓。他在 1928 年 2 月至 1929 年 8 月的一年半时间里，给霓君写下了大约 106 封书信（朱湘本人编号）。1934 年 12 月，罗念生编订的北新书局版《海外寄霓君》，收信 90 封。1987 年，安徽文艺出版社版的《朱湘书信二集》，补进了 4 封信，共收 94 封。这些 "沾着血泪" 的书信，较为详细地记录了朱湘在海外求学生活的心路历程。相较于民国 "四大情书" 中的其他三部（鲁迅的《两地书》、徐志摩的《爱眉小札》和沈从文的《湘行书简》），《海外寄霓君》的情感更浓烈、用语更坦率，既将特殊时期留学生的生计愁苦和对妻子的相思爱意、对儿女的思念关怀全盘托出，又处处流露出弱国子民所遭受的歧视与侮辱，以及在想象中释放的累积和压抑的情欲。

朱湘赴美留学，并非镀金，而是迫于生存的无奈："只要在中国活得了命，我又何至于抛了妻子儿女来外国受这种活牢的罪呢。"（第5封）在美留学，清华每月补贴80美元。由于朱湘既要负担留学期间个人的生活和学习费用，还要给霓君寄钱，养活妻子和儿女，甚至还要偿还外债和谋算未来，所以常常捉襟见肘，为钱烦恼。与大哥闹僵后，生性高傲的朱湘，不愿意低声下气地求人，乃至于他在美留学时，只好开源节流，尽可能地多创作和翻译，以赚取稿费，补贴家用。因此，朱湘在给妻子的书信中，多次谈到了钱，甚至是事无巨细地谈到了寄钱、开支等琐碎的事，对霓君从长沙般若庵的租住处搬到其妹的万府上暂居，更是絮絮叨叨的询问与嘱咐。对妻子想上学谋自立一事，细心地予以建议与指点。朱湘在给霓君的信中，一再保证会按时寄钱。当得知妻子独自带着一双儿女，寄人篱下，非常苦闷时，诗人还时不时地向霓君介绍一些外面奇特的风俗给她解闷，送一些明信片、画片、黑色的双线发网让她开心。

朱湘对诗歌始终抱着虔诚的态度，当成是"一种终生的事业"。然而，在留美期间，因经济上穷于应付，诗人的留美生活一地鸡毛，琐碎不堪，毫无诗意可言。芝加哥的"生活程度极高"，为了节省开支，省下钱来寄给妻子，他只好自己烧饭做菜、不添置衣物（1927年春天，不得已才做了两套春装）、不坐汽车（坐电车）、不看电影、不照相和租住最便宜的房子。甚至，他还萌生了去外国饭馆打工的念头，他在给霓君的信件中还询问了一些基本菜肴的做法。

少不更事时，朱湘对与霓君指腹为婚是懵懂的。待他稍解风情后，无论如何也难以接受这桩包办婚姻，可唯一的监护人大哥却秉承父亲遗愿要他延续这桩父母之命时，他只好一路躲避，避而不谈这个话题。考上清华预科班后，翅膀渐硬，大哥怕他反悔，带着霓君追到了北京。在清华附近的小旅馆里，朱湘第一次见到了未婚妻，两人虽有了肌肤之亲，但真正产生感情，还是他被清华开除，来到上海谋生，与同在上海做工的霓君重逢后。共同的处境，使朱湘产生了恻隐之心，两人抱团取暖，彼此间渐生情愫。在南京结婚后，他们又来到上海。长子小沅出生后，为了生计，朱湘只身前往北京教书。因参加清华文学社，罗念生误将严小姐追求诗人的信转交给了霓君，在霓君心中就留下了阴影。因自卑和分居两地，霓君对她和朱湘的婚姻始终缺乏信心和安全感。这种担忧在她给赴美留学的朱湘信中，时不时地流露出来："哥哥那里去了？哥哥那里去了？我可同去否？我可同行么？又想我是无学问，不能同行，恐终身为此坠落，何等痛苦！"（第 16 封）为此，朱湘多次在信中向她解释，打消其疑虑："妹妹，我那肯同你分离？我那忍心同你分离？我同你说过多次，娶妻是娶贤惠能干，不是娶读书。"（第 31 封）

　　为减少妻子的孤单，朱湘先是鼓励她去上学，后又担心她上学太辛苦，就劝她不要去。朱湘有时回信迟了，抑或钱寄少了，承诺的照片久没有寄回来，就会引起霓君坐卧不安、胡思乱想。朱湘曾想买一块中国的小绣花帕，送给一位曾经帮助过他的房东太太，他写信征求妻子的意见，竟然引发了她的醋劲大发："妹妹，我由这封信看来，可见你疑心病还是很重。相思病已经难医，再加上疑心病，这叫我怎么不担心？我写信回家，平均每六天就有一封，你为什么还埋怨我呢？我那有什么'别故'不能与你通信。……你还是疑心太重，惹得自己苦恼。"（第 55 封）分别日久，思念愈烈，患得患失的霓君甚至产生了心理定势——丈夫已经移情别恋了："我又翻转信看，上面写明'祝你们爱安，空人霓君白'。我又忍不住要笑出来，这一坛空醋吃得太有趣了。'空人'者无有别解，吃空醋人是也。""某某小姐我与她本无关系，就是你闹得个个都以为我同她发生关系了。"（第 63 封）

苦口婆心，海誓山盟，仍难以消弭妻子的疑心。无可奈何的朱湘，竟写下打油诗劝道："劝君莫要有疑心，免得无端疾病临。夫妻好是多相信，作灾作福总由人。我对君情海洋深，明年回国自相亲。当初小故求遗忘，只记京中初见情。"（第63封），而且还痛心疾首的赌咒发誓："妹妹，妹妹，何必呢？我们两人的爱情是天长地久，同偕到老。将来我先闭眼，我就求你顾身子，拿小孩子们带得好好的，不要自寻短见，万一你先闭眼，我发誓决不再娶，作负心郎。皇天在上，我家祖先在上，朱湘如不守约，就天打雷劈。妹妹，这些伤心的话，我本不想说，不过我要安你的心，因为你有时还不免疑心我。妹妹亲爱的，须知我们的姻缘是天注定的父母指腹为婚，我怎能把你抛舍，那我不是成了畜生吗？"（第33封）正因为小时缺乏父母的关怀与温暖，朱湘对妻子的关怀才无微不至、心细如发。当得知妻子手指生疮后，就在信中体谅她，叫她不要写长信。甚至还给妻子买"月经棉"寄回，并教她如何使用。对家中事务，吃穿用度、家庭教育、人际往来，更是循循善诱地予以细心的指点。对一双儿女的关心和爱，更是浓得化不开："小孩子的时候，身体最要紧。早睡要紧。小孩子并不要早起，到十七八岁时候才要早起。多见太阳，呼吸新鲜空气。吃饭时候菜要好，不吃零嘴，可要多吃好水果。多吃菜，少吃饭。常常吃面食。菜里面肉、蛋、豆子，豆腐各种素菜面筋都好，不要吃辣子。"（第53封）

或许留学生涯，太过孤寂和凄苦，朱湘在给霓君的信中，总是表现出对她的依恋和爱。他到芝加哥写给妻子的第二封信里，就提及梦见自己掉到水里，是霓君跳进水里救了他，"当时我感激你，爱你的意思，真是说也说不出来，我当时哭醒了，醒来以后，我想起你从前到现在一片对我的真情，心里真是一股说不出的味道"。以后，朱湘又多次提到梦中见到妻子。在第五封信中，他写道："我爱的霓妹：昨晚做了一个梦，梦到你，哭醒了。醒过来之后，大哭了一场……我如今简直像住在监牢里面，没有一个人说一句知心的话……"

　　身居异国他乡的朱湘，白日苦思爱妻，夜间常与霓君梦中相见。诗人在第四十三封信中写道："我好比长流的那河水，你便是小鱼安居水中。水作衣将鱼浑身搂抱，黑夜到白天一刻不松。"因为思念，盼望妻子的来信就成了朱湘在课余最重要的事。如霓君的来信没能按时收到，他就会胡思乱想。他在给妻子的第十六封信中写道："我最亲爱的霓妹妹……果然不出我所料，你是害了病，这病看是操劳过度、忧愁过度，我说不出的伤心。我决定把功课快些念完，……只要我们夫妻爱情浓厚，别的名利一切我们也可以看轻些。"随着分离愈久，两人通信愈勤，朱湘对妻子的爱与理解更深了，特别是对她含辛茹苦养育一双儿女的奉献精神，在爱中格外增添了敬重的成分。在写给妻子的第五十封信中，朱湘写道："妹妹，你上一封信挂号寄来三首五言绝句，我上信已经说到。我当时看了，又惊又喜，惊的是你作诗进步真快，一日千里也不过这样；喜的是你一片深情都流露在诗句之中，我看完之后，说不出的爱敬。"朱湘在收到妻子的诗后，喜出望外，赞赏有加。他总是将妻子的来信编上号码，珍藏好，一有闲暇就拿出来细细品读。在感动之余，诗人又反思了自己与妻子结婚后，外出求学，未能尽到做丈夫和父亲的责任。为此，他在信中，唠唠叨叨地关心妻子的身体，请她不要穿高跟鞋，多吃豆类鸡蛋蔬菜水果，不时提醒霓君，注意这，注意那，关怀备至。相隔万里，自己外出求学，朱湘总是觉得自己对不起妻子，决心将功补过，除了省吃俭用、多给妻子寄钱外，就是更加勤奋学习，争取早日完成学业，好回国开办一个书店，与妻儿共享天伦之乐。

　　作为过来人，孤身在外求学，又备受经济和民族歧视的朱湘，除了情感的苦闷外，还有生理的压抑。诗人自幼失去家庭的温暖，性情孤傲，不善社交，又颇为传统，青春期身心压抑的释放，就是自慰和看淫秽书籍。他之所以接受指腹为婚，与霓君结婚，固然与大哥代父行使父命有关，更主要的还是他在北京与霓君有了鱼水之欢，使他摆脱了性的压抑。朱湘在留美期间，向妻子坦承自己早年有过自慰的经历。罗念生在《忆朱湘》中也追忆了朱湘曾与孙大雨闹矛盾的原因，是孙大雨担心他的身体，劝他不要看一些不正经的书。朱湘和霓君虽是指腹为婚，可婚后因共同的处境和身心的依赖，使他对妻子产生了真挚的感情。在留美期间，孤身国外，举目无亲，全"靠着看看家里寄来的信解一点闷"（第10封）。这种基于想象之上的身心需求，加剧了他对于妻子的依恋和爱慕。甚至在绵绵的思念当中生出诸多美好的幻想：他要在美国混个好名声回去，好让家人脸上有光；要拿个博士学位，让妻子成为博士太太；要干一番大事业，光耀门庭，荫妻福子。到时，携妻带子一起回故乡去热闹一番。

朱湘留美时，身强力壮，正常的情欲因囊中羞涩而得不到满足，他为此抱怨道："我这两年来缺乏伴侣，极感痛苦。"（《朱湘给罗念生的信》，朱湘著，方铭主编：《朱湘全集·书信卷》259页，安徽文艺出版社，2017年1月）为此，他屡次以大胆赤裸的文字来追忆或想象他们夫妻在一起时的肌肤之亲，以此释放生理上被压制的情欲：

> 我又想到你的温柔，你对我的千情万意，分开了，不能见面，不能立刻见面，说一句知心话，彼此温存一下，像从前在京城旅馆内初见面时那样温存一下。（第5封）
>
> 前几天我在夜里梦到同你相会，同在一床，两人在枕边说了许多许多恩爱的话才睡……那时我的身子送到你的怀中，并且也有许多有趣的东西送到你的手中。（第7封）
>
> 我前两天又做了一个梦同你相会，梦中我们同说了一番话缠绵悱恻，后来哭醒了……霓妹我的爱人，我希望这四年快点过来，我好回家抱你进怀，说一声："妹妹，我爱你！我永远爱你！"如今春天，外国有一种鸟处处看见，有麻雀那么大，嘴尖子漆黑，身子

是灰鼠色，惟独胸口通红，这鸟的名字是"抱红鸟"，这名字是我替它起的，他原来的名字叫"红胸"。四年以后，我们夫妻团圆，那时候我抱你进胸怀，又软和，又光滑，又温暖，像鸟儿的毛一样，那时候我便成了抱红鸟了。（第11封）

　　我前两天想，唉，要是我快点过了这几年，到霓妹妹身边，晚上挨着她睡下，沾她一点热气，低低说些情话，拿一双臂膀围起她那腰身，我就心满意足了。（第12封）

　　我亲滴滴的爱人呀，让我明年秋天回家时候，着实感谢你一番罢。你懂得我是什么意思吗？（第16封）

　　偷到了空工夫，我就坐在你身旁，挨在一起，你的热气飘到我身上来，我的热气飘到你身上去，我还握紧你的手，尽望着你，望着你，低声说些喊喊话，温柔话，说我怎么爱你，怎么敬你，在美国时候怎么想。到了晚上，小孩子同家人都睡了的时候，我们一个枕头，帐子放下来了，你把头枕在我的臂膀上。哎呀，那时候那种亲热恩爱，怎么是这支秃笔所能写得出啊。霓妹妹，我最恩爱最敬重的霓妹妹，我们耐心等着罢。（第19封）

　　有时候忽然想起来要抱着你，教你的头靠在我胸口上，听我在你耳朵里面说我怎样爱你，怎样敬你。我要听你低声回答我，我要看你那一双可爱的眼睛里边射出爱之光来，射到我心上，勾起一股麻辣辣的滋味。（第21封）

　　有一天我把头枕在胸口，同你亲热，说我在外国多么想你，你在长沙多么想我，那时我就安心了。（第31封）

　　我应当赶快回家，上床，钻进你心眼中间去才好……夫妻之间，应该有什么话就说什么话。这才是两人同心，你就是我，我就是你，合而为一，成为一个整人。好像枕边相抱，两人成了一个人一样。

（第 37 封）

知道你很想我，我还不是一样想你吗？梦中相会，何如肉贴着肉……我要打今天起就养身子，好养得精神十分强壮，回家时候让我霓妹妹快活。（第 41 封）

说句笑话，我还应该是寄生虫。小沅小东两个是怎么来的，不是我的虫在你身上寄生，长大的吗？（第 76 封）

这一天我们不要通知亲戚，我们两个独自享一天福。说完了话，就吃好菜，吃完菜，又说亲亲话，到了晚上，又开荤。（第 89 封）

……

这种惊世骇俗的两性书写，在《海外寄霓君》中比比皆是，无所顾忌。在现代文人书信集中也绝无仅有。究其原因，这是朱湘写给妻子的家书，他最初并未打算出版，只是"预备将来回国时候，把我两人来往的信对着看，那一定十分有趣。将来老年，我们回头观看时候，这些信便是我们爱情日记。"（第 35 封）为此，他还将这些海外每封信件进行编号，以免遗漏。

朱湘为人刚烈，愤世嫉俗，不甘受屈辱。他从劳伦斯大学来到芝加哥大学后，主攻比较文学。弱国子民和自身的敏感与自尊，使他仍然为受歧视而义愤填膺。在上英文作文课时，一向自负英文出色的朱湘，并没有得到洋教授的赏识，第一次作业只给了他 D 分，他生气而退课，在宿舍里将辛弃疾的《摸鱼儿》和欧阳修的《南乡子》翻译成英文，在芝加哥大学学生办的《凤凰》杂志上发表，引起了轰动（陈子善：《孤高的真情：朱湘书信集》185 页，上海人民出版社，2007）。1928 年春季，朱湘选了一位歧视中国学生的"教习"的课，引发了这位"教习"的不满。他先是暗指朱湘借书不还，继而又因朱湘指出他讲课中的错误，更是怀恨在心。上课时，前后两次大讲与课本风马牛不相及的事，说什么中国腐朽不堪，"澳门是广东的一个地方，被葡萄牙国占了去。"（第 63

封）面对这种对中国赤裸裸的侮辱，朱湘一听，怒发冲冠，抽身退出课堂。还有一次，老师对朱湘选他的课，视而不见，甚至"在本校日刊登出一段隐隐约约的新闻"（第63封。暗指东方学生与某西方女学生行为暧昧，笔者注），朱湘无法忍受，不再去上课。为了给妻儿多寄点钱，朱湘自己做饭，因煤烟味浸透在衣服上，使之他在英文课上，一位女同学竟不愿与他同桌，朱湘感到受了莫大的侮辱，一气之下，也把课给退了。在芝加哥大学接二连三的含羞忍辱以后，诗人格外地思念自己的妻子和儿女。有一天，他还想起他们夫妻两人的一番妙趣，写成长诗《皮枪战女妖》寄给霓君，逗她开心。

　　1929年3月，为了维护国家、民族和个人的尊严，朱湘在芝加哥大学几乎无课可上，只能再次退学。思前虑后，他转到了环境优美、生活成本较低的俄亥俄大学学习英国文学等课程。在俄亥俄大学的学习，仍然不愉快，因与"教习"发生冲突，退了两门课。或许思妻念子之心过于迫切，抑或在好友彭基相的斡旋下，出任武汉大学文学院院长的清华学兄闻一多，有意聘他为教授，给予300元的月薪，朱湘连学士学位也没拿，就于1929年9月12日乘船回国了。

三、"何必将寿命俄延，倘若无幸福贮在来年"

　　1929年10月初，朱湘抵达上海，好友饶孟侃，赵景深将他接到寓所。回到祖国，诗人兴奋不已，把酒言欢之际，向好友们诉说了自己在美国留学的艰辛与不易。饶孟侃劝他不要去武汉，和自己一道到安徽大学去。经过慎重考虑后，朱湘接受了安徽大学校长王星拱聘任其为外国语文学系主任的教职，与饶孟侃一道前往安庆，筹办外国语文学系。朱湘虽在国外没有获得学位，但校长对他颇为重视，将安庆唯一的一座带西洋风味的小洋楼——百花亭圣公会——安排给他住。甫一安定下来，朱湘即去信叫霓君带着一双儿女从长沙来安庆与自己相聚。夫妻分别两年多，备受艰辛，如今一家人总算团圆了，其中的欢快，溢于言表。

此时，朱湘信心百倍，要在安徽大学实现他"文学救国"的梦想。在安大初期，朱湘月薪 300 元，一家人生活无忧。有了余钱，诗人喜欢买古董，如新出土的陶马、郑板桥的墨迹（赝品）等。当然，朱湘的主要精力仍然放在外国语文学系的建设上。为此，他不仅把自己购买的书籍和译著毫无保留地捐给系资料室，而且还精心备课教学，积极支持学生文艺团体"晓风社"的活动，为他们办的刊物《沙漠》撰稿。在此期间，朱湘将此前翻译的《英国近代短篇小说集》，交上海北新书局出版，并在扉页上题有"此书呈与我的嫂嫂薛琪瑛女士，赞助我读英文的人"。教学之余，诗人还致力于诗歌创作，写有记载安庆风土人情的《一个省城》《诗的产生》等文章。1931 年暑假、1932 年 5 月，他先后两次前往上海邀约赵景深、戴望舒、方高诸等前来安大任教，因新任校长不肯聘任，未果。

狷介耿直的个性，使朱湘对学校当局颇为不满。加上学校经常欠薪，诗人在安大的人际关系紧张，生活也日渐窘迫，被迫廉价变卖书籍字画。贫贱夫妻百事哀，霓君生下幼沅后，心情时好时坏，常常埋怨朱湘无能养家，夫妻俩经常拌嘴，甚至动起手来。有一次，把家具都砸坏了。在罗念生的劝解下，两人和好后又去重新购买。后来，幼沅生病夭折，生活难以为继。霓君力劝丈夫去找南京的大哥和太湖老家的四哥求助，执拗得近乎蛮横的朱湘，宁愿穷困潦倒，也绝不肯低三下四地向兄长们讨口饭吃。霓君并不理解诗人，反而还要奚落他，甚至将他的诗稿也撕碎扔掉。

1932 年暑假，安徽大学改组，诗人被解聘，失去了生活来源。朱湘只好带着全家离开安庆，返回长沙去寻找新的生活。同年冬天，不到一岁的再沅，因消化不良，无钱医治夭折。亲历丧子之痛的霓君，更加怨恨朱湘的无能，夫妻关系更加糟糕。由于积劳成疾，诗人患上了脑充血病（高血压），身体日渐虚弱，精神更加恍惚。

　　回到长沙以后，朱湘一家暂住在岳母家里。为了一家人的生活，霓君做手工绣花赚钱。朱湘因没有文凭，求职屡次碰壁，靠写作诗文为生，倍感艰难。就朱湘的个性，长期寄人篱下，心情颇为抑郁。为此，夫妻俩经常争吵。痛定思痛，诗人决定外出闯荡。1932 年 10 月，他给霓君留下一封信后，独自踏上了谋生的旅程。

　　朱湘先去了武汉，听说闻一多已离开武汉大学，在武大相识的只有"安大"同事苏雪林了。在"安大"时，朱湘和苏雪林没有什么往来。况且，他还不留情面地批评过苏雪林的作品。此时，困居在汉口小旅馆的诗人，迫于无奈才向苏雪林写信求援。出于孤傲的本性，他在信中没有说求职一事，只是谎称自己途中被窃，想拆借几文周转一下罢了。苏雪林接信后，恰巧有事到汉口，便带了他所需要的钱数找到了朱湘困居的小旅馆。呈现在苏雪林眼前的诗人，憔悴不堪，一件赭黄格子哔叽的洋服，满是褶皱，连皮鞋上也积满了尘土。"寒暄之下，才知道他久已离开安大。路费交去之后，他说还不够，因为他还要在汉口赎取什么。我约他明日自到武大来拿，顺便引他参观珞珈全景。问他近来作诗没有？他从小桌上拿起一叠诗稿，约有十来首光景。我随意接着看了一下：他的作风近来似乎改变了，很晦涩，有点像闻一多先生的《死水》。而且诗人说话老是吞吞吐吐，有头没尾的，同他的诗一样不容易了解，一样充满了神秘性。我闷得发慌，没有谈得三句话便辞别了他回山了。"第二天，朱湘应约来到珞珈山，苏雪林带他参观了文学院和图书馆。走过阅览室时，苏雪林告诉他，他的大作《夏天》和《草莽集》也在其中，并问他还有新出版的著作么，告诉她，好叫图书馆去购置。朱湘闻言，面露出悲凉神情，说这两本诗集是出国前的旧作，自己并不满意。"新著诗稿数种现在长沙我妻子的身边，还没有接洽到出版处呢。"随后又微微苦笑一番。苏雪林从这笑里却感到了千古才人怀才不遇的辛酸与悲愤。

朱湘离开武汉的第四天，接朱湘信（说他在汉口失窃被旅馆扣留）的霓君，便从长沙匆忙乘车赶来到汉口。茶房告诉她说，朱湘曾到珞珈山拜访过苏雪林。她便到武大找到了苏雪林。与之交谈后，苏雪林方知"他们夫妇感情从前极好，现在则已破裂，这些时正在闹着离婚"。霓君说朱湘在安大干得好好的，只因"他性情过于狂傲，屡因细故与学校当局冲突，结果被辞退了。失业以后，南北飘流，行踪靡定，家庭赡养，绝对置之不问"。加上"古怪脾气和行径"，苏雪林"愈觉得诗人不是寻常的人，至少也有点神经变态"。（苏雪林：《我所见于诗人朱湘者》，《苏雪林文集·第2卷》340页，安徽文艺出版社，1996年4月）

1933年春节，朱湘折回长沙，没有回岳母家，夫妻关系仍然很僵。春季开学前，霓君为了挽回与朱湘的婚姻，带着小沅再次来找苏雪林，恳请她托王星拱先生为朱湘在武大谋份教职，不巧王星拱因公外出，霓君只好悒悒而去。不久，朱湘离开长沙，乘船前往上海，因下船的时候没有船票，行李被扣在了船上。没有办法，他只好带着船上的茶房前往北新书局去找好友赵景深求助。在上海，朱湘仍然没有找到适合自己的职业。得知朱湘去了上海，霓君便把两个孩子托付其母亲照顾，直奔上海而去。可刚上海，朱湘又去杭州投奔二嫂薛琪瑛去了。万般无奈之下，霓君只好在上海一家刺绣厂找了一份工作，等待与朱湘会面。朱湘因连日的焦虑，食不果腹，到杭州后，他的头痛病更严重了。此时的二嫂，有心无力，爱莫能助。朱湘辞别二嫂后，前往北平，寻求出路。

来北平后，朱湘落脚在西郊达园，一边写诗作文一边寻找工作。在顾毓琇的鼎力相助下，朱湘焦虑紧张的心情得以缓解。在北平的几个月里，诗人写下了诸多如《闻一多与〈死水〉》等有影响的评论文章，继续对新诗的形式进行了卓有成效的探索。他引入并尝试了许多西洋诗体，如意体和英体的十四行诗，并对此进行了卓有成效的现代主义探索。或许是想到远在上海的妻子，朱湘在《十四行意体·51》中写道："横越过空间的山，时间的水。向你我们呼出了最后的一声……从此我们是依然分道而行。像从前那样，没有温柔、陶醉。"可积怨已深的现状，使他对与妻子之间的未来不抱希望："永别了！呈与你的只容我有，这一声辽远的、郁结的疯狂。"

朱湘生前编定，颇为看重的《石门集》（赵景深编辑，商务印书馆，1934 年6 月初版），就体现了诗人在失望与灰心的日子里，他难以言表的"凄苦与幽愤"。诗集中所收的英体十七首、意体五十四首十四行诗，无论是西诗格律形式的尝试，还是对现代主义的探索，他都是中国商籁体写作的集大成者，也是中国十四行诗歌创作数量最多的诗人。无疑，朱湘"为绵延至今的汉语十四行诗的写作开辟了道路"。（钱理群等著：《中国现代文学三十年》361 页，北京大学出版社，1998 年）

此外，在朱湘投江自杀后，好友赵景深搜录、编辑的《永言集》（上海时代图书公司 1936 年 4 月初版，收入朱湘 1926 年至 1933 年间创作的三十首新诗）中，对两行体、四行体、三叠令、回环调、巴俚曲、兜儿等诗体也进行了富有成效的探索。赵景深说："这集子仍保持着《草莽集》的作风，大多是些轻情婉妙的作品，说理的诗和西洋诗气息浓厚的诗都极少。"（朱湘著，方铭主编：《朱湘全集·诗歌卷》356 页，安徽文艺出版社，2017 年 1 月）这些诗，重意境，大多可以朗诵。如《断句》中对爱情的誓言："有好多话要藏在心底，专等一个人……等她一世也没有踪迹，宁可不作声。"谴责封建礼教对人性摧残的《尼语》："神龛前的蜡烛它尚成双，为甚我坐蒲团偏要孤凉？"与《王娇》同类取材《金玉奴棒打薄情郎》的未完稿叙事诗《团头女婿》《八百罗汉》等。诗体形式大体整齐，有的篇章近似民歌体。这些外来形式的借鉴和化用，与前期诗歌的格调形成了鲜明的对照。

1933 年 6 月 6 日，在北平的朱湘写信给主持南开大学英文系系务的柳无忌，碍于面子，他没有告诉好友自己的困境，而是在信中说："下学年也没有一定的计划。只不过有一层是决定了的，那便是，作文章已经是作得不感兴趣了。"（朱湘著，方铭主编:《朱湘全集·书信卷》215 页，安徽文艺出版社，2017 年 1 月）造化弄人，柳无忌因生病去了四川，他没有及时看到这封信。朱湘并不了解这些情况，还在焦急地盼望着柳无忌的回信。同年 9 月，时已开学，朱湘焦躁不安，再次写信给柳无忌，"在这个各大学已经都开学，上课了许多的时候，才来托你，不用你说，我还有不知道是太迟了之理么？不过，以前我是每天二十四点钟之内都在想着作诗，生活里的各种复杂的变化，我简直是一点也没有去理会，如今，总算是已经结清了总账。""现在才来托你，自然是嫌迟，我不过是对于我自己尽一分的人事罢了。""若是一条路也没有，那时候，也便可以问心无愧了。无故地，忽然向了你说出这一些感伤的话，未免大煞风景，你也是一个文人，想来或者不会嫌我饶舌。"（朱湘著，方铭主编:《朱湘全集·书信卷》216 页，安徽文艺出版社，2017 年 1 月）随后，他匆忙赶到南开大学。朱湘憔悴、疲惫和苍老的面孔，和他抽纸烟的劲儿，使五年没有见面的柳无忌大吃一惊。得知南大的教师已经满员，朱湘谢绝了柳无忌挽留他多住几日的盛情，说是当晚要乘车去沪，解决和霓君的夫妻关系，再设法找事或卖文稿过活。离开南大前，诗人答应柳无忌给南大"英文学会"四十多名学生作一次关于中国新诗的演讲。演讲颇为成功。当晚，在柳无忌与李仲赞的资助下，朱湘乘车返沪，与霓君相聚。

霓君白天工作辛劳，下班后疲惫不堪，回家后看见丈夫闷声抽烟，不理家务，免不了唠叨几句，夫妻俩的关系越发恶化。朱湘一气之下，又前往武昌，托苏雪林帮他找一份教职。苏雪林回忆道:"教他去寻他清华旧同学方高诸先生也许有办法。他临去时，又嗫嚅地说武大的事假如不成，他要到安大去索欠薪，但可恨途中又被小偷光顾……我明白了他的意思，便又拿了一笔钱给他。又请他到本校消费合作社吃了一碗面，替他买了一包白金龙的烟，一盒火柴，他以一种几乎近于抢的姿势，将烟往怀中一藏，吸的时候很郑重地取出一支来，仍旧将烟包藏入怀里，好像怕人从旁夺了去。我看了不禁暗暗好笑，可怜的诗人，一定长久没有嗅着烟的香味了。"（苏雪林：《我所见于诗人朱湘者》，《苏雪林文集·第2卷》341页，安徽文艺出版社，1996年4月）朱湘找到方高诸斡旋教职一事，没有结果，失望返沪。回沪后，霓君托工厂的姐妹好不容易帮朱湘找了一份工作，他却不愿意去干，只是整天望着那一堆没有出版的诗稿发呆。霓君很生气，诉说了朱湘的无能与窝囊，哭诉自己的命苦。朱湘一言不发，任凭妻子的诉说与责难，一年多的奔波挣扎，他已尝尽了人间的酸甜苦辣，对前途不抱丝毫的幻想，心如死灰。在这个世界上，已没有诗人割舍不下的人和事了。于是，朱湘告诉妻子，他再到南京去寻一份工作。

1933年12月1日，朱湘向二嫂薛琪瑛借得20元旅费，4日在上海乘"吉和轮"赴南京。次日清晨，在轮船抵达李白捞月的采石矶时，喝了半瓶酒的诗人，朗读德国诗人海涅的原文诗，纵身跃进滚滚长江，结束了年仅29岁的生命。

早在1926年5月31日，朱湘所写的《残诗》，就一语成谶，为自己写下了"墓志铭"：

> 虽然绿水同紫泥
> 是我仅有的殓衣，
> 这样灭亡了也算好呀，
> 省得家人为我把泪流。

朱湘生前饱受屈辱，含恨而逝。死后多年，沉寂无闻。直到1983年，他逝世50周年之际，朱湘生前好友柳无忌、罗念生等，才著书撰文回忆他。朱湘"不死也死了，是诗人的体魄；死了也不死，是诗人的诗魂"。（罗念生语）诗人的诗魂伴随着他的作品被重印。"朱湘"复活了，1983年甚至被罗念生称之为"朱湘年"。这拨新的"朱湘热"中，朱湘的身世及其身后事，虽渐至清晰，却令人唏嘘不已！

　　朱湘离世后，家人更为悲苦。一度传闻霓君因绝望而避世，削发为尼，孤身住进了尼姑庵，1974 年去世，葬在昆明西郊的一座荒冢上。儿子朱小沅被送到黄兴和徐宗汉在南京白下路创办的贫儿院。朱湘生前至交，开明书店的赵景深做主，把积欠朱湘稿费攒成的开明书店 600 元股款转至薛琪瑛名下，朱小沅才得以上学。抗战时，霓君携儿女流亡到了四川，朱小沅高中毕业后在四川一个小县的村学教书糊口。1947 年前往昆明，奉母命进云南大学经济系读书。1949 年后，因其曾在"昆明警备司令部"兼做司书的历史问题，被打成"历史反革命"，"反右"运动时，被送去煤矿挖煤多年，1978 年死于职业病（硅肺病）（罗念生：《忆诗人朱湘》，《新文学史料》1982 年第 3 期）。女儿朱小东的左腿因患骨髓炎截了一条腿，在昆明雅致饭店门口的大街上摆地摊卖短裤为生。二孙朱佑林患红斑狼疮，1982 年去世。（朱霄华：《昆明文学青年的老巢：莲花池》，《青年与社会》2004 年第 11 期）稍感欣慰的是长孙朱细林，在艰苦的环境下，坚持自学，酷爱文学，喜读泰戈尔、雪莱、波特莱尔诸人的作品，有志继祖父为诗人。他曾用朱海士（小沅）口述、自己笔录的创作形式，撰写了七万字的《诗人朱湘之死》长文，其中三万字曾在香港的杂志分期登载。（柳无忌：《晨雾暗笼着长江——朱湘的遗著与遗孤》，柳光辽、金建陵、殷安如主编：《教授·学者·诗人——柳无忌》224-229 页，社会科学文献出版社，2004 年 10 月）

第六章

钱钟书与杨绛：『绝无仅有的结合』

一、『私传指授』『异于常人』『头角渐露』

二、『不通不通』『不好过』『一星期都白活了』

三、『吾两人之快乐乃彻始彻终不受障碍』

四、『别后经时无只字，居然惜墨抵兼金』

五、『从今以后，咱们只有死别，不再生离』

六、『知有伤心写不成，小诗凄切作秋声』

七、『旧邦更始得新命，如龙虎起风去随』

八、『我已经走到人生的边缘上』

20 世纪的中国文坛中，伉俪情深者多，同享盛名者少。而开启一门"钱学"的"文化昆仑"钱钟书（1910-1998）与"最贤的妻，最才的女"杨绛（1911-2016）的结合，堪称"绝无仅有"。他们 1932 年相识，1935 年结婚，恩爱六十多年。"整个 20 世纪，中国文学界再没有一对像他俩这样才华高而作品精、晚年同享盛名的幸福夫妻了。"（夏志清语）

一、"私传指授""异于常人""头角渐露"

钱钟书，1910 年 11 月 21 日生于"太湖明珠"——江苏无锡。其父钱基博（1887-1957），是一位淹贯经史，律己甚严的近代古文大家，思想保守，不喜酬酢，著有《经学通志》《现代中国文学史》等。其母王韵清（1888-？）是"鸳鸯蝴蝶派"作家王西神（名蕴章，字莼农）的堂妹。钱钟书一生下来，祖父钱福炯就做主将其过继给没有子嗣的伯父钱基成抚养。伯父给他取名仰先，字哲良，因周岁抓周时抓到一本书，故按"钟"字辈分取名"钟书"。10 岁时，钱基博以《易·系辞》中"默而存之，不言而信，存乎德行"一句为他改字"默存"，小名"阿先"。钱钟书自己从元好问的诗句："枯槐聚蚁无多地，秋水鸣蛙自一天"中取"槐聚"为号。后来，钱钟书发表文章时取笔名"中书君"。

钱基成夫妇溺爱钱钟书，为他找来乡下"姆妈"。闲暇时，还常带他到江阴伯母娘家去玩。亲自教授他识字，带他上茶馆，让他租《说唐》看。钱基博担心其功课，也总是抽空教他数学，教不会，便体罚。伯父知道后，不免心疼。钱钟书童年时，好动且"痴气"十足，记不住自己的生日，喜欢玩"石屋里的和尚"（一个人盘腿坐着自言自语）的游戏，穿鞋时常常左右不分，"专爱胡说乱道"（杨绛：《记钱钟书与〈围城〉》，《杨绛全集》2 卷 186 页，人民文学出版社，2014 年）。在读东林小学时，很是调皮。他曾因用伯父打的钉鞋，在上学的路上装满小青蛙，偷偷带入教室。老师上课时，小青蛙从钉鞋里跳出，教室秩序大乱，老师瞋目，对其体罚。还有一次，他上课玩弹弓，用小泥丸打同学，同学惊叫，老师又罚他站。虽如此，除算术外，钱钟书各门功课都不错，特别是接触到林纾译的西洋小说后，对外语的兴趣渐浓。在苏州桃坞中学，因其英文特优而跳级。钱基博对钱钟书兄弟管教甚严，命他和钱韩各做一篇文章，因钱钟书的一篇文白夹杂，用语庸俗，而将他痛打一顿。受此触动，钱钟书发愤用功，加上其父的"私传指授"，他在全校的国文和英文比赛中获得第一名。闲暇之余，还代父捉刀，为乡下大户作墓志铭。父亲看见儿子"天资神慧，文才隽伟"，很是高兴。他在出版《复堂日记续录》时，叫儿子代笔作序。钱钟书在清华上学时，父子间开始通信。钱钟书的信风趣幽默，其父喜欢，以"先儿家书"之名将其粘贴到本子上珍藏。可惜这些弥足珍贵的家书，绝大部分在"文革"中被毁掉，少许因刊发在《光华大学半月刊》上而留存于世，如《上家大人论骈文流变书》（《光华大学半月刊》1933 年第 1 卷第 7 期）等。这种记忆在《围城》中一再呈现：方鸿渐与其父的几封书信往来都是文言文写就，其原因是"国文得老子指授，在中学考过第一"。

　　1929 年 9 月，钱钟书考上清华大学。清华当年录取新生 192 人，钱钟书虽排名 57，数学却只考了 15 分，校长罗家伦因他的中、英文考了满分，特召他到校长室谈话，并破格录取他入清华外国语文学系就读（汤晏：《钱钟书访哥大侧记》，原载（香港）《南北极》1979 年 6 月号），同班同学中有曹禺和常风等。钱钟书在《谈交友》中说，在大学时代，他最敬爱的老师有五位，其中与吴宓

（1894-1978）和叶公超（1904-1981）两位往来较密切。

　　吴宓是学贯东西的名教授，他在清华开"中西诗之比较"和"英国浪漫诗人"等课，是中国比较文学的先驱。吴宓为人正直，做事认真，他矢志追求毛彦文（1898-1999）的浪漫故事，闹得满城风雨。

　　1921 年，吴宓奉父命与表妹陈心一草率结婚，育有三女。1925 年，因哈佛同窗好友朱君毅毁约另娶妻成言真，被其抛弃的毛彦文与陈心一原为吴兴湖郡女校同窗。早在美国留学时，朱君毅时常向吴宓讲述自己与毛彦文的恋爱故事，甚至还把毛彦文写给他的信给吴宓看。不料却使吴宓因同情而心生爱意，激发了他天性中的浪漫情怀，将之取英文名 Hellen·M（简称H·M）。1925 年初，吴宓来清华大学任教后，为了看望在浙江省政府工作的毛彦文，曾六度南下，一再邀请毛彦文来北京工作，并四处为之联系。吴宓并不隐讳自己对毛彦文的喜爱，他在报刊上公开发表情诗昭告天下："吴宓苦爱×××（指毛彦文），三洲人士共惊闻。离婚不畏圣贤讥，金钱名誉何足云。"吴宓此举，非议甚多，但他依然我行我素，对毛彦文痴迷不悔。1929 年8 月，毛彦文前往美国密歇根大学攻读教育行政与社会学硕士学位，吴宓慷慨相助。1930 年 9 月到 1931 年 8 月，吴宓赴欧洲游学，两人通信频繁。在信中，几近谈到结婚事宜。经过吴宓的矢志追求，毛彦文答应其求爱，并赶到法国与之相会。或许是追求的时间太长，始终是以诗的标准期待婚姻生活的吴宓，对庸常的两性之情渐生不快，乃至于对毛彦文的热情渐淡，这令毛彦文大失所望。1935 年，当时的政府总理熊希龄的妻子朱其慧去世。两个月后，同学朱曦告知毛彦文，她的伯伯熊希龄喜欢她。毛彦文在震惊之余也陷入了沉思。"老夫聊发少年狂"的熊希龄，从北平南下上海，坐镇沧州饭店，静候毛彦文的佳音。时年 36 岁的毛彦文，对爱情已不再抱有幻想，相比朱君毅始乱终弃的背叛和吴宓不切实际的浪漫，大自己 33 岁的熊希龄，未尝不是一个好的归宿。这让本来以为胜券在握的吴宓大感意外，乃至悔恨终生。

　　钱钟书的父亲与吴宓是同事，他考入清华后，曾持父函去拜访过吴宓。大三时，吴宓才正式给钱钟书他们上课。钱钟书上课从来不记笔记，常看闲书或作图画、练书法，可每次考试都是第一名。吴宓对钱钟书在文史方面的博学与学识十分欣赏，称之为"人中之龙"。

　　叶公超1929年在清华大学外国语文学系任教授时，年仅25岁，年少气盛。上大一英文时，以奥斯汀的《傲慢与偏见》为教材，从不讲解，叫学生依次大声朗诵原文，到了一个段落时，他大叫一声"stop"，随后问大家有无问题，无学生吱声，他又依次继续下去，一直到下课。（《季羡林自传》63页，当代中国出版社，2008年）叶公超并非没有学问，他中英文俱佳，是介绍艾略特到中国来的先行者，参与创办《新月》月刊，曾任"国民政府外交部长""驻美大使"等职。他在教钱钟书的英文课时，对钱钟书卓越的英文水平颇不服气，当时就挖苦道："你不该来清华，应该去牛津。"（许渊冲：《追忆似水年华》，《光明日报》2011年5月30日）虽如此，他仍然欣赏钱钟书的才华。后来，钱钟书的《论不隔》，就发表在他主编的《学文》第3期上。

　　此外，当时文学院院长冯友兰、张申府和温源宁等老师，都很赏识钱钟书的天分和学识。同校的校友，诸如王辛笛、胡乔木对他博览群书和过目不忘的记忆力都敬佩有加。钱钟书博览群书时和胡适一样，喜欢在书中精彩和重要的部分和下方划线和批注，有时还兼做札记。这不失一条找材料的好方法，或许他日后学术著作的旁征博引都源于此。钱钟书在清华读书时，还担任过有影响力的学生刊物《清华周刊》文艺组编辑和英文副刊主编。在清华求学期间，钱钟书"头角渐露"，以"中书君"的笔名，在《清华周刊》《新月》《学文》和《大公报》等报刊上发表过大量笔锋老道而犀利的书评。

　　1933年夏，因华北局势恶化，钱钟书这届学生没经过任何仪式就毕业了。欣赏他的师长们希望他留在清华读研究生，年轻气盛的他却拒绝了，转而接受了父亲任中国文学系主任的上海光华大学的聘书。

二、"不通不通""不好过""一星期都白活了"

杨绛，原名杨季康，祖籍江苏无锡，以笔名"杨绛"行世，1911 年 7 月 17 日生于北京。父亲杨荫杭（1878-1945），出生于书香家庭，为人刚正耿介。留日期间，因受孙中山、黄兴等人的革命影响，组建励志会，创办《译书汇编》，从事反清活动。1902 年日本东京专门学校（今早稻田大学）本科毕业，回国工作过一段时间后，赴美留学。1910 年在宾夕法尼亚大学获得法学硕士学位。母亲唐须嫈（1878-1937）出身富贵人家，少时就读于上海务本女中，和杨绛的三姑母杨荫榆（1884-1938）、章太炎的太太汤国梨同学。

1910 年，杨荫杭从美回国后，在北京法政学校任教。杨绛出生后不久，随父就任上海《申报》馆编辑来到上海。辛亥革命后，经张謇推荐，杨荫杭出任江苏省高等审判厅厅长，后转任浙江省高等审判厅厅长。杨荫杭坚持惩治杀人恶霸，得罪了袒护罪犯的省长屈映光，幸得时任袁世凯机要秘书——北洋公学同窗张一麟斡旋，于 1916 年奉调进京就任京师高等检察厅厅长。此时，杨绛三姑母杨荫榆在北京女高师任学监。5 岁的杨绛随即进入北京女高师附小读小学。幼时的杨绛，欢快活泼，极富童趣，惹人喜爱。

杨荫杭主张司法独立，1917 年 5 月在调查津浦铁路管理局租书、购书舞弊案时，曾传讯扣押了交通总长许世英，国务会议则认为许世英没有犯罪的证据，杨荫杭不服国务会议的裁决，与上司对着干，招致排挤，加上二女阿同在上海患伤寒夭亡，心情郁闷，唐须嫈甚至为此伤心而哭坏了眼睛。1919 年秋，杨荫杭辞职回无锡老家。上小学三年级的杨绛，未及告知学校，便随父母匆忙南下，走时上火车的情形，六十多年后，她还记忆犹新。（杨绛：《回忆我的父亲》，《杨绛全集》2 卷 108 页，人民文学出版社，2014 年）

　　回到无锡后，杨荫杭一家租住在沙巷的一所旧房子，杨绛姐弟插入附近的大王庙小学继续上学。虽只有半学期，却给杨绛留下了深刻记忆："直到今天，还会感到自己仿佛在大王庙里。"（杨绛：《大王庙》，《杨绛全集》3卷7页，人民文学出版社，2014年）不久，由亲友介绍，杨绛随父母去了钱钟书当时租住的流芳声巷旧宅。因钱钟书不在，二人未曾谋面。住在外间的女眷告诉他们，这家自住进来后，从没离开过药罐儿。后来，杨绛与钱钟书谈起此事，女儿钱瑗还开玩笑说，倘若父母当时相见，说不定父亲"准抠些鼻牛儿来弹她"。钱钟书一时兴起，还向杨绛母女讲起了自己"知慕少艾"——与钟韩一同捉弄女裁缝女儿宝宝的趣事。（杨绛：《记钱钟书与〈围城〉》，《杨绛全集》2卷184页，人民文学出版社，2014年）

　　不久，杨荫杭患上了严重的伤寒病，幸得老友华实甫开的中医处方救活。杨荫杭康复后，于1920年秋为谋生到上海《申报》馆任副编辑，并重操律师旧业，杨绛也随之来到上海进入启明女校就读。两年后，杨荫杭在苏州买了一个明朝旧宅"安徐堂"，他们一家又迁居苏州，杨绛又转入苏州振华女中就读。

　　苏州振华女中是寄宿学校，专收女生，唯一例外的男生是费孝通（1910-2005，其母与振华女中校长王季玉是朋友，她怕费孝通升入其他中学遭大男孩欺负，就让他进了女中）。因缘巧合，费孝通与杨绛成了同学。乖巧伶俐的杨绛，成为他少艾知慕的暗恋对象。然而，杨绛并不愿和"呆头呆脑"的费孝通在一起玩。1926年，振华女中的"平旦学社"，曾请章太炎来校讲学，杨绛受命在台上做记录，因听不懂章太炎的杭州官话，只好睁着眼睛看他侃侃而谈。"第二天苏州报上登载一则新闻，说章太炎先生谈掌故，有个女孩子上台记录，却一字没记。"（杨绛：《记章太炎先生谈掌故》，《杨绛全集》3卷62页，人民文学出版社，2014年）

　　杨绛痴恋父母，父母对她也关爱有加。父亲尊重女儿自己的天性发展，支持她喜欢诗词小说。在父亲的引导下，读书成为杨绛最大的爱好。一次父亲问她："阿季，三天不让你看书，你怎么样？"她说："不好过。""一星期不让你看呢？"她答："一星期都白活了。"母亲则为人和善，又知书达礼，闲暇喜读小说，感觉能力很强，能从绿漪的《绿天》里辨别出"苏梅的调儿"。在苏州，父母疼爱酷似二姐同康的小妹阿必（即后来《名利场》的译者杨必）。此时，杨绛的二姑母因与姑父不合，离开夫家来到兄长家；因"女师大风潮"而辞职的三姑母杨荫榆也住在杨绛家。两姑母都有怪癖，佣人总因"姑太太难伺候"而辞去，杨绛父母总是宽容地迁就她们。母亲慈悲为怀的菩萨心肠对杨绛影响较大，日后，她为了钱钟书的事业而甘心做"灶下婢"。父亲杨荫杭从不置家产，主张培养孩子们自立自强的管教方法，也促成了杨绛淡泊性格的形成。

1928 年夏，杨绛高中毕业准备报考清华大学，因清华不到南方来招生，她只好就近考入苏州的东吴大学。东吴大学知识灌输与体育锻炼并重。杨绛曾进入女子排球队，在比赛中还得过一分。杨绛天性喜欢文学，因学校没有文学系，转而选择法预科，因父亲反对才进入政治系学习。所以，她在应付功课之余，大肆阅读中外名著。此时，费孝通也进入东吴大学医预科学习。中学同学，如今又成为大学校友，费孝通对杨绛的暗恋随着年龄的增长更加强烈。东吴大学女生本来就少，乖巧伶俐的杨绛成了众多男生追求的对象，费孝通便在男同学们中大造声势，说自己是杨季康的老同学，早就跟她认识，你们"追"得她，得找我问路。杨绛对于费孝通的心思仍无动于衷。大三时，振华女中校长为杨绛申请到美国韦尔斯利女子学院的奖学金，她不想出国读政治，只想考清华大学研究院研习文学。

1932 年初，东吴大学因学潮停课，毕业在即的杨绛，想到北平去借读，好友孙令衔托转在燕大上学的费孝通就近办理。妥后，她们便于 1932 年 2 月下旬乘火车前往北平。考试一结束，前往清华，杨绛去看望好友蒋恩钿，孙令衔去会表兄。或许姻缘天定，孙令衔的表兄就是钱钟书，杨绛和钱钟书在清华女生宿舍"古月堂"的门口得以相识，他们"绝无仅有的结合"的帷幕由此拉开。

三、"吾两人之快乐乃彻始彻终不受障碍"

在杨绛的记忆里，钱钟书留给她的"初见"印象并不突出："他穿一件青布大褂，一双毛布底鞋，戴一副老式大眼镜，一点也不'翩翩'。"（杨绛：《记钱钟书与〈围城〉》，《杨绛全集》第 2 卷 174 页，人民文学出版社，2014 年）可白洁红润，脸如春花，清雅脱俗的杨绛却给钱钟书留下"惊鸿一瞥"的梦幻之感："缬眼容光忆见初，蔷薇新瓣浸醍醐；不知醑洗儿时面，曾取红花和雪无？"

好友蒋恩钿为杨绛办好了借读清华的手续后，杨绛便转到清华借读大四第二学期课程。在燕大的费孝通为了防止其他男同学追求她，便请好友孙令衔到处宣传"杨绛已有男朋友了"的消息。杨绛也耳闻钱钟书的父母给他看中了一位准儿媳叶崇范。

钱钟书约杨绛在清华"工字厅"见面谈谈。见面后，钱钟书向杨绛澄清事实，孙令衔所说不实，他没有订婚。杨绛则回应道，我也并不是费孝通的女朋友。接着，两人互相介绍书籍，交流学习所得。自此以后，他们开始用英文通信。钱钟书写信很勤，几乎一天一封。两人既是同乡又致力于学问，感情逐渐加深。钱钟书常用约杨绛外出散步，或到气象台畅叙，或流连于荷塘小径。当杨绛回到宿舍，钱钟书的信又到桌子上了。

杨绛与钱钟书交好后，给费孝通写了一封信，告诉他"我有男朋友了"。费孝通接信后来清华找杨绛"吵架"。费孝通认为，他更有资格做杨绛的"男朋友"，因为他们是多年的好友。他在转学燕京大学前，曾问杨绛："我们做个朋友可以吗？"杨绛说："朋友，可以。但朋友是目的，不是过渡（as an end not as a means）；换句话说，你不是我的男朋友，我不是你的女朋友。若要照你现在的说法，我们不妨绝交。"费孝通闻言神情黯然，又无可奈何，被迫接受现实。1933 年，杨绛与钱钟书订婚后，他将年少时对杨绛的纯洁感情，转化为与钱钟书夫妇的终生友情。在以后的岁月里，他们还先后在西南联大、清华、中国社会科学院有过交集。费孝通始终把钱钟书夫妇当作自己一辈子的朋友，20 世纪 50 年代初，他还向乔冠华推荐钱钟书参加《毛泽东选集》英译小组，时不时去看望他们夫妇。

1979 年 4 月，中国社会科学院代表团访问美国，作为代表团成员的钱钟书和费孝通被安排在同一套间。费孝通借钱给钱钟书修鞋，主动送他邮票，让他给杨绛寄家信。钱钟书想想好笑，淘气地借《围城》赵辛楣和方鸿渐说的话跟杨绛玩笑："我们是'同情人'。""钱钟书去世后，费孝通曾去拜访杨绛。杨绛送他下楼时说："楼梯不好走，你以后也不要再'知难而上'了。"（吴学昭：《听杨绛谈往事》（增补版）72-74 页，生活·读书·新知三联书店，2017 年 5 月）这等于谢绝了他的拜访。

晚年，费孝通在 1999 年《读书》第 3 期上的"圈外人语"中写：

> 钱、杨两位原是我的同学。钟书不仅同学，而且同年，和我曾在清华不在一个班里同学过一年。当时两人并不相识，但他的文名早扬，在校无不另眼相看。杨绛原名季康和我是三届同班的同学，初中、大学、研究院，最近我因病住院她来看望我，在旁的一位医生听说我们过去的这段同学关系，惊叹说："有缘，有缘"。

一些小报便借此大肆炒作，甚至用上"费孝通的初恋是杨绛"的大字标题来吸引读者的眼球。杨绛听吴学昭谈起后说："费的初恋不是我的初恋。让他们炒去好了，别理它。"（吴学昭：《听杨绛谈往事》（增补版）74 页，生活·读

书·新知三联书店，2017 年 5 月）

　　钱钟书与杨绛，这对"门当户对，珠联璧合"的才子佳人，在清华校园交往的情愫一天一天地增长。两人频频约会，还是难舍难分。钱钟书的一腔相思化作一首首别具一格的文言情诗。如刊登在《国风》半月刊第 3 卷第 11 期上的《壬申（1932）年秋杂诗》：

> 缠绵悱恻好文章，粉恋香凄足断肠；
>
> 答报情痴无别物，辛酸一把泪千行。
>
> 依穰小妹剧关心，髻瓣多情一往深；
>
> 别后经时无只字，居然惜墨抵兼金。
>
> 良宵苦被睡相谩，猎猎风声测测寒；
>
> 如此星辰如此月，与谁指点与谁看。
>
> 困人节气奈何天，泥煞衾寒梦不圆；
>
> 苦雨泼寒宵似水，百虫声里怯孤眠。

　　再如，在《不寐从此戒除癔词矣》一诗中，钱钟书化腐朽为神奇，将宋明理学家的语录熔铸入诗：

> 销损虚堂一夜眠，拼将无梦到君边。
>
> 除蛇深草钩难着，御寇颓垣守不坚。
>
> 如发篦梳终历乱，似丝剑断尚缠绵。
>
> 风怀若解添霜鬓，明镜明朝白满颠。

　　钱钟书常给杨绛写情诗和情书，杨绛却沉浸在清华大学图书馆，很少给他回信。这种恋爱经历，日后钱钟书将其幻化为《围城》中的唐晓芙，方鸿渐给她写了很多信，她喜读却不爱回复。

　　钱钟书放假回无锡后，杨绛颇为思念。然而，室友袁震常在她面前说钱钟书长相不佳，狂妄自大。好友孙燕华又将从叶家（孙燕华与叶崇范是表姊妹，钱钟书看不上叶崇范，叶家对钱钟书颇为不满，说他狂妄、骄傲）听到的不利于钱钟书话搬给杨绛，使杨绛对钱钟书的感情趋冷。当钱钟书在信中要求与之订婚时，她回信不愿意。1932 年暑假，杨绛回苏州，上海的亲戚为她谋到了工部局华德路（现长阳路）小学教员的职位。后因注射防疫针过敏，引发荨麻疹，在"双十节"返回苏州。钱钟书一心想杨绛考清华研究生，好与之在清华同学一年，不赞成杨绛放弃本年度的报考。杨绛心绪不佳，无暇申辩，便不理他。钱钟书以为杨绛不爱他了，伤心欲绝，写了《壬申年秋杪杂诗》，尽情倾吐了他的忧伤："著甚来由又黯然？灯昏茶冷绪相牵；春阳歌曲秋声赋，光景无多复一年。"蒋恩钿知道钱钟书伤心至极，便劝杨绛给他回信。压抑的情感在好友的点拨下，杨绛与钱钟书继续交好。

　　杨绛把自己与钱钟书恋爱的事告诉了父母。1933 年初，钱钟书到苏州来看望杨绛，并拜访她父母。杨荫杭见钱钟书后，对他的才学颇为欣赏，认为他"人是高明的"。同年夏，钱钟书从清华毕业后回到无锡老家。不料，杨绛给钱钟书的信，多次被钱父擅自拆阅。杨绛在信中对钱钟书的话："现在吾两人快乐无用，须两家父母兄弟皆大欢喜，吾两人之快乐乃彻始彻终不受障碍。"钱父看后，"大为赞赏，直接给我写了一封信，郑重把钟书托付给我。"（杨绛：《记钱钟书与〈围城〉》，《杨绛全集》2 卷 175 页，人民文学出版社，2014 年）此事给钱钟书留下了深刻印象，他在创作《围城》时将其附会到了方遯翁身上。

　　虽然是自由恋爱，但因钱、杨两家是当地望族，他们还是遵循了"父母之命，媒妁之言"的订婚仪式。钱钟书由父亲领着来见向杨家父母，正式求亲。然后，请出男女两家都熟识的亲友作男家女家的媒人。择定吉日后，在苏州一家饭馆摆酒宴请两家的至亲好友，郑重订婚。自此以后，杨绛正式成为钱钟书的未婚妻。订婚礼席散后，钱父将杨绛介绍给在燕京大学的钱钟书族人钱穆（1895-1990，字宾四），拜托他同车回京时给予关照。

　　1933 年初秋，杨绛考取清华大学研究院外文系的研究生，与钱穆一同从苏州乘车赴北平读书。车到徐州时，窗外一片荒凉，只有绵延起伏的大土墩子。杨绛颇感乏味，钱穆便绘声绘色地向她讲起了这片辽阔的"古战场"的故事，从而给杨绛留下了深刻的印象。（杨绛：《车过古战场——追忆与钱穆先生同行赴京》，《杨绛全集》3 卷 79 页，人民文学出版社，2014 年）

　　杨绛在清华读研究生时，叶公超托赵萝蕤请她吃饭，饭后叶公超拿出一本英文刊物，让杨绛译出其中一篇政论《共产主义是不可避免的吗？》。从未搞过翻译的杨绛，硬着头皮"应考"。译稿完后，叶公超颇为欣赏，推举到《新月》杂志上刊发。

　　在上海光华大学任教的钱钟书与在清华读书的杨绛，南北天各一方，鱼雁传情也难解相思之苦。1934 年 4 月 2 日，钱钟书专程赴北平探望杨绛。在杨绛的陪伴下，钱钟书遍游了北平名胜。钱钟书在《记四月二日至九日行》的诗中写道："分飞劳燕原同命，异外参商亦共天；自是欢娱常苦短，游仙七日已千年。"分别前夕，两人依依不舍。钱钟书在回应杨绛的《玉泉山闻铃》所写的《玉泉山同绛》中写道：

> 欲息人天籁，都沉车马音。
>
> 风铃呶忽语，午塔闲无阴。
>
> 久坐槛生暖，忘言意转深。
>
> 明朝即长路，惜取此时心。

　　1935 年 4 月，钱钟书参加了教育部第三届英国庚子赔款公费留学生考试，被英国文学专业录取。回想去年与杨绛在北平结伴春游，明年或许又要分居两处,他写下"两岁两京作寒食,明年何处度清明"的诗句。思前虑后,钱钟书希望杨绛与他结婚后一同出国留学。出国深造是杨绛的夙愿,学的又是她喜欢的文学,且与心爱的人结伴,杨绛高兴不已。可她在清华的研究生学业要明年才毕业,温德的"纪德研究"和朱自清的"散文"两门课也未修完。杨绛与老师协商,以读书笔记和小说创作代替考试。为此,杨绛创作了平生第一篇小说《璐璐,不用愁》。

无疑,这是一篇言为心声的习作,杨绛借小说中处于三角恋爱中的璐璐来纾解自己的情感纠结。璐璐面对汤宓和小王的追求,犹豫不决。小王追求璐璐无着,喜欢他的表妹,便在暑假造谣说,璐璐和小王订婚了,说"她图小王的钱"。后来"小王和他表妹订婚了"。汤宓两年来,屡次向璐璐求婚,璐璐都不置可否,汤宓生气说她要他,不爱他,大家分手好了。璐璐哭了。

杨绛把这篇小说交给朱自清,朱自清很欣赏,将它推荐到《大公报·文艺副刊》上发表。后来,这篇小说被林徽因改名《璐璐》,署名阿季,收入她编的《大公报丛刊小说选》中。

为了在出国前结婚,钱、杨两家决定于1935年7月13日(阴历六月十三日)举行婚礼,地点在无锡七尺场。一切婚俗和仪式都按照中国传统进行。"结婚穿黑色礼服,白硬领圈给汗水浸得又黄又软的那位新郎,不是别人,正是钟书自己。因为我们结婚的黄道吉日是一年里最热的日子。我们的结婚照上,新人、伴娘、提花篮的女孩子、提纱的男孩子,一个个都像刚被警察拿获的扒手。"(杨绛:《记钱钟书与〈围城〉》,《杨绛全集》2卷173页,人民文学出版社,2014年)后来,钱钟书将这种烦琐的结婚仪式,东鳞西爪地嫁接到《围城》中曹元朗和苏文纨的婚礼上了。结婚那天,前来祝贺的亲朋好友不少,陈梦家、赵萝蕤夫妇也专程前来。三姑母杨荫榆"穿了一身白夏布的衣裙和白皮鞋。贺客诧异,以为她披麻戴孝来了"。(杨绛:《回忆我的姑母》,《杨绛全集》2卷166页,人民文学出版社,2014年)

　　结婚不久，钱钟书就携妻杨绛（自费留学）告别父母，乘 P&O 公司的邮轮远赴英国留学。到伦敦后，见到了先期留英的堂弟钱钟韩、钱钟纬两兄弟，非常高兴。钱钟书为此还写有《伦敦晤文武二弟》一诗纪念此事。同年 10 月，钱钟书前往"静极美"的牛津大学埃克塞特学院（Exeter College）攻读文科学士（B.Litti.）学位。

　　钱钟书初到牛津，租住在老金家，一人外出时因下公共汽车未及站稳，摔了一大跤，磕掉大半个门牙。（杨绛：《我们仨》，《杨绛全集》4 卷 60 页，人民文学出版社，2014 年）虽然如此，牛津大学严谨和保守的校风、书院式的导师制，特别是拥有世界一流的博德利图书馆（钱译为"饱蠹楼"），仍然是他们夫妻"终身系梦魂"的地方。杨绛为了陪伴和照顾丈夫，常去牛津旁听或自学。夫妻俩常一同泡图书馆，广泛涉猎文学、史学、心理学和历史等各种图书，如鱼得水。

　　据杨绛回忆，钱钟书因对"古文书学"那门课不感兴趣，每天读一本侦探小说"休养脑筋"，结果考试不及格，只好暑假后补考。（杨绛：《记钱钟书与〈围城〉》，《杨绛全集》2 卷 189 页，人民文学出版社，2014 年）钱钟书虽然对于攻读文科学士学位不甚乐意，但仍然拒绝了富翁史博定许给他一个汉学教授的职位而放弃中国奖学金改行读哲学的建议。

　　"牛津学制每年共三个学期，每学期八周，然后放假六周。第三个学期之后是长达三个多月的暑假。"牛津大学还规定"学生每周得在所属学院的食堂里吃四五次晚饭"，以此证明学生在住校。因很多中国留学生都有奖学金或领取政府津贴，所以一到假期，就离开牛津到别处旅行。"惟独钟书直到三个学期之后的暑假才离开"，其余时间都用来读书。这是因为他不爱活动，对获得一个洋学位不以为然。他曾对杨绛说，在牛津，"获得优等文科学士学位（B.A.Honours）之后，再吃两年饭（即住校二年，不含假期）就是硕士；再吃四年饭，就成博士。"（杨绛：《我们仨》，《杨绛全集》4 卷 63 页，人民文学

出版社,2014 年)

在牛津上学期间,钱钟书常穿一件黑布背心,背上有两条黑布飘带,喜欢喝牛奶红茶。他还养成了读书记札记的习惯,为日后完成《谈艺录》和《管锥编》奠定了坚实的基础。因合租在老金家,诸多不便。于是,他们又单独租住了达蕾女士在瑙伦园 16 号的房子,自理伙食。杨绛在操持家务之余,刻苦自学,常常思念国内的亲人。

1936 年暑假,他们决定出游度假,到伦敦、巴黎"探险"去。刚到巴黎,钱钟书就接到国民政府打来的电报,叫他去参加 1936 年 7 月在瑞士日内瓦召开的第一届"世界青年大会"。经友人介绍,巴黎的中共党员王海经邀请杨绛作为中共方面的代表,一同前往。乘车时,他们夫妇与陶行知在一节车厢,彼此畅谈,通宵无眠。开会闲暇时,夫妇俩畅游了日内瓦的旖旎风光,钱钟书曾为这个"万国之都"作《莱蒙湖边即目》赞颂。杨绛也牛刀初试,写有淡雅情真的散文《阴》。从日内瓦返回巴黎后,他们听说巴黎大学攻读学位需有两年学历,故在遍游巴黎都市风光之余,委托杨绛在清华的老同学——现在法国巴黎大学的盛澄华,帮他们在巴黎大学代办了注册手续。1936 年秋,他们身虽在牛津却已是巴黎大学的学生了。

重返牛津后,杨绛在自学之余,仍以照顾钱钟书为己任。钱钟书曾作诗《赠绛》:"卷袖围裙为口忙,朝朝洗手作羹汤。忧卿烟火熏颜色,欲觅仙人辟谷方。"记载杨绛的辛苦和自己的心疼。同时,他还为朱光潜主编的《文学杂志》写有《谈交友》和《中国固有的文学批评的特点》等文章。

不久,杨绛怀孕了。1937 年 5 月 19 日,女儿钱瑗出生,初名健汝,小名阿圆。女儿出生后,钱钟书几乎每天都到医院探望,总是"笨手笨脚"伺候杨绛母女。国内的亲人收到婴儿阿圆的照片后很高兴,可发现盛装婴儿的"摇篮"却是一只书桌的抽屉。钱钟书夫妇一生只有钱瑗一个孩子。原因是钱钟书的"痴气"在作祟:"父母为了用情专一而只生一个",他害怕再生一个孩子对不起阿圆。杨绛回忆道:"我们在牛津时,他午睡,我临帖,可是一个人写写字困上来,便睡着了。他醒来见我睡了,就饱蘸浓墨,想给我画个花脸。可是他刚落笔我就醒了。他没有想到我的脸皮比宣纸还吃墨,洗尽墨痕,脸皮像纸一样快洗破了,以后他不再恶作剧,只给我画了一幅肖像,上面再添上眼镜和胡子,聊以过瘾。"(杨绛:《记钱钟书与〈围城〉》,《杨绛全集》2 卷 190 页,人民文学出版社,2014 年)

　　1937 年 7 月,钱钟书的学位论文《十七世纪及十八世纪英国文学里的中国》答辩通过,获得牛津大学文学学士文凭。他们夫妇商量,前往巴黎大学求学。同年 8 月,他们一家三口来到巴黎,在盛澄华的帮助下,租住在咖淑夫人的公寓里。夫妻两人不为攻读学位所困扰,自由自在地肆意读书。平时,与盛澄华、林藜光和李纬夫妇、王辛笛、徐訏等好友时有往来,或到巴黎咖啡馆放松聊天,观赏风尘女郎;或到塞纳河畔逛旧书摊。在巴黎求学期间,钱钟书还抽空将他在 1932 年阴历除夕与石遗老人(陈衍)的谈话记录整理了出来。留学巴黎虽只有一年,却给钱钟书留下了深刻的印象。他在写《围城》时,以无锡的小同乡许思园为蓝本,结合他们在巴黎咖啡馆喝牛奶的经历,移花接木地塑造了"褚慎明"这个人物形象。

　　虽身处巴黎,钱钟书夫妇仍时时牵挂国内的亲人和关心国内战局的变化。苏州沦陷后,久无音讯,杨绛已有不祥的预感。后来,大姐来信告知,父亲已率家人避难上海,母亲在沦陷前已患恶性疟疾病逝。杨绛闻讯,悲痛不已。本来,钱钟书的奖学金还能延期一年,因"二战"风云越来越浓,他们决定提前回国。恰逢此时,西南联大回函破格聘请钱钟书为外文系教授,月薪三百元。于是,1938 年 9 月,钱钟书携妻女乘坐法国邮轮"阿多士二号"(Athos Ⅱ)从马赛回国。因他听说中国留学生在船上偷情,便在《围城》中虚构了鲍小姐卖弄风情,引诱方鸿渐的故事。在船上,钱钟书结识了外交官冒效鲁,两人一见如故,吟诗作赋,不亦乐乎。此后,他与之常诗词唱和,相交颇深,

《围城》里的诗人董斜川即有其影子。

1938 年 9 月，船到香港后，钱钟书只身上岸转道越南海防，乘滇越火车前往昆明，杨绛带着钱瑗回上海钱家。9 月下旬，钱钟书抵达西南联大报到后，利用联大延期开学的空当，由昆明返沪，与妻女团聚，探望父母。10 月初，钱基博前往湖南就任国立师范大学（现湖南师范大学）中文系主任之时，钱钟书与家人送其上船。此时，杨绛正受昔日苏州母校振华老校长王季玉之托，在上海租界为筹建振华分校奔走。钱钟书此次回沪，时间仓促，与妻女相聚几天后即返联大任教。走时，夫妻难舍难分。时隔近 20 年，钱钟书去湖北省亲时还记忆犹新："路滑霜浓唤起前，老来离绪尚缠绵。别般滋味分明是，旧梦勾回二十年。"（钱钟书：《赴鄂道中》，《槐聚诗存》119 页，生活·读书·新知三联书店，2002 年）

四、"别后经时无只字，居然惜墨抵兼金"

钱钟书返回联大后，居住在昆明文化巷 11 号"冷屋"。昆明气候适宜，生活安定。时年 28 岁的钱钟书，风华正茂，是当时联大最年轻的教授。同事中的叶公超、陈福田、吴宓、温德、吴可读等，都是他昔日的师长。钱钟书在联大外文系所开课程有："大一英文"（必修）、"文艺复兴时期欧洲文学"、"二十世纪欧洲小说"（选修）。因他上课时，学识渊博，妙语连珠（"美容的特征在于：要面子而不要脸""宣传像货币，钞票印多了就不值钱"），引经据典又风趣幽默，深受学生欢迎。受教于他的学生有杨振宁、许渊冲、王佐良、许国璋、李赋宁、查良铮（穆旦）等。教书之余，钱钟书以他惯用的嬉笑怒骂的笔风，写有总题为"冷屋随笔"的一组讽刺文章。这些文字，给人会心一笑后思索良多。如他在《论文人》中讥讽道："文学必须毁灭，而文人却不妨奖励，奖励他们不要做文人。"因为，一般的文人，"对文学并不爱好，并无擅长。他们弄文学，仿佛旧小说里的良家女子做娼妓，据说是出于不甚得已，无可奈何。"他在《释文盲》里讽刺那些研究文学的人不懂鉴赏："看文学书而不懂鉴赏，恰等于帝皇时代，看守后宫，成日价在女人堆里厮混的偏偏是太监。虽有机会，却无能力。"《一个偏见》开宗明义第一句话就是："偏见可以说是思想的放假。"《说笑》抨击林语堂的幽默文学："自从幽默文学提倡以来，卖笑变成了文人的职业。幽默当然用笑来发泄，但是笑未必就表示着幽默。"诚然，钱钟书的尖刻和口无遮拦，在赢得读者喜欢的同时，也引起了一些批评家（如司马长风）的不满。

　　与妻女分离，独自生活在昆明的钱钟书，常常想念在上海的妻女。他经常给杨绛写信，还特地写下详细的日记和诗篇，来描绘他在联大的生活和对杨绛母女的思念。如他在《昆明舍馆作》中写道："万念如虫竞蚀心，一身如影欲依形。十年离味从头记，尔许凄凉总未经。屋小檐深昼不明，板床支凳兀难平。萧然四壁埃尘绣，百遍思君绕室行。苦忆君家好巷坊，无多岁月已沧桑。绿槐恰在朱栏外，应有浓阴覆旧房。未谷芸台此宦游，升庵后有质园留。狂言我愧桑民怿，欲与宗元夺柳州。"可妻子因接任振华分校校长一职，又兼教高三英语和担任李姓富商女儿的家庭教师，侍奉公婆和父亲，养育女儿钱瑗，忙得不亦乐乎，无暇给他回信。他望眼欲穿之际，常常在日记本上抒写自己望妻回信的急切和接不到妻来信的惆怅："一日不得书，忽忽若有亡；二日不得书，绕室走惶惶。百端自譬慰，三日书可望；生嗔情咄咄，无书连三日。四日书倘来，当风烧拉杂。摧烧扬其灰，四日书当来。"（七言律诗《此日忽不乐》）1939年春季期终考试一结束，难忍相思之苦的钱钟书，马上给杨绛发电报说他将返沪探亲："预想迎门笑破颜，不辞触热为君还。毅然独客归初伏，远矣孤城裹乱山。欲去宁无三宿恋，得休已负一春闲。悬知此夕江南梦，长绕蛮村古驿间。"（钱钟书：《发昆明电报绛》，《槐聚诗存》36页，生活·读书·新知三联书店，2002年）

　　回沪后，钱钟书住在岳父来德坊的家里，几乎每天都要去辣斐德路（今复兴中路）向钱家长辈请安。一家人团聚，其乐融融。女儿钱瑗两岁多，乖巧伶俐，能说会唱，与钱钟书甚是要好。钱钟书陪她玩耍，一起淘气。他在《杂书》诗中写道："小女解曲肱，朝凉供酣睡。""惯与伴小茶，儿戏浑忘倦。鼠猫共跳踉，牛马随呼唤。自笑一世豪，狎为稚子玩。"（钱钟书：《杂书》，《槐聚诗存》38页，生活·读书·新知三联书店，2002年）

　　钱钟书本打算暑假结束后重返联大，可当他返沪不久，在湖南国立师范学院任国文系主任的父亲来信，说他年老体衰，客居他乡，不能返沪，叫他来蓝田侍奉，一年后父子同回上海，并为他谋好了英文系主任一职。钱钟书虽不愿弃联大而就师院，无奈父命难违，只好在1939年9月上书叶公超，辞掉联大教职。诗友冒效鲁得知他即将远赴蓝田，赠诗壮行，钱钟书在奉答中，就流露出此次前往蓝田师院的无奈与不舍："勤来书札慰离情，又此秋凄犯险行。远出终输翁叱犊，漫游敢比客骑鲸。"（钱钟书：《叔子赠行有诗奉答》，《槐聚诗存》40页，生活·读书·新知三联书店，2002年）适逢中秋节，钱钟书和妻女一同在上海赏月，团聚之喜油然而生："分辉殊喜得窗宽，彻骨凝魂未可干。"想到明年中秋时，自己将在千里之外的蓝田，不能与妻女并肩共赏明月，怅然若失飘然而至："借谁亭馆相携赏，胜我舟车独对看。一叹夜阑宁秉烛，免因圆缺惹愁欢。"（钱钟书：《对月同绛》，《槐聚诗存》40页，生活·读书·新知三联书店，2002年）

　　10月下旬，钱钟书依依不舍地告别妻女，与邹文海、徐燕谋等人结伴从上海前往蓝田师院。钱钟书刚离开上海，杨绛就收到清华大学秘书长——堂姐夫沈履（字茀斋）的电报，责问钱钟书为何不回复梅贻琦校长的电报。杨绛颇感意外，只好将沈履的电报转寄蓝田师院，并立即回复堂姐夫，他们未接到梅校长的电服。钱钟书到蓝田后，即分别向沈履和梅校长写信说明离开联大的"难言之隐"。

这次从沪到湘，途经宁波、溪口、奉化，舟车劳顿。钱钟书在等车候船之余，一边翻看英文字典，一边将思妻念女之情付诸书信和诗词。其中《游雪窦山》五古四首，将自己的离愁别恨付之山水，情景交融。杨绛最为喜欢的是："田水颇胜师，寺梅若可妻。新月似小女，一弯向人低。平生寡师法，开径自出蹊。挈我妻女去，酷哉此别离。"历经磨难和艰辛，钱钟书等人"行卅四日方抵师院，皮骨仅存，心神交瘁"。日后，他将这段战乱中备受艰辛的旅途记忆，生动地呈现在《围城》五章中。方鸿渐一行从上海赴三闾大学任教的段落，是《围城》中最为精彩的篇章。

蓝田国立师范学院位于湖南西部的安化县，是国民政府教育部为加强战时教育新成立的六所师院之一。钱钟书到时，正处草创时期，师资匮乏，地处偏僻，生活单调而刻板，"沉闷"而"闷"。钱钟书在此两年，教学之余，一边陪伴老父，一边苦志读书。开始了"忧患之书"《谈艺录》的写作。此外，他还写有很多旧体诗和《窗》《论快乐》《吃饭》《读伊索寓言》《谈教训》等散文。然而，对妻女的思念无时不萦绕于脑际，甚至因思念女儿过甚，常常在梦见中惊醒："汝岂解吾觅，梦中能再过。犹禁出庭户，谁导越山河。汝祖盼吾切，如吾念汝多。方疑背母至，惊醒失相诃。"（钱钟书：《宁都再梦圆女》，《槐聚诗存》44页，生活·读书·新知三联书店，2002年）杨绛来信告知，三岁的钱瑗悟性强，富有想象力。钱钟书高兴之余，立赋七言绝句一首《绛书来云三龄女学书见今隶朋字，曰此两月相昵耳喜忆唐刘晏事成咏》，诗曰："颖悟如娘创似翁，正来月字竟能通。方知左氏夸娇女，不数刘家有丑童。"

1940年暑假，钱钟书和徐燕谋结伴返沪探亲，因道路不通，中途折返。有家不能回的钱钟书郁郁寡欢，对妻女的思念更甚："归计万千都作罢，只有归心不羁马。青天大道出偏难，日夜长江思不舍。"（钱钟书：《遣愁》，《槐聚诗存》54页，生活·读书·新知三联书店，2002年）心系沪上妻女，身困蓝田的钱钟书，见山愁起，望月思归。"百计不如归去好，累人暝色倚高楼"（《晚步》）

"今夜鄜州同独对，一轮月作两轮看。"（《中秋夜作》）从师友的来信中，钱钟书得知，因吴宓多方斡旋，西南联大已决定请他返校任教。

1941 年 6 月，在蓝田师院任教两年的钱钟书，从湘西返回上海后，就不准备再返蓝田。可因清华外文系主任陈福田的拖延，滞留上海而心系联大的钱钟书，直到 1941 年秋季开学也没有收到联大的聘书。10 月下旬，从夏威夷返沪的陈福田才来到钱钟书家中请他回清华任教，钱钟书心中明白，陈福田对自己回联大并不欢迎，故辞而不就。

1941 年夏秋间，杨绛挑选和编定了钱钟书在联大和蓝田写的散文 10 篇（《魔鬼夜访钱钟书先生》《窗》《论快乐》《说笑》《吃饭》《读伊索寓言》《谈教训》《一个偏见》《释文盲》《论文人》）和一篇简短的《序言》，结集为《写在人生边上》，交上海开明书店出版。为了感谢妻子的好意和辛劳，钱钟书特在扉页上题写"赠与季康字 一九四一年六月二十日"，以示感谢。《写在人生边上》是钱钟书唯一的一部散文集，全书仅有六万余字，却风格独特，分析透彻，处处闪烁着作者的睿智与幽默，司马长风就认为这是一部"文字活泼，当代无匹"（司马长风：《钱钟书的〈写在人生边上〉》，香港《观察家》，1978年 8 月）的名著。

五、"从今以后，咱们只有死别，不再生离"

钱钟书回上海后，先后在上海光华大学和震旦女子文理学院任教，因收入微薄，他只好在家收徒补贴家用。此时，杨绛受聘在工部局北区半日小学作代课教员。因住地与任教的小学较远，杨绛每日奔波劳累，途中还要接受日本宪兵的盘查。钱钟书体弱多病，心情压抑。在日伪及汉奸的威逼利诱下，一些失足落水之人，仰慕钱钟书的名气和才华，前来打他的主意，许以厚禄，拖他下水，被他严词拒绝。1942 年所写七律《剥啄行》，就较为真实地记载他应对此类行径的爱国之举："此身自断终不悔，七命七启徒相规。"虽然所处环境恶劣，但他们夫妻仍在逼仄的亭子间读书写作。

　　1942 年冬天，与钱钟书夫妻过从甚密的柳亚子女婿陈麟瑞（笔名石华父）因改编的剧作《晚宴》上演，获得成功，邀请他们夫妇上馆子吃烤羊肉。同席的还有剧作家李健吾，大家边吃边聊。杨绛从蒙古人的烤羊肉吃法，联想到了《云彩霞》和《晚宴》中的蒙古王爷，陈麟瑞和李健吾就怂恿她也写一出戏，以缓解一下家庭的经济拮据。杨绛被说动，在学校放寒假之时，就编了一个故事送给毗邻而居的陈麟瑞看，他说不行，要改。经过修改，杨绛将其命名为《称心如意》，再交给陈麟瑞。陈麟瑞看后说可以，送给李健吾。没几天，李健吾来电告之，导演黄佐临看中剧本，马上排演和打广告，问杨绛署什么名字？杨绛在惊喜之余，生怕出丑，就把学名"季康"二字切成了一个"绛"字，告诉李健吾："就叫杨绛吧。"自此以后，杨季康便以"杨绛"之名立世和为人所知。

　　四幕喜剧《称心如意》的故事发生在 20 世纪 30 年代的上海，主要讲述了当时上流人物的下流品性，以此展示当时都市的世态人情，被称之为"具有个人风格"的现代风俗喜剧。

　　剧中的李君玉在父母双亡后，不得已从北平来上海投奔三个舅舅和一个姑姑。从大舅家被赶到了二舅家，从二舅家被推到了小舅家，最后被推到了舅公家里。偌大一个上海滩，竟然没有李君玉的立足之地：在银行当经理的大舅家当女秘书，又被景荪表哥追求，引发表姐的吃醋；在当过领事的二舅家当保姆，又被二舅妈奚落；无儿无女的四舅妈，为了不愿意李君玉在他们家住，硬是要抱养一个孩子……然而，故事却在李君玉悲凉的处境中峰回路转，富有的无儿无女的舅公徐朗斋收留了她，并且认她当了孙女。这下子，原打算继承舅公家业的舅舅、姑姑们的美梦落空了。于是，大家决定以"李君玉私自交男朋友"这一桩舅公看来伤风败俗的事情来破坏李君玉与舅公的感情。谁曾想到，李君玉私交的男朋友竟是舅公世交的孙子，舅公正打算替他们做媒呢！亲戚们妒忌李君玉，反而还成全了她。

　　1943 年 1 月，《称心如意》由国文戏剧专科学校高职科第五届首作毕业公演，黄佐临导演。5 月，由上海联艺剧团在金都大戏院上演两周，仍由黄佐临导演，李健吾也登台演出，在剧中饰演老舅公徐朗斋。

　　《称心如意》剧名喜庆，结构精致巧妙，剧情曲折生动，语言富有人性化。日后多次演出，盛况空前，在上海剧坛引起轰动。受此鼓励，杨绛又相继创作了五幕喜剧《弄真成假》(1943 年 10 月)、三幕喜剧《游戏人间》和四幕悲剧《风絮》。

　　《弄真成假》被柯灵誉为"中国话剧库存中的有数的好作品"的喜剧，再现了沦陷时期上海"孤岛"的生活风貌。

　　剧中的周大璋和母亲生活在已嫁妹妹家的小阁楼上，处处看亲戚眼色过日子。他是一个保险公司的小职员，穷困潦倒，经理怪他"做事不认真，迟到、早退，——专追女人……"将其辞退。周大璋爱慕虚荣，梦想过上好日子，却不愿做事。在勾搭上地产商张祥甫的侄女张燕华后，又通过张燕华和张祥甫的女儿张婉如好上了。张祥甫是生意人，视嫁女儿如同投资，要见回报，因此对周大璋很不满意，想办法阻止他和女儿见面。张祥甫想把女儿嫁给知根知底的穷教授冯光祖。冯光祖是张祥甫爱人张太太的侄子，喜欢张燕华，当面不敢说。张燕华看不起他，中意风流倜傥、能说会道的"君子"周大璋。有一天，她和冯光祖聊天，突然想起他要去苏州吃堂妹的喜酒，为了和周大璋见面，张燕华撺掇蒙在鼓里的冯光祖把张婉如带去。周大璋兴致勃勃地跑到张府来见婉如，见到的却是在等他的张燕华。张燕华哄骗他，张婉如和冯光祖去苏州结婚去了，还拿出他给张婉如的金戒指信物（周大璋从其妹妹处骗来的）。周大璋心灰意冷之余，决定和张燕华私奔去杭州度蜜月。周大璋的母亲误以为地产商要宝贝儿子入赘，便跑到地产商府上撒泼打滚，哭叫喊闹，讨要儿子，纠缠不休。"女中丈夫"原形毕露，一切真相大白。张祥甫不想"坏我们张家小姐的牌子"，在张燕华和周大璋从杭州回来不明就里之际，在一帮亲友的组织和见证下，在那间小阁楼里匆匆地举行了婚礼，成为夫妻。

《弄真成假》由上海同茂剧团搬上舞台后，反响强烈。上海的各大报刊上对此都有介绍和评论。当时，演员们都以演出杨绛的喜剧为荣，联名写信给她表示谢意。还有些朋友给她寄来称赞该剧的剪报，鼓励她继续创作这类喜剧。因为中国当时的喜剧话剧，大多改编自外国的作品，杨绛"喜剧双璧"的横空出世，自然获得广泛的欢迎。李健吾就赞赏道：

> 假如中国有喜剧，真的风俗喜剧，从现代生活提炼的地道喜剧，我不想夸张地说，但我坚持地说，在现代中国的文学里面，《弄真成假》将是第二道纪程碑。有人一定嫌我过甚其词，我们不妨过些年头来看，是否我的偏见具有正确的预感。第一道纪程碑属诸丁西林，人所共知；第二道我将欢欢喜喜地指出，乃是杨绛女士。（孟度：《关于杨绛的话》，1945 年 5 月《杂志》15 卷第 2 期，第 111 页）

杨绛却冷静地说，因自己对剧中的女主角太同情，喜剧色彩并不突出。剧本演出成功，功在导演和演员。不久，她又写了一部描写王庭璧和曹学昭游戏人生最终醒悟的三幕喜剧《游戏人间》，于 1944 年夏由上海苦干剧团在巴黎大戏院上演，剧作家姚克导演。然而，反响并不算很大。第二年夏天，杨绛还写了一部描写有志青年带着叛逆的富家小姐妻子到农村去发展教育惨遭失败的四幕悲剧《风絮》。剧名是钱钟书拟定的，上海苦干剧团决定搬上舞台，由黄佐临夫人、著名演员丹尼担任女主角。未及上演，抗战胜利了。自此以后，杨绛不再创作剧本，改行教书了。

在教书之余，杨绛创作了探讨中年夫妻如何相处问题的短篇小说《小阳春》。小说男主人公俞斌博士，年届四旬，可身上还留着青年的血，自从与靠教家馆维持学业的女大学生胡若藁走近后，青春回光返照般地在他心头跃动。俞太太虽是个白皙丰腴的美人，却甘于平淡的家务事而缺乏生活的激情，连丈夫的吻也要用手绢擦掉："可是，一个女人，怎么做了太太，便把其他给忘了？太太，便不复是情人，不复是朋友，多没趣！她就这样满足了。"

胡若藁经常来找俞斌要稿，引发俞太太的不快。在她眼里，胡若藁是"一个乌黑乌黑的锅底脸，一脸黑毛，说话哼呀哼，像要哭出来似的"女人。但在俞斌看来，胡若藁"黑的静、软、暖和，像一朵堆绒的墨红洋玫瑰花苞儿"，唤醒了他不再年轻的一丝春意。胡若藁对俞斌的爱慕反而因俞太太的妒忌而增加，他们似乎在恋爱了。胡若藁给俞斌写情书，俞斌也经常钻到图书馆去写他的"稿子"。他们见面谈话，每到临别时，"胡若藁把她瘦小的手，钻入俞斌肥厚的手掌里，俞斌心醉地捏紧了这一只可怜的彷徨的小手"，进入了青春的境界。"这里，幻想是实在，梦是真，白水是酒，谈笑是诗"，他不但年轻了，并且尝到了人生的真滋味。他们相约在公园见面。那天，俞斌特地为胡小姐买了一束玫瑰花和一盒巧克力糖，却碰到了正与胡若藁密谈的男学生陈谦。这个误会使他一下子自惭形秽，像一个遭雨淋的公鸡，只好把花转送给太太。太太接受了他的花与糖，居然很有兴致地陪他到公园散步，这一幕又被胡若藁看见，俞斌与胡若藁的误会加深。一气之下，胡若藁与陈谦订了婚。俞斌终于失去了胡若藁："十月小阳春，已在一瞬间过去了。时光不愿老，回光返照还挣扎出几天春天，可是到底不是春天了。"俞斌与太太又恢复了往常那样的生活。

《小阳春》写得精致细腻，玲珑剔透，对女性的心理描写生动形象，美妙传神。无疑，这篇小说所包含的对中年人生活的同情和对女性尤其中年女性的怜悯和理解，融入杨绛的感同身受。她睿智地看透了男女感情背后的物理原因——人性本身。钱钟书看了这篇小说后，赞许她"能写小说"。

珍珠港事件后，苟安三年多的上海"孤岛"局面结束，日寇加紧了对上海的控制，向市民发放"市民证"和"防疫证"。钱钟书夫妇在上海的日子越发艰难，住家被日本宪兵"光顾"，杨绛在去上课的途中还受到过日军的野蛮搜查。1943 年秋，杨绛辞去小学教职后，没有固定收入，创作的剧本获得的收入也是杯水车薪，日子越来越艰难，但他们夫妇仍然著书立说，"麓藏阁置，以待贞元"，对抗战必胜充满信心。当女佣辞职回家后，杨绛自兼"灶下婢"，全力支持钱钟书继续写作《谈艺录》和创作长篇小说《围城》。

钱钟书去看了妻子的话剧《弄真成假》后，受此触动，便对杨绛说："我也要写，我想写一部长篇小说！"杨绛闻讯很高兴，催他快写。此时，钱钟书尚在震旦女子文理学院任教，又身患疾病，延宕多日，求医无效。杨绛自看医书，抓汤药调治，始得好转。这种经历，钱钟书不自觉地写进了《围城》中。小说中对行医者的讽刺和揶揄，就隐含了他抱病写作《围城》时的窘境。在妻子的劝慰和照顾之下，钱钟书开始创作日后影响巨大的文学名著《围城》。

《围城》动笔于 1944 年春天，完成于 1946 年秋季，1947 年由晨光出版公司印行。钱钟书曾在《围城》初版的序言里自述其创作意图："我想写现代的某一部分社会，某一类人物。"目的是表现现代中国上层知识分子的众生相。

小说通过主人公方鸿渐与苏文纨、唐晓芙和孙柔嘉等几位知识女性的情感、婚恋纠葛，佐以从上海到内地的一路遭遇和三闾大学复杂的人际关系，以喜剧性的讽刺笔调，刻画出抗战环境下中国一部分知识分子的彷徨和空虚。钱钟书借小说中苏文纨之口解释"围城"的题义时说："城外的人想冲进来，城里的人想逃出来。"小说的整个情节，生动而形象地再现了抗战时期知识青年男女在爱情、婚姻、职业纠葛中的围困与逃离，从而陷入精神"围城"的境遇。小说的深刻主题，使之问世之后，颇受欢迎，不到两年就再版三次。1949年后，一度绝版三十载，1980 年再次重印。1990 年被黄蜀芹改编成同名十集电视连续剧后，更是家喻户晓，人人皆知。

钱钟书每写完一章，就交给杨绛先睹为快。杨绛欣赏丈夫丰富的想象和幽默的笔调，小说中的典故、人物、场景都是她熟悉的。因而，她读时大乐，热切期待下一章。杨绛是《围城》名副其实的"第一"读者，《围城》之存世流传，与她密不可分。

钱钟书创作《围城》时，教书、润色《谈艺录》，为生计发愁。诸事繁多，分身乏术。日本投降后，他出任国立中央图书馆英文总纂，主编《书林》季刊（1946 年 6 月—1948 年 9 月）；受邀担任英国文化委员会顾问，策划出版《英国文化丛书》12 种。其中，有杨绛译的《一九三九年以来英国散文作品》，由商务印书馆出版发行。此外，钱钟书还应刘大杰之邀，出任虹口暨南大学外文系教授，讲授"欧美名著选读"和"文学批评"等课程。

1946 年 6 月，钱钟书将抗战时期创作的短篇小说《上帝的梦》《猫》《灵感》和《纪念》，结集为《人·兽·鬼》，交上海开明书店作为"开明文学新刊"之一出版发行。样书两人"全存"，钱钟书用英文题写"赠予杨季康　绝无仅有的结合了各不相容的三者：妻子、情人、朋友。钱钟书"。日后，钱钟书还特此说明："假使这部稿子没有遗失或烧毁"，那是因为"此书稿本曾由杨绛女士在兵火仓皇中录副，分藏两处"。（吴学昭：《听杨绛谈往事》（增补版）219 页，生活·读书·新知三联书店，2017 年 5 月）

《上帝的梦》是钱钟书用随笔的方式抒写的一篇在荒诞外表下寓意深刻的小说。创造男人是上帝对自己的安慰，而创造女人则是上帝的灵感所致。然而，当男人和女人在一起以后，就成了上帝的噩梦。作者借《圣经》中《创世纪》的故事，揭示并讽刺了人与生俱来的劣根性，寄寓了自己对人生的哲学思考。

《猫》是《人·兽·鬼》中篇幅最长的一篇。小说通过李建侯和爱默夫妇在北平的家里举办文化沙龙而引发夫妻情感游离的故事，对 20 世纪 30 年代北平知识分子庸俗、空虚、无聊的生活进行了辛辣的嘲讽，从而拉开了讽刺小说《围城》的帷幕。

　　小说讲述了北平城南长街的爱默女士收养的那只叫"淘气"的猫，撕碎了齐颐谷为其丈夫李建侯花两天时间撰写的欧美游记的稿子，使作为私人秘书的齐颐谷非常生气又无可奈何，因为"打狗要看主人面，那么，打猫要看主妇面了——"。齐颐谷来李家已三天了，还没有瞻仰过传说中有名的李太太——爱默。李建侯与爱默的父亲都是前清遗老，李建侯家里有钱，爱默家里有名。爱默留学美国，"毛得撩人"，李建侯向她求婚，她提出的第十八条要求就是到日本去度蜜月。一到日本，她就去医院改双眼皮。自此以后，爱默不仅长相好看，而且为人风流豪爽，交际甚广。他们夫妻在家里办了一个文化沙龙，常邀请"京派"名流来此聚会，畅谈中国现代文化。结婚十年来，李建侯安于"夫以妻贵"，没有自己的兴趣和目标。上个月，他们夫妻去参加了一个大的宴会，李建侯因受冷落而决心著述。在考虑写食谱不妥后，决定写欧美游记。在妻子的怂恿下，他雇大学生齐颐谷来协助自己，自己口述，由齐颐谷记录整理发挥修改誊清后交他过目。正当齐颐谷为"淘气"抓破稿子要重抄不满时，李建侯告诉他，下午四点半爱默请他喝茶。齐颐谷既兴奋又惶恐不安地参加了爱默在家里举办的茶会，与会者有：政论家马用中、抽烟斗的袁友春、亲日作家陆伯麟、科学家郑须溪、学术机关主任赵玉山、作家曹世昌、文艺批评家傅聚卿、画家陈侠君，连同主人夫妇和齐颐谷一共 11 人。在茶会上，这些文坛巨子或学界泰斗，高谈阔论，特别是齐颐谷走时女主人爱默"明儿见"的清朗，使他着迷，浮想联翩。自此以后，爱默常来要齐颐谷给她办事：帮她写请客的帖子、代回几封无关紧要的信、代看一本作者赠送的新小说，告之其故事梗概等。这不免引起李建侯的妒忌，与妻子发生一场争吵后，他借口到上海去料理房子，带着十七八岁的女孩一同南下了。爱默闻讯后，在伤心愤怒之余，将感情寄予到齐颐谷身上，以图对丈夫的报复，可齐颐谷却意识到事态严重，吓得找借口转身跑了。而此时，在前往上海联运车上的李建侯，正为因一个平庸的女子而拆散家庭心生悔意……

　　小说《猫》描写的故事并不新奇，钱钟书的睿智固然是其特色，可真正引人注目的却是小说中"发现若干讽刺的写照，实在有影射一些当时知名作家和教授之嫌"。虽然钱钟书在序言中辩白"书里的人物情事都是凭空臆测造的"，但"即使是最漫不经心的读者，也会因此序文引起兴趣去猜测书中各个角色的真正身份"。（夏志清：《中国现代小说史》278 页，复旦大学出版社，2005 年）夏志清认为，小说《猫》中的男女主人公影射了梁思成、林徽因夫妇。吴宓认为袁友春暗指林语堂，曹世昌影射沈从文。有好事的读者或评论者依次考证出：《猫》中的齐颐谷似指萧乾，爱慕爱默的诗人为徐志摩，政论家马用中即罗隆基，亲日作家陆伯麟是周作人，科学家郑须溪似指周培源，学术机关主任赵玉山影射了赵元任或胡适，文艺批评家傅聚卿暗示朱光潜，画家陈侠君有常书鸿的影子，郑须溪可能影射金岳霖或梁宗岱。无可否认，作为学者型作家，钱钟书的虚构能力并不强，他很多作品中的人物都有影射。但这些"考证"也只能当作趣闻，以此加深对作品的理解，不能对号入座，毕竟小说是虚构的艺术。

　　《灵感》是一篇讽刺文人的佳作。小说的故事虽简单却有趣。一个"有名望的作家"，产量特多，深受中学生喜爱，由"公认而被官认"为"国定的天才"。因参加角逐诺贝尔文学奖落空后，"气得卧床生病"。当他踱进书房时，过多过重的书压塌了地板，作家与书一齐掉进了阴曹地府。在地府受到司长审判时，作家自己创作的卷帙浩繁的著作中的人物一个个歪歪倒倒地涌来，冲着他叫嚷"还我命来"。正当他搪塞控诉者时，刚死去的文化企业家的鬼魂，归罪于作家为自己撰写的 50 岁生辰的寿文，因吹捧过甚，折了他的阳寿。作家闻讯，暗自思量，原来自己被送往地府，实乃自己笔锋所致。最后，作家被罚"转世到一个作家的笔下也去充个角色，让他亲身尝尝不死不活的滋味"。钱钟书将情节的荒诞和人物心理真实地结合起来，熔嘲讽与机智于一炉，全篇充满着机智与巧妙，让人捧腹，又令人回味思索。《灵感》中的作家，美国的夏志清和新加坡的连茗都认为，有鲁迅、茅盾等作家的影子。（汤晏：《一代才子钱钟书》258 页，上海人民出版社，2005 年）

《纪念》是《人·兽·鬼》中的最后一篇，钱钟书通过一个表嫂"红杏出墙"表弟的故事，将女性灵与肉的冲突淋漓尽致地表现了出来。大家闺秀曼倩因为机缘巧合嫁给了（徐）才叔，为躲避战乱，他们迁到山城，生存环境的巨大变化彻底改变了曼倩的生活。作为小职员的才叔并不能给妻子带来富庶与优渥，曼倩终日在寂寥落寞中打发无尽的时光。才叔的一位飞行员表弟周天健的出现，彻底打破了曼倩原本平静的内心，她很快就堕入情网，陷入在激情和负罪的交织中无力自拔。二人背着才叔幽会时，天健如愿以偿，用他的热烈融化了曼倩的坚拒。几个星期后，周天健在空战中丧生，而曼倩却已怀上了他的孩子。才叔并不知晓妻子与表弟的私情，乃建议她，如生的是男孩便取名天健，来纪念为国捐躯的表弟，曼倩却不愿意。钱钟书对道德及性心理问题的透彻认识，娴熟的叙述手法与技巧，使之《纪念》成为精致而成熟的作品，被公认为他最好的短篇小说。

1948 年 3 月 18 日，钱钟书随教育部主办的文化访问团前往台湾参观访问。文化访问团为配合在台北举办的文物展览会，在台湾大学法学院举办了七场专题演讲。钱钟书演讲的是第五场，题目为《中国诗与中国画》。4 月 1 日上午，台大法学院院长刘鸿渐致介绍词后，钱钟书用幽默的口气说，刘院长的介绍使我很惶恐，"优秀学者"实不敢当，"像开出一张支票，恐怕不能兑现，因我这银行里没有现款"。随后，他以深入浅出的方法将抽象的诗画关系讲了出来。他说："诗就是能讲话的画，画就是不讲话的诗。"（林耀椿：《钱钟书在台湾》43 页，《中国文史哲研究通讯》五卷四期，1955 年 12 月）旅台时，钱钟书遇旧友乔大庄，作诗《赠乔大庄先生》。他对寓居的台北近郊草山（蒋介石败退台北时居于此，并将其更名阳明山）宾馆，印象极佳，撰《草山宾馆作》表达自己的心愿："佳处留庵天倘许，打钟扫地亦清凉。"

1948 年 6 月，钱钟书匠心雕琢多年的《谈艺录》由开明书店出版发行。20 世纪 80 年代，作者又进行了大幅增补。《谈艺录》是一本用文言文写成的论旧体诗的学术著作。钱钟书在继承了传统诗话长处的同时，广泛汲取欧美文艺思想，对古来诗家（唐宋）作品多所评骘。其"唐诗以丰情神韵擅长，宋诗以筋骨思理见胜"的学术观点，为学界广为传诵。书中关于江西诗派和元好问的关系、阮大铖的评价、钱谦益的作伪及王士祯的浅陋疏忽等的考证，都深见其卓越的考据功力。全书旁征博引，征引诗话近一百三十种、西方论著五百余种，举凡作者之心思才力、作品之沿革因创、批评之流弊起衰等，都包容其中。钱钟书在书中对中西典籍信手拈来，丰富的学养，举世罕见。所以，夏志清就认为《谈艺录》是"中国诗话里集大成的一部巨著，也是一部广采西洋批评来诠注中国诗学的创新之作"。（夏志清：《追念钱钟书先生——兼谈中国古典文学研究之新趋向》，《人的文学》，福建教育出版社，2010 年）

1948 年 7 月，钱钟书祖父百岁冥诞，他携妻女从上海返回无锡。钱基博称赞孙女钱瑗乃钱家"唯一的读书种子"。返沪后，他们一家迁居"且住楼"，与李石曾毗邻。1949 年暮春，钱钟书与杨绛夫妇，在学生周节之的陪同下，畅游杭州。钱钟书写下日记《钱大先生游杭州记》（1949.3.27–1949.3.31），文笔幽默风趣，妙语连珠。

杨绛因长时间的操劳过度（教课、业余创作、为女儿身体欠佳着急、充当"灶下婢"支持丈夫创作等），积劳成疾。加上时局逆转，国民党政权败局已定，夫妻二人基于对祖国文化的深厚感情，商量后接受了清华大学同学吴晗（其妻袁震是杨绛的好友）的力劝，应聘回母校清华外文系任教。

六、"知有伤心写不成，小诗凄切作秋声"

1948 年 8 月 24 日，在接受上海市委统战部周而复（钱钟书昔日在光华大学的学生）为之购买的软卧车票后，钱钟书一家人与卞之琳一同返回清华，开始了新的工作。来清华后，钱钟书在外文系教"大二英文""西洋文学史"和"经典文学之哲学"等课。1949 年后，高校讨论校制和课程改革的会议很多，清华也不例外。依清华旧规，夫妻不能在同校任正教授，杨绛只好在清华兼职，讲授"英国小说选读"。因是"散工"，她自然逃掉了不少会议，从而有时间读小说和搞翻译。在教学、创作、翻译之余，钱钟书夫妻俩，与费孝通、沈从文、梁思成、潘光旦、张奚若夫妇多有往来。

　　钱钟书在清华任教一年后，被乔冠华借调到"中共中央毛泽东选集英译委员会"去翻译《毛泽东选集》。杨绛在清华凭智慧险过了对知识分子思想改造运动的"洗澡"关。1952 年 6 月，全国高校院系调整，清华改为工科大学，文学院并入北大，钱钟书夫妇被调到北大的文学研究所。1956 年 1 月，文学研究所正式划归中国科学院哲学社会科学部。1977 年 5 月，哲学社会科学部独立成为中国社会科学院。郑振铎和何其芳为文学研究所首任正、副所长，钱钟书和杨绛都被分到外文组，外文组组长为卞之琳。钱钟书有段时间在图书资料室负责买书，他甘之如饴，视其为自己的精神家园。因被人诬陷，钱钟书被当成北大"反动派"教授的典型，后经组织调查"纯属空穴来风，查无实据"。1956 年春，钱钟书被中国科学院评为一级研究员。

　　1954 年，杨绛翻译的法国小说《吉尔·布拉斯》在《世界文学》分期刊出，结集出版前，钱钟书为之修改润色。因领导不分配研究课题给杨绛，杨绛就选择马克思喜欢的小说作家之一菲尔丁为研究对象，撰写了《菲尔丁关于小说的理论和实践》在《文学评论》1957 年第 2 期上发表。

　　1954 年，钱钟书翻译《毛泽东选集》工作告一段落，回到文学研究所上班。郑振铎将其借调到古代组选注宋诗。钱钟书秉承使命，殚精竭虑，遍读宋诗。耗时两年，"晨书暝写细评论，诗律伤严敢市恩"，精选了 81 位诗人共计 297 首宋诗。除原文外，均附有较为精练的诗人小传和详细的注释。1956

年《宋诗选注》完成后，他还写有《宋代诗人短论（十篇）》和《〈宋诗选注〉序》，分别发表在《文学研究》1957 年第 1 期和第 3 期上。前者对宋代诗人文同、王安石、苏轼、黄庭坚、徐俯、刘子翚、杨万里、陆游、范成大和尤袤的诗歌进行了言简意赅的评价；后者主要谈论三个问题：一、宋诗的时代背景和它的思想内容及其所反映的社会生活；二、宋诗的艺术表现和对宋诗的整体评价；三、选诗的标准和材料问题等。钱钟书在"序"中，对宋诗进行了总体性的评价，把宋诗的历史背景、宋诗的优缺点分析得相当精到。《〈宋诗选注〉序》既是一篇深奥的学术研究性文章，又是一篇优美的文学评论作品。钱钟书的语言流畅、风趣，在赏心悦目的阅读中普及了许多文史知识。如，他在分析宋诗风格形成时说："有唐诗做榜样是宋人的大幸，也是宋人的大不幸。看了这个好榜样，宋代诗人就学了乖，会在技巧和语言方面精益求精。同时，有了这个好榜样，他们也就偷起懒来，放纵了模仿和依赖的惰性。瞧不起宋诗的明人说它学唐诗而不像唐诗，这句话并不错，只是他们不懂这一点长处恰恰就是宋诗的创造性和价值所在。"《宋诗选注》于 1958 年 9 月由人民文学出版社出版后，很快就得到全国的诗学专家、海外学人的高度评价。可是，不久就因选注者没有用唯物史观来选择和解释宋诗遭到了大规模的批判。

接踵而至的政治运动，加上父母相继去世，使钱钟书心情抑郁。他在《龙榆生寄示端午漫成绝句即追和其去年秋夕见怀韵》中写道："知有伤心写不成，小诗凄切作秋声。晚晴尽许怜幽草，未契应难托后生。且借余明邻壁凿，敢违流俗别蹊行。高歌青眼休相戏，随分齑盐意已平。"

20 世纪 60 年代初，毛泽东诗词英译定稿小组成立，钱钟书负责将其译成英文。业余时间，他还写有著名的《论通感》和《林纾的翻译》等学术论文。

杨绛在清华做"散工"，业余时间较多，偶然读到一本英译的西班牙名著《托美思河的小拉撒路》，很喜欢，就将其翻译成中文版，取名《小癞子》，于1950 年 4 月交上海平明出版社出版。

　　《小癞子》被誉为"流浪汉小说鼻祖"，写一个至卑极贱的穷苦孩子的遭遇。他先后伺候吝啬阴戾的瞎子，吝啬犹有过之的教士，死要面子的侍从，卖免罪符的兜售员等各种"奇葩"，切身领略到人世间种种艰辛，受饿挨打并与之斗智斗勇，成了他流浪生涯的家常便饭和全部魔咒。作者在揭露小癞子伺候的主人和生活的社会的同时，也讽刺了小癞子本人善于妥协、苟且偷安的本性。

　　20 世纪 50 年中后期，杨绛因没有遵循外文组关于"不是马克思读过并提到过的作家作品不得研究"的规定，而是凭兴趣写了《有什么好？——读奥斯丁的〈傲慢与偏见〉》《艺术与克服困难——读〈红楼梦〉偶记》和《李渔论戏剧结构》等学术论文，在"大跃进"开始后，被当作资产阶级学术观点的"白旗"而受到批判。基于此，杨绛暗下决心，"再也不写文章，从此遁入翻译"。1958 年冬，她为了从原文翻译《堂吉诃德》，开始自学西班牙文。同年 10 月至 12 月，杨绛随众下乡。钱钟书几乎每日一信，写给乡下的妻子，杨绛喜读而珍视，收入衣袋。日积月累，乃至衣裳的每个口袋就塞得鼓鼓囊囊的，后因担心会遭无妄之灾，被迫付之一炬。

　　"文化大革命"开始后不久，钱钟书就被打成"资产阶级学术权威"，杨绛的罪名是"资产阶级学者"。大凡被揪出来后，都要做一顶纸牌高帽子及名牌，以备批斗时用。1966 年 8 月 27 日，杨绛被迫交出即将译完的《堂吉诃德》翻译稿。钱钟书被剃成"十字头"，杨绛将之改剃成"和尚头。"不久，杨绛在"陪斗"时也被剃成了"阴阳头"，她只好自做假发戴上，去收拾办公室的两间女厕所。有人贴出声讨钱钟书轻蔑毛主席著作的大字报，娇弱的杨绛为了丈夫的清白，竟在晚上打着手电筒在揭发钱钟书的大字报上贴上申辩的小字报。为此，被揪到千人大会上批斗示众，她仍然据理力争，绝不示弱。其"金刚怒目"的一面，使人"刮目相看"。

　　不久，杨绛在外文组参加工宣队清查"五·一六"运动。钱钟书在北师大历史系任助教的女婿王德一,在清查"五·一六"的时候,被驻校"宣传队"宣布隔离审查,其主要"罪行"是"炮打林副统帅"。为了不连累家人,不甘屈辱的王德一,上吊自杀。此事给钱瑗及父母造成永远的伤痛。

1969年11月11日,钱钟书随先遣队奔赴河南罗山杨村"五七干校",负责看管工具和收发信件。因夫妻分隔两地,钱钟书常给杨绛写信,并附寄一些打油诗寄给她消遣。后来,杨绛在《从丙午到"流亡"》中记载了很多趣事。如,何其芳在"五七干校"用大漱口杯去食堂买了一份鱼,吃来味道很怪,最后捞起来一瞧,竟然是未泡烂的药肥皂落在漱口杯里没有拿掉;钱钟书和丁声树两位一级研究员半天烧不开一锅炉水,从而获得"钱不开"的外号。八个月后,杨绛也下放干校,负责看护菜园。他们夫妻俩虽相隔不远,却因属于不同的连队,故不能随意走动,二人只能靠书信联系,休息日才能探亲相见。

1970年11月21日是钱钟书60岁生日,杨绛休息,特地去看望丈夫,为他庆生。他们夫妻在食堂买了寿面和一个红烧鸡罐头来庆祝。

钱钟书常常借去村邮电所取邮件的机会,绕道菜园去看望妻子;杨绛也高兴地听从班长的吩咐去钱钟书处借还工具。如此这般,夫妻俩名正言顺地"约会"。干校从罗山的自建土坯房迁往信阳的明港后,住的是部队留下的营房,每天除了开会发言,别无其他事可干。夫妻俩毗邻而居,常常相约黄昏散步。不久,杨绛因赴京治眼疾,钱钟书在明港哮喘病复发,发高烧,连里的医务员生平第一次斗胆打静脉针,方才将他的烧退下来。

1972年3月,钱钟书夫妻作为第二批"老弱病残"遣送回北京干面胡同的宿舍大楼。他们原本有四间房,可两年后回来,却因"掺沙子"("文革"中,军宣队采取的让"革命群众"入住"资产阶级权威"家里的政策,名曰"掺沙子"。)的林非、肖凤夫妇和一个孩子占去了其中的两间。开始时,两家人还相安无事,钱钟书写《管锥编》,杨绛翻译《堂吉诃德》。同处一个屋檐,时间一长,彼此不同的生活习惯导致相互间内心的不满慢慢滋生,12月7

日终于爆发。起因是请余嫂先后洗衣服，导致两家人发生了肢体冲突。日后，
1999 年 11 月 19 日，杨绛在《南方周末》发表《从"掺沙子"到"流亡"》一
文追述其事。林非夫人肖凤随即撰写《林非被打真相》一文刊登在同年 12 月
20 日出版的《鲁迅研究月刊》上。同一个事件，在当事人口中，反差极大，
"历史真实"究竟如何？是非曲直只能期待读者去评判了。

　　钱钟书夫妇与林非夫妇发生打架事件后，他们搬到了女儿钱瑗在北师大的
集体宿舍。三年后，他们又搬到学部文学所的办公室居住。在此生活的两年九
个月间，钱、杨夫妇经常将大部分工资接济负担重、收入低的年轻同事，从而
与柳鸣九等一批年轻人建立起了深厚的"忘年交"情感。在这些年轻人的簇拥
和帮助下，钱钟书完成了《管锥编》初稿，参与完成了《毛泽东诗词》的英译
工作；杨绛译完了《堂吉诃德》。1977 年 2 月，在昔日清华同学胡乔木的帮助
下，钱钟书夫妇分到了国务院三里河南沙沟寓所。

七、"旧邦更始得新命，如龙虎起风去随"

　　1977 年 9 月，胡乔木担任中国社会科学院院长、党组书记后，对钱钟书多
有照顾。1978 年 9 月，钱钟书随社科院代表团出席在意大利召开的欧洲汉学
家会议第 26 届年会。他在会议上用英文作了"古典文学研究与现代中国"的
发言，特别是他讲述的意、中两国有关深居山野、不谙牲畜的小孩和沙弥只对
"傻鹅"（女人）和"老虎"（女人）感兴趣的故事，更是获得全场喝彩。

　　1979 年 4 月，钱钟书又随社科院代表团访问美国。在哥伦比亚大学与夏
志清重逢，相谈甚欢。钱钟书的英文、法文水平和博学，给参与座谈会者留下
了深刻的印象。随后，他访问了耶鲁、哈佛、芝加哥、加利福尼亚、斯坦福等
大学，钱钟书"照相术的记忆力"和对吴晗、冯友兰的批评，给与会者极大的
震撼。不久，与会者——旅美作家陈若曦仿钱钟书《猫》和《围城》的笔法，

写有短篇小说《城里城外》，影射代表团的成员。其中，以篇中人物秦徵来讥讽钱钟书有私意，希望侄子来美读书，云云。画虎成猫之嫌，昭然若揭。后来，陈若曦有所愧疚，在游学大陆时曾当面向钱钟书道歉。1980 年 11 月，钱钟书应邀前往日本访问。他在京都大学、爱知大学和早稻田大学举办的恳谈会上，对"伤痕文学"和"诗可以怨"发表的看法，独到而新颖，引起了与会者的强烈共鸣。

1977 年 11 月，《管锥编》的全部手稿，在胡乔木的指示下，交中华书局用繁体字出版。1979 年 8 月，在傅璇琮主持下，《管锥编》分四册出版。后来，钱钟书又进行了三次增订。《管锥编》全书约一百三十万字，以读书札记的形式写成，专论经、史、子、集里十部古书的读书心得，论述范围由先秦始，迄于唐前。这本传世之作，考论词章及义理，打破了时间、空间、语言、文化和学科的壁障，新说创见频出。如关于通感的理论，比喻之"二柄"与"多边"等等。全书旁征博引，古今中外典籍信手拈来，征引了四千位作家的上万种著作，其中西方学者和作家就达千人以上，所论除了文学之外，还兼及几乎全部的社会科学、人文学科。

从国外访问归来，因《管锥编》在国内已出版，钱钟书声名鹊起。特别是《围城》于 1980 年年底由人民文学出版社以简体字横排再版发行后，迅速成为畅销书。1982 年 5 月，钱钟书被任命为中国社会科学院副院长。

随后，由孙雄飞、屠传德和黄蜀芹改编，黄蜀芹导演的十集电视连续剧《围城》上演并获奖。在 20 世纪 90 年代，杨绛为片首题词："围在城里的人想逃出来，城外的人想冲进去。对婚姻也罢，职业也罢，人生的愿望大都如此。"伴随《围城》的视听传播，剧中"不讨厌但没用"的方鸿渐形象，契合当时很多大学生的心境，乃至于"上学不识《围城》面，纵是英雄也枉然"成为当时大学生的标签，钱钟书的声名也由学术界和一般知识分子走进人民大众，成为家喻户晓的人物。

　　《围城》的持续畅销，数次引起"钱钟书热"。各种盗印或变相盗印层出不穷。如钱钟书就非常反感高雪摘录的由甘肃人民出版社 1991 年出版的《钱钟书人生妙语》；对龚明德弄出来的由四川文艺出版社 1991 年 5 月出版的《围城》（汇校本）也甚为不满。他和人民文学出版社甚至诉之于法律，对簿公堂。然而，一些个人和出版社为了追逐利益，继续出版续集或续集之续集，如《围城之后——〈围城〉》（鲁兆明）和《围城大结局》（魏人），不一而足。作者尚健在，其作品就被人操刀续集，亘古未有。

　　盛名之下，烦恼不断。钱钟书在为汇校本、盗印本及续集困扰之余，国内外邀请他去讲学和慕名而来的访问，使不喜酬酢的他，苦不堪言。杨绛曾说，自《围城》重印以来，来信和登门的读者很多，钱钟书除了表示歉意，就是诚恳地奉劝别研究什么《围城》。"一次我听他在电话里对一位求见的英国女士说：'假如你吃了个鸡蛋觉得不错，何必认识那下蛋的母鸡呢？'"（杨绛：《记钱钟书与〈围城〉》，《杨绛全集》2 卷 168 页，人民文学出版社，2014 年）随着年岁的增长，体质本来就羸弱的钱钟书，身体越来越差，哮喘未去，又添新疾。1992 年 2 月，他被查出输尿管中有肿瘤，随即开刀切除肿瘤和左肾。同年 11 月，钱钟书辞去了中国社会科学院副院长的职务。

　　1978 年 3 月，杨绛从西班牙文翻译的《堂吉诃德》由人民文学出版社出版，钱钟书为书名题签。从此以后，夫妻二人的作品出版，都互为书名题签。6 月，西班牙国王访华，杨绛应邀出席举行的欢迎国宴。《堂吉诃德》的中译本被作为国礼赠送给贵宾。

　　1983 年，杨绛又赴西班牙访问，参观了塞万提斯的故居。回国后，她写有《〈堂吉诃德〉译余琐掇》记载此次出访的收获。为了表彰杨绛翻译西班牙名著《堂吉诃德》和《小癞子》的贡献，1986 年 10 月，西班牙驻华大使代表其国王和政府授予她"智慧国王阿方索十世大十字勋章"，钱钟书参加了颁奖仪式。

20 世纪 70 年代末，杨绛还利用业余时间写有短篇小说《"大笑话"》《"玉人"》《鬼》和《事业》。其中，钱钟书认为描写男女主人公情深意厚的《"大笑话"》（林子瑜与妻子周逸群心各有所属，林子瑜看破了妻子的庸俗无聊，对已故同事的妻子陈倩怜惜爱护，并向她"承认自己有点返老还童了"；而妻子周逸群则处心积虑地与其他女人争情人）是她写得最好的小说。杨绛本人和评论界则认为她的《干校六记》和《洗澡》更好。

从干校回来八年后，杨绛因看了沈复的《浮生六记》，便决定动笔记录干校日常生活的点滴，取名为《干校六记》。全书共有《下放记别》《凿井记劳》《学圃记闲》《"小趋"记情》《冒险记幸》和《误传记妄》六篇。钱钟书过目后，为之写有《小引》。他说："'记劳'，'记闲'，记这，记那，那不过是这个大背景的小点缀，大故事的小穿插。"杨绛以一种"冷幽默"的方式真实而细致地记述自己从 1969 年底到 1972 年春在河南"五七干校"中的生活经历，将"极左"年代呈各种不合常情、令人心酸的故事以一种"正常"的口吻平静道来。虽然记述的是"大背景的小点缀，大故事的小穿插"，但却从另一种角度凸显了"文革"的荒唐和极大的悲哀。与此同时，她还浓墨重彩地描绘了包括自己和丈夫在内的这一群知识分子对这一环境认同后渐趋"正常"的日常生活画面。在高压态势下所持有的"随遇而安"的生活态度，蕴含了丰富的无可言说的悲哀。这种以"怨而不怒、哀而不伤"的格调和角度描写和反思"文革"，在当时还不大为人们所接受。丁玲就说"《班主任》是小学级的'反共'；《人到中年》是中学级；《干校六记》则是大学级。"（吴学昭：《听杨绛谈往事》（增补版）328 页，生活·读书·新知三联书店，2017 年 5 月）。然而，《干校六记》自 1981 年出版以来，在国内外引起了极大反响，深受读者广泛好评。

杨绛以照顾钱钟书为己任。闲暇之际，勤奋写作。她应约写有《回忆我的父亲》《回忆我的姑母》，使杨荫杭和杨荫榆的形象更加清晰地呈现在读者面前。《围城》再版后，读者将书中的方鸿渐比附为钱钟书，进而考据书中人物

与现实生活的关系。为此，在胡乔木的劝说下，1982 年 6 月，杨绛写了具有
文献意义的《记钱钟书与〈围城〉》。钱钟书看后，在她的稿子后一页写了如
下几句话：

　　　这篇文章的内容，不但是实情，而且是"秘闻"。要不是作者
一点一滴地向我询问，而且动情地写下来，有些事迹我自己也快忘
记了。文笔之佳，不待言也！

　　　　　　　　　　　　　　　　　　　　　　　　　钱钟书识
　　　　　　　　　　　　　　　　　　　　　　　　1982 年 7 月 4 日

　　钱钟书不赞同将杨绛写的《记钱钟书与〈围城〉》公开发表，担心"以妻
写夫，有吹捧之嫌"。直到 1986 年 5 月，他才同意将其收入杨绛的散文集《将
饮茶》出版。而他为之添加的附识，杨绛以为是称赞她，故收藏起来，直到
2004 年才随《杨绛文集》公诸于世。

　　杨绛用她"事实—故事—真实"的写作方法回答了读者和评论者对钱钟
书和《围城》的关系："《围城》里写的全是捏造，我所记的却全是事实。"
钱钟书欣赏妻子，认为她的散文比自己好，"杨绛的散文是天生的好，没人
能学"。

　　1986 年春末，杨绛开始创作长篇小说《洗澡》，1987 年底定稿。她每写
一章，就交给丈夫看。钱钟书读完"游山"那章后对她说："你能写小说。你
能无中生有。"

　　《洗澡》主要描写 1949 年后知识分子第一次经受的思想改造——当时泛称
"三反"，又称"脱裤子、割尾巴"。这些知识分子耳朵娇嫩，听不惯"脱裤
子"的说法，因此改称"洗澡"。

　　《洗澡》以横断面的方式，借一个政治运动为背景，写从旧社会进入新社

会的各类知识分子在"三反"运动中的不同表现。杨绛以轻松幽默的笔调、流利纯洁的语言将这群知识分子的内心世界、外貌特征刻画得惟妙惟肖。全书由前言和正文（采荇采菲、如匪浣衣、沧浪之水清兮）加尾声构成，正文每部题目采用古典诗文的名字，点出其深刻意义。每部若干章，前两部是铺垫和前奏，第三部才是"洗澡"。

1949 年前夕，在上海一所杂牌大学任教的余楠教授与向他组稿的胡小姐相恋，因一毛不拔，将与妻子宛英结婚时别人送的田黄图章送给她当结婚信物，为胡小姐不齿而抛下他与人远走高飞。余楠夫妇奔赴刚刚解放的北平，加入由"北平国学专修社"秘书、"南下工作"回来的马任之领衔成立的"文学研究社"。国学专修社的房屋本是已故社长姚謇的祖产，他女儿姚宓大学未毕业就到大学图书馆当了个小职员。1949 年 10 月，文学研究社成立。与会者有国学专修社老顾问丁宝桂、从海外归来的许彦成和杜丽琳夫妇、法国文学专家朱千里、副社长俄罗斯文学专家傅今、他的新夫人作家江滔滔、江滔滔的密友"苏联文学专家"施妮娜等。不久，傅今主持召开了文学研究社的座谈会，由调入文学研究社的姚宓负责记录。

从英美回来的许彦成和夫人"标准美人"杜丽琳，回国后加入文学研究社。他经常跑图书室，遂与管图书的姚宓相熟而暗生情愫。为女儿学钢琴，许彦成以自己的唱机与姚家的钢琴交换，并常去姚家与姚母一同欣赏。休假日，姚宓整理父亲遗书时，许彦成前来帮忙。姚宓后以"同等学力"调入外文组，与许彦成分到一组，同组还有杜丽琳和姜敏。余楠为了巩固他在文学社的地位，一方面积极求"上进"，另一方面积极"睦邻"——以请客吃饭的方式巴结副社长傅今等人，在客观上形成了与施妮娜等人的联盟，排挤、打击姚宓和许彦成。

不久，为借"巴尔扎克的《红与黑》"而大闹图书馆的施妮娜当上了图书室副主任，余楠任正主任。姚宓母女为图书室落入不学无术者手中不满，便把姚謇的藏书托姚宓的老同学罗厚捐赠给某个大学图书馆。施妮娜和姜敏等人对此很气愤，背地里对姚宓大加指责。天气渐暖，姚宓发现许彦成已把小书房的书整理好了，很感动。从此，许彦成常拣出姚宓该读的书，夹上小纸条注明要细读的部分，放在小书房的书桌上留给姚宓看。初秋，姚宓与许彦成打赌爬香山的"鬼见愁"。第二天，姚宓向母亲撒谎说去药铺买西洋参，许彦成则借口去西郊看朋友向妻子"告假"。

　　因许彦成害怕爱上姚宓而伤害她，他们在西直门外的存车处相见时，托词有事，未与姚宓同行，可他又不放心，便尾随前往。姚宓快到香山临下车时看见了许彦成，便赌气乘车返城。不料，却被余楠的女儿余照和男友陈善保看见了。姜敏在余楠家听见此事后，在办公室当众说破，杜丽琳为丈夫许彦成掩饰后，回家与他大吵一架。许彦成为践约向姚宓写信"请罪"。自此，俩人在书信往来中陷入情网。

　　姚宓写的一篇稿子被陈善保借去，被余楠看到后，联合姜敏、江滔滔、施妮娜，以匿名"汝南文"的形式写文章批判。姚宓前去找余楠讨要自己的稿子，余楠却扣住不还。宛英以"自己肚子痛时姚宓为其按摩"为由帮忙取回，"汝南文"的文章也没有引起轰动。不久，傅今正式当上了正社长，余楠和施妮娜分别担任外文组正、副组长。一个星期日，正当许彦成与姚宓在小书房亲昵交谈时，杜丽琳突然闯入，他们分别表示不会伤害她。

　　不久，给知识分子"洗澡"的"三反"运动开始。为了避嫌，许彦成不再去姚宓家。首先"入盆洗澡"的是几位"老先生"，朱千里、余楠、丁宝桂等人经过两次"洗澡"后才过关，而杜丽琳一次性地通过了"洗澡"，许彦成最后一个"洗澡"，顺利通过。运动渐渐停止，一切又恢复正常，文学研究社的好些人都将被安插到各个岗位上去。许彦成夫妇将到高等学府去教书，朱千里和姜敏也分派到外国语学院，接受姚謇赠书的图书馆要姚宓去工作，罗厚也将到那儿去。临别前，钢琴和唱机各自物归原主，姚太太在家请客为许彦成夫妇送行，姚宓与许彦成凄凉地挥泪而别。

1988 年 11 月，《洗澡》由香港三联书店首发后，国内外多次再版，评论很多。施蛰存认为《洗澡》是"半部《红楼梦》加上半部《儒林外史》"。（施蛰存：《读杨绛〈洗澡〉》，《文艺百话》356 页，华东师范大学出版社，1994 年）

夫妻同写知识分子在不同时期的心路历程，使关心钱钟书和杨绛的读者，自然而然地将《围城》和《洗澡》联系起来认识和思考。认为二者无论是创作时夫妇的共同参与，还是他们的创作心态和文艺观点都大体一致，将 1949 年前后一代知识分子惯常的生存状态和命运遭际展示了出来。从某种意义上讲，《洗澡》就是《围城》的续集和姐妹篇，二者是他们夫妻艺术上的"双璧"。

八、"我已经走到人生的边缘上"

1994 年 7 月，钱钟书因肺炎住进北京医院，查出膀胱癌三处，后摘除并烫净。手术虽成功，却导致仅存的肾功能衰竭。做了人工肾后，虽恢复，仍缠绵病榻 4 年多。钱钟书生病住院，杨绛因照顾他导致血压升高，心脏病复发，经常疲惫无力。女儿钱瑗也常常来看望父亲。养病期间，杨绛和女儿还帮助钱钟书选定《槐聚诗存》和《石语》。杨绛以眷属的身份写下了《钱钟书对〈钱钟书集〉的态度》作为《钱钟书集》的代序。

1995 年 2 月 6 日，夏衍去世。钱钟书夫妇闻讯，非常难过。他们虽然往来不多，夏衍对他们的理解和关心，却使他们倍感人间温暖。在北京文艺界一次座谈会上，李健吾高谈阔论，一力揄扬钱钟书。夏衍说："你捧钱钟书，我捧杨绛。"1991 年 7 月，杨绛 80 岁生日时，夏衍让女儿沈宁送来亲笔题写的祝寿诗："无官无位，活得自在；有胆有识，独铸伟词。"（吴学昭：《听杨绛谈往事》（增补版）382 页，生活·读书·新知三联书店，2017 年 5 月）。

1995 年底，钱瑗确诊为肺癌并已扩散到腰椎。1997 年 3 月 4 日，钱瑗去世。杨绛没有告诉住院的钱钟书，独自把悲痛埋在心里。后来，实在瞒不住了，她才告诉了丈夫。钱瑗的英年早逝，给予钱钟书致命打击，他生命中的两根精神支柱之一坍塌了。

　　1998 年 12 月 19 日，一代天才钱钟书心脏停止跳动。杨绛来后，看见他的一只眼没合好，便帮他合上，并在耳旁说道："你放心，有我呐。"

　　女儿和丈夫的离世，使年届 87 岁的杨绛，倍感"'世间好物不坚牢，彩云易散琉璃脆。'现在，只剩下了我一人"的彻骨伤痛，非局外人难以体会和承受。唯一的办法就是逃，"但是逃到哪儿去呢？我压根儿不能逃，得留在人世间，打扫现场，尽我应尽的责任。"（吴学昭:《听杨绛谈往事》（增补版）389 页，生活・读书・新知三联书店，2017 年 5 月）。

　　亲人生命的消失，灵魂却永留身边。杨绛开始探索生命归宿、灵魂不灭。她从柏拉图描绘古希腊哲人苏格拉底就义当日，与门徒就正义和不朽讨论的对话录《斐多》中找到了共鸣，在参考希腊原文和英译文等多部作品后，将其译成中文，并为读者写下详细的注释。其目的，诚如她在译后记中所说："我正试图做一件力不能及的事，投入全部心神而忘掉自己。"此书 2000 年 4 月由辽宁人民出版社出版。

　　2001 年 9 月，杨绛以全家人的名义，与清华大学签订《信托协议书》，成立"好读书奖学金"（钱钟书任"中央图书馆"英文总编纂时主编的馆刊名即 *philobiblion*—"好读书"），用以帮助那些爱好读书的清寒子弟顺利完成学业。杨绛将钱钟书和她在 2001 年上半年所获稿酬 72 万元及其以后的版税作为基金的底数，日后逐年增加。

　　杨绛为了钱钟书的心血再见天日，独自一人揽下了整理出版钱钟书几麻袋天书般的手稿与中外文笔记的任务。总共涵盖 72 卷册的《钱钟书手稿集》（《容安馆札记》《中文笔记》和《外文笔记》）于 2016 年 3 月由商务印书馆出版发行。杨绛在前言里回忆了钱钟书养成做读书笔记的原因。

　　对丈夫和女儿的思念，随着年岁的增长，在杨绛的心中愈来愈强。2003年，她写下了记录她与钱钟书一路走过的时光，以及丈夫与女儿生前最后一段日子的散文集《我们仨》。她在书中的第三部《我一个人思念我们仨》中写道："我们这个家，很朴素；我们三个人，很单纯。我们与世无争，与人无争，只求相聚在一起，相守在一起，各自做力所能及的事。碰到困难，钟书总和我一同承当，困难就不复困难；还有个阿瑗相伴相助，不论什么苦涩艰辛的事，都能变得甜润。我们稍有一点快乐，也会变得非常快乐。"（杨绛：《我们仨》，《杨绛全集》4卷59页，人民文学出版社，2014年）其目的，是借写作来重温，让"再也找不到他们"的自己和他们再相聚。

　　2004年5月，杨绛为人民文学出版社出版《杨绛文集》（八卷本）撰写了《作者自序》和《杨绛生平与创作大事记》。她在《自序》里讲到了自己谨守忠恕之道的选择标准。2005年元旦期间，杨绛生病住院，她躺在病床上对生与死又进行了形而上的思考。六十余年前，她编定了钱钟书的第一本文集《写在人生边上》，如今，她对此作出了自己关于神、鬼和人等问题的思考与回答。2007年8月，出版了散文集《走到人生边上：自问自答》。2008年8月6日，杨绛在为吴学昭即将由三联书店出版的《听杨绛谈往事》的《序》中写道："征得我同意而写的传记，只此一篇。"2011年7月，在100岁生日前夕，杨绛又以答问形式发表了《坐在人生的边上》。她在接受《文汇报·笔会》的笔谈采访时说："我的'向上之气'来自信仰，对文化的信仰，对人性的信赖。""细细想来，我这也忍，那也忍，无非是为了保持内心的自由，内心的平静。"

　　2013年5月下旬，媒体连续曝光中贸圣佳拍卖有限公司将于6月22日在北京举行钱钟书与杨绛的信札和手稿拍卖会。杨绛公开发表声明，反对私人信札拍卖谋利。在她的坚持和法律界人士的声援下，拍卖公司最终撤拍，赔礼道歉，并赔偿经济和精神损失各10万元。杨绛将所获赔偿金，捐给清华大学法学院，用作普法讲座。2014 年 7 月 17 日，杨绛在 103 岁生日前夕，公布了《洗澡》的续集《洗澡之后》的前三章。为了防止《洗澡》中"姚宓与许彦成之间那份纯洁的友情"被人误会，98 岁高龄时，杨绛开始动笔创作了这部续集。在《洗澡之后》中，许彦成的妻子杜丽琳因在"鸣放"中积极表态，被打成"右派"，下放劳动过程中与同为"右派"的叶丹产生了感情。回京后，她主动提出与许彦成分手，使两个人的精神都得到了解脱，各自找到了称心的感情归宿。2014 年 8 月，人民文学出版社出版了 9 卷本《杨绛全集》。

　　2016 年 5 月 25 日凌晨，杨绛在北京协和医院病逝，享年 105 岁。20 世纪"绝无仅有"的夫妻学人，从此成为千古绝唱。

附录:

丁玲心中的瞿秋白

丁玲与瞿秋白的关系,终其一生,既与王剑虹有关,也纠结于友情与爱情、文学与革命的两难选择。正因为如此,在瞿秋白生前,丁玲对其爱恨交织,怨恨与误解并存。瞿秋白牺牲后,丁玲逐渐释然,在历尽沧桑后,最终理解。

相识

1918 年夏,丁玲考取了桃源女师(湖南省立第二女子师范学校)预科班,与王剑虹同学。在桃源女师,丁玲学习刻苦,擅长写作;王剑虹外冷内热,能言善辩。在校期间,两人几乎没有什么交往。五四运动的风潮吹到桃源时,王剑虹在学校辩论会上的口若悬河和临机善变,给丁玲留下了深刻印象。受此风潮影响,丁玲也毅然铰掉了蓄了十多年的发辫。是年暑假,丁玲转学到长沙周南女子中学就读,不久,又转岳云中学补习班学习,与在此就读的杨开慧为同窗好友。

1921 年寒假,丁玲回常德看望母亲,邂逅从上海回来的昔日同学王剑虹,成为好友。在王剑虹的鼓励下,丁玲决定随她到上海去。走前,她坚决要求解除昔日外祖母包办的与表哥的婚约,遭到三舅父的坚决反对。丁玲一气之下,写了一篇揭露三舅父罪恶(毒打佣人)和丑行(奸污丫鬟)的文章,送到常德

的《民国日报》，要求发表。报社惧怕麻烦，将文中名字略去见报。因有母亲
的支持，丁玲最终解除了包办婚约。

　　1922 年 2 月底，丁玲与王剑虹等同学奔赴上海，进入陈独秀、李达等创
办的上海平民女子学校读书。茅盾、柯庆施、施存统（施复亮）等曾任过她们
的老师。上海平民女校"演说"式的义务讲课，使丁玲很失望。一年后，她和
王剑虹漂泊到南京自学。因同学王一知与柯庆施相爱，在南京结婚后，邀约她
们一同到灵谷寺游玩。不久，柯庆施将瞿秋白带来。瞿秋白的机警、俏皮和睿
智，给丁玲和王剑虹留下较好的印象。特别是瞿秋白讲述的苏联故事，使她们
着迷。瞿秋白得知丁玲和王剑虹在南京"东游西荡的生活"后，竭力劝说她们
返回上海，进入上海大学文学系学习，并说这个学校"原是国民党办的，于右
任当校长，共产党在学校里只负责社会科学系，负责人就是他和邓中夏同志。
他保证我们到那里可以自由听课，自由选择"。[1]丁玲仍然犹豫不决，施存统
也来帮助劝说，丁玲和王剑虹最后决定返回上海就学。

相慕

　　丁玲来上海大学后，瞿秋白介绍她到中国文学系学习。丁玲喜欢茅盾讲授
《奥德赛》《伊利亚特》等古希腊史诗的课程；王剑虹则欣赏俞平伯讲授的宋
词。田汉讲的西洋诗、陈望道讲的古文，邵力子讲的《易经》，也曾给她们留
下了较深的印象。然而，最使丁玲心仪的还是瞿秋白。他几乎每天课后都要来
和她们聊天，聊的话题既宽又深，从不聊他在社会系上讲的哲学课，"只讲文
学，讲社会生活，讲社会生活中的形形色色。后来，他为了帮助我们能很快懂
得普希金的语言的美丽，他教我们读俄文的普希金的诗。"[2]在上大期间，为
图简便，丁玲率性将自己名字"蒋冰之"改为"丁冰之"。

　　一个冬天的傍晚，丁玲、王剑虹、施存统夫妇和瞿秋白一道去附近的宋教

仁公园散步。清夜无尘，月色如银，能言善辩的瞿秋白却一反常态，沉默无语，甚至还有了一丝丝忧郁。第三天，丁玲在隔壁的施存统家里又遇见了瞿秋白，发现他颇不自然，随即悄然无声地走了。施存统告诉丁玲，瞿秋白坠入恋爱里了。施存统所说不假，但瞿秋白究竟爱上的是谁（丁玲还是王剑虹）？在丁玲后来的自述中，有两个不同版本。

其一，丁玲在《我所认识的瞿秋白同志——回忆与随想》中写道，和她相处两年、形影不离的王剑虹，决然地丢下她离沪返乡。疑惑不解之际，她在垫被里发现了王剑虹写给瞿秋白的情诗，才明白好友私底下与瞿秋白好上了。丁玲成人之美，将这些情诗拿给瞿秋白看，并告诉他"剑虹是我最好的朋友，我不忍心她回老家……你们将是一对最好的爱人，我愿意你们幸福"，由此促成了瞿秋白与王剑虹的爱情。在这篇回忆散文中，丁玲只是隐略地流露出她对瞿秋白欣赏，并没有写明自己对瞿秋白是什么感情，因而给后来学者留了许许多多的猜测。

其二，丁玲与胡也频的儿子蒋祖林在 2016 年出版的《丁玲传》中，提供了另一个版本：1977 年，蒋祖林到山西长治老嶂头村去探望母亲时，丁玲曾给他讲述过他们三人之间的往事："其实，那时瞿秋白是更钟情于我，我只要表示我对他是在乎的，他就不会接受剑虹。"当丁玲拿着王剑虹的诗稿跑去找瞿秋白时，瞿秋白还问她："你说，我该怎样？"丁玲说，剑虹是她最好的朋友，她很看重她和剑虹之间的友谊，不愿她悲伤，不愿她们之间的友谊就此终结。所以，她愿意将瞿秋白让给王剑虹，瞿秋白沉默了许久后，"站起来，握了一下我的手，说道：'我听你的。'"蒋祖林又问道："那么王剑虹当时知道瞿秋白更钟情于你吗？"答："我想，她或许不知道。但婚后，我想，她定会知道的。"[3]李美皆在《丁玲与瞿秋白》一文中，据此索解了丁玲隐晦的内心活动，得出结论：丁玲一生对革命充满激情的情感源泉来自于她"暗恋"瞿秋白。[4]贺桂梅则从丁玲革命主体结构的形成及其与创作的关系的角度，解读

"丁、瞿、王三人之间有着极其亲密的情感，而且其中任何两人的关系都是深厚的""丁玲都注定是那个会感受到更多伤害的人：她是瞿、王爱情生活中的'客人'，而曾经志同道合的王剑虹，此时'只是秋白的爱人'。"他们之间的关系，"与其说是三角恋式的暧昧情感，莫如说更是那个激进年代所特有的精神和情感生活的单纯与高贵之处"。[5]

　　无论是丁玲的隐晦表述，还是直言袒露，在特定环境下的言说，都可以理解。后来学者的猜测与索解、解读与推定，也有其合理性。然而，从人性的角度来看，在这场三角关系中，瞿秋白喜欢丁玲却选择了王剑虹，丁玲还为此祝福他们幸福，仅仅是他们精神的高贵和情感的纯洁吗？我看未必竟然。不然，就难以解释丁玲日后的表现了。

　　要追问丁玲、瞿秋白和王剑虹在上海大学期间的情感关系，只能以彼此相慕来解释。丁玲和王剑虹都仰慕瞿秋白，瞿秋白心知肚明，对她们俩都心存爱慕，甚至不分伯仲。这或许是在丁玲笔下，王剑虹突然要离沪返川时，瞿秋白一反常态、面带忧郁；丁玲将王剑虹的诗稿交给他看时，他沉默良久后对丁玲说听她的原因。瞿秋白最终选择了王剑虹，乃是王剑虹的主动示爱，丁玲出于矜持或女性自尊的结果。这也释然了当时丁玲看见王剑虹给瞿秋白的情诗，祝福他们，日后她却在很长时间怨恨甚至误解瞿秋白的潜在心理。

相怨

　　漂泊在外，情同姊妹的好友，却捷足先登爱上了自己仰慕的精神导师，侠胆义肝的丁玲除了独自咽下失落和情感被抽空的痛苦外，只有祝福。可人生出路的郁结，却挥之不去。

　　1924年暑假，丁玲从上海回常德看母亲。不久，收到王剑虹的来信，瞿秋白在信上附言："你走了，我们都非常难受。我竟哭了，这是我多年没有过的事。我好像预感到什么不幸。我们祝愿你一切成功，一切幸福。"[6] 果然，不幸接踵而至，王剑虹染病身亡。半个月后，丁玲接到了王剑虹堂妹"虹姐病危，盼速来沪"的电报。当她匆忙赶到上海时，昔时留下欢歌笑语的慕尔鸣路（今茂名北路），早已是人去楼空。此时，王剑虹的灵柩已停放在四川会馆，秋白已到广州参加会议去了，只留下他写在王剑虹照片上的题诗"你的魂儿我的心"。（丁玲平时称王剑虹为"虹"，瞿秋白曾笑称说应该是"魂"；而瞿秋白叫王剑虹为"梦可"，"梦可"是法文"我的心"的译音）丁玲为此对瞿秋白疏于照顾王剑虹又传染其肺病致使她英年早逝甚为不满，她觉得她与瞿秋白的"关系将因为剑虹的死而割断"。

伤心之余，丁玲同王剑虹的堂妹们一同坐海船到了北京。她开始在新的友情下补习数、理、化，开始自由自在的新生活。这期间，瞿秋白给她写过十来封信。"这些信像谜一样，我一直不理解，或者是似懂非懂。在这些信中，总是要提到剑虹，说对不起她。"瞿秋白在信中总是责怪自己，说"什么人都不配批评他，因为他们不了解他，只有天上的'梦可'才有资格批评他"。[7] 瞿秋白视丁玲为知己，向她倾诉自己对王剑虹的愧疚和陷入人生的苦闷。

同年冬天，瞿秋白来到北京，约丁玲相晤。丁玲抱着询问王剑虹临终之谜，匆忙赶到旅馆。不巧，瞿秋白外出了。从其弟弟处，丁玲方知瞿秋白已和杨之华结婚的事。丁玲对杨之华并不陌生，她们曾在上海慕尔鸣路（今茂名北路）施存统的家里见过。

杨之华漂亮迷人，因积极要求进步，与丈夫沈剑龙感情淡漠，不愿为他生育二胎。杨、沈都是浙江萧山人，两家是世交，在两家长辈的撮合下，杨之华与沈剑龙奉命完婚。因两人的婚恋观不同，生下女儿沈晓光后，经常争吵。沈剑龙要妻子为沈家多生儿女，杨之华却要走出家庭、投身社会。为此，她特意将女儿改名"独伊"（独一）。

1923 年底，杨之华考入了瞿秋白任系主任的上海大学社会系就读。师生关系，接触渐多，感情空虚的杨之华为瞿秋白的学识风采所动，可两人毕竟都身处“围城”，虽互存好感，却只能保持距离。1924 年 7 月，王剑虹因肺病离世，瞿秋白悲痛欲绝，杨之华无微不至的安慰和关心，使他逐渐走出了丧妻的阴霾，也因之对杨之华产生了一种特殊的情愫。此时，杨之华又风闻丈夫沈剑龙与别的女子有染，更加迷茫。丧妻之痛与背叛之苦，同是天涯沦落人的处境，使两颗心慢慢靠近。虽如此，杨之华仍犹豫不决，骨子里残存的道德观念使她有了退缩之意，瞿秋白索性向她求婚。杨之华更加害怕，挣扎纠结再三后选择了逃避，回到了萧山老家。瞿秋白迷茫之际，向杨之华“义父”，时任《民国日报》主编的邵力子求助，开明的邵力子，叫他去找沈剑龙谈谈，争取其礼让。

　　瞿秋白怀揣忐忑之心，趁着暑假前往萧山。出乎杨之华的意料，沈剑龙与瞿秋白竟然一见如故。经过三轮谈判（萧山杨家、沈家和常州瞿家），瞿秋白的才华和人品，令沈剑龙自惭形秽，待了解到妻子对瞿秋白的深情后，他自愿退出。1924 年 11 月 7 日，十月革命纪念日，瞿、杨在上海举行结婚仪式时，沈剑龙还亲临祝贺，并赠送题有“借花献佛”的光头六寸照片。随后，他们在1924 年 11 月 27 日的上海《民国日报》头版广告栏里，公开发表了三则启事，将他们三人之间（结婚、离婚和成朋友）的关系公诸于世，也给后世留下了“传奇”般的美谈。

　　瞿秋白与杨之华结婚后，与杨之华感情甚笃。他不仅在一枚金别针上亲自刻上“赠我生命的伴侣”的字样，而且还亲手篆刻了“秋之白华”“白华之秋”“白之秋华”三枚印章，将两人的名字嵌合为一，以此表达他们心心相印的真挚感情。瞿秋白为了关爱独伊，未与杨之华生育儿女，独伊对他也很尊敬和爱戴，将自己改名为瞿独伊。瞿秋白与杨之华、独伊一家三口，相处十年，其乐融融。1935 年 6 月 18 日，瞿秋白英勇就义时，杨之华年仅 34 岁。此后，她终生未再嫁。

　　丁玲本是“为了剑虹的爱情”，才压抑自己内心的情感。王剑虹离世时，瞿秋白又不在其身边，丁玲就心生怨气。她受邀前来，本是想探究王剑虹婚后与死时的详情。人没见到，反而得知瞿秋白在好友离世半年不到就与杨之华结婚的事实，她更是气上加气，掉头就走。自此以后，丁玲虽与瞿秋白"同在北京城，反而好像不相识一样"。一个多月后，丁玲收到杨之华从上海给瞿秋白的来信，请她转交。在夏之栩的带领下，丁玲在苏联大使馆的一幢宿舍里将信交给了瞿秋白。这次相见，瞿秋白避而不谈王剑虹和杨之华的事，只是告诉丁玲，他明天返沪。当天晚上，他们一同去看梅兰芳的老师陈德霖的戏，丁玲因无法忍受这种别扭和尴尬，写下一张字条托茶房递过去，就不辞而别。此时，丁玲的心绪是复杂的，瞿秋白既没有给她一个关于王剑虹死的合理解释，又匆忙地与杨之华走在了一起。自然，她无法原谅瞿秋白。这种不原谅，更多的是心中对瞿秋白还没有完全放下，直到晚年，她在骆宾基的谈话中还提到：

> 我那时对瞿秋白有意见，觉得瞿秋白对不起王剑虹，所以就跑到北京去了。到了北京，我不想谈恋爱，那时候我没有恋爱的想法，说老实话，我要想恋爱我就和瞿秋白好了，我那时候年轻得很，没有恋爱那个感情的需要。[8]

自此以后，丁玲与瞿秋白之间没有了联系，但她仍保留了瞿秋白给她写的那些"谜似的一束信"。遗憾的是，这束信几经辗转，后不知所终了。

相知

丁玲是一个重感情的人，好友的音容笑貌难以忘怀，事隔五年后的1929年，她还以王剑虹和瞿秋白为原型写了一篇反映恋爱与革命矛盾的小说《韦护》，纪念好友王剑虹。《韦护》描写了一个从苏联留学归来的革命青年韦护

（瞿秋白曾用过"屈维陀"的笔名，意为韦陀菩萨），因在信仰共产主义"德瓦利斯"时，感到无聊和苦闷，而爱上了同样失望于信仰无政府主义的少女丽嘉（实为剑虹）。因他们有共同的爱好——文学，并都喜欢诗歌。热恋中两人在那间封闭而极乐的小房间里，真正享受了性爱和谐的"爱情乌托邦"；可一旦走出小房间，两人的矛盾就不可避免：丽嘉因为爱人忙于工作，没时间对她温存；而韦护则由于恋爱妨碍了自己的革命活动。矛盾中，韦护忍受痛苦，割爱出走；丽嘉也在痛苦中决心振作起来，投身革命。韦护是丁玲塑造的第一个革命者的形象，写出了他在革命与恋爱中的痛苦。丁玲不忍心写王剑虹死的结局，而是将她塑造成为一个从追求个人幸福中逐渐醒悟过来的新女性。这部留有瞿秋白"同剑虹一段生活的遗迹"的小说，瞿秋白生前看过，但没有发表意见，只是在 1930 年叫胡也频带给丁玲的信中自称"韦护"。

　　1935 年 6 月 18 日，瞿秋白在福建省长汀县被国民党杀害。就义前，他不仅坚持说丁玲只是个自由主义者，保护了身陷囹圄的丁玲，而且还写下了袒露心声的绝命之作《多余的话》。《多余的话》于 1937 年 3 月 5 日至 4 月 5 日在《逸经》第 25、第 26、第 27 期上发表后，众说纷纭，一些左翼人士认为此文系国民党伪造，目的就是为了丑化中国共产党的领导人。丁玲到达延安后，在《逸经》上看到了《多余的话》。或许是碍于自己刚到延安，不便置喙，以免引起不必要的非议，她没有留下文字，但在上海大学青葱岁月留下的纯真情感，却无法忘怀。1939 年冬，当友人与她谈起瞿秋白时，她认为，《多余的话》为瞿秋白所作，临终遗言虽无损于秋白，但秋白不说这些话"不更好些么"！[9] 1942 年 2 月，年届 38 岁的丁玲与 25 岁的陈明，在历经磨难后终于结合了。本是新婚之后的蜜月期，却因康生重新提出丁玲的历史污点问题，让她的心情相当复杂。此时又传来萧红的死讯，触动她写下了《风雨中忆萧红》一文。在文中，丁玲坦诚地写道："昨天我又苦苦地想起秋白，在政治生活中过了那么久，却还不能彻底地变更自己，他那种二重的生活使他在临死时还不能免于有所申诉。我常常责怪他申诉的'多余'，然而当我去体味他内心的战斗历史时，却也不能不感动，哪怕那在整体中，是很渺小的。"瞿秋白是难以忘怀的。1946年，瞿秋白已离世11周年了，丁玲在《纪念瞿秋白同志被难十一周年》中，还满怀深情地再现了"最可纪念的导师"瞿秋白形象。后来，因自身的处境艰难，丁玲在文章中很少提及瞿秋白。1980年初，随着"文革"后环境的宽松，丁玲写了长文《我所认识的瞿秋白同志——回忆与随想》，较为详细地回忆了自己与瞿秋白交往的始末。随后，她又在《光明日报》上发表了《我对于〈多余的话〉的理解》一文。1985年6月11日，丁玲在同上海社会科学院文学研究所工作人员谈话时，又一次提到了瞿秋白，说他比较民主，不搞权术，"如果专搞文学，是很不错的"。[10]

历经磨难，回顾往事，暮年时，丁玲才真正地理解了瞿秋白牺牲个人爱好投身革命事业的选择。她在1980年6月撰写的《韦护精神》中认为："瞿秋白是一个复杂的人，在变化激剧的时代，不能左右自己，而他内心深处仍然眷恋属于'天上'的文学，剑虹就是他的'仙女'，自然怀念于心；可他却身不由己，不得不牺牲自己钟爱的文学，从事凡间人世的革命。"实乃知音之论。

恩怨已被相知消泯，真情却与历史相伴。相信丁玲与瞿秋白在天堂相见，又会回到"人生若只如初见"的青春岁月。

参考文献

[1][2][6][7] 丁玲 . 我所认识的瞿秋白同志——回忆与随想 [J]. 文汇增刊，1980，（2）.

[3] 蒋祖林 . 丁玲传 [M]. 北京：人民文学出版社，2016.（50）.

[4] 李美皆 . 丁玲与瞿秋白 [J]. 作品，2017 年（2）.

[5] 贺桂梅 . 丁玲主体辩证法的生成：以瞿秋白、王剑虹书写为线索 [J]. 中国现代文学研究丛刊，2018，（5）.

[8] 王增如 . 从不算情书谈起 [J]. 转引自李美皆 . 丁玲与瞿秋白 [J]. 作品，2017（2）.

[9] 丁玲 . 与友人论瞿秋白 [N]. 大风，1939-12-5（56）.

[10] 包子衍、许豪炯、袁绍发 . 丁玲谈早年生活二三事 [J]. 新文学史料，1986（5）.

后记

　　书稿改定，往事纷至沓来。回想起自己的学术生涯与写作历程，仿佛南柯一梦。从经济跨越到文学，青春在孤灯中化为晨雾。专注于中国现代作家的婚恋与创作关系，生命中最美好的年华也随着"朝看水东流，暮看日西坠"而去。抚今思昔，才发现年少轻狂时的理想何其宏大，能实现的总是凤毛麟角，现实的残酷和生存的艰难，总会把昔日的豪言壮语渐渐销蚀，徒留遗憾罢了！

　　然而，生命虽不完美，可毕竟如彩虹划过了人生的天空，会留下深刻的记忆。本想将自己一生中断断续续的写作生涯，作一个小结，无奈身处碎片化的阅读时代，大部头的集中阅读，且不说不合时宜，还有加重读者负担之嫌。基于此，只将未曾公开出版的所得，结集在此，分享给那些喜欢张恨水、林语堂、朱自清、梁实秋、朱湘与霓君、钱钟书与杨绛等作家的读者，使他们能以较少时间去熟悉和掌握 20 世纪具有代表性的婚恋模式，感知这些作家是如何从包办婚姻过渡到自由恋爱的；洞悉他们在情感上的挣扎与艰难、痛苦与欢乐，由此探究他们成为作家、诗人和学者的情感动因，以及走上创作之路后，题材、主题和风格的变化，为何难以摆脱情感这只无形之手。

　　治学的所得，离不开原始文本、先学智慧和有益线索。为此，我除了虔诚而理性地面对第一手资料，谨慎而学理地甄别先学的所得，多方印证资料的真伪，尽可能地在比较中得出较为恰当的结论外，总是对关注的作家和研究这些作家的学者心存感念，满怀谢意！

　　拙著的面世，离不开众多亲人、朋友和单位领导、同事的关心与支持，而最应感念的是团结出版社张阳老师和陈心怡老师的襄助与辛劳！

　　拙著的出版也得益于"重庆工商大学学术专著出版基金资助"，在此，向学校致谢！

　　或许正因为有了读者的抬爱，书中的偏颇与差错，也会得到包容。毕竟在治学和写作上，本人才疏学浅，虽劬劳勤勉，但正如人生处处充满着遗憾一般，要向行内专家和知音读者，说一声抱歉！

王鸣剑

2021 年 12 月 8 日